Carl Oskar Renner

Die Aschauer

Carl Oskar Renner

Die Aschauer

rosenheimer

www.rosenheimer.com

Titelbild: Franz von Defregger
Lektorat und Satz: Bernhard Edlmann Verlagsdienstleistungen, Raubling
Druck und Bindung: GGP Media GmbH, Pößneck
Printed in Germany

ISBN 978-3-475-54259-6

Inhalt

In der Nagelschmiede

Der alte Michl klopfte hart an die schwere Eichentür des Pfarrhofs in Aschau. Als Satzmeister der Nagelschmiede durfte er sich einen Besuch beim Geistlichen des Ortes auch noch am späten Abend erlauben. Die Pfarrersköchin öffnete und wies ihn zur Schreibstube. Er war im selben Augenblick schon dorthin unterwegs und trat dort ein, ohne vorher zu klopfen, denn er war das, was die Einheimischen einen »Büffel« nennen. Kein Wunder: Er stammte aus Sachrang.

Pater Onufrius stand am Pult und las im Gebetbuch. Eine Kerze brannte, eine einzige; man musste sparen.

»Pater Onufri« – so nannten die Menschen aus der Umgebung den alten Geistlichen und betonten dabei die erste Silbe – »Pater Onufri, wir Nagelschmiede haben einen Kummer!«

»Michl, gäb's keinen Kummer, gäb's kein Leben!«

Diese pfarrherrliche Antwort schien dem Satzmeister nicht sonderlich zu behagen, und er erwiderte leicht erregt: »Unser Kummer hat mit dem Leben nix zu tun, sondern eher mit einer Sauerei!«

Pater Onufrius häufelte sich geruhsam eine kleine Pyramide Schnupftabak auf den Handrücken und sagte: »Michl!« Dann zog er das braune Pulver mit kräftigem Einschnaufen in seine Nase hinauf, nieste noch kräftiger und fächelte mit einem blauen Tuch etliche Male um die gelb unterlaufene Nase. Darauf fuhr er genüsslich fort: »Michl, auch die Sauereien gehören zum Leben!«

»Wollt Ihr mich jetzt anhören, oder soll ich gehen?«

Das war eine Antwort, wie sie sich einem Geistlichen gegenüber nicht gehörte, und der polterte los: »Depp, damischer! Dann geh doch! Oder meinst, ich hätt auf dich gewartet? Wenn du auch der Satzmeister bist, so bist du vor dem Pfarrer immer noch eine arme Seel!«

Dem Michl wurde klar, dass er sich vergriffen hatte. Er bemühte sich um einen bescheideneren Tonfall und eröffnete dann seinen Kummer, so wie er es sich vorher Wort für Wort zurechtgelegt hatte: »Die Sach ist nämlich die: Der Peter, der Unterrheiner, der Zuagroaste aus Siegsdorf, der lässt seine beiden Dirndln zusammen mit dem Gesellen in der Schmiede arbeiten, gerade wie wenn's so sein dürft! 's darf aber nit so sein! Nägel schmieden ist Männersach!«

Der Pater überlegte eine längere Weile und fragte dann: »Zusammen mit dem Burschen?«

»Wenn ich's Euch sag!«

»Ja, können sie's denn, das Nagelschmieden?«

»'s sieht ganz danach aus, denn es hat noch keinerlei Beschwerden nit 'geben. Aber gehören tut sich das nit! Weiberleut mit der Lederschürzn und nackerten Armen bis zum Hals 'nauf! Und was für Arm' die haben! Und wenn's nur die Arm' wären!«

»Hast vielleicht hingschaut, Michl?«, unterbrach ihn der Pfarrer.

»Ich nit! Aber die Burschen erzählen's!«

Diese Bemerkung schien dem Pater eine abermalige Prise wert: »Nackert, hast du gesagt?«

»Hab ich gsagt!«

»Hm!«, machte der Pfarrer. Dann machte er noch zweimal »Hm, hm!« und schüttelte den Kopf. Endlich meinte er: » Michl, geh jetzt! Ich dank dir! Ich werd zu gegebener Zeit auf das Kapitel zu reden kommen!«

Etliche Zeit später. Es war der 1. Mai des Jahres 1791, ein schöner, sonniger Tag. Die Mädchen hatten für die erste Maiandacht den Muttergottesaltar in der Kirche prachtvoll geschmückt. Das Gotteshaus war voll bis auf den letzten Platz. Der Kirchenchor droben stand bereit und wartete auf das Glockenzeichens von der Sakristei her, um mit einem Hymnus zu beginnen. Das Zeichen ertönte, die Orgel brauste, und vierzig gesunde Stimmen jubelten hinab ins Kirchenschiff und hinauf ins Gewölbe: »Ave Maria zart, du edler Rosengart!« Da schüttelte es so manchen vor innerer Ergriffenheit.

Nun bestieg Pater Onufrius im blütenweißen Chorrock und mit goldbestickter Stola die Kanzel. Er hatte seine Maipredigt unter das Motto gestellt: »Maria, du starke Jungfrau!« Darin beschrieb er, wie die Gottesmutter, obwohl nur ein unbedeutendes Mädchen aus dem Marktflecken Nazareth, die seelische Kraft besessen hatte, Ja zu sagen zum Heilsplan Gottes. Welch innere Stärke sie besaß! Und wie sehr musste diese Stärke in dem Augenblick, in dem sie dem Engel ihr Ja sagte, noch zugenommen haben!

Und der Pater beschloss seine Kanzelrede mit den markanten Sätzen: »Das ist die wahre Stärke, meine lieben Jungfrauen von Aschau, die aus dem reinen Herzen kommt! Nicht aber die rohe Kraft wuchtiger Arme, mit denen man den schweren Nagelhammer schwingt, um den Burschen zu imponieren! Merkt euch das! Amen.«

Was war das für eine Predigt! Alle jungen Leute drehten sich nach den zwei Schmiedtöchtern um und grinsten. Die aber machten eine vermurkste Kniebeuge – ihr Vater auf der Männerseite machte gar keine – und verließen die Kirche. Sie trafen sich draußen auf dem Platz zwischen der Tafernwirtschaft der Grafen von Hohenaschau und dem Pfarrhof, redeten sehr erregt miteinander und wurden sich schließlich einig, den Bierkeller unterm Burgberg aufzusuchen, wo die Nagelschmiede sich zu treffen pflegten – nicht nur zum Stammtisch, sondern auch zu offiziellen Anlässen, denn dort war ihre Gewerksstube. An diesem Ort würden sich nach der Maiandacht viele einfinden – besonders nach dieser Predigt!

Es saßen nur ein paar Protestantische da; die wunderten sich ebenso wie der Wirt, dass der Peter seine Töchter dabeihatte, denn Weiberleut gehörten nicht da herein. Doch keiner von ihnen sagte etwas.

»Fahr drei Kannen her!«, befahl der Peter, und der Wirt beeilte sich. Nach und nach erschienen, in heftigem Diskurs miteinander, etliche Meister und viele Gesellen; alle verstummten sie aber unter der Tür, als sie den Peter und seine Töchter erblickten. Sie setzten sich abseits von den dreien, soweit es ging – auch der Satzmeister Michl. Und keiner redete laut. Weil jedoch die acht oder neun anderen Nagelschmiedemeister den Michl immer wieder anstießen, sagte der endlich mit gepresster Stimme, als hätte er einen Frosch verschluckt: »Seit wann machen sich denn die Weiber da bei uns herinnen zu schaffen?«

Da wurde es mäuschenstill ringsum.

Peter Unterrheiner stützte das Kinn in die schwielige Hand und schaute vom einen zum anderen. Dann fielen seine Worte hart in den Raum wie die Hammerschläge auf seinen Nagelstock daheim: »Seit wann, fragst du? Seit der Maipredigt, die du dem guten Onufri eingeblasen hast!«

Der Michl stotterte etwas Unverständliches, sodass der Peter ungehindert weiterreden konnte: »Und weil wir gerade so urgemütlich beisammenhocken und den Satzmeister unter uns haben, stell ich vor euch allen den Antrag, dass ihr meinen Dirndln einen sauberen Gesellenbrief aushändigt! Gelernt haben sie bei mir, und jeder kann sich in meiner Schmiede von ihrer Kunst überzeugen.«

Da fingen sie aber an zu maulen und zu fluchen, standen auf, trommelten mit den Bierkannen auf den Tischen herum. Zwei junge Gesellen schoben sich sogar mit geballten Fäusten auf den Peter hin. Das sah bedrohlich aus. Der packte einen Stuhl und warf damit nach dem einen, während das Resei, die jüngere seiner beiden Töchter, dem anderen Gesellen einen derart heftigen Hieb ins Genick verabreichte, dass er umkippte wie ein praller Mehlsack und reglos liegen blieb, bis sie ihm einen Eimer Brunnenwasser übers Gesicht schütteten. Und der Unterrheiner brüllte: »Den Verdruss hättet ihr euch ersparen können! Aber ich geh jetzt ans Gericht!«

Darauf gab er den Mädchen mit dem Kopf ein Zeichen, und gemeinsam verließen sie den Keller. Unter der Tür drehte er sich noch kurz um und rief: »Michl, vergiss fei' nit, dem Onufri alles zu erzählen, was ihr jetzt erlebt habt! Er wird dir ein sauberes Vergelt's Gott sagen!«

Mit seinem Gang ans Gericht indes kam der Peter Unterrheiner zu spät. Denn anderentags in aller Herrgottsfrüh sattelte der Satzmeister sein Ross und war bereits in Prien, noch bevor der herrschaftliche Bannrichter das Tor öffnen ließ.

Der kaum dreißig Jahre alte Dr. Florian Griesbeck, vom Herrn Graf Max V. von Preysing-Hohenaschau eben erst in dieses Amt bestellt, hörte sich die langen und breiten Geschichten, die ihm der Zunftmeister der Nagelschmiede auftischte, gelassen an. Was er da vernahm, war weiß Gott nicht alltäglich, und er wollte über die Sache erst gründlich nachdenken. Nicht genug, dass da zwei Brunhilden oder Amazonen aufgetreten waren – hier war auch noch die Kirche mit im Spiel! Sicherlich, Graf Max war ein Jünger der Aufklärung und scherte sich wenig um die Pfarrer. Er vertrat aber die Meinung, man brauche sie, um das gemeine Volk niederzuhalten. Dem musste der Richter Rechnung tragen.

Er versicherte also dem Michl gegenüber, er werde den Fall prüfen, trug ihm einen schönen Gruß an den Pater Onufrius auf und entließ ihn in Gnaden.

Stolz wie ein Gockel auf dem Mist kehrte der alte Michl nach Aschau zurück. Und obwohl er zunächst nichts ausgerichtet hatte, erklärte er am Abend im Burgkeller, die Dinge seien im vollen Gange. Dem Onufri berichtete er im gleichen Sinne und heimste genüsslich dessen anerkennende Worte ein.

Getreu dem zweitausend Jahre alten Rechtsgrundsatz der Römer, der da lautet: »Audiatur et altera pars!« – »Man muss auch die Gegenseite hören!«, bestieg der Bannrichter etliche Tage später seine Herrschaftskutsche und fuhr im Viererzug, wie es ihm aufgrund seines Amtes zustand, nach Aschau. Unter dem Osthang des Burgberges stellte er das Gefährt im Marstall ab und schlenderte dann zu Fuß mit seinem Amtsdiener lässig weiter. Vor dem Märzenbierkeller erkundigte er sich nach den Werkstätten der Nagelschmiede, besonders nach dem Unterrheiner, und bestellte für den Mittag gleich ein »Rossbif mit Kree« vor, das der Wirt sehr empfahl. Dann begaben sich die zwei Herren zum Anwesen »Hatzenberger am Bach«, Nummer 61, und standen vor dem gedrungenen, aber freundlichen Schmiedhaus. Mächtig schoss der Rauch aus dem Kamin, und eine Orgie von Hammerschlägen drang durch das weit geöffnete Tor heraus.

Meinte der Amtsdiener: »Kommod ist diese Arbeit nicht!«

Der Richter erwiderte: »Im Gegenteil!«

Dann standen sie unter dem Tor und schauten in die verrauchte Schmiede hinein. Richtig! Dort, auf der linken Seite, lehnten sie, diese Töchter des Vulcanus, halb knieend an einem schrägen Sitz, während das rechte Bein den Blasebalg trat. Dieses rechte Bein war weit hinauf entblößt und zog die Blicke der beiden Besucher auf sich.

»Was für prächtige Mädchen!«, sagte der Richter.

»Und prächtige Beine!«, ergänzte der Amtsdiener.

»Und mit welcher Leichtigkeit diese kräftigen Arme mit Nageleisen und Hammer umgehen! Was Wunder, dass eine dieser Töchter den Gesellen hat zusammenschlagen können – ›mit einem Hieb‹, hat der Satzmeister berichtet!«

Da stand der Unterrheiner vor ihnen und grüßte ergeben mit der Gebärde des kleinen Mannes: »Die Herren erweisen uns die Ehr?«

»Ob's eine Ehr ist? Eher ist's ein Auftrag.«

»Seid bedankt, Herr! Von Aufträgen leben wir.«

»Ihr seid der Meister?«

»Zu Gnaden, ja!«

»Und Ihr beschäftigt auch Weibspersonen?«

»'s sind meine angeheirat'ten Töchter; sie wollen's nit anders!«

»Sind sie denn diesem schweren Handwerk gewachsen?«

»Ihr seht's ja selber, Herr; sie bleiben dem Gesellen nix schuldig.«

»Dürften wir etwas näher treten und zuschauen?«

»Nur nit zu nahe! Denn manchmal springt ein Nagel schief aus; der könnt Euch treffen!«

Sie näherten sich dem vordersten Nagelstock, an dem das Resei werkte. Sie warf nur einen kurzen Blick auf den Richter, denn der zwei Ellen lange Drahtstab, den sie zwischen den Backen einer schweren Zange hielt, war glühend und musste mit der anderen Hand ins Nageleisen hineingehämmert werden. Nach etwa dreißig Schlägen sprang der fertige Nagel aus dem Eisen heraus und in den daneben stehenden Wassertrog hinein, wo er zischend erkaltete.

»Dirndl«, fragte der Richter laut, »wie viel Nägel schmiedest du am Tag?«

»Zweitausend muss ein rechter Gesell herbringen!«

»Bist du Gesell?«

»Noch nit! Aber wir wollen's werden, ich und die Schwester!«

Dem Unterrheiner passte es nicht, dass die Tochter von der Arbeit abgehalten wurde. Darum fragte er: »Herr, wie lautet Euer Auftrag?«

Dass er nun mehr oder weniger hinausgeschmissen werden sollte, passte wiederum dem Richter nicht, hätte er sich doch mit dem Mädchen gern noch eine Weile unterhalten. Darum sagte er jetzt in barschem Ton: »Meister, folgt mir! Ich hab mit Euch zu reden!« und wandte dem Resei den Rücken.

Draußen vor dem Tor eröffnete er dem Peter, dass er der Bannrichter von Prien sei.

»Euer Gnaden«, erwiderte der Nagelschmied respektvoll, »da hat mich gewiss der Satzmeister hingehängt wegen den Dirndln. Ihr könnt aber versichert sein, dass kein einziger Nagelschmiedgesell in der Herrschaft Hohenaschau eine bessere Arbeit verrichtet wie die zwei. Warum sollen sie dann nit Gesellinnen sein, wenn sie eine Freud an der Schmiede haben? Ist mir eh ein Bua versagt geblieben!«

Der Richter bewunderte das klare Gesicht des Mannes und entgegnete: »Darum geht's uns gar nicht, sondern dass eine Eurer Töchter einen Burschen so zusammengeschlagen hat, dass er bewusstlos war.«

»Haltet ein, Herr!«, kam es da vom Resei. Sie war den Männern gefolgt. »Hätten wir vielleicht zuschauen sollen, wie der andere übern Vater hergefallen wär? So nit, Herr! Wir haben nämlich das vierte Gottsgebot gelernt! – Und noch was! Ich hab den Lattirl erst in der Woch abblitzen lassen, wo er mir hat in die Kammer steigen wollen. Da könnt Ihr verstehn, Herr, was der für eine Stinkwut im Bauch gehabt hat – ich aber genauso!«

»Du scheinst mir eine recht streitbare Jungfrau zu sein! Wie heißt du?«

»Resei heiß ich! Und streiten tu ich nur, wenn's sein muss; dann aber sakramentisch!«

Das Mädchen drohte sich heißzureden, weshalb der Vater begütigend meinte: »Resei, Resei, geh an den Stock! Das hier ist wirklich Männersach!«

Sie drehte sich ohne Gruß um und verschwand in der Schmiede, während der Richter mit dem Meister und dem Amtsdiener dem Burgkeller zuging.

Ein Schreiben an die Landesregierung

Es war für den Unterrheiner eine rechte Genugtuung gewesen, als sie zu dritt, ins Gespräch vertieft, vor der Schmiede des Satzmeisters ein paar Augenblicke stehen geblieben waren. Hoffentlich sind ihm die Augen aus dem Kopf gefallen, wie er das gesehen hat! Der Richter hatte dem Peter die Hand gereicht und gesagt: »Eure Sache geht in Ordnung!«

Der Wirt stand bereits unter der Tür, als der Richter und sein Amtsdiener sich näherten. Er ging ihnen entgegen und begann gleich mit überschwänglichen Worten sein »Rossbif« zu preisen: »Und erscht der Kree! Meine Herren, der Kree ist wie a scharfs Dirndl – pfeilgrad a Todsünd wert, wenn nit gar zwoa!«

Und er hatte nicht übertrieben. Freilich, Dr. Griesbeck war in Sachen Mittagessen von Kindheit an nicht verwöhnt worden, und auch während seiner Studentenzeit auf der einst jesuitischen Hochschule im flandrischen Löwen hatte er mitunter nur sparsam zu kauen gehabt. Obwohl es ihm in seiner gegenwärtigen glänzenden Stellung hervorragend ging, wusste er immer noch den Kochtopf des kleinen Mannes zu schätzen. Er aß jetzt mit Behagen, trank auch von dem die Zunge lösenden Märzenbier eine nicht unbedeutende Menge. Anschließend nahm sich der Amtsdiener ein Ross aus dem Marstall und ritt hinunter zum Pater Onufrius, um ihm den Antrittsbesuch des neuen Herrn Bannrichters anzukündigen.

Zwei Stunden später standen sich Pfarrer und Richter gegenüber, ähnlich zwei Rüden, die sich erst beschnuppern müssen.

Als Erstes überwand der Pater die Barriere des gegenseitigen Misstrauens und meinte: »Was für eine Meinung auch immer unser Herr Graf Max hat, die Religion betreffend – das eine steht fest: Unser Kurfürst Karl Theodor, dieser abgeseifte Mannheimer, hätt das liebe Bayernland schon längst den Wienern in den Rachen geworfen und wär in die Niederlande ausgerückt, wenn ihn der Herr Graf Max nit immer wieder gebremst hätt.«

»Dem ist nichts hinzuzufügen, außer dass Karl Theodor unseren Grafen trotzdem hoch schätzt.«

»Das wär ja noch schöner, wenn er das nit tät!«, ereiferte sich der alte Herr und bot dem Doktor eine Prise an.

Der lehnte freundlich dankend ab mit dem Hinweis, dass ein Papst einmal das Schnupfen von Tabak mit dem Kirchenbann belegt hätte. Gleichzeitig merkte er, dass die Rösser draußen am Kirchplatz unruhig wurden. Darum musste er sich beeilen, zur Sache zu kommen: »Hochwürdiger Herr, aufgrund einer Anzeige habe ich soeben den Nagelschmied Unterrheiner besucht.«

»Habt Ihr auch die schamlosen Gesellinnen gesehen?«, unterbrach ihn der Pfarrer.

»Apropos Gesellinnen! Was hättet Ihr dagegen, wenn man ihnen den Gesellenbrief erteilte, nachdem sie ihr Metier ausgezeichnet beherrschen?«

»Dagegen, lieber Doktor, hab ich an sich nix! Aber das Nackerte passt mir nit! Auf die Art werden bloß die Mannsbilder wild gemacht!«

Der Richter grinste: »Balbiert wird, wer sich balbieren lässt! Und mit dem Aufreizen und Gereiztwerden verhält sich's genauso. ›Dem Reinen ist alles rein!‹, heißt es doch schon beim heiligen Paulus; fügen wir hinzu: Den Schweinen ist alles Schwein!«

»Hierin habt Ihr nit unrecht, aber wir müssen auch daran denken, wie überempfindlich und kleinlich meine Schäflein hier manchmal sind. Man darf den Schwachen und Anfälligen kein Ärgernis geben!«

»Pardon, Herr Pfarrer, wollt Ihr in dieser Welt das Ärgernis ausschalten, dann müsst Ihr erst die Menschen erschlagen! Oder sehe ich das falsch?«

Pater Onufrius legte seine dürre Hand auf den Arm des Richters: »Man merkt's, dass Ihr bei den Exjesuiten studiert habt. Gegen Euch kommt so ein armseliger Landpfarrer nit auf. Aber wenn ich auch nix gegen den Gesellenbrief sag, ganz recht ist mir's nit, dass die beiden Pertl'schen Dirndln am gleichen Strick ziehen sollen wie die Männer!«

»Heißen die Mädchen Pertl?«

Der Pfarrer nickte: »Der Unterrheiner ist ja nicht der leibliche Vater.«

Dr. Griesbeck fuhr fort: »Gut, dass Ihr mir das sagt, ich hätt sonst lange in der Registratur suchen müssen.«

Sie verabschiedeten sich kurz, aber nicht unfreundlich. Der Pfarrer folgte dem Richter sogar bis unter die eichene Haustür und winkte ihm dann auch noch nach.

Als er wieder in seine Schreibstube zurückging, überlegte er: Registratur! Was haben die Pertl-Töchter in der richterlichen Registratur zu suchen? Sind doch schon im Taufbuch registriert! Ob's da nit um was anderes geht! …

Ein paar Tage später trat der Michl beim Pater Onufrius ein. »Herr Pfarrer, ich hätt halt gern gewusst, was der Herr Bannrichter zu meiner Anzeig gesagt hat!«

»Von dir war überhaupt keine Red nit. Und was die nackerten Dirndln betrifft, so hab ich meinen Standpunkt vertreten und er den seinigen. Alles andere kratzt mich nit!«

Diese Rede des Pfarrherrn war als Abfuhr gemeint und wurde vom Satzmeister auch als solche verstanden. Er fluchte still in sich hinein, sagte »Gelobt sei Jesus Christus!« und ging.

Zwischenzeitlich hatte sich der richterliche Besuch herumgesprochen, und die ganze Zunft der Hohenaschauer Nagelschmiede verlangte nach einer Erklärung. Der Michl wurde mit Fragen überhäuft, hatte er doch gleich nach seinem Besuch in Prien das Maul sehr voll genommen und ein Urteil, das in seinem Sinne war, schon in greifbarer Nähe gesehen. Doch der Besuch des Richters und besonders dessen lange Unterhaltung mit dem Unterrheiner ließen nicht darauf schließen, dass die Sachlage so war, wie der Satzmeister sie darstellte.

Indes, vierzehn Tage später hatte die Unsicherheit der Nagelschmiede ein Ende. Ein Brief aus Prien war da! Der Satzmeister erhielt ein bannrichterliches Reskript mit dem Inhalt, ein Hochgräflich Preysing'scher Pflegrichter sei nach vielen Recherchen und Eruierungen zu der folgenden Überzeugung gelangt: den angeheirateten Töchtern des Nagelschmiedmeisters Peter Unterrheiner dürfe der Gesellenbrief nicht verweigert werden.

Als der Michl diesen in einer recht gedrechselten Sprache mit vielen Wenn und Aber verfassten Brief seinen Genossen im Burgkeller ausgedeutscht hatte, brach ein Sturm der Entrüstung los. Es hätte nicht viel gefehlt, da wären sie im Haufen zum Anwesen »Hatzenberger am Bach« gezogen und hätten dem Peter das Haus über dem Kopf angezündet. Es dauerte eine ganze Weile, bis der Zunftmeister sie mit der Bemerkung beruhigen konnte, es sei nunmehr der gegebene Zeitpunkt, den Fall vor die oberste Landesregierung in München zu bringen – »uns zur Genugtuung und den Nachkommen zum Exempel«, wie er sich gemessen ausdrückte. Diese Ankündigung des Meisters tat ihnen wohl, und so kam es, dass etliche weitere Kannen des süffigen Märzenbiers konsumiert wurden. Es war bereits Nacht geworden, als die Nagelschmiede teils polternd, teils torkelnd den Heimweg antraten. In den Herzen aller hatte sich die Überzeugung festgesetzt: Jetzt kommt die Gschicht ins Rollen!

Da konnte sich's der Sepp – das war der, den das Resei niedergestreckt hatte – nicht verkneifen, ihr ein paar Steinderl gegen ihr Kammerfenster zu werfen. Ob eines getroffen hat, ist fraglich, denn auch er hatte dem süffigen Trunk reichlich zugesprochen.

Nun galt es, die gewichtige Eingabe nach München zu verfassen. Der Michl war zwar des Schreibens kundig, doch hier war noch mehr gefordert, ein gewisser Pfiff. Da wäre der Pfarrer – schon wegen der lateinischen Kunstbrocken, die er mit eingeflochten hätte – der richtige Mann gewesen; aber der schied aus. Kam noch der Forstmeister Meggendorfer in Frage; der war zwar äußerst gescheit, jedoch ein grober Lackl, dem man tunlichst aus dem Wege ging. Blieb der Schulmeister und Organist Matthias Scheuch übrig, ein Oberösterreicher und der beste Lehrer, den Aschau je hatte. Der war so eine Art Müllner-Peter. Auch er hatte einmal Theologie studiert, aber dann den Plan, Pfarrer zu werden, verworfen, wobei eine paradiesische Eva die Hauptrolle gespielt hatte.

Der Satzmeister wandte sich also an ihn, und gemeinsam schufen sie in monatelanger Arbeit jenen denkwürdigen Brief, der unter dem 20. Oktober 1791 endlich der Post übergeben werden konnte. Das Schriftstück glich einem Orgelpräludium – es wurden wahlweise alle Register gezogen:

Wir, Satzmeister, und alle 90 Zunftgenossen der Nagelschmiede der Hochgräflich Preysing'schen Eisenwerke zu Hohenaschau, geben der Churfürstlich Bayerischen Landesregierung nachfolgende Beschwernis kund und zu wissen:

Ist da unter uns ein Meister Peter Unterrheiner, hat zwei Stieftöchter. Selbige haben ihm von Kindsbeinen an geholfen, gute Nägel zu schmieden. Nun aber erdreistet sich besagter Unterrheiner, der Zunft das Ansinnen zu stellen, sie solle supra dictas filias sich als Gesellinnen einverleiben. Nicht genug, dass solches allem Herkommen radicaliter zuwiderläuft, seien uns noch folgende Gegenargumenta verstattet:

1.: Unsere 70 bis 80 Gesellen befürchten durch die Weibsbilder eine Beeinträchtigung.

2.: Andere Handwerker haben in ihren Werkstätten auch keine Weibsbilder.

3.: Die Weibspersonen des Meisters Unterrheiner sind – weil sich's nicht anderst machen lässt – bei der Arbeit an manchen Teilen des Leibes so entblößet, dass, wer da auftraggebenderweis dazukommt, erröten muss bis hinter die Ohren.

4.: Diese Stieftöchter erlernen die Hauswirtschaft niemals, es wird kein gescheits Mannsbild um sie werben.

5.: Unsere Gesellen drohen mit Arbeitsniederlegung. Den daraus entspringenden Schaden kann der Unterrheiner nicht ersetzen.

Dieses Zunftschreiben an die Regierung musste natürlich den Dienstweg gehen. Das hieß, es musste zunächst dem Herrschaftsgericht in Prien vorgelegt werden. Dr. Griesbeck ließ eine Abschrift fertigen, zeichnete das Original ab und übergab es mit einem Begleitschreiben dem Nachrichtenreiter der Herrschaft. Drei Tage später lag der Brief in den Händen des kurfürstlichen Posthalters im Alten Hof zu München. Welchen Weg er von hier aus nahm, ist nicht zu ergründen; es muss jedoch ein erschreckend langer und zeitraubender Weg gewesen sein. Denn als kurz vor Weihnachten dieses Jahres 1791 der Bannrichter in Prien seine Korrespondenz überprüfte, war noch immer keine Antwort eingegangen.

Da beschloss nun Dr. Griesbeck – der Besuch in der Nagelschmiede des Peter Unterrheiner wirkte in ihm immer noch nach –, die verklagten Schmiedleut nicht weiters im Unklaren zu lassen. Er schickte am Thomastag in aller Frühe einen ganz gewöhnlichen Kastenschlitten zum Marstall nach Hohenaschau. Der Kutscher musste der Familie Unterrheiner am Bach bestellen, alle vier seien aus gutem Grunde zu einer Teestunde nach Prien zum Herrn Bannrichter geladen. Sie sollten sich nicht überstürzen, denn sie hätten sechs Stunden Zeit, bis sie im Kastenschlitten abgeholt würden.

Die Teestunde

Nachdem sich die beiden Nagelschmiedtöchter bei den Eltern bitter beklagt hatten, sie hätten nichts anzuziehen, schickte sie der Stiefvater unwirsch in ihre Kammern.

Zur Maria aber, seiner Frau, sagte er: »Die Gschicht mit der Einladung nach Prien gefällt mir nit!«

Sie erwiderte in ihrer stillen Art: »Bin auch nit froh drüber, aber …«

Er unterbrach sie: »Die zwei Gäns' tun, als wenn s' nackert wären!«

Sie setzte sich zu ihm: »Mein Gott, Vater, 's sind halt Dirndln! Aber hast schon recht: Mit den feinen Herrn heißt's aufpassen.«

»Wenn wir den Richter wegen den Dirndln nit bräuchten, ich hätt den Krampf mit der ›Teestund‹ glattweg ausgschlagen.«

Maria schaute unschlüssig dahin und dorthin und meinte dann: »Vielleicht hat sich zu München doch schon was entschieden, und er möcht's uns a wen'g freundlich mitteilen.«

Das war aber von der Maria bloß eine Verlegenheitsbemerkung, denn sie dachte in diesem Augenblick an etwas, das bisher niemand erfahren hatte, weder ihr erster Mann noch ihr jetziger, der Peter. Sie dachte an ihre eigene Jugendzeit, als auch sie – freilich erst siebzehnjährig – ein so ansehnliches Mädchen gewesen war wie die Töchter. Da hatte sie der Herr Graf Max, damals ein sündhaft schöner Mann mit einem zierlichen Schnauzbärtchen, zu einem Pirschgang auf die Alm eingeladen, sie allein von all den vielen Dirndln in der Herrschaft. Sie war mitgegangen und hatte gestrahlt bis zum Abend, als sie zusammen in der Hütte waren und es Nacht wurde. Am darauffolgenden Morgen hatte sie dann nicht mehr gestrahlt, sondern geweint, als der Herr Graf von ihr fortgegangen war mit der Bemerkung: »Für etwaige Folgen komme ich auf!«

Jetzt kam ihr das in den Sinn – wie schon so oft –, und sie sagte dann wie aus weiter Ferne zu ihrem Mann: »Vater, man weiß halt nit, was der Abend bringt, wenn früh die Sonn aufgeht!«

Der Peter nickte: »Lassen wir's auf uns zukommen!«

Das zwanzigjährige Resei und das um ein Jahr ältere Marei saßen im Kastenschlitten. Sie hatten ihr Fronleichnamsgewand an, angesichts der Jahreszeit zwar ein wenig gewagt, doch deckte ein dicker Wollschal alle frierende Blöße zu. Und überhaupt, was hätten sie denn sonst anziehen sollen? Das war ja ihr Bestes!

Sie waren gut gewachsene Mädchen, ähnelten sich wie ein Ei dem anderen und hatten leicht gewelltes braunes Haar, das ihnen wie ein Wiesenbach weit über den Rücken hinabrann. Ihre Hände allerdings entsprachen der sauberen Gestalt nicht, sie waren derb, schrundig und schwielig, und hätten die Mädchen sie auch stundenlang gewaschen, die von den sprühenden Funken versengte Haut wäre gelb und schwarz geblieben wie zuvor. Gesellenhände! Nagelschmiedhände! Hände, wie sie im Eisenhüttental der Prien bei den Männern gang und gäbe waren! Das würde der Herr Bannrichter schon verstehen, und er würde auch drüber hinwegsehen! Hatte er doch in ihre Schmiede hineingeschaut. Da musste er sich wohl erklären können, warum diese Hände so aussahen!

Zunächst schwiegen sie alle und lauschten dem schwirrenden Glockenklang an den Geschirren der dahinsausenden Rösser.

Dann sagte der Unterrheiner: »Wenn wir beim Tisch sitzen, redet nur, wenn man euch fragt! Und redet nit zu viel, besonders du, Resei! So ein Herr wie der Richter braucht keine Belehrung von euch! Ist zehnmal gescheiter wie wir alle miteinand!«

»Aber vom Nagelschmieden versteht er nix, der Herr Bannrichter!«, gab das Resei zurück. »Wenn er also da drüber was wissen will, nachher müssen wir's ihm doch erklären!«

Ein bisschen abweisend erwiderte der Vater: »Er wird nix wissen wollen! Und wenn schon, kann ja ich ihm die rechte Antwort und Auskunft geben!«

Als sie an Umratshausen vorbeifuhren, meinte Frau Maria schüchtern: »Wenn das alles gut 'nausgeht, dann machen wir gemeinsam eine Wallfahrt hierher zum Heiligen Blut Christi.«

»Hoffentlich erleben wir die Wallfahrt!«, warf der Peter dazwischen. Das war zwar eine etwas dumme Antwort, doch er wollte das letzte Wort haben.

Da fasste ihn das Resei unterm Arm: »Aber Vater, du bist allweil so zweiflerisch!«

»Besser vorher aufs Häusl als wie nachher in die Hosen!«, entgegnete er launig und lächelte sie dabei an, denn er mochte sie sehr gern.

Eine gute Stunde hatten sie gebraucht. Der Schlitten hielt vor der Auffahrt des bannrichterlichen Hauses neben der Priener Kirche. Eine Magd öffnete das schöne Tor. Hinter ihr erschien eine weißhaarige Nobeldame, die Mutter des Richters. Mit feiner Liebenswürdigkeit begrüßte sie die derben Gäste aus dem Gebirg. Dann stand auch schon der Dr. Griesbeck da, auch er voller Freundlichkeit und ganz ungezwungen herzlich. Die Schmiedleut waren so überrascht, dass nicht einmal der Peter einen halbwegs vernünftigen Gruß herausbrachte. Aber die Gastgeber taten, als bemerkten sie diese Unbeholfenheit nicht, und so betrat man gleich ebenerdig einen achteckigen, weiten Raum, der mit schweren Teppichen belegt und von einem wuchtigen Ofen mit weiß glänzenden Kacheln wohlig erwärmt war.

»Kinder, Kinder!«, sagte die Dame in gebrochenem Deutsch, denn sie stammte aus dem Böhmischen. »Was hat eich gemacht schreckliche Kälte ganz rote Naserl!« Dabei nahm sie die Mädchen an den Armen und führte sie an den erlesen gerichteten Tisch. »Wird eich Grog guttun bis hinunter in kalte Fußerl!« Sie wies auch dem Elternpaar einen Platz an und schenkte dann selbst das heiße, duftende Getränk ein. Dann stand die Köchin unter der Tür. Sie trug auf silbernem Tableau eine Pyramide von »Kolatschen«, kleinen, runden Küchelchen, die mit einem bunten Gemisch aus Topfen, Pflaumenmus, Zitronenschalen, Konfitüren und großen Rosinen üppig bedeckt waren.

Sagte der Richter, der sich inzwischen zum Schmied gesetzt hatte: »Diese Kuchen bäckt Maman grundsätzlich selber; sie besitzt nämlich ein Prager Geheimrezept dafür.«

Es schmeckte ihnen vorzüglich, und Frau Maria rühmte mit ein paar ehrlichen Worten das köstliche Backwerk. Beim Essen beherzigten die Mädchen eine Mahnung ihres alten Lehrers Matthias Scheuch: »Was der Mensch den Viechern voraushat, ist, dass er nicht fressen muss!« Die Frau des Hauses war daher über die beherrschte Art der beiden Schwestern höchst erstaunt. Auch saßen sie schlicht und gerade da, nicht hingelümmelt wie die Fuhrknechte. Diesen Umstand vermerkte besonders der Richter im Stillen, und zwar mit Genugtuung.

Gesprochen wurde kaum etwas; nur die Gastgeberin war mit nimmermüdem Eifer darauf aus, ihre Gäste mit den Kolatschen sanft zu vergewaltigen – was natürlich nicht ohne den Einsatz einer gewissen Beredsamkeit abging.

Als dann alle jede weitere Zugabe mit dem besten Dank ablehnten, bat der Richter den Unterrheiner auf ein Gläschen in sein Kabinett. Die Weiblichkeit blieb sitzen und naschte von dem Konfekt, das in der Mitte des Tisches in einer Kristallschale aufgebaut war.

»Dass ihr so schweigsam seid, Kinderlein?«, bemerkte die Frau Maman und schaute die Mädchen lächelnd an. »So junges Mädl muss doch sein spritzig wie Heipferderl!«

Die Töchter blickten sich erst gegenseitig, dann die Mutter an, und schließlich sagte das Resei: »Wir sollen nit reden, hat der Vater gesagt, wenn wir nit gefragt sind, bitte!«

»Schän, mein Liebes, sähr schän! – Wie heißt du gleich?«

»Resei, bitte!«

»Das ist gut, liebes Resei, was Vater hat gesagt! Aber wo wir jetzt lauter Weiberleit beisammen sind, no, da muss man doch ratschen ein bisserl! Seit wo mein lieber Mann, was ist gewesen Gardeoffizier bei Herrn Kurfirscht in München, nicht mehr lebt, ist still geworden bei mir. Florian hat zuerscht besucht Michaelsgymnasium, und weil gut war in Latein und Griechisch, Karl Theodor hat ihn geschickt auf Hochschule von Jesuiten nach Löwen, was ist in Flandern. Und wieder alles still und still, in Wohnung, am Abend und in Nacht!« Ein zarter Akzent von Rührung lag in der Stimme der würdigen Dame.

Da hielt das Resei nicht mehr an sich: »Madame, warum habt Ihr keine Enkelkinder nit? Da wär doch gleich Leben im Hause!«

»Mein liebes Resei, wenn man hat Sohn, was ist verheirat' mit Richterhut und Aktendeckel, so was bringt nicht Kind und nicht Kegel!«

»Und er will immer ledig bleiben?«, wagte jetzt das Marei zu fragen.

»Wer weiß schon, was will? Weiß doch selber nicht, was will!«, gab resignierend die Dame zu.

Da tat sie der Frau Maria leid, die meinte, da sei doch noch nicht aller Tage Abend. Die Mädchen müssten auf den Herrn Richter doch fliegen wie die Bienen in die blühende Linde, bei seinem Alter und seiner Stellung. Nur sei halt Prien vielleicht nicht der Ort, wo dergleichen Bräute lauerten. »Hätt sich eher nach Rosenheim setzen sollen, der Herr Sohn; gibt's ja auch dort Preysing'sche Untertanen!«

Da fuhr die alte Dame mit der Hand durch die Luft, als ob sie Fliegen verjagen wollte: »Wischen wir's weg! Bleiben wir bei uns! Bei eich herrlicher Jugend! No, und was hat für Pläne, diese Jugend? Packt aus, Kinder! Eine neigierige Großmutter will hören! In eirem Alter, da scheint doch Mond in alle Fenster!«

Die Mädchen gaben sich aufgeräumt; der Grog und die liebenswürdige Frau hatten dazu beigetragen. Sagte das Resei: »Vielleicht kommt ein rechter Knappe oder gar ein Werkmeister!«

»Oder vielleicht auch einer vom Forst!«, fügte das Marei mit frohem Lachen hinzu, war sie doch schon zwei- oder dreimal mit dem Forstpraktikanten Georg nach der Sonntagsmesse durch die Felder gestrichen und erst auf einem großen Umweg nach Hause gekommen.

Da meinte Frau Maria ein bisschen wehmütig: »Wenn der Vater halt bloß ein einfacher Nagelschmied ist und kein großes Sach nit hat, tun sich die Dirndln hart mit der Heiraterei. Da hilft auch ein saubers Gsichterl nix! Von dem können sie nicht runterbeißen.«

Draußen begann es dunkel zu werden. Dr. Griesbeck hatte dem Vater Unterrheiner die Gegenargumente des Satzmeisters erläutert. Der Nagelschmied sollte wissen, was die anderen gegen seine Töchter vorzubringen hatten, damit er auf eventuelle Anwürfe vorbereitet wäre. Gleichzeitig versicherte er abermals, dass von München ohne Zweifel eine positive Antwort zu erwarten sei. Diese Versicherung konnte er leicht geben, hatte er doch in seinem eigenen Begleitschreiben für die Sache des Unterrheiners wärmstens plädiert. Allerdings konnte er das seinem Gegenüber nicht einfach so offen sagen.

Peter Unterrheiner war beim Wein recht aus sich herausgegangen. Und weil er den Eindruck hatte, dass der Hauptgrund für die Einladung nach Prien die beiden Mädchen waren, hatte er stark betont, dass ihm das künftige Geschick der Dirndln, obwohl sie nur seine Stieftöchter waren, genau so am Herzen liege wie sein eigenes und das seiner Frau. Er selbst habe ja nichts gehabt als seinen Beruf und das unverschämte Glück, von der Pertl-Maria geheiratet worden zu sein. »Wer sich aber in ein gemachtes Nest setzt, hat ein großes Schuldbuch mit übernommen!«, sagte er zum Abschluss, und der Richter pflichtete ihm bei.

Jetzt kamen sie zu den Frauen, und der Peter meinte, es sei hoch an der Zeit, sich zur Heimfahrt zu rüsten.

Der Richter ließ sofort einen Nachrichtenreiter kommen und befahl ihm, vor dem Schlitten Spur zu machen. Es hatte nämlich ein leichtes Schneetreiben eingesetzt; das konnte sich aus dem Sachranger Tal heraus möglicherweise verstärken. Da war Vorsicht geboten.

Weil mittlerweile auch die Kälte angezogen hatte, ließ die alte Dame von der Magd noch zwei Bärenfelle herbeischaffen: »So können Goscherl und Naserl nicht eingefrieren!«, sagte sie, und beide – Mutter und Sohn – geleiteten die Gäste zum Schlitten hinaus, der vor der kleinen Auffahrt schon bereitstand.

Bei den Frauen gab es ein rührend herzliches Abschiednehmen, das der Madame sogar ein paar Tränlein entlockte. Der Unterrheiner bedankte sich für die Gastfreundschaft und versicherte, dass er mehr als seine Worte nicht habe, die aber kämen aus ehrlichem Herzen.

Dann ging's in die Nacht hinaus.

Nach zwei Stunden stiegen vier glückliche Menschen am Hatzenbergerhof ab. Der Reiter und der Kutscher sollten weisungsgemäß die Nacht im Marstall unterm Schloss verbringen und anderentags nach Prien zurückkehren, nicht ohne vorher noch beim Pfarrer vorbeigefahren zu sein und ihn nach »etwelchen Wünschen« gefragt zu haben. Mit dem guten Pater Onufrius wollte sich's der Richter nicht verderben, denn der verfügte über die Seelen, er selbst aber bloß über die Leiber!

Mutter und Sohn saßen an diesem Abend im Gerichtshaus zu Prien noch lange beisammen. Sie stimmte ihrem Florian bei, dass die Pertl-Mädchen wertvolle Frauen werden könnten, falls sie in die richtigen Hände gerieten. Dann fragte sie, weil sie den Braten bereits gerochen hatte: »Welcher von den beiden würdest du geben den Vorzug? Mir gefällt besser das Resei. Ist frisch und lebendig wie Bachstelze, wird freilich nicht sein so handsam wie Marei.«

Etwas verlegen erwiderte der Sohn: »Mein Gott, Maman, wer kann das wissen!«

Da wurde die alte Dame energisch: »Willst du Frische, musst du werden frischer! Willst du Handsame, kannst du bleiben, wie du bist: lätschig!«

Über Hohenaschau heulte der Sturm um die Burg. Er pfiff auch um den wuchtigen Kamin der Pertl'schen Nagelschmiede. Vor dem Schlafengehen flüsterte das Resei der Schwester zu: »Heut ist Sankt Thomastag. Von wem du jetzt in der Nacht träumst, der ist dein Schatz! Den wirst kriegen!«

Als sie am anderen Morgen miteinander zum vereisten Brunnentrog hinausgingen, um sich zu waschen, schmunzelte jede in sich hinein. Und während sie einander das Wasser aus ihren hohlen Händen übermütig ins Gesicht spritzten, sagte das Marei: »Bei mir war's der Georg!« und das Resei: »Bei mir der Richter!«

In der Gewerksstube

Der Dreikönigstag des Jahres 1792 war vorbei, und in den Kanzleien und Schreibstuben der Landesregierung in München fing man wieder sachte an, sich aufs Arbeiten zu besinnen.

Da fiel einem untergeordneten Sekretarius wie durch Zufall das Schreiben des Hohenaschauer Satzmeisters in die Hände. Mit einem Blick auf das Datum erkannte er, dass es für die Erledigung schon überreif war, und brachte es seinem Vorgesetzten. Der las bloß das Begleitschreiben des herrschaftlichen Bannrichters. Darauf musste sich der Sekretarius ans Schreibpult begeben und die folgende Entschließung des Hofgerichtsadvokaten Obermaier notieren: »Wer einen Beruf tüchtig gelernt hat, soll ihn auch tüchtig ausüben können!«

Mehr diktierte der Herr nicht, sondern setzte nur noch seine gestochen scharfe Unterschrift darunter.

Die Herren in der Münchner Regierung waren nämlich keine großen Freunde der Herrschaft Hohenaschau. Denn in ihrem Geheimarchiv stand Schlimmes über diese Grundherren. Schon der alte Pankraz von Freyberg zu Hohenaschau hatte damals, vor fast 250 Jahren, obwohl Vertrauter des Herzogs und ein hoher Beamter am Münchner Hof, mit den Lutheranern sympathisiert und sogar angestrebt, seine Besitzungen zwischen Sachrang und Chiemsee, zwischen Hochries und Kampenwand reichsunmittelbar, also vom Herzog unabhängig zu machen. Deshalb hatte er sich bereits eine Forstordnung, eine Almordnung und eine Hammerwerksordnung geschaffen; er hatte alle Bäche im Priental, all die riesigen Waldungen ringsum und alle Eisenerzgänge zusammengeramscht und zusammengegaunert. Bis ihm dann der gottselige Herr Herzog Albrecht auf die Schliche gekommen war und ihn im Münchner Falkenturm dingfest gemacht hatte. Dort haben sie ihn zugrunde gerichtet – was freilich nit hätt sein müssen.

Das waren die Gedanken, denen sich der Hofgerichtsadvokat Obermaier genüsslich hingab. Und weiter: Dann waren die Preysing gekommen, die die Herrschaft von den Freybergern erheiratet hatten! Jetzt tun sie so, als wären sie die treuesten aller Bayern, aber, aber – »Geh, Secretarius, reiche Er mir doch den Akt ›Wildenwart‹ her! – Danke!«

Da haben wir beispielsweise diesen gegenwärtigen Grafen Max V., einen zweifellos tatkräftigen Verfechter bayerischer Interessen! Aber: Was weiß man da von seinem Schloss Wildenwart, vom großen Erkerzimmer im zweiten Stock, den er selber bewohnt? Was ist da eingeritzt in eine Fensterscheibe gegen Nordwesten? Mit einem Diamanten, ganz klein eingeritzt in lateinischer Sprache? – Als ob unsereiner nit auch Latein gelernt hätt!

Und der Herr Hofgerichtsadvokat las und übersetzte halblaut den Text dieser Inschrift – ein Wildenwarter Kammerknecht hatte sie fein säuberlich abgeschrieben in einem Geheimbrief nach München gemeldet: »Am 27. September hat hier der dankbare Gast Graf Morawitzky seinen allerbesten Bekannten und süßesten Freund, den Grafen Max von Preysing, besucht.« So steht's auf dem Glas! Und freimaurerische Zeichen stehen auch darunter! Na also! Ein böhmischer Illuminat!

Man kennt doch diese Brüder! Diese umstürzlerischen Weltverbesserer! Und so was ist der »süßeste Freund« des Preysing! Lieber Graf Max, bedenkt man das, so nimmt man dir deinen bayerischen Patriotismus nit mehr ab! Jetzt quittieren dir's sogar schon deine Hohenaschauer Untertanen, dass du auf zwei Schultern trägst! Zerstritten sind Volk und Richter! Zerstritten Arbeit und Recht! Es scheint, der Apfel wird langsam reif, und eines Tages fällt er ganz von selber in unseren schönen, großen bayerischen Früchtekorb. Seitdem sie drüben in Frankreich die Revolution gemacht haben und dort die hochnobelsten Köpf' rollen, weht nämlich ein anderer Wind durchs Abendland – der lässt Äpfel reifen …!

»Ab mit der Nachrichtenpost nach Prien!« Der Hofgerichtsadvokat Obermaier warf den Brief seinem Sekretarius hin. Dann erhob er sich, nahm den Dreispitz und verließ die Kanzlei. Für heute hatte er genug gearbeitet!

Am 10. Januar dieses neuen 1792er-Jahres gab der Nachrichtenreiter den Brief der Landesregierung im Banngerichtsgebäude zu Prien der Magd am Tor in die Hände: »Dem Herrn Dr. Griesbeck!«

Der Richter brach das Staatssiegel auf und nestelte eine Weile an der Spagatschnur herum, weil er den Knoten lösen wollte. Weil ihm das aber nicht gleich glückte, verlor er die Geduld und griff nach der Schere. Dann las er die »Entschließung« des Herrn Obermaier – und ärgerte sich. Der Münchner Kanzleigewaltige war einer Stellungnahme in puncto Gesellenbrief für die Schmiedtöchter glatt aus dem Weg gegangen! Gut, hier stand geschrieben, sie durften Gesellenarbeit verrichten! Aber streng genommen brauchte sie der Satzmeister nicht in die Zunft aufzunehmen. Es gab also weder einen Sieger noch einen Verlierer. Wahrhaftig, das könnt ihr, ihr schlauen, verschlagenen Federfuchser im Alten Hof: das Recht zwischen den Zeilen hin und her schieben, bis es zerfasert!

Der Doktor fühlte einen schalen Geschmack im Mund. Als er seine Gelassenheit wiedergefunden hatte, begab er sich zur Maman: »Ich muss morgen nach Hohenaschau und werde den ganzen Tag aus sein.«

›Ob er vorfühlen wird?‹, fragte sich die Frau, quittierte jedoch seine Ankündigung nur mit einem bestätigenden Kopfnicken.

Er sandte dann einen Oberreiter zum Satzmeister Michl mit der Weisung, die herrschaftlichen Nagelschmiede – Meister und Gesellen – sollten sich anderentags nach der Schicht in ihrer Gewerksstube vollzählig einfinden – auch die beiden Pertl-Töchter.

Es läutete gerade zu Mittag, als der Reiter beim Satzmeister aus dem Sattel stieg. Er brachte seine Botschaft an, erhielt einen Obstler, nach dem er sich beinahe die Lunge herausgehustet hätte, und ritt in den Marstall. Der Michl schlang hastig ein paar Bissen hinunter und machte sich dann auf den Weg, die Versammlung bei seinen Zunftgenossen bekannt zu machen. Bei jedem, zu dem er kam, betonte er, dass auch die Pertl'schen anwesend sein würden. Das rief meistens heftige Entrüstung hervor. Er wusste die Leut aber mit der Bemerkung zu besänftigen, die Landesregierung werde den Hochnäsigen schon einen kräftigen Dämpfer aufgesetzt haben. Zum Unterrheiner selbst ging er nicht hinein, sondern ließ die Einladung durch einen Lehrbuben bestellen, was der Peter zunächst als eine Gehässigkeit vermerkte, am Ende aber als Dummheit empfand.

Der Abend des 11. Januar dämmerte, die Hammerwerke hörten auf zu pochen; nur die Hochöfen glühten. Die Nagelschmiede drängten sich zum Burgkeller. Der Wirt zapfte frisch an, denn der Herr Bannrichter und sein Amtsdiener sollten eine süffige Maß kriegen. Wieder hatten sie sich in zwei ungleiche Lager getrennt: hier der Peter und seine Dirndln, dort die Meister und Gesellen, alles in allem hundert Menschen. Als jeder seine Kanne vor sich stehen hatte, erhob sich der Bannrichter. In der Hand hielt er das Papier der Regierung mit dem einen Satz.

»Es ist die Aufgabe des Richters«, begann er, »Recht zu sprechen und dadurch Frieden zu stiften. In eurem Fall hat die Landesregierung in München Recht gesprochen. Ob durch ihren Spruch der Friede erreicht wird, liegt bei euch; ich will das Meinige dazu beitragen. Es ist nämlich nichts hässlicher als eine zerstrittene Gemeinschaft; sie ist der Nährboden für Mord und Totschlag. Die Sache der Stieftöchter des Meisters Unterrheiner betreffend, erklärt die Regierung kurz und bündig – ein jeder von euch kann das Papier hier einsehen –: ›Wer einen Beruf tüchtig gelernt hat, soll ihn auch tüchtig ausüben können!‹ Punktum. Gezeichnet: Hofgerichtsadvokat Obermaier.«

Der Doktor machte eine kurze Pause. Ringsum blieb es still.

Dann fuhr er fort: »Dass es euch die Stimme verschlagen hat, verstehe ich jetzt ebenso, wie ich vor Monaten euer Schreiben nicht verstanden hab. Wer hat euch denn zu Sittenpredigern oder gar zu Propheten berufen? Wenn euch die Dirndln zu nackig sind, dann schaut nit hin! Und dann die Prophezeiung, niemand werde um die Schmiedtöchter werben! Ich kann euch versichern, die eine hat bereits einen ernsten Bewerber! Und die andere wird einen kriegen! Dann seid ihr der Pflicht enthoben, ihnen den Gesellenbrief auszustellen – auch wenn sie euch alle Ehr gemacht hätten. – Und schließlich die Drohung von neunzig Gesellen, die Arbeit niederzulegen, weil zwei Dirndln mit ihnen am gleichen Nagelstock stehen und die gleichen Nägel schlagen wollen – meine lieben Freunde, dümmer geht's nit! Gewiss, ihr würdet die Herrschaft schädigen, aber wovon wollt ihr denn leben, ihr und eure Leut, für die ihr verantwortlich seid? Wollt ihr Hunger und Elend in dieses Tal bringen, das eure Vorväter seit Gründung der Eisenhütte vor 250 Jahren so reich gemacht haben – und das Ganze wegen zweier Dirndln? Sagt das ja nit weiter, denn die Leut draußen im Land müssten sich einen Ast lachen!«

Da hob einer der Gesellen die Hand: »Herr Bannrichter, um die zwei Dirndln geht's gar nit so sehr, aber wenn das Schule macht!«

Alle schauten sich nach dem Sprecher um. Das war ja gar keiner von ihnen! Das war doch der Georg, der junge Bursch von der Forstverwaltung! Wie hatte sich der da mit hereingeschwindelt? Schon wollte ihm der Satzmeister das Wort verbieten, doch weil der Georg eine gute Frage gestellt hatte, ließ er es.

Nun war das Wort beim Richter: »Wenn das Schule macht, fragst du! Richtig! Wenn das Schule macht, dann stehen eines Tages Männer und Weiber gleich da; gleich in der Arbeit, gleich im Lohn, gleich in der Hauswirtschaft, gleich vor dem Gesetz …«

»… und gleich im Kinderkriegen!«, schrie der Forstmann dazwischen. Alle lachten.

»Oder sind wir vor unserm Herrgott nicht auch alle gleich?«, rief darauf der Richter laut in die Menge der Lacher.

Doch der andere war schon wieder da: »Sachte, Herr Bannrichter, sachte! Lasst den Herrgott aus dem Spiel! Denn in der Bibel steht – und das ist Gottes Wort! –: ›Ihr Weiber, seid euren Männern untertan!‹ Also nix von Gleichheit, Herr Bannrichter!«

»Du irrst, mein Lieber! Gleichheit im Recht ist keinesfalls Gleichheit der Pflichten! Und weil eine Familie, die in sich uneins ist, zugrunde geht, muss einer da sein, der Vater, der allen ihre verschiedenen Pflichten zuweist und sie so in Liebe und Gerechtigkeit vereint!«

»Das sind Haarspaltereien, und außerdem geht mich das Ganze gar nix an!« Er packte seinen Hut, warf sich die Pelerine um und verließ den Wirtssaal.

Der Richter wandte sich an den Satzmeister: »Michl, was soll das heißen? Hattet ihr euch da einen Krawallmacher herbestellt?«

Dem Michl war der Auftritt selbst peinlich: »Weiß nit, Herr Bannrichter, wie der da hereinkommt. Wir von der Handwerkslade haben ihn jedenfalls nit hergeholt. Nehmt's ihm nit übel, er ist etwas eigen! Der Herr Forstmeister meint ebenfalls, dass es bei ihm nit ganz stimmt!«

»Aha, der gehört zum Forst?«

»'s ist der Georg Pilgrim, kommt aus der Gegend vom Bodensee und praktiziert bei uns.«

»Ein komischer Heiliger!«

»Und eine Goschn hat er wie ein Scherenschleifer. Ihr habts ja gemerkt, Herr!«

Die bisher gereizte Stimmung schien sich zu entspannen. Man redete wieder miteinander, ruhig und ohne Aufregung, und der Wirt schenkte mit seinem Hausl fleißig Bier nach. Auch Dr. Griesbeck und sein Amtsdiener stemmten ihre Kannen und prosteten sogar den Meistern zu. Bis sich dann nach einer Weile der Richter erneut erhob:

»Meine lieben Nagelschmiede, verfahrt jetzt mit den beiden Schwestern, wie ihr wollt! Gebt ihnen den Gesellenbrief oder gebt ihn nicht, sie werden das bleiben, was sie sind: brave Schmiede und stramme Dirndln!«

Warf das Resei dazwischen: »Wir verzichten auf den Gesellenbrief! Auf Gnad und Barmherzigkeit sind wir nit angewiesen!«

Erneut sah der Richter den Frieden, den er stiften wollte, in Gefahr: »Mädchen, so geht das nit! Eben weil ihr nicht auf die Gnade und Barmherzigkeit der Handwerkslade angewiesen seid, würde euch ein großmütiges Vergeben und Vergessen gut zu Gesicht stehen! Fragt euren Vater! Er ist gewiss meiner Meinung. Wenn man vergangene Streitereien immer wieder aufwärmt, erzeugt das bloß böses Blut!«

Das Resei wollte zu einer Antwort ausholen, doch legte ihr der Vater begütigend die Hand auf den Arm.

Der Richter sah das und fuhr fort: »Ich habe in meiner richterlichen Eigenschaft auch die Aufgabe, zu vermitteln. Wenn euch also wo der Schuh drückt, mault nicht und schimpft nicht und geht nicht gleich in die Luft! In der Luft hängen die Lösungen von Problemen kaum. Kommt zu mir! Ich bin zwar euer Richter, hab jedoch nie aufgehört, ein Mensch zu sein! – Und jetzt: Wirt, jedem eine Maß der Versöhnung auf Gerichtskosten!«

Lautstark bekundeten die Nagelschmiede ihre Begeisterung, doch das, was Dr. Griesbeck sich eigentlich erhofft hatte, geschah nicht: Weder der Satzmeister noch der Unterrheiner machten Anstalten, versöhnlich aufeinander zuzugehen.

Murmelte der Amtsdiener: »Büffel bleibt Büffel!«

Peter Unterrheiner und seine Töchter nahmen die herrschaftsrichterlich gestiftete Maß nicht mehr an, sondern verabschiedeten sich von den beiden Herren mit Händedruck. Dabei schauten der Doktor und das Resei einander eine Spur länger in die Augen, als es sich eigentlich gehörte.

Auf dem Heimweg zum Hatzenbergerhof am Bach fragte der Peter das Marei: »War das vielleicht der Forstmensch, mit dem du da umeinanderziehst?«

»Meinst den Georg, Vater?«, erwiderte sie spitz.

Er darauf: »Ja, wen denn sonst? Scheint mir ein arg hinterhältiger Krowot zu sein! Ich warn dich! Schneid dich nit in die Finger! So was heilt lang nit!«

Fasching

Die Kirche war aus; die Frauen liefen heim in ihre Häuser, um den Sonntagsbraten rechtzeitig auf den Tisch zu bringen, die Mannsbilder stolzierten in die Wirtschaften, um ihr Bier zu trinken und vielleicht einen zünftigen Schafkopf zu dreschen. Die jungen Leute taten sich auch zusammen. Am Kirchplatz benahmen sie sich noch etwas zurückhaltend, aber außerhalb der Ortschaft, auf den Feldern, verloren sich die Hemmungen schnell. Es gab eine Faschingspredigt des geistlichen Herrn Onufri zu verlästern. Was der ihnen alles unter die Nase gerieben hatte! Man möcht fast meinen, er wär in seiner Jugend selber ein rechter Draufgänger gewesen, sonst könnt er doch das alles gar nit so wissen!

Der Georg Pilgrim hatte sich gleich das Pertl-Marei gepackt und war mit ihr in Richtung Forsthaus gegangen. Dort war ihm von Amts wegen im Beihaus eine kleine Wohnung eingeräumt worden. Er sonderte sich meist von den Aschauern ab, schließlich war er ja auch etwas Besseres.

Der Unterrheiner, seine Maria und das Resei schlenderten geruhsam ihrer Schmiede am Bach zu. Mit dem Marei hatten sie in den letzten Wochen viel Verdruss gehabt. Die lief anscheinend mit Scheuklappen durch die Gegend und wurde außerdem noch dreist und frech.

»Wenn's unten anfängt, hört's oben auf!«, sagte der Peter und spuckte seitlich weg.

»Gott sei's geklagt!«, erwiderte die Maria und seufzte.

Das Resei aber dachte sich: Wer weiß, ob sie nit besser dran ist als ich! Sie spürt wenigstens, wohin sie einmal gehören wird. Mir geht's wie dem Schwalberl, das den Abflug verpasst hat ...

Während sich die Mutter daheim sofort an den Kochherd begab – es war ja schon alles hergerichtet –, nahm das Resei den Peter beim Arm und flüsterte: »Bitt schön, geh mit in die Schmiede!« Er war nicht ihr Vater, aber er liebte sie wie eine eigene Tochter.

Sie stellten sich an den Nagelstock hin, an dem er zu arbeiten pflegte, und das Mädchen sagte mit einem feinen Tränenschleier in den Augen: »Vater, ich bin in den Richter verliebt!«

Er schien von diesem Bekenntnis nicht überrascht zu sein und erwiderte ohne langes Bedenken, das sei für einen jungen Menschen ein ganz normaler Vorgang; schlimm werde die Geschichte freilich, wenn eine unerfüllbare Hoffnung dazukomme.

»Wär's unerfüllbar?«

Lange schaute er vor sich auf den Boden nieder, wo eine dicke Schicht Eisenspäne lag. Er stocherte mit der Fußspitze darin herum und meinte dann: »Unerfüllbar wär's an sich nit, mir kommt sogar vor, ihm geht's so wie dir; ob das aber bloß so ein Strohfeuer ist oder ob's Bestand haben könnt, das weiß der liebe Herrgott allein!«

»Vater, ich brauch aber eine Gewissheit; ich werd sonst noch verrückt!«

Er legte ihr die Hand auf die Schulter: »Dirndl, spinn dich aus! 21 Jahr' alt, kerniger Nagelschmied – und ein hauchdünnes Seelerl wie ein verwöhntes Nesthakerl!«

Da fiel sie ihm um den Hals und weinte zum Gottserbarmen. Als sie eine Weile so gestanden waren, rief Frau Maria zum Essen.

Im Hinübergehen sagte er leise zu ihr: »Ich werd mit der Mutter reden. Die hat noch allweil einen guten Rat gewusst.«

Das Marei kam nicht zum gemeinsamen Tisch. Sie holte sich, wenn sie schließlich erschien, irgendetwas Kaltes aus der Speiskammer. Meistens aß sie gar nichts. Ihre Arbeit am Nagelstock taugte auch nicht mehr viel; kaum die Hälfte ihrer Nägel war abzusetzen. Der Vater hatte erst neulich erklärt, er müsse einen neuen Gesellen einstellen; sie solle deshalb ihren Platz räumen.

Heute war es nun so weit. Beim Kaffeetisch, zu dem sie gerade noch rechtzeitig gekommen war, warf sie mit gleichgültiger Miene die Bemerkung hin, sie werde noch vor dem Aschermittwoch heiraten, weil sie schwanger sei, und dann sofort zum Georg ziehen. Eine Hochzeitsfeier komme für sie nicht infrage, ebenso wenig wie Brautkleid und Kammerwagen und der andere Kaas. Der Georg sei eben unten beim Onufri, um eine ganz stille Trauung zu bestellen. Und noch eines: In die Schmiede solle sie nicht mehr gehen, habe der Georg gesagt. Dafür solle sie die Aussteuer möglichst bald ins Forsthaus bringen – vielleicht etliche Male mit dem Handwagerl hin und her fahren –, damit er schon alles einrichten könne.

Niemand hatte sie bei ihrem Gerede unterbrochen, niemand sagte auch jetzt ein Wort. Das Resei und die Eltern schoben den Kaffee beiseite und gingen hinaus. Darauf zog sie sich in die Kammer zurück und packte ihre Wäsche zusammen – viel war es ja nicht.

Die drei anderen standen hinten auf der Tenne. Als Erste gewann Frau Maria die Fassung wieder: »Mag es sein, wie's will, sie ist mein Kind, und ich darf sie nit fallen lassen!«

»Wer red't denn vom Fallenlassen! Aber ihr hinten hineinkriechen, das tu ich nit!«, sagte der Peter, packte einen Rechen, der dort stand, und schleuderte ihn quer über die Tenne bis an die hintere Wand, dass die Hälfte der Zähne abbrach.

Sie wurden in aller Stille getraut: die »tugendsame Jungfrau« Maria Pertl und der »ehrenfeste Jüngling« Georg Pilgrim. Jedermann wusste, warum so und nicht anders. Darum gab's in Hohenaschau auch weiter kein Gezischel und Gesums, denn was denen passiert war, wird noch vielen passieren, und man darf, wenn man ganz nah am Glashaus sitzt oder sogar schon drinnen, keine Steine werfen. Nur ein paar fromme alte Weiber, die dürfen; die haben ja auch kein Glashaus!

Dann brachen die letzten drei närrischen Faschingstage oder, besser gesagt, Faschingsnächte an. Wer ein rechter Hammerschmiedgesell sein wollte, den durfte da keine Müdigkeit oder gar Schwäche überkommen. Diese Schand durfte man sich nicht antun! Schon wegen der Leut nicht, die von auswärts kamen und das zünftige Treiben der Eisenarbeiter bestaunen wollten – wie zum Beispiel der Herr Bannrichter von Prien! Er war am Sonntag schon frühzeitig angekommen, zusammen mit seiner Mutter. Sie hatten die Messe in der Schlosskapelle besucht, darauf zwei Gästezimmer belegt und aus der Hofküche gespeist. Die alte Dame hatte sich ausbedungen, nach der Mahlzeit allein mit dem Amtsdiener ein kleines Spaziergänglein zu machen. Und so begleitete sie der Mann, wie sie's verlangt hatte, zum Hatzenbergerhof am Bach, Nummer 61. Die Begrüßung dort glich einer Wiederholungsübung auf einer Schauspielschule: Umhalsungen, Küsse, Händedrücken wechselten einander so lange ab, bis die Helden müde waren und sich in die große Stube begaben, um endlich das Gespräch in Gang zu bringen, das allen am Herzen lag.

Die Mutter des Richters ging das gewünschte, ersehnte, erhoffte, gefürchtete Heiratsproblem an wie ein spanischer Matador, der mit dem Stier in die letzte Kampfesphase eintritt: offen, klar und zielsicher. Dass ihr Sohn das Resei möge und von ihrer Gegenliebe überzeugt sei, stehe außer Zweifel. Nach ihrer Überzeugung komme diese spontane Zuneigung einem Naturereignis gleich. Freilich dürfe man sich Naturereignissen – wenn möglich – nicht willenlos ausliefern, sondern müsse sie beobachten und prüfen: »Liebes Resei-Schatzerl, prüf ihn, fühl ihm auf hohlen Zahn, wenn er hat!« Das sei natürlich auf Distanz unmöglich; also müssten sie in diesen drei Faschingstagen fleißig miteinander spazieren gehen und essen gehen und tanzen gehen »und überhaupt alles machen, was eier Herzerl von eich verlangt«!

Der gute Peter Unterrheiner hockte daneben und kam gar nicht mehr richtig mit. Weil er aber sah, wie Tochter und Mutter mehr und mehr zu strahlen begannen, hatte er dem losgebrochenen Sturzbach der weiblichen Beredsamkeit nichts entgegenzusetzen; er schickte sich gottergeben ins Unaufhaltsame. ›Unser Resei ist ja brav!‹, das war sein stets wiederkehrender Gedanke.

Sogleich wurde natürlich die leidige Kleiderfrage angesprochen, doch die alte Dame blockte auch da jegliches Bedenken ab: »Fronleichnamsdirndl, was hast angehabt neilich bei uns! Gibt's nix Schäneres bei solche Figur!«

Während sie diese Frage hin und her diskutierten, stand mit einem Mal Dr. Griesbeck unter der Tür. Sein Gesicht verriet innere Erregung: »Hab ich mir's doch gedacht! Maman, Ihr erweist mir da keinen guten

Dienst; im Gegenteil, Ihr habt mich bloßgestellt! Als ob ich nicht selber Manns genug wär!«

»Entschuldige!«, erwiderte die alte Frau kleinlaut und setzte sich hin wie ein gerügtes Schulmädchen. Darauf bat er seinerseits die Unterrheiners um Entschuldigung und gab jedem die Hand.

Zunächst herrschte betretenes Schweigen. Bis der Peter meinte: »Nix für ungut, Herr Bannrichter, aber was die Frau Mutter da gemacht hat, wird jede Mutter und jeder Vater machen, wenn's ums Wohl des Kindes geht! Kinder sind unser Hausschatz; wenn wir den hergeben – und früher oder später müssen wir's –, dann möchten wir ihn natürlich in gute Hände legen.«

»Ich dank Euch, Unterrheiner! Ihr habt für meine Mutter eine Lanze gebrochen und zugleich mir selber eine Belehrung erteilt. Der Belehrung hätt es nicht bedurft! Ich bin kein Windhund! Ich bin herausgekommen zu euch, dass wir uns in den drei Tagen ein wenig kennenlernen, denn niemand kauft die Katz im Sack. Wochentags habt ihr keine Zeit, und ich auch nicht.«

»Wir sehen's nit ungern!«, erwiderte der Peter.

»Ich seh's sogar ganz gern!«, sagte das Resei und lächelte spitzbübisch.

Dr. Griesbeck war in seiner kurzen Amtszeit mit Sitten und Brauchtum an der Prien noch wenig bekannt geworden. Deshalb nahm er in diesen Hohenaschauer Faschingstagen jede Gelegenheit wahr, den verschiedenen »Sack- und Wurschthupfats« so wie den ergötzlichen »Eier- und Schubkarrenrennats« beizuwohnen. Und wenn ihn dabei der eine oder andere Kasperl im Gesicht anrußte, so hatte er nichts dagegen; vielmehr sah er es sogar als ein Zeichen des Vertrauens an: Sie mochten ihn – was will ein Herrschaftsrichter mehr!

Abends war er mit dem Pertl-Resei auf den Tanzböden zu sehen. Er tanzte flott und elegant, und die beiden zogen die Augen aller auf sich. Anfangs wunderten sich vor allem die Nagelschmiede über das unverschämte Glück dieses Dirndls. Dann aber empfanden sie es als eine persönliche Ehrung, dass es fast so etwas wie eine der Ihren war, die sich da der Herr Bannrichter auserwählt hatte: Ja, Herrschaftseitn! Wo gibt's denn so was! – Bei uns gibt's es halt!

Madame Griesbeck konnte in den frühen Morgenstunden nach dem Kehraus mit Genugtuung feststellen, dass alle Ziele, die sie in verknüpfender Weisheit anvisiert hatte, erreicht worden waren. Der Hofgeistliche zeichnete bei der Frühmesse allen Burgleuten – auch den Gästen, unter denen sich das Resei befand – das Aschenkreuz auf die Stirn mit der Mahnung: »Gedenk, dass du Staub bist und zum Staub zurückkehren wirst!«, sodann geleiteten Mutter und Sohn das Mädchen nach Hause. Man gab sich bei dieser zweiten Begegnung gelöst, alle amtliche Steifheit war gewichen.

Von Heirat wurde im Ton der Selbstverständlichkeit gesprochen und ein Termin noch im November des gleichen Jahres erwogen. Resei wollte bis zum Fest der Sommersonnwende weiterhin beim Vater arbeiten, denn zwei neue Gesellen kurz hintereinander, das wäre der Schmiede nicht gut bekommen. Danach aber sollte sie nach dem Wunsch des Richters auf Schloss Wildenwart ziehen und versuchen, das höfische Leben ein wenig kennenzulernen. Eine Hofdame würde ihr dort an die Hand gehen. Außerdem war Wildenwart von Prien nur einen Katzensprung entfernt, an beiden Orten standen Rösser. Man war sich also nahe.

Die Wochen vergingen, Mitte Juni war vorbei. Das Resei wäre mit dem Verlobten gern auf den Berg gegangen und übers Sonnwendfeuer gesprungen, doch erklärte er ihr, dafür sei er zu steif.

»Wirst aber noch nit alt?«, fragte sie launig.

Er darauf: »Mein Gott, Dirndl, zehn Jahre Unterschied sind halt zehn Jahre! Kindisch wär's, wenn ich darüber hinwegsehen wollt!«

»Aber du reitst doch so gut und tanzt so schmissig!«

»Reiten, Tanzen und Feuerspringen sind dreierlei! Die Hauptsach aber: Ich möcht mich vor unseren Hütten- und Hammerleuten nicht gern blamieren. Das wirst du verstehen!«

Natürlich verstand sie's, und sie bewunderte ihn, dass er so ehrlich seine Schwäche eingestand; er hätte ja auch ein paar dumme Ausflüchte gebrauchen können.

Die Hochzeit feierten sie wegen der Schwester, die im Kindbett lag und auch ganz bescheiden geheiratet hatte, zu Hause am Bach, Nummer 61. Unter den zehn oder zwölf Gästen befanden sich der Oberforstmeister Anselm Meggendorfer und der Michl, Satzmeister der Nagelschmiede; natürlich auch Pater Onufrius. Alle empfanden es als eine schöne Geste, als während der Mahlzeit der Satzmeister sich erhob, ein Papier hervorzog und in einem feierlichen Ton, den man dem grobschlächtigen Mann gar nicht zugetraut hätte, erklärte: Die Meister der Hohenaschauer Handwerkslade hätten einstimmig beschlossen, das Pertl-Resei, Stieftochter des Meisters Peter Unterrheiner, nunmehrige Gattin des Herrn Bannrichters Dr. Florian Griesbeck, in den Stand der ehrenhaften Hammer- und Nagelschmiedgesellen aufzunehmen. Wegen der zweifellos guten Vermögenslage ihres Gatten könne die fällige Aufnahmegebühr von zwanzig Gulden leider nicht erlassen werden.

Da umarmte die Braut den alten Mann, und der Bräutigam zahlte noch zehn Gulden mehr. Der Pfarrer aber raunte dem Forstmann zu: »Man sollt's nit glauben, dass die Halbnackerten ein so unverschämtes Glück haben! Und unsereiner muss tun, wie wenn der Teufel sie schon halb in seiner Gewalt hätt!«

Nach dem Kaffee gingen die Neuvermählten auf den Friedhof, und das Resei legte am Grab ihres Vaters den Brautstrauß nieder. Am Abend fuhren sie im Viererzug – vorne und hinten je drei Laternenreiter – in das hochgräflich Preysing'sche Banngerichtshaus nach Prien.

Der Brand

In den Jahren darauf ging es im Bayernland drunter und drüber. Die Franzosen fielen ein. Der Kurfürst Karl Theodor floh nach Sachsen, die Soldaten desertierten, und die Beamten hielten vor jeder Amtshandlung die hohle Hand hin. Die Geistlichkeit war auch nicht mehr das, was sie einst gewesen. Von Frömmigkeit oder guten Sitten konnte bei manchen Geistlichen keine Rede sein. Vor allem aber hatte auch sie der Geist der Aufklärung erfasst. Da war das althergebrachte Glaubensgut keine Selbstverständlichkeit mehr, sondern alles wurde hinterfragt.

Überhaupt hielt sich jeder, der sich irgendwann in irgendeiner Weise mit Wissenschaft beschäftigt hatte, für berechtigt, über den alten Glauben und die überkommenen Traditionen herzuziehen. Die französische Freiheit und Gleichheit aller Menschen spukte durch die Hirne besonders der jungen Menschen und rüttelte an Zäunen und Barrieren.

Auch der Forstbeamte Georg Pilgrim, ein durchaus begabter junger Mann, gehörte zu denen, die alles infrage stellten, was bisher gegolten hatte, die neuen Lehren aber ziemlich unkritisch in sich hineinfraßen. Kein Wunder, dass er dadurch bei den herrschaftlichen Förstern und beim Oberforstmeister Anselm Meggendorfer immer wieder aneckte. Der hätte ihn natürlich Knall auf Fall hinauswerfen können; weil er aber die Fähigkeiten des Burschen erkannt hatte, glaubte er, ihm über diese stürmischen Lebensjahre nachsichtig hinweghelfen zu müssen. Auch hoffte er, der junge Gesell würde jetzt, da er geheiratet und damit Verantwortung für seine kleine Familie übernommen hatte – Georg sah gerade ein zweites Mal Vaterfreuden entgegen – ruhiger und beherrschter werden.

Dann kam es jedoch im Herbst 1797 anlässlich der Versammlung aller Förster, Waldheger und Holzknechte im Forsthaus Hohenaschau zu einer harten Auseinandersetzung. Vor allem die Holzknechte beschwerten sich heftig, dass ihnen Georg Pilgrim Auflagen mache, was die Lagerung des gefällten Holzes betreffe, Auflagen, die der bisherigen Praxis zuwiderliefen und am Ende den Abtransport des Holzes nur erschwerten. Pilgrim konnte diese Vorhaltungen nicht entkräften, und so verlangte Anselm Meggendorfer, man solle alles in Zukunft wieder in der gewohnten Art und Weise handhaben. Diese Bloßstellung tat dem Georg weh, zumal die Holzfäller mit schadenfrohen Bemerkungen nicht sparten.

Darauf sprach man über die erforderlichen Holzmengen für die beiden Hüttenwerke in Hohenaschau und in Bergen sowie für die Nagelschmiede. Da gab der Förster Häuerritzer von Sachrang zu bedenken, dass man in seinem Spitzsteinrevier mit dem Holzeinschlag unmöglich so weitermachen könne wie bisher. »Das ist Raubbau am Wald!«, erklärte er kurz und bündig.

Der Meggendorfer schlug seine Listen auf. Er rechnete eine Weile hin und her und meinte dann bedenklich: »'s kann aber nit so sein! Das heißt, entweder sind unsere Vermessungen falsch, oder es sind Holzdiebe unterwegs. In Wirklichkeit müsst dein Revier noch um ein Viertel mehr erbringen, ohne dass der Bestand gefährdet ist! Der Sach muss nachgegangen werden!

Georg Pilgrim, du mietest dich für zwei Wochen in der Jagdhüttn unterm Brandelberg ein und durchstreifst das Grenzgebiet am Mitterleitner Graben! Ich vermute stark, dass wir's mit Tirolern zu tun haben, dann kann's eigentlich nur an dieser Stelle sein!«

Dem Forstpraktikanten kam dieser Auftrag zwar nicht gelegen, er wagte aber keine Widerrede und bezog tags darauf die Jagdhütte.

Gleich in der ersten Nacht drangen drei Tiroler Burschen bei ihm ein, hielten ihm ihre Messer ans Gesicht und drohten, ihn kaltblütig umzubringen und im Graben zu verscharren, falls er ihnen bei ihren Holzunternehmungen in die Quere käme. Sollte er ihnen jedoch behilflich sein, würden sie sich nicht lumpen lassen.

Da verließ nun Georg Pilgrim zwei Wochen lang die Hütte nicht mehr, jedenfalls nicht bei Nacht; dies umso lieber, als ihm die Martl von der nahen Alm gerne Gesellschaft leistete. Währenddessen ließen die Tiroler große Mengen des geschlagenen Holzes auf der bayerischen Seite in den Mitterleitner Graben hinabrollen. Auf der Tiroler Seite wurde es von ihren Helfershelfern wieder hinaufgezogen und geruhsam ins Tal gegen Niederndorf geschleppt. Der Georg warnte sie jeweils durch einen Geierschrei vor dem Förster oder dem Heger, und sie zahlten ihn dafür so gut, dass er sich vornahm, der Martl ein besonderes Geschenk zu machen: eine geschlitzte Tunika, römische Sandalen und einen modischen Hut, alles für den nächsten Fasching.

Als dann die vierzehn Tage Beobachtungszeit um waren, meldete er dem Oberforstmeister, dass er zwar fremde Gesellen im Revier gesichtet habe; sie seien jedoch bei seinem Anblick Hals über Kopf aufs Tirolische hinüber entwichen.

Der Meggendorfer war's zufrieden – doch nicht lange. Denn als im Spitzsteinrevier die Schneeschmelze einsetzte und der Heger das Holz für die Sachranger Kohlstatt vermessen musste, stellte er fest, dass mehr als die Hälfte des vorherbstlichen Bestandes verschwunden war. An den Spuren beim Mitterleitner Graben erkannte er, auf welchem Weg das Holz nach Tirol gelangt war und dass, so äußerte er sich auch gegenüber Meggendorfer, Georg Pilgrim diesen Diebstahl auf jeden Fall hätte bemerken müssen. Denn unmittelbar nachdem der junge Mann die Hütte verlassen habe, hätten starke Fröste und üppige Schneefälle eingesetzt, sodass dann der Abtransport des Holzes nicht mehr möglich gewesen sei.

»Du weißt aber schon, dass du hier einen ungeheuerlichen Verdacht aussprichst!«, sagte der Oberforstmeister zum Heger.

Der erwiderte: »Ist noch nit alles! Auf den Almen tuscheln sie hinter der vorgehaltnen Hand, der Pilgrim habe es in jenen zwei Wochen Nacht für Nacht mit einer gewissen Martl ghabt, und die stamme von drüben aus'm Tirol.«

Da entschloss sich der Meggendorfer, der Geschichte persönlich auf den Grund zu gehen. Er fuhr nach Sachrang, stieg zur Jagdhütte hinauf und wartete. Die Tiroler hatten drüben einen Aufpasser postiert, und der hielt den Forstmeister für den Georg Pilgrim. Als nun die Nacht hereingebrochen war, erschienen die drei vom vergangenen Herbst wieder, um mit dem Praktikanten abermals zu verhandeln. Sie erstarrten aber schier unter dem Türstock, als sie in eine Gewehrmündung schauten. Da zückte einer, ein ganz junger, blitzartig sein Messer, doch es fiel ihm in der nächsten Sekunde ebenso blitzartig aus der Hand: Der Meggendorfer hatte geschossen und getroffen. Die beiden anderen warfen ihre Messer weg und hoben die Hände.

»Nehmt ihn und verschwindet!«, schrie der Forstmeister.

Sie trugen den Toten in die Nacht hinaus. Als sie sich im Niederholz verloren hatten, rief einer zurück: »Meggendorfer, 's ist mein Bruder! Denk an mich! Ich vergess dich net!«

Inzwischen hatte das Pertl-Marei dem Pilgrim ein zweites Kind geschenkt, diesmal eine Tochter, die man nach einer Großmutter Ursel nannte. Er selbst war mittlerweile in Rosenheim gewesen und hatte der Martl das versprochene neumodische Gewand gekauft. Als sie's zum ersten Mal anhatte, beim Niederndorfer Schützenball, fiel sie auf. Allerdings nicht bei allen im positiven Sinn, und bald flüsterten sich die Tiroler Bauerntöchter mit hämischem Grinsen zu, dergleichen könne man sich nur als Kuhdirn auf der Alm leisten, vorausgesetzt, es gelinge einem, sich einen »boarischen Forschtmenschen« zu angeln. Und sie machten sich arg lustig über die Martl, die in der geschlitzten Tunika daherwabere wie die gichtbrüchige Fleischhackerin von Erl.

Von dieser Schenkung erfuhr natürlich auch der Bruder des erschossenen Holzdiebs. Er fasste einen Plan – einen teuflischen Plan.

Als die Sachranger ihr Vieh wieder auf die Alm getrieben hatten, nahm die Martl ihren Dienst wieder auf. Bald schlüpfte auch der Georg Pilgrim wieder zu ihr. Das konnte allerdings nur so alle vierzehn Tage geschehen. Als nun die Martl zwischendrin wieder einmal allein war, stieg ein anderer bei ihr ein: der Holzdieb. Er erklärte ihr kurz und mit drohender Miene, sie müsse ihrem Freund Folgendes mitteilen: Er solle das

Forsthaus, in dem er wohne, anzünden, damit der Meggendorfer dabei draufgehe. Tue er das nicht, so werde er, der Holzdieb, einen Brief nach Hohenaschau schreiben lassen und darin alles, was seit dem vergangenen Herbst im Spitzsteinrevier geschehen sei, der Herrschaft mitteilen. Sie aber, die Martl, müsse das dann beschwören, ob sie wolle oder nicht! Wolle sie nicht, werde man mit ihr entsprechend umzugehen wissen.

Das waren schlimme Aussichten für die Magd, vor allem aber für ihren Georg. Denn auf Brandstiftung stand die Todesstrafe. Wie sollte sie ihm die Forderung des Holzdiebs beibringen, gerade jetzt, wo seine Besuche allmählich ihre größte Freude wurden! Doch da half kein Beten und kein Fluchen; sie musste es dem Georg zumindest sagen.

Und sie sagte es ihm, als er wieder zu ihr kam. Da verging ihm nun gleich alle Lust an ihr, und er verabschiedete sich rasch wieder.

Bald aber war der Holzdieb wieder da und fragte. Und er fragte alle vierzehn Tage, doch die Martl musste ihm jedes Mal weinend bekennen, dass der Georg, seitdem sie's ihm gesagt habe, nicht mehr bei ihr gewesen war.

So wurde es Herbst, der Almabtrieb kam, und die Martl zog von der Alm wieder nach Niederndorf hinunter. Der Oberforstmeister Meggendorfer aber erfreute sich bester Gesundheit.

Nicht so der Georg Pilgrim. Er begann an den Händen zu zittern; bisweilen riss es ihm den Kopf ruckartig zur Seite. Hielt er sich im Kreis seiner Familie auf, so schlich er mit gesenkten Augen herum und würdigte das Marei und die Kinder kaum eines Blickes. War er früher schon wortkarg gewesen, so benahm er sich jetzt beinahe wie ein Taubstummer. Wie immer auch das

Marei auf ihn einredete und ihn mit Herzlichkeit zu verwöhnen suchte, er blieb abweisend und kalt. Dabei brannte in seiner Brust die Sehnsucht nach der Martl ebenso, wie ihn die Angst würgte, der Tiroler könnte den angedrohten Brief an die Herrschaft schreiben.

Dann fiel der erste Schnee, und der Winter wirbelte seine weiße Pracht über die Kampenwand, übers Zellerhorn und ins Priental hinein. In diesen Tagen stahl sich der Georg auf den Dachboden des Forsthauses. Er untersuchte die Kamine und machte sich an dem einen zu schaffen. Zufrieden kehrte er in sein Beihaus zurück. Von da ab änderte sich auch seine Miene, und er wurde etwas gesprächiger. Dem Meggendorfer gegenüber benahm er sich äußerst korrekt.

Gegen Ende November brach eine mörderische Kälte ein, sodass man Tag und Nacht ununterbrochen heizen musste, wenn man nicht riskieren wollte, dass einem das morgendliche Waschwasser im Krug eingefror. Der Ofenknecht im Forsthaus kam kaum mehr zur Ruhe.

Da geschah es in der Nacht vom 2. auf den 3. Dezember, dass aus dem Dach des Forsthauses plötzlich mächtige Flammengarben herausschossen und innerhalb kurzer Zeit auf das ganze Haus übergriffen. Der Meggendorfer, die beiden Förster und ihre Familien erreichten nur mit knapper Not und halb nackt das Beihaus. Nicht einmal die Federbetten konnten sie retten. Das Pilgrim-Marei nahm sich ihrer liebevoll an, und auch der Georg tat sehr freundlich.

Inzwischen hatte der Auffinger zu Gschwendt, der Feuerreiter war, den Brand entdeckt. Er ritt zum Wirt nach Niederaschau. Gemeinsam ketteten sie das Wasserfass auf einen Schlitten und legten die vom Herrn Grafen gestiftete Handspritze darauf. Dann fuhren sie los. Als sie vorm Forsthaus erschienen, hatte das Feuer bereits die unteren Räume erfasst. So schnell es ihre klammen Finger erlaubten, füllten sie das Fass mit Wasser, setzten die Spritze an und konnten wenigstens den Schreibtisch und ein paar Aktenregale in der Kanzlei des Forstmeisters retten. Wenig später trafen noch etliche Bauern aus den umliegenden Höfen mit ihren Knechten ein und versuchten, die glühenden Dachsparren niederzureißen, damit nicht auch noch das dort gelagerte Heu zu Schaden käme. Ganz zum Schluss erschien auch noch der Scheicher von Engerndorf mit seinem Odelfass. Da konnten sich die anderen einiger spöttischer Bemerkungen nicht enthalten.

Gegen Morgen schwelte die ausgedehnte Brandstätte unter starkem Schneefall dahin, und die letzten winzigen Brandherde da und dort verloschen allmählich.

Am gleichen Tage begannen die Beamten der hochgräflich Preysing'schen Güter- und Lehensverwaltung mit der Untersuchung des Brandschadens und einer möglichen Ursache. Diese lag nach wenigen Stunden offen zutage: An einem Kamin hatten sich einige Ziegel gelöst. Infolge des dauernden Heizens waren Funken ausgetreten und unter die dürren Schindeln geflogen. Schuld – wenn man überhaupt von einer Schuld reden konnte – war höchstens der Ofenknecht. Seine Aufgabe wäre es gewesen, vor Beginn der Heizperiode die Kamine auf ihre Tauglichkeit zu überprüfen. Doch das konnte man von dem alten Luk nicht erwarten; wahrscheinlich hätte er's auch gar nicht erkannt. So blieb den Herren Untersuchungsbeamten nichts anderes übrig, als einen bedauerlichen, unverschuldeten Schadensfall nach oben zu melden, in der Hoffnung, der gnädige Herr Graf werde ein Einsehen haben und den Luk nicht zur Verantwortung ziehen.

Graf Max V., bereits über sechzig Jahre alt, weilte meistens in München bei Hofe. Als er von dem Unglück erfuhr, tat er es mit einer wegwerfenden Handbewegung ab: Lachhaft! Spielte denn so ein Häusl in seiner Grafschaft irgendeine Rolle?

Dann kam das Frühjahr 1799. Der Meggendorfer zog alle verfügbaren Holzknechte heran. In wenigen Tagen hatten sie die Brandstätte aufgeräumt. Sie brachten die halb verkohlten Balken in ihre Häuser und bereiteten den Maurern und Zimmerleuten die Baustelle auf den alten Grundmauern vor. Zu Ostern stand der Unterbau aus Ziegeln bereits fertig da.

Um diese Zeit war es auch, dass man das Jungvieh wieder auf die Almen trieb und dass die Martl aus Niederndorf ihren gewohnten Dienstplatz bezog. Gleich in den ersten Tagen war der Forstbeamte Georg Pilgrim bei ihr und lud sie in die Jagdhütte ein; denn bei ihr in der Kammer schien's ihm nicht ganz geheuer. Doch seine Leidenschaft ließ ihn, als er sie nach so langer Zeit wiederhatte, alle Vorsicht vergessen. Er kam nicht auf den Gedanken, dass er den Dachboden der Hütte näher in Augenschein genommen hätte. Dort hielt sich nämlich seit ein paar Stunden jener Waldheger auf, der damals dem Oberforstmeister den Holzdiebstahl gemeldet hatte. Ohne Verzug begaben sich jetzt der Georg und die Martl ins Dachbodenheu, sodass der Heger ihre Gespräche aus nächster Nähe verfolgen konnte.

»Bei euch hat's schön brennt?«, fragte sie.

»Haben es die in Niederndorf erfahren?«, fragte er zurück.

»Nur den Meggendorfer hat's nit derwischt, und das bedauern sie!«

»Was wollen sie jetzt machen?«

»Woher soll ich's wissen, Georg? Das darf uns aber jetzt nit stören!«

Da geschah's: Wegen des aufgewirbelten Heublumenstaubs musste der Heger niesen. Er drehte sich in seinem Heuhaufen um, grunzte wie traumverloren und tat, als schliefe er weiter.

Leise stiegen die zwei anderen die Leiter hinab. Sie flüchtete eilends ihrer Alm zu, der Pilgrim begann mit der Tür zu schlagen und laut herumzuhantieren, um den Anschein zu erwecken, als sei er soeben in der Jagdhütte eingetroffen und wolle hier die Nacht verbringen. Er zündete ein Windlicht an und stieg damit die Leiter hinauf, um sich das Lager zu richten. Da sah er den »schlafenden« Heger. Er weckte ihn behutsam und sagte: »Erschrick nit! Will bloß paar Stunden ausruhn!«

Der murmelte etwas, drehte sich nochmals um und tat, als hätte er nichts gehört.

Am Morgen standen sie gemeinsam auf und aßen ihre Brotzeit, darauf trennten sich ihre Wege. Während sich der Pilgrim hinunter auf die Sachranger Kohlstatt begab, eilte der Heger nach Hohenaschau und berichtete dem Meggendorfer brühwarm, was er gehört hatte.

Der Oberforstmeister hielt den Heger nicht für so schlau, dass er ihm zugetraut hätte, das Ganze frei erfunden zu haben. Daher spannte er ein und fuhr zum Herrn Bannrichter nach Prien.

Die Verhandlung

Dr. Florian Griesbeck und das Pertl-Resei hatten ein gutes Jahr nach ihrer Hochzeit ein Mädchen bekommen und es Benigna getauft. Sie lebten im Bannrichterhaus zu Prien recht glücklich miteinander. Bisweilen brachte zwar die Großmaman mit ihrer Befehlsfreudigkeit einige Verwirrung in die Familie. Der Sohn konnte da manches Mal heftig aufbegehren, doch wusste das Resei immer wieder die Wogen zu glätten. Am meisten zur allgemeinen Befriedung trug jedoch die kleine Benigna bei, weil in der Liebe zum Kind am Ende alle drei wieder zueinanderfanden.

Und jetzt saß der alte, würdige Meggendorfer vor dem Richter in der Amtsstube und berichtete über seine eigenen Beobachtungen und das, was der Waldheger ihm erzählt hatte.

Als er damit am Ende war, erklärte der Richter kurz: »Forstmeister, Ihr wisst, dass der Pilgrim mein Schwager ist. So werdet Ihr verstehen, dass ich den ganzen Fall wegen Befangenheit an den Kollegen nach Brannenburg abtreten muss. Ich werde natürlich dem dortigen Bannrichter, Dr. Schindler, in Nebensachen an die Hand gehen; das Urteil aber spricht ausschließlich er.«

Noch am gleichen Tag fuhren sie miteinander aufs Hochschloss nach Brannenburg am Inn, das ebenfalls dem Hause Preysing gehörte.

Dr. Schindler, im Dienst der Grafen ergraut, war ein wuchtiger Mann von ungefähr sechzig Jahren und zählte mit zu den eifrigsten Förderern des Bierverbrauchs in der Preysing'schen Herrschaft. Seine Stimme dröhnte wie eine Orgelpfeife von acht Fuß. Manchen seiner Rechtsfälle hatte er allein schon durch diese Stimme gelöst.

Er hörte sich die Worte des jungen Kollegen ruhig an. Als der fertig war, meinte er: »Der Schwager bist? Wie konntest du bloß in so eine Familie von Waldfrevlern, Hurenböcken, Holzdieben und Brandstiftern einheiraten? Jetzt habt ihr den Dreck im Schachterl! Und ich soll ihn auslöffeln! Aber das sag ich: Keinen Schritt tu ich aus dem Haus! Der Prozess wird hier geführt!« Dann stellte er seine Forderungen. Es sollten vor ihm erscheinen: der Pilgrim, die Magd von der Alm, der Waldheger und der forstamtliche Ofenknecht. »Was die Magd betrifft«, meinte er, »müssten wir ja eigentlich zuvor die Kufsteiner fragen. Die sind aber gewiss froh, wenn ich ihnen die Arbeit abnehme.«

Griesbeck dachte darüber ein wenig anders. Er hütete sich aber, seine Meinung zu äußern, weil er einen harten Abreiber befürchten musste. Der Meggendorfer sagte zu alldem kein Wort, kannte er doch den »alten Uhu« und wusste, dass es höchst ratsam war, sich still zu verhalten, wenn er in Fahrt war.

Die beiden blieben über Nacht im Hochschloss, nachdem sie dem Schindler bis in den späten Abend hinein in der Schlossschenke Gesellschaft geleistet hatten. Anderentags kehrten sie nach Prien zurück.

Wochen vergingen.

Da meldete der Heger, dass der Forstbeamte Pilgrim die Martl von Neuem besuche, sie komme jedoch nicht in die Jagdhütte, sondern er bleibe jeweils die ganze Nacht in ihrer Kammer auf der Alm. Der Bannrichter

Dr. Griesbeck ordnete sofort zwei Gendarmen zum Wastlbauer nach Mitterleiten ab. Bei dem sollten sie ihre Rösser einstellen und selbst – als Holzsammler mit der Kraxe getarnt – das Spitzsteinrevier durchstreifen.

Wie zu erwarten, erschien der Pilgrim zur vermuteten Zeit in der Jagdhütte, ruhte sich dort aus, bis die Nacht hereinbrach, und schlich dann hinüber auf die Alm.

Die Gendarmen hatten im Niederholz gelauert und folgten ihm jetzt aus der Ferne. Als sie den Pilgrim bei der Martl hatten einsteigen sehen, sagte der eine: »Lassen wir ihn ruhig erst sein Geschäft verrichten und bei ihr einschlafen! Denn der ist imstand und brennt uns ein Loch ins Fell.«

»Man müsst zuvor an sein Gewehr ran!«, entgegnete der andere. »Denn das hat er mit in der Kammer.«

Darauf der Erste: »Ich besorg das!«

Der Zweite darauf: »Ich kümmer mich um die alten Sennersleut!«

Geduckt und mit langen Schritten schlich sich der Erste hinüber auf den Holzplatz, der sich über den ganzen Almhof ausbreitete. Hinter den aufgeschichteten Rundhölzern lagen – säuberlich gestapelt – etliche Reisigbündel übereinander. Er zog eines herunter, zündete es an und sprang dann mit ein paar Sätzen zur Alm und in den leeren Stall. Das Reisig loderte hoch auf.

Nach wenigen Minuten bemerkten die Sennersleut den Brand. Sie traten vor die Haustür und schrien nach der Martl. Die warf sich hurtig den Rock über, der Pilgrim schlüpfte in seine Lederhose – und schon halfen sie dem Senn und seiner Frau, das brennende Bündel mit Axt und Mistgabel auseinanderzuzerren.

Der Gendarm eilte von der Stalltür die Treppe hinauf, sah, dass die Tür der Magdkammer offen stand. Im Feuerschein, der durchs Fenster leuchtete, erkannte er das

Gewehr des Forstmannes und nahm es an sich. Dann begab er sich fast geruhsam hinunter und ging gleichzeitig mit dem Kameraden zum Holzplatz hin. Georg Pilgrim erblickte sein Gewehr in der Hand des einen und stürzte sich mit der Gabel auf ihn. Da stellte ihm aber der andere Strickreiter das Bein, sodass er hinfiel. Im Nu hatten sie ihm die Hände gefesselt. Ebenso verfuhren sie dann mit der Martl.

Die ganze Prozedur hatte höchstens fünf Minuten gedauert. Jetzt nahmen sie den Georg und die Martl in die Mitte und führten sie zur Jagdhütte: »Vielleicht schlaft ihr jetzt noch ein Gsatzl, denn morgen in der Früh geht's ab nach Prien!«

Die Martl musste auf den Dachboden hinaufsteigen, der Pilgrim durfte sich auf die Pritsche unterm Fenster hinlegen. Er fragte die Männer, was er denn verbrochen habe, dass ihm diese Schande angetan werde.

»Die Fragen wird morgen der Bannrichter stellen; du darfst dann antworten!«

Damit war der Forstbeamte bedient.

Über dem Wilden Kaiser blaute ein föhniger Morgen auf, als die Gendarmen mit ihren Gefangenen beim Wastl-Anwesen zu Mitterleiten die Rösser aus dem Stall zogen und den Georg an dem einen, die Martl an dem anderen Sattel seitlich festbanden. Schon wollten sie aufsitzen, da kam die Sennerin von der Alm und brachte der Martl die Jacke und ein paar Schuhe, dem Pilgrim den Jägerhut und sein Röckl. Dann ging's hinunter nach Sachrang. Alle Bauern in diesem uralten Dorf, die daheim waren, reckten ihre Hälse zu den Fenstern heraus, denn Gendarmen waren selten genug in ihrem Tal zu sehen. Und heut schleiften sie gar noch ein Weibsbild mit sich!

Als die vier an den Hammerbach kamen, fragte der Forstbeamte, ob es denn nicht möglich wäre, Aschau zu umgehen und den Weg über Engerndorf und Umratshausen zu nehmen. Er wolle nicht, dass seine Frau und die Kinder ihren Mann und Vater am Strick sähen. Die Reiter waren menschlich genug und willigten ein. In Engerndorf machten sie vor der Wirtschaft halt. Die Rösser wurden getränkt und bekamen die Hafersäcke an den Kopf gehängt. Die Reiter ließen sich eine Brotzeit richten und tranken ihr Bier. Den Gefangenen, die immer noch an die Sättel gebunden waren, stellte die Wirtin einen Krug Wasser und ein Körbchen altes Brot hin, das eigentlich für die Karnickel hinterm Haus gedacht war.

»Was wird mit uns geschehen in Prien?«, fragte die Martl leise.

Ebenso leise erwiderte Georg: »Wer kann's wissen?«

Darauf sie: »Was ich mit dir gemacht hab, das hab ich mit den Förstern auch schon gemacht. Da müssten die ja auch am Strick hängen!«

»Kannst ja den Richter fragen, warum bloß ich, und die Förster nit!«

Ein Gendarm hatte gehört, dass sie miteinander flüsterten. Er kam heraus aus der Gaststube und verbot ihnen unter Drohung mit der Reitgerte jedes Wort.

Am frühen Abend erreichten sie Prien. Die Gendarmen steckten ihre Gefangenen in den Keller des Bannrichterhauses und erstatteten dann dem Dr. Griesbeck einen eingehenden Bericht. Er lobte sie und gab jedem einen Viertelgulden.

Als die Großmaman nach dem Abendessen mit der kleinen Benigna zu Bett gegangen war, setzten sich der Richter und seine Frau zusammen. Bisher hatte er es vermieden, über die leidige Affäre, die den Schwager Georg Pilgrim betraf, auch nur ein Wort zu verlieren. Zum einen wollte er ihr Herz nicht vorzeitig in Unruhe versetzen; zum anderen wäre möglicherweise ein Gerede entstanden, das dem Ansehen seines hohen Amtes zweifellos nicht gutgetan hätte. Nachdem sich inzwischen geklärt hatte, dass der Brannenburger die Rechtsprechung vollziehen würde, glaubte er seiner Frau reinen Wein einschenken zu müssen, damit sie die traurige Angelegenheit nicht zuerst aus fremdem Mund erführe.

Das Resei war entsetzt, aber ihre Verwunderung hielt sich in Grenzen, hatte sie doch den Pilgrim schon als einen rücksichtslosen Mann kennengelernt, noch ehe er ihr Schwager geworden war. Arg leid tat ihr die Schwester, denn jetzt würden die wortmächtigen Dorfpostillen auf zwei Beinen ihr Gift über sie ausgießen, und das zu einem Zeitpunkt, in dem sie ihrer kleinen Kinder wegen eher helfende Hände gebraucht hätte. »Man wird für sie beten müssen!«, sagte sie. »Beten, damit ihr unser Herrgott Geduld und Kraft schenkt!«

Als dann auch das Resei ihre Bettstatt aufgesucht hatte, begab sich Dr. Griesbeck in den Keller. Er trat beim Schwager in die Zelle ein. Der saß vor einem Talglicht, den Kopf in die Hände gestützt, und stierte in die flackernde Flamme. Er würdigte den Richter keines Blickes.

Der setzte sich auf die Pritsche hin: »Wir haben in unserem Leben noch nicht viel miteinander geredet, Georg, und auch unser jetziges Gespräch wird nicht lange dauern.«

»Was willst du dann?«, fragte der Pilgrim mürrisch.

»Ich will dir bloß sagen, dass ich deinen Fall an den Bannrichter von Brannenburg abgetreten habe. Hoffentlich gelingt dir's, einigermaßen heil aus der Misere herauszukommen! Für die Zukunft aber merk dir, dass die krummen Wege selten an ein vernünftiges Ziel führen. Im Übrigen aber wird das Marei nichts, aber auch gar nichts von uns erfahren.«

»Kannst du mir nicht helfen?« Das klang zerknirscht und Mitleid heischend.

»Vielleicht, dass ich mich nachher, wenn alles abgelaufen ist, beim Herrn Grafen für dich verwenden kann. Jedenfalls lassen wir euch nicht im Stich.«

Da erhob sich der Georg, legte seine Rechte auf die Schulter des Richters und sagte tonlos: »Vergelt's Gott!«

Am anderen Morgen trafen mit dem Oberforstmeister Anselm Meggendorfer der Ofenknecht und der Waldheger ein. Dr. Griesbeck setzte sich zu ihnen in die Herrschaftskutsche, während die beiden Gendarmen den Pilgrim und die Martl hinten auf einem Gäuwagerl angebunden hatten.

Sie fuhren über Frasdorf und Rohrdorf und gelangten gegen Mittag nach Brannenburg. Dort aßen sie in der Tafern und begaben sich dann aufs Hochschloss.

Dr. Schindler hielt gerade seine Mittagsruhe und durfte vor dem Kaffee nicht gestört werden. So übergaben sie die beiden Gefangenen den Schergen und setzten sich in die Schlossschenke, um Dr. Schindler zu erwarten.

Meinte der alte Meggendorfer: »Man sollt's nit für möglich halten, dass so eine ordinäre Stalldirn einen sonst brauchbaren Gesellen wie den Pilgrim innerhalb kurzer Zeit so rumkriegen kann!«

Antwortete der Griesbeck: »Das haben die Dalilas so an sich! Fleisch wiegt eben schwerer als Geist!«

»Noch dazu, wenn's mit Kuhmist angereichert ist!«, ergänzte launig der Meggendorfer.

»Ist auch leichter zu begreifen als der Geist!«, gab der Griesbeck drein.

Und der Meggendorfer: »Nur macht man sich dreckig dabei!«

Die beiden hätten zweifellos noch weitergeblödelt, wäre nicht der Schindler, wuchtig wie ein Standbild aus Erz, unter der Tür erschienen: »Euch sehen und ein saures Aufstoßen kriegen, ist eins!«, sagte er. »Man merkt's halt: Die Kultur fängt erst bei Brannenburg an; was weiter hinunterzu liegt, befindet sich im Rückstand. Und so was muss nun unsereiner verarzten! Hab mir die Dirn bereits angesehn; ist dauernd am Flennen, das dumme Luder. Rotz und Wasser! Hat ja sonst nix anderes! Wenn sie schön beichtet, lass ich sie laufen.«

Tags darauf eröffnete der Richter von Brannenburg die Verhandlung. Im Saal saßen ein paar Forstleute, zwei Innschiffmeister aus Rosenheim, etliche Damen aus der Preysing'schen Verwandtschaft, die im Schloss wohnten, und ganz hinten der Hohenaschauer Dr. Griesbeck. Auf die vorderste Bank, in unmittelbarer Nähe des Tribunals, waren alle am Gerichtsfall Beteiligten eingewiesen worden: der Oberforstmeister, der Ofenknecht, der Waldheger, der Georg Pilgrim, die Martl und die beiden Gendarmen.

»Ein hochgräflich Preysing'sches Banngericht zu Brannenburg hat über folgenden Tatbestand zu befinden: In der Nacht vom 2. auf den 3. Dezember des Jahres 1798 ist das Forsthaus zu Hohenaschau bis auf die Grundmauern niedergebrannt. Ob es sich dabei um einen bedauerlichen Unglücksfall oder um vorsätzliche Brandstiftung handelt, ist von und vor diesem Banngericht zu klären.«

Nun wurden die Martl und der Pilgrim von den Gendarmen auf den Gang hinausgeführt. Darauf musste der

Meggendorfer den Hergang des Brandes schildern, während ein Gerichtsschreiber und der Amtsdiener des Brannenburger Gerichts fleißig notierten. Auf Dr. Schindlers Frage, ob er – Meggendorfer – über die Entstehung des Brandes einen Anhaltspunkt habe, entgegnete der Alte: »Hohes Banngericht, darüber mögen der Ofenknecht und der Waldheger aussagen!«

»Also der Ofenknecht!«

Mit Angst in der Stimme meinte der armselige Häusler, es sei im Kamin ein Ziegel locker gewesen oder auch zwei, und daraus sei halt möglicherweise das Feuer heraus und ins Gebälk gefahren.

»Hattest du den Kamin untersucht, bevor du zu heizen begonnen hast?«, donnerte der Richter.

»Nit, nit untersucht, hohes Banngericht!«

»Fahrlässig! Im höchsten Grad fahrlässig!«

»Weil ich ja doch von Kaminen eh nix versteh, hohes Banngericht!«

»Du willst ein Heizer sein und verstehst nix von Kaminen? Das ist das Gleiche, wie wenn einer Melker sein will und nit weiß, wo den Kühen das Euter hängt! Oder wie wenn ein Schweinemetzger schlachten will und die Sau in den Arsch hineinsticht! Wie konntet Ihr, Forstmeister, eine solchene Jammerfigur zum Ofenknecht machen! So was gehört in die Kuchl zum Sauerkrautstampfen!«

Der Meggendorfer nickte bedauernd.

»Und jetzt zu dir, Heger! Besser tät ich sagen: Fichtlscheißer! Sag, wie ist der Brand entstanden?«

Der antwortete etwas beherzter: »Wie er entstanden ist, hohes Banngericht, das weiß ich nit, aber ich hab eine Unterhaltung gehört zwischen dem Herrn Forstpraktikanten und der Stalldirn Martl. Die hat auf der Alm hinten am Mitterleitner Graben gewusst, dass es in

Hohenaschau schön gebrannt hat, nur sei es schad gewesen – hat sie gesagt –, dass es den Meggendorfer nit derwischt hat, wie es die in Niederndorf gewollt hätten – hat sie gesagt!«

»Hat sie gesagt! Hat sie gesagt! Und du? Wie hast du gehört, was sie gesagt hat?« Dr. Schindler wurde laut.

»Hohes Gericht, bin im Heu gesteckt hinter ihnen ...«

»Was hast du im Heu zu suchen gehabt hinter ihnen? Hast etwa du auf die Dirn gebalzt und ist dir der andere zuvorkommen? Sei ehrlich, oder ich lass dir die Daumenschrauben anlegen!«

»Ehrlich, hohes Gericht! Ich hatte ja schon lange vorher gesehen, wie die beiden immer wieder ins Heu geschlüpft waren ...«

»... und bist eifersüchtig gewesen! Sei ehrlich!«

»Halt so a wen'g, hohes Gericht!«

»Hast es auch schon mit ihr gehabt? Sei ehrlich!«

»Na ja, hohes Gericht, wenn sich's getroffen hat!«

»Oh ihr Saubären, ihr dreckatn! Und jetzt geht der Gesell her und tunkt den anderen in die Odelgrubn, in die er selber hineinghört!«

Der Bannrichter ärgerte sich und musste darum einmal kräftig rülpsen. Dann fuhr er fort: »Warum hast du eigentlich den Pilgrim so auf der Lattn? Nur wegen der Kuhdirn?«

»Hohes Banngericht, er hat zugelassen, dass uns die Niederndorfer das Holz gestohlen haben!« Der Heger erzählte von seinen Beobachtungen im vergangenen Frühjahr.

Dr. Schindler wandte sich an den Forstmeister: »Stimmt das?«

Der Meggendorfer erwiderte: »Das stimmt, denn ich selber hab einen der Holzdiebe erschossen, wie sie zu dritt in unsere Hüttn gekommen sind – wahrscheinlich wegen dem Pilgrim; zu mir wären sie weiß der Himmel nit gekommen!«

»Erschossen, sagt Ihr?«

»Anders hätt er mir sein Messer hineingerannt, hohes Gericht!«

Der Richter überlegte ein Weilchen, dann nickte er und meinte: »Freilich, wenn dem so ist, dann kann man's verstehen, dass sie Euch das Haus überm Kopf haben anzünden lassen. Vielleicht könnt uns da der Pilgrim eine nähere Auskunft geben. Herein mit ihm!«

Ein Türsteher ging hinaus, ein Gendarm führte den Pilgrim herein und nach vorn zum Gerichtsstand.

Der Richter: »Georg Pilgrim, Forstpraktikant, der Hurerei überführt, wahrscheinlich Brandstifter und Holzdieb, überleg dir jetzt genau, was du auf meine Fragen antwortest, denn ich habe drunten im Keller ein paar nette Instrumente stehen, die gesprächig machen!«

Georg zuckte mit keiner Wimper, sondern stand mit eisernem Gesicht, gleich den schwarzen Mandern in der Innsbrucker Hofkirche, vor dem Richter.

»Du hast also, ich will nicht sagen mitgeholfen, aber zugelassen, dass die Tiroler das hochgräflich Preysing'sche Holz im Spitzsteinrevier stehlen konnten, wie die Spuren am Mitterleitner Graben eindeutig bewiesen haben! Denn du hattest in der fraglichen Zeit den Auftrag, den Holzdieben auf die Spur zu kommen. Stimmt's?«

»Hohes Banngericht, ich wollte gewiss den Auftrag des Herrn Oberforstmeisters wahrnehmen, doch sie haben mir das Messer an die Kehle gehalten.«

»Und warum hast du nicht geschossen?«, schrie der Meggendorfer dazwischen.

Da ging aber der Bannrichter auf: »Forstmeister, Ihr habt hier absolut kein Wort zu sagen, es sei denn, Ihr wäret gefragt worden! Noch einmal, und Ihr verlasst den Gerichtssaal!«

Der alte Mann nickte wieder und machte mit beiden Händen eine abwehrende Bewegung.

»Freilich hätt ich schießen sollen, aber wie will einer schießen, dem drei Messerstecher gegenüberstehen?«

Der Pilgrim sprach's in einem Ton, den der Richter für ehrlich ansah; dennoch erwiderte er: »Hast dich dann lieber zur Kuhdirn hingeflackt, du Hammel! Warum bist du anderentags nicht nach Aschau zurückgekehrt und hast alles dem Forstmeister gemeldet, wie's deine verdammte Pflicht und Schuldigkeit gewesen wär?«

»Hohes Banngericht, das war mein Fehler!«

»An Weib und Kind hast du auch nicht gedacht, sondern hast dich mit der Schnalln verlustiert, bis das Holz weg war! Das wird seine Folgen haben! – Jetzt aber weiter! Holt die Magd!«

Wieder hastete der Diener zur Tür, und der zweite Gendarm erschien mit der Martl, die abermals zu weinen begonnen hatte.

Dr. Schindler herrschte sie an: »Heul nit, du dummes Pfund! So was macht mich kribbelig! Wenn du bei ihm warst, beim Pilgrim, hast auch nit geheult! Jetzt stehst wieder bei ihm. – Also! Und nun pass auf, Dirn! Wenn ich dich was frag, erzähl mir dann ja keine Märchen! Oder hast nit drunt im Keller die Prügelbank gesehen? Auf die schlichten wir fein säuberlich die Märchen erzählenden Weiber. Zuvor lupfen wir ihnen aber die Röck' hinten auf!«

»Will Euch alles sagen, gar alles, edler Herr!«, erklärte sie mit bittend aufgehobenen Händen.

»So ist's recht! Dann kannst du mir ja sagen, wie's zu dem Brand im Hohenaschauer Forsthaus gekommen ist.«

Nachdem sie sich mit dem Handrücken die Augen ausgerieben und die Nase abgeputzt hatte, sagte sie, während das aufhüpfende Zwerchfell ihr immer wieder die Rede unterbrach: »Edler Herr, die Niederndorfer haben wollen, dass der Georg das Forsthaus anzündt, damit der Meggendorfer draufgeht, weil er dem einen Niederndorfer den Bruder derschossen hat.«

»Und warum hat's just der Pilgrim anzünden sollen? Warum nit ein anderer?«

»Das is so, hoher Herr! Den Georg, den haben s' in der Hand gehabt. Dem haben s' nämlich gedroht, dass sie einen Brief an seine Herrschaft schreiben, von wegen weil er nix hat sehen wollen, wie sie 's Holz geholt haben. Wegen dem hab ich ihn ja auch in der Hüttn allweil trösten müssen.«

»Und dann hat er 's Forsthaus angezündet?«

»Das glaub ich nie nit, hoher Herr! Der Georg is doch a liaber Gsell!«

Dr. Schindler grinste: »Ein lieber Gsell! Freilich, wenn er mit dir ins Heu geht! Du willst also partout die Wahrheit nit gestehn. Gut, dann müssen wir dich auf die Prügelbank binden! Vielleicht tun's auch ein paar Daumenschrauben!«

Da begann aber die Martl plötzlich zu schreien: »Meinetwegn zerhaut mir den Buckel, wie ihr wollt! Aber ich kann euch nit was sagen, was ich nit weiß! Fragt ihn doch selber, den Georg! Da steht er ja!«

Einer der Gendarmen wollte der Dirn eine Ohrfeige verpassen, doch der Richter gebot ihm Einhalt und sagte beschwichtigend: »Du weißt's also nit?«

Die Martl kniete sich nieder, hob die recht Hand auf und schrie noch lauter: »Ich schwör's!«

Nun schickte der Richter alle aus dem Saal hinaus, auch die Zuhörer, bis auf den Pilgrim. Als die Tür geschlossen war, winkte er ihn nahe zu sich und flüsterte: »Georg Pilgrim, wir zwei sind jetzt ganz allein. Niemand sieht uns, niemand hört uns. Hast du nun den Brand gelegt oder hast du ihn nicht gelegt? Ich muss das wissen!«

Da tat der Pilgrim wie zuvor die Martl, er hob die Hand und sagte: »Hohes Gericht, Ich hab den Brand nicht gelegt! Das schwör ich!«

Gleich nach der Gerichtsverhandlung versetzte der Meggendorfer seinen Forstbeamten Pilgrim, so wie es ihm der Dr. Schindler geraten hatte, mitsamt der Familie ins Forsthaus nach Pfaffenhofen bei Rosenheim. Von hier aus sollte er die Kohlenbrenner betreuen, besonders die am Samerberg. Es zeigte sich nämlich, dass in den Preysing'schen Revieren das Holz immer knapper wurde. Falls dieser Raubbau und diese Diebereien weitergingen, musste in absehbarer Zeit die Eisenverhüttung gedrosselt werden. Damit wäre die Wohlhabenheit der hochreichsgräflichen Herrschaft im Priental dahin gewesen, und alles, was in der Grafschaft vom Eisen lebte, hätte am Hungertuch nagen müssen. Dieser trostlosen Zukunft schauten alle Verantwortlichen voller Bangigkeit entgegen – auch der Bannrichter Dr. Florian Griesbeck.

Der Ziehsohn

Die Ehe, die der 70-jährige Kurfürst Karl Theodor 1795 mit der 18-jährigen Erzherzogin Maria Leopoldine von Habsburg geschlossen hatte, war ihm nicht wohl bekommen. Am 16. Februar 1799 wurde er »von einem Schlagerl gestriffen«, wie die Münchner sagten, von dem er nicht mehr ins Bewusstsein zurückkehrte – zur Freude seiner bayerischen Untertanen.

Sein Nachfolger wurde Max Joseph von Zweibrücken, aus einer wittelsbachischen Seitenlinie, ein leutseliger Mann.

Graf Max V. von Preysing, nunmehr 63 Jahre alt und schon unter Karl Theodor im Hofdienst ergraut, gewann sehr rasch die Gunst auch des neuen Kurfürsten. Dies umso mehr, als er ihn mit diplomatischem Geschick aus einer höchst peinlichen Situation befreite.

Das kam so: Bereits drei Monate nach Karl Theodors Tod – es war im Mai dieses 1799er-Jahres – erschien dessen junge Witwe, die Erzherzogin Maria Leopoldine, beim Grafen Max in seinem Münchner Palais gegenüber der Residenz. Sie hatte schon im Jahr zuvor für ihn geschwärmt, sah sie doch in ihm ein Abbild ihres verstorbenen Großvaters. Auch war sie bereits zweimal bei ihm im Aschauer Tal zur Jagd gewesen. Schönheit hatte ihr der Himmel weiß Gott nicht in die Wiege gelegt, doch an diesem Tag kam sie dem alten Herrn erschreckend fahl vor. Sie weinte ununterbrochen und musste sich auch sogleich hinsetzen.

Er rückte einen Stuhl an das Kanapee und fragte in seiner breiten Redeweise: »Was ist denn, mein Kind, mein Hascherl? Werdet doch nit immer noch dem Eheherrn nachweinen! Der ist alt genug gewesen und reif fürs Jenseits, Ihr aber habt das Leben noch vor Euch! Bedenkt das! 's war eh kein rechter Zusammenstand bei den 52 Jahren Altersunterschied! Dankt ihm lieber, dem guten Karl Theodor, dass er Euch erlöst hat! Den Dank verdient er sicher! Ein paar Messen könnt Ihr ihm auch noch lesen lassen. Die braucht er wahrscheinlich auch!«

»Aber ich bin schwanger!«, schrie jetzt die Erzherzogin gequält.

Der Preysing starrte sie an: »Ah geh, doch nit von ihm!« Gleich merkte er aber, dass er etwas Ungehöriges, ja etwas Ungeheuerliches ausgesprochen hatte, und bat um Verzeihung.

Darauf sie: »Preysing, ich bin zu Euch kommen, weil ich eine Hilf brauch. Ihr seid der Einzige, der mir helfen kann in diesem gottverdammten Bayern, wo man mir meine Jugend vergällt hat.«

Solche Rede hörte der alte Graf gar nicht gern, und er polterte: »Und da wendet Ihr Euch ausgerechnet an mich, wo ich doch selber bis auf die Knochen ein ›gottverdammter Bayer‹ bin? Ist Euch da kein anderer eingefallen?«

»Ach Gott, Preysing, ich weiß ja schon nit mehr, was ich sag! Seid halt nit bös zu mir!« Mit diesen Worten schmiegte sich die junge Witwe wie ein Hühnchen an die breite, mächtige Brust des Grafen.

»Ist schon gut!«, antwortete er und fasste sie an der Hand. »Da wird's nun freilich in unserem Bayernland eine gewaltige Umwälzung geben – eine ganz dumme Gschicht in der gegenwärtigen Zeit, wo der Franzmann unser Gebiet durchfurcht wie einen brachen Acker.«

»Wieso?«, fragte sie, auch wenn ihr gar nicht nach Fragen zumute war.

»Na Ihr seid gut! Überlegt doch! Ist Euer Kind einmal da, dann gehört ihm das Kurfürstentum, und unser jetziger braver Max Joseph kann bestenfalls die Regentschaft führen – wenn er will. Ich bin aber überzeugt, dass er nit will. Dann haben wir die Misere! Dann wird man das Bayernland aufteilen und stückweise herumreichen wie einen Topfenkuchen, oder ihr Wiener schluckt es überhaupt ganz und gar hinunter.«

Marie Leopoldine verharrte ein Weilchen, still in Gedanken versunken.

Dann flüsterte sie: »Und wenn das Kind gar nit vom Karl Theodor ist?«

Dieses Wort riss den Grafen förmlich in die Höhe: »Ja, was wollt Ihr denn dann, liabs Dirndl? Dann ist doch alles in brauner Butter!«

»Ja, ja, so seid ihr Mannsbilder alle! Denkt nur an euch selber und an euer eigen Sach! An mich denkt niemand, nit mal der Preysing, von dem ich erwartet hab, dass er mir einen Ausweg zeigt! Denn wenn mein Kind nit vom Karl Theodor stammt, dann sagt ihr Bayern, die Kurfürstin hat aussigrast! Dann kommen eure Miesbacher Haberer und schmeißen Mist nach mir. Überlegt Euch das, Preysing! Ist aber das Kind ehelich, muss ich zeitlebens den kurfürstlichen Witwenschleier tragen.«

Der Graf setzte sich wieder aufs Kanapee. Er neigte sich sanft zu ihr, ergriff ihre Hände und sagte: »Steht bitte auf! Ich muss Euch anschauen!« Dann betrachtete er sie von oben bis unten und meinte: »Sehen tut man noch nix! Also: weder den Schleier noch die Haberer! Ist nix zu befürchten!«

Über ihr junges Gesicht huschte ein Lächeln: »Meint Ihr das ernstlich, Graf?«

»Durchlaucht«, erwiderte er, »in solch peinlichen Dingen pflegt der Preysing nicht zu scherzen! Dass Ihr Eurem Mann Hörner aufgesetzt habt, kann ich verstehen; billigen darf man's nicht. Gleichwohl geht's mich nix an, sondern gehört in den Beichtstuhl. Doch muss ich etwas anderes von Euch wissen: Wollt und könnt Ihr den Kindsvater heiraten? Diese Frage gilt vor allem dem wohlverstandenen Interesse des Kindes. Das hat ein Recht auf seinen Vater – selbst wenn es erst verspätet in den Besitz dieses Rechts gelangt!«

Ein wenig beleidigt entgegnete sie: »Freilich tät ich ihn heiraten mögen! Die Grafen Arco sind doch schließlich ein rühmliches Geschlecht!«

»Sind sie! Und außerdem liegt es nahe und ist gar nit so abwegig, dass eine verwitibte Fürstin ihren Oberhofmeister heiratet, dessen Aufgabe es in der Regel ist, ihr aus allerlei Nöten zu helfen. Aber, aber! Zuerst gilt es jetzt in aller Heimlichkeit niederzukommen. Und das Zweite: Ihr werdet jahrelang auf das Kind verzichten müssen! Solange Ihr noch jung und verliebt seid, wird Euch das weiters nit schwerfallen; der Arco kann Euch noch zu anderen Kindern verhelfen. Seid Ihr dann älter und abgekühlt, könnt Ihr ja das verbannte heimholen.«

Halb verlegen, halb beglückt schaute Marie Leopoldine vor sich nieder. Der Preysing aber, ein Mann rascher Entschlüsse, fuhr fort: »Macht Euch jetzt reisefertig! Mein Schloss Hohenaschau wird Euch inkognito beherbergen, bis alles vorbei ist.«

»Und was geschieht mit dem Kind?«

»Lasst das meine Sorge sein! Und wie gesagt: Es darf Euch vorderhand nichts angehen, das Kind! Habt Ihr mich verstanden?«

Marie Leopoldine nickte kleinlaut. Er küsste sie leicht auf die Stirn. Dann verließ sie ihn.

Als die Herbstnebel in den Talgründen unterm Hohenaschauer Burgberg ihre wilden Tänze aufführten und zwischen Sachrang und dem Chiemsee hin und her geisterten, wobei sich ihre »Bergkatzen« oft aufbäumten wie Fontänen, gebar die Habsburgerin einen Sohn. Bei der Entbindung waren neben der Hebamme zugegen: der Schlossherr, sein Münchner Leibarzt Dr. von Galli, der Schlosskaplan Baron von Heimstetten, der herrschaftliche Bannrichter Dr. Griesbeck sowie die Reichsfürstäbtissin Antonia Bennonia von Kreitmayr von der Chiemseeinsel Frauenwörth.

Sie hatten die junge Witwe ins »Laubenzimmer« des Hochschlosses gebettet, damit sie die Illusion hätte, auf einer Wiese unter rankenden Rebstöcken und dichtem Efeu zu liegen. Der Fußboden des Zimmers war außerdem noch saftgrün gestrichen, darauf hatte der Künstler zarte Gänseblümchen gemalt. Die feine Architekturmalerei an den Wänden entführte den Blick in weiträumige Gärten und auf belebte Straßen. Da sah man noble Herren beim Boccia-Spiel; adlige Damen wurden in der Sänfte vorübergetragen; ein Bub trieb den Reifen an; und Gärtner und Reiter und ein Verliebtenpaar, das die Köpfe hinter einem roten Sonnenschirm verbarg, erfüllten den Park mit Geschäftigkeit und Leben.

Der Anblick der Gänseblümchen und der schüchternen Verliebten scheint die Entbindung nicht beschleunigt zu haben; jedenfalls hat sie 21 Stunden gedauert und der Erzherzogin das letzte Quäntchen Kraft abverlangt.

Als aber der Sohn da war, schlief die Gebärerin ein, und die vom Arzt bestellte Amme, eine Dirn aus Mauerkirchen namens Veronika, nahm ihre Aufgaben wahr.

Graf Max V. von Preysing zitierte gleich nach der Entbindung die Fürstäbtissin, den Bannrichter und den

Schlosskaplan in seine Kanzlei. Hier fertigten sie ein Geheimprotokoll über »die dank der Hilfe Gottes glücklich verlaufene Geburt des Grafen von Ocra« – wie man sieht, hatte man den Namen des Kindsvaters einfach rückwärts geschrieben. Dabei klärte der Graf die drei Zeugen über alles auf, verpflichtete sie unter Eid zum Schweigen und bat sie, sich um eine Familie zu bemühen, in der für die kommenden zehn Jahre eine standesgemäße Erziehung des hochgeborenen Kindes gewährleistet werden könnte.

Drei Tage später wurde das Kind der Liebe in der prunkvollen Burgkapelle unter den Augen der am Hochaltar thronenden Allerheiligsten Dreifaltigkeit und der ringsum aus ihren schweren Rahmen niederschauenden Vierzehn Nothelfer auf den Namen seines Vaters Ludwig getauft. Als Paten standen ihm und dem Schlosskaplan zur Seite der Leibarzt Mario von Galli und die Äbtissin Antonia Bennonia. Sie leisteten auch die vorgeschriebene Unterschrift in der Matrikel.

Marie Leopoldine blieb noch bis Weihnachten auf Hohenaschau. Sie feierte das Fest im Kreis der Schlossgesellschaft mit, in der bangen Hoffnung, es möchten sich doch bald die ersehnten Zieheltern für das Kind finden, damit sie zu ihrem Freund, dem Grafen Arco, nach München kommen und die Hochzeit vorbereiten könnte, denn am 16. Februar würde das Trauerjahr enden, zu dessen Beachtung sie nun einmal verpflichtet war.

Und sie hatte Glück. Gleich nach Geburt des Grafenkindes Ludwig von Ocra war der Bannrichter Dr. Griesbeck nach Prien heimgekehrt und hatte das freudige Geheimnis seiner Frau mitgeteilt, denn er wusste: Er konnte sich darauf verlassen, dass sie es nicht herumtratschen würde. Was er nicht wusste: Das Resei hatte während des letzten Jahres von mehreren Hellsehern, die zum heiligen Jakobus nach Urschalling gewallfahrt waren, erfahren, dass sie unfruchtbar geworden sei – für die junge Frau von kaum dreißig eine schreckliche Nachricht. Damals war sie auch zum Fürstbischof auf Herrenchiemsee gekommen und hatte ihm ihren Kummer anvertraut. Der riet ihr, ein fremdes Kind anzunehmen, sofern ihr Ehemann damit einverstanden sei.

Dr. Griesbeck hatte den Sachverhalt schon seit geraumer Zeit geahnt und freute sich, als ihm das Resei jetzt mitteilte, sie möchte das verbannte Fürstenkind gern in den Kreis der Familie aufnehmen, zumal ja ein Geschwisterchen für die weitere Entwicklung der kleinen Benigna nur vorteilhaft sein könnte.

Er fuhr sogleich nach München und meldete dem Grafen Max den Wunsch seiner Gattin. Der alte Herr war davon recht angetan und sagte ihm die baldige Antwort der Kindsmutter zu. Diese erfolgte bereits kurz nach dem Heiligen Abend.

Am Tag der Unschuldigen Kinder hielt der kleine Erdenbürger von der Hohenaschauer Burg Einzug im Bannrichterhaus zu Prien. Marie Leopoldine brachte ihn persönlich, sagte zum Resei ein paar verbindliche Worte und versprach der Pflegemutter beträchtliche finanzielle Zuwendungen. Dann reiste sie eilends weiter in die Landeshauptstadt, um die Freuden des höfischen Silvesterballs nicht zu versäumen.

Schon beim persönlichen Neujahrsempfang hielt es Graf Preysing für angemessen, seinen Herrn, den Kurfürsten Max Joseph, zu unterrichten: »Es ist mir geglückt, Durchlaucht, Euch den Kurfürstenhut zu erhalten. Bis vor drei Monaten bestand die höchste Gefahr, ihn an einen posthumen Prinzen Eures Vorgängers zu verlieren.« Und dann erzählte er die ganze Geschichte.

Max Joseph, als ehemaliger Berufssoldat zwar an manchen Widersinn im Leben gewöhnt, geriet dennoch ein wenig aus der Fassung: »Wird sie dann den Arco auch wirklich heiraten?«

»Durchlaucht, sie brennt lichterloh! Zahlt dem Arco ein paar Gulden mehr und räumt ihr selber eine Art Sonderstellung bei Hofe ein – was glaubt Ihr, wie sie aufhüpfen wird!«

»Preysing, Ihr seid ein durchtriebener Gesell! Euch dürfte man nicht zum Feinde haben.«

»'s ist halb so wild, Durchlaucht! Was ich mach, mach ich allweil für unser Bayern.«

»Kann ich Euch was Guts tun?«

»Im Augenblick nit, Durchlaucht – es sei denn, Ihr lasst Euch gelegentlich durch den Kopf gehen, mir den bayerischen Staatsanteil an meiner Aschauer Eisenhütte zu überantworten. Mir stinkt er nämlich, wenn ich mit Euren Münchner Federfuchsern verhandeln muss. Die haben mich auf der Lattn – und ich sie auch!«

»Preysing, über den Staatsanteil lässt sich reden! Für heut mag ein freundlicher Händedruck genügen!«

Im Richterhaus zu Prien herrschte große Freude über das kleine Kind, waren doch drei weibliche Wesen da, um es zu verwöhnen – die Amme Veronika nicht mitgezählt. Denn die wusste genau, welchem Zweck sie zu dienen hatte, und verwöhnte daher ausschließlich sich selbst.

Wichtig hatte es vor allem die kleine Benigna, weil sie das Kind als ein lebendiges Spielzeug ansah. Nur wollte es ihr lange nicht eingehen, dass es den größten Teil des Tages schlafen müsse.

Aber auch die Großmutter war nicht viel gescheiter. Ständig waberte sie um die Wiege herum und sang ihr böhmisches »Dudaidam«, in der Hoffnung, dadurch das Einschlafen des niedlichen Ludwig zu beschleunigen. Da musste die Richtersfrau schon manchmal energisch werden, obwohl auch sie das Kind öfter in die Arme nahm, als es unbedingt notwendig gewesen wäre. Ihr Mann sah mit stiller Freude, wie seine Gattin wieder zum Mädchen wurde und beschwingt wirkte wie damals vor acht Jahren, als er sie geheiratet hatte.

An dieser Familienidylle änderte sich auch nichts, als in der Mitte des 1800er-Jahres ein Franzosenheer in Bayern einmarschierte und den Kurfürsten Max Joseph zur Flucht ins Fränkische zwang, weil er damals noch mit Österreich verbündet war. Der Graf von Preysing verließ ebenfalls die Landeshauptstadt und begab sich auf sein Schloss Wildenwart. Dort war's gemütlicher als auf Hohenaschau und viel ruhiger, denn da hörte man weder das Schlagen der mächtigen Eisenhämmer noch das Pochen der Hammer- und Nagelschmiede. In Wildenwart konnte man herrlich schlafen und sich prächtige Wildschweinköpfe zubereiten lassen. Man war eben hier daheim.

Das Flugblatt

In der Tafern zu Aschau, gegenüber der Kirche, ging's hoch her. Da hatten sich wieder einmal die Salzsäumer und die Erzfuhrleut versammelt. Lauter kraftvolle Mannsbilder, die nichts und niemanden fürchteten außer dem Herrgott – und auch den nicht immer.

Ein Neuer hatte sich ihnen angeschlossen, einer aus der Münchner Gegend, ein durchtriebener Kerl. Der war eine Zeit lang im Falkenturm gesessen, und als sie ihn vor ein paar Wochen wieder herausgelassen hatten, hatten sie ihn sogleich verstrickt, das heißt, er durfte die Landeshauptstadt bei Leibes- und Lebensgefahr nicht wieder betreten. Er ließ sich Turko rufen, sah aus wie ein Welscher, doch niemand wusste, woher er stammte. Seine Rede war deutsch, ein wenig bairisch eingefärbt, sie klang eigentlich gut. In den paar Tagen, seitdem er beim Erztransport eingestanden war, hatte er sich bei den meisten recht beliebt gemacht, denn er verstand es, sie zu unterhalten. Darum hörten sie ihm auch gerne zu, außer den paar Alten, die eh schon halb taub waren.

Heute führte er in der Tafern wieder das große Wort. Neben sich hatte er etliche Heftchen liegen, fünfzehn Seiten lang, betitelt: »Danksagungsadresse von der baierischen Nation an Max Joseph«. Als die Fuhrknechte bereits dem Bier zugesprochen hatten, aber immer noch aufnahmefähig waren, gebot er Ruhe und las. Er las vortrefflich und verstand seiner Rede jene unterschwellige Kraft zu verleihen, die betörend wirkt:

Teuerster Regent!

Die so biedere als gutmütige baierische Nation frohlockte bei deinem Einzuge in München, gab dir zu Ehren Freudenfeste und war wonnetrunken, weil sie von dir Gutes hoffte. Mit aller Bereitwilligkeit trug sie bisher die schweren Staatslasten jeder Art, um dir und deinen Kindern den nötigen Lebensunterhalt zu verschaffen.

Für all das Liebe und Gute brachtest du, teuerster Regent, bei deinem glorreichen Einzuge eine Schuldenlast von mehreren Millionen mit, die die baierische Nation so bald als möglich abzuzahlen die Ehre haben sollte. Mit oder bald nach dir kam eine zahlreiche Dienerschaft in die Residenzstadt, der nun auch die mitgekommenen Mohren nebst einer Legion von Hunden zu ernähren das Vergnügen zuteil wurde.

Diese Dienerschaft zogst du dem ungeheuchelten alten baierischen Diener, der freilich in seinem Vaterlande vor dem Ausländer gerechten Anspruch auf Brot machen zu dürfen glaubte, gnädigst vor; du zahltest daher dem Ausländer monatlich 22 fl. – der baierische in der gleichen Livree stehende Diener aber musste sich mit monatlich 17 fl. begnügen.

Als sich die Neufranken den Toren Münchens näherten, bist du mit den Deinigen entwichen, hast den Rest der Armee nächtlicherweile dir nachfolgen lassen, somit die Stadt und das ganze Land der französischen Großmut preisgegeben.

Zu gleicher Zeit ließest du die dem Lande, dem Untertan gehörigen Schätze von München weg nach Ansbach und Bayreuth bringen. Du gabst dadurch einen Beweis von deiner Vorsicht, die dich die Schätze nicht etwa der Sicherheit, sondern der Gewissheit wegen wegbringen hieß, damit du auf jeden schlimmen Fall doch bei dir hättest, wovon du mit deinen Lieblingen leben könntest.

Befreie uns denn durch deine Abwesenheit itzt und in Ewigkeit von allem Übel. Amen!!!

Nach dieser Lesung stimmte Turko die Marseillaise an und sang auf die Melodie diesen bayerischen Text:

Krieg und ewige Bataille
jeder heuchelnden Kanaille!
Allen wahren Demokraten
naher und entfernter Staaten
Freiheit, Gleichheit, Brüderschaft!

Die Fuhrleute brüllten, und der Turko warf die übrigen Heftchen in weitem Bogen über die Köpfe hin.

Schon in den nächsten Tagen spürte man, dass die Verlade- und Ruderknechte bei ihrer Arbeit saumselig wurden. Das Eisenerz, das die Bergknappen aus dem Kressenberg bei Siegsdorf zutage förderten, musste nämlich auf schwere Fuhrwerke geladen und bis Grabenstätt gezogen werden. In Grabenstätt, das damals noch nahe beim Chiemsee lag, schob man die Wagen mitsamt der Fracht auf weit ausladende Plätten – flache Schiffe, die auf der Rosenheimer Schopperstatt gebaut worden waren –, und dahin ging's über den See bis Bernau. Währenddessen trieben die Fuhrleute ihre Haflinger Rösser auf dem morastigen Landweg ebenfalls dorthin. In Bernau spannten sie wieder ein, und nach fünf Stunden mühseligen Weges durch die »Thaurer Höll« gelangten sie endlich zu den Eisen- und Schmelzhütten am Hohenaschauer Hammerbach. Eine schier mörderische Plage, die aus Menschen und Tieren das letzte Aufgebot an Kraft herauszerrte.

Seit jener Begegnung in der Aschauer Hoftafern war kein Fuhrknecht mehr bereit, dieses letzte Aufgebot einzusetzen. Für wen denn? Für die Münchner, zu denen auch der Preysing zählte, damit sie in Saus und Braus die Schweißgroschen, die sie den Knechten abgezwackt hatten, verjubeln konnten?

Aus! Jetzt nimmer! Wo bleiben denn da die Forderungen nach Freiheit, Gleichheit und Brüderlichkeit, die der Franzosenwind über den Rhein herübergeweht hat? Wir wollen nicht die Privatkassen der Geldigen füllen! Nicht mehr! Wir haben das gleiche Recht auf Menschlichkeit und Leben wie sie! Und darum schuften und schaffen wir nur noch die Hälfte!

Der Hüttenmeister, der Satzmeister, der Schiffmeister setzten Protokolle auf mit Belegen von Zeit, von Menge und Gewicht des Erzes und reichten sie beim Hofmeister auf der Burg ein. Der stellte sie eilends dem Bannrichter zu.

Gleichzeitig mit den Protokollen fiel dem Dr. Griesbeck eine jener Flugschriften in die Hände, die der Turko ausgestreut hatte. Da war es für ihn nicht schwer zu erkennen, dass zwischen diesen Heftchen und dem plötzlichen Rückgang der Arbeitsmoral ein Zusammenhang bestehen musste.

Drei Tage später saß der Turko im Gefängniskeller des Bannrichterhauses.

»Du hast das Pamphlet vorgelesen und ausgeteilt!«

»Ihr habt gute Hintermänner, Herr Richter!«

»Mit Frechheit wirst du deine Lage kaum verbessern! – Woher hast du diese Schriften?«

»Als ich aus München fortmusste, lagen sie haufenweise in den Schießscharten des Isartors. Ich hab mir ein paar mitgenommen – zum Zeitvertreib.«

Damit war die erste, zwei Minuten kurze Begegnung der beiden Männer beendet.

Dr. Griesbeck zog bei der Polizei in München Erkundigungen ein und wusste nach einer Woche, dass Turko die Wahrheit gesagt hatte. Die Pamphlete stammten aus Augsburg und wurden immer noch da und dort an Straßenwinkeln und unter Haustürtreppen ausgelegt. Der Richter behielt aber den jungen Gesellen noch ein paar Wochen im Gefängnis, allein schon deswegen, damit er die Leute nicht weiterhin verhetzte.

Da geschah es, dass die Amme Veronika eines Tages zufällig am Kellerfenster vorbeiging. Der Turko sah durch die eisernen Gitterstäbe ihre Waden und pfiff leise durch die Zähne. Sie wandte sich um und schaute näher hin. Er grinste sie an, und er gefiel ihr mit seinem pechschwarzen Haar und den dicken Augenbrauen, die über der Nasenwurzel zusammenwuchsen. Von da ab schob sie ihm täglich eine Brotzeit durchs Fenster.

Der Richter hatte sich inzwischen von der miserablen Arbeitsmoral der Leute überzeugt und fuhr mit den Pfarrern von Aschau und Prien nach Wildenwart zum Herrn Grafen. Der war von dem Besuch nicht sehr angetan und forderte zunächst die Bestrafung aller durch körperliche Züchtigung. Der Richter wandte jedoch ein, man würde dadurch die Arbeiter nur noch mehr entkräften. Dem konnte der alte Herr nicht widersprechen und fauchte deshalb die beiden Geistlichen an, sie sollten nicht bloß auf der faulen Haut herumliegen, sondern eine Volksmission ausrufen und in diesem Rahmen die Wasserburger Kapuziner etliche kernige Höllenpredigten halten lassen: »Diese braunen Kuttenträger haben das im Griff. Sie wissen, wie man die Aufmüpfigkeit niederbügelt, wenn den Leuten der Kamm zu sehr schwillt. Klärt das Volk, das ihr jahrhundertelang mit euren frommen Sprüchen überfüttert habt, dahin auf, dass die wahre Freiheit in der Unterwürfigkeit unter die gottgesetzte Weltordnung besteht, derzufolge es nun einmal Herren gibt, die anschaffen, und Knechte, die schaffen! Und jetzt geht und lasst mir mei' Ruah! Sonst werd i no' grantig!«

Damit war die weitere Verantwortung den Geistlichen aufgehalst worden, und Griesbeck konnte den Turko getrost wieder freilassen: Die Kapuziner würden die Leute schon wieder auf den rechten Weg bringen!

Doch auch die herbeigerufenen Höllenprediger bewirkten unter den Mannsbildern keinen Gesinnungswandel, denn die gingen erst gar nicht in die Kirchen hinein, sondern blieben heraußen stehen und unterhielten sich über den feige entflohenen Kurfürsten und über die jungen Weiber.

»Und ich sag euch eins«, meinte unter ihnen der Turko, »wenn wir jetzt klein beigeben, haben wir unsere Chance vertan! Denn der Preysing braucht uns mehr als wir ihn. Wichtig ist vor allem, dass wir noch seinen Herdenhund, den Griesbeck, kleinkriegen. Solang der noch herumschnüffelt, haben wir keine Ruh nit!«

Doch der »schnüffelte« weiter. Fast täglich war er unterwegs, bald bei den Knappen am Kressenberg, bald bei den Fuhrleuten; heute in der Eisenhütte am Hammerbach, morgen bei den Nagelschmieden, übermorgen auf der Schmelzhütte zu Bergen, und dann beim Drahtzug unterm Zellerhorn. Nicht dass er geschimpft oder geflucht hätte; seine Gegenwart allein schon spornte sie an. Sie fühlten sich beaufsichtigt und waren zu keiner Zeit sicher, ob er nicht plötzlich wieder vor ihnen stünde.

Der Herbst kam. Ein schöner Herbst, obwohl draußen im Land die Kriegsfurie tobte zwischen Österreichern und Franzosen. Im Herrschaftsbereich von Hohenaschau scherte sich niemand darum, und so kam das Fest der heiligen Katharina.

Kathreintanz!

Die jungen Leute strebten den Tanzhäusern zu, auch der Turko mit der Amme Veronika. Die beiden trafen sich seit seiner Entlassung aus dem Gefängnis fast jeden Abend, freilich nur für eine Stunde. Längeren Ausgang gewährte die Richtersgattin nicht. Nur an diesem Tag – das Resei wusste ja aus eigener Erfahrung, wie glücklich solche Tanzabende einen jungen Menschen machen können – durfte das Mädchen bis zehn Uhr ausbleiben.

Wie es nun so ist an Kathrein, sprachen die Burschen dem süffigen Aschauer Schlossbier kräftig zu. Die Folgen ließen nicht auf sich warten, und zu ihnen gehörte auch, dass mancher dem anderen schadenfroh die Tänzerin ausspannte. Der Balthauser von Gattern hatte gleich zu Beginn des Abends für die stramme Veronika Feuer gefangen und pirschte sich immer wieder an das Mädchen heran. Dem Turko gefiel das gar nicht, und als sich die Gelegenheit ergab, versetzte er dem Balthauser einen Rempler, dass der auf der glatten Fläche des Tanzbodens ein paar Ellen dahinschlitterte. Das war für den stämmigen Burschen Anlass genug, das Messer zu zücken und dem anderen einen kräftigen Stich in den Oberarm zu versetzen.

»Das Messer vergess ich nit!«, schrie der Turko. Dann führten sie ihn hinaus; die Veronika folgte ihm auf die Straße hinaus und ging dann heim.

Der Balthauser stammte aus einer Bauernfamilie, hatte aber als jüngerer Sohn den Hof nicht bekommen und stand im Dienst der Herrschaft; er steuerte tagein, tagaus das Erzschiff über den See. Ihm war schwer beizukommen, musste der Turko zu seinem Ärger feststellen. Er sinnierte lange herum und fand schließlich doch eine Lösung, eine fast teuflische Lösung. Er hatte – was niemand wusste – bei einem Rohrdreher und Kanonengießer in Wiener Neustadt gelernt und war vertraut mit Pulver und Zündung. Er bastelte also jetzt, wo er an seine Kammer gefesselt war, eine Bombe. Eines von jenen gefährlichen Dingern, mit denen schon 1683 die Türken große Breschen in die Wallmauern Wiens gerissen hatten. Er baute einen wasserdichten Dreieckkasten, versenkte die Bombe darin und montierte an die Zündnadel einen langen Draht. Mit dieser unheimlichen Fracht, die er in seinem Rucksack verbarg, fuhr er im Boot eines bekannten Fischers noch in der ersten Morgendämmerung auf den Weitsee hinaus. Er gab vor, er wolle nach Baumgarten, und ließ sich bei der Nikolausstatue, die auf einer Holzsäule thronte, an Land setzen.

Er hatte keine Eile, denn vor der vormittäglichen Brotzeit war das Erzschiff von Grabenstätt her nicht zu erwarten. Weil er selbst schon als Ruderknecht gefahren war, wusste er genau, dass das Schiff den engsten, gerade noch vertretbaren Kurs um die vorgeschobene Landzunge nehmen würde. Und er spähte durch die diesige Frühe so lange hinüber, bis er das mächtige Gefährt behäbig bei den Mündungsinselchen der Tiroler Achen herumschwenken sah.

Er packte den Dreieckkasten aus, setzte ihn aufs Wasser, sodass nur das flache Deckbrett zu sehen war, und watete bis an die Schultern hinein in den See. Er schubste den Kasten von sich weg und kehrte mit der sich abwickelnden Drahtspule geduckt ans Land zurück. An der

Säule des heiligen Nikolaus machte er sie fest und eilte durchs hohe Röhricht auf Heinrichwinkel zu. Während er sich hier an der sonnigen Giebelseite einer Torfstecherhütte die Kleider trocknete, sah er draußen das Erzschiff sachte vorbeiziehen, vom Balthauser mit der langen Stange gesteuert.

Dann geschah's.

Das Schiff fuhr über den Draht, zog die Bombe im Kasten nahe an sich heran und löste dadurch die Zündnadel. Eine gewaltige Wasserfontäne stieg empor, ein ebenso gewaltiger Donner erfüllte die Luft, das Schiff stellte sich vorne auf, und alle Erzfuhrwagen, die an den Rädern miteinander verkettet waren, versanken im Bayerischen Meer. Fünf von den Ruderknechten gelang es, sich, wie Hunde schwimmend, ans Land zu retten; der Balthauser und drei andere ertranken, von der Bombe schwer verletzt.

Kurz nach der Mittagszeit hatten die heil Gebliebenen das schreckliche Geschehen dem Bannrichter gemeldet. Er schickte vier Gendarmen mit zwei Spürhunden auf die Landzunge. Die Tiere hatten bald Witterung aufgenommen, und nach knapp zwei Stunden wurde der Turko hinter einem gemauerten Marterl bei Feldwies ergriffen. Er hatte sich auf der Flucht durch Gebüsch und Gesträuch die Armwunde wieder aufgerissen und blutete heftig.

Das Hochgericht

Die Aschauer hatten ihre eigenen Grundsätze, auch wenn es darum ging, einen Menschen vom Leben zum Tode zu befördern, Grundsätze, die bis in die Ritterzeit zurückreichten. Sie hatten ein Hochgericht, das war etwas außerhalb des Ortes am »Brückl« aufgestellt und bestand aus drei Erdhügeln. Es lag in der Nähe des Weges, sodass jeder in Augenschein nehmen konnte, wie er enden würde, falls er sich dazu verstieg, ein Verbrechen zu begehen.

Am mittleren Hügel ragte der Galgen auf. Er war in einen gemauerten Unterbau eingelassen. Der gleiche Unterbau krönte den rechten Hügel, auf dem jeweils der Scheiterhaufen errichtet wurde. Auf dem linken Hügel stand der mit einer geschweiften Mulde versehene sogenannte »Stock«. Er diente dem Henker zur leichteren Enthauptung. Neben diesem »Stock« lehnte das Rad. Es war seit dem 16. Jahrhundert, der Zeit des großen Burgherrn Pankraz von Freyberg, nicht mehr verwendet worden. Gleichwohl musste alle fünfzig Jahre vom Wagner ein neues erstellt werden, weil es winters im Freien stand, allen Unbilden der Witterung ausgesetzt und deshalb meist schon bald halb verfault war. Das Würgeisen, das oft vor der Verbrennung auf dem Scheiterhaufen angewandt wurde, hing am Gemäuer des rechten Hügels. Niemand hätte es anzufassen gewagt. Dass auf den drei Hügeln alles seine Ordnung hatte, dafür war der Henker zuständig, der in einem Steinhaus außerhalb von Pölching wohnte. Der erste Herr von Preysing hatte es bauen lassen, weil er der Überzeugung war, dass nur ein gesunder und kräftiger Henker seine grausige Aufgabe gewissenhaft und vor allem schnell erfüllen könne, weshalb er eine ordentliche Häuslichkeit brauche.

In Pölching befand sich auch der herrschaftliche Gefängniskeller, in den die Gendarmen den Turko nach seiner Verurteilung durch den Priener Bannrichter jetzt eingeliefert hatten. Diese Verurteilung war rasch vor sich gegangen und lautete, weil die Tat mit Pulver und Feuer begangen worden war, auf Tod am Scheiterhaufen. Der Herrschaftsprofos von Wildenwart, der mit der Durchführung der Todesstrafe betraut war, bestimmte den 4. Dezember für die Hinrichtung, den Tag der heiligen Barbara, Schutzfrau der Berg- und Hüttenleute. Er ließ von Wasserburg einen jener Kapuziner kommen, die die Volksmission gehalten hatten; galten doch diese frommen Männer als hervorragende geistliche Wegbereiter ins Jenseits.

Es war ein kalter Wintermorgen, als die Gendarmen, der Henker, der Pater und der Profos mit dem Turko den Kerker in Pölching verließen. Hunderte von Gaffern, auch aus der weiteren Umgebung, säumten den Weg, besonders viele Bauern, die um diese Jahreszeit auf ihren Höfen wenig Arbeit hatten. 17 Jahre zuvor war's einem von ihnen an den Kragen gegangen, seitdem niemandem mehr. Alles in allem bevölkerten brave Leut die Aschauer Herrschaft, wenn man von den Bauernburschen absah, die immer wieder einmal einer Magd ein Kind anhängten. In dieser Hinsicht waren jedoch die Herren von Preysing stets großherzig gewesen; denn auch ein »illegales« Kind wächst und wird kräftig und ist dann eine Arbeitskraft wie jede andere, und oft nicht die schlechteste.

So schritt also der traurige Zug dahin durch den tiefen Schnee, unterhalb der Aschauer Kirche vorbei, über den langen Steg, der die Prien überquerte, und dann geradeaus auf den Brückl zu. Überall die Neugierigen, die im Angesicht des Missetäters lesen wollten, was es unter dem Eindruck des nahen Todes aussagt: Furcht, Hoffnung, Verbitterung, Zweifel, Hass?

Doch das Gesicht des Turko sagte gar nichts aus. Gleichgültig stapfte er voran, schaute nicht nach rechts, nicht nach links, sondern spuckte sich nur ab und zu einen aufstoßenden Ekel aus der Kehle. Ihn schmerzte der wunde Oberarm, sonst hätte er möglicherweise denen am Wegrand ein paar freche Worte zugerufen, besonders den jungen Frauen. Von ihnen hatten schon manche seinen Weg gekreuzt – zu seinem Spaß und zu ihrem Trost …

Als sie unterhalb der Burg an die Rastkapelle kamen, ließ der Kapuziner dem Turko die Stricke abnehmen und begab sich mit ihm allein ins Innere. Hier stand am Altar eine Statue des gegeißelten Heilands im Elend.

»Turko«, sagte der Pater, »'s ist die letzte Gelegenheit! Sag, was dich noch bedrückt!«

»Will ich!« Dann wandte er sich mit einem giftigen Blick zur Seite: »Solltet Ihr zufällig der Amme Veronika begegnen, richtet ihr von mir aus, dass ich ihrer Hurenseel diesen winterlichen Spaziergang verdank!«

»Turko, wer redet denn so in seiner letzten Stund! Soll ich ihr nit lieber sagen, du hättest ihr alles vergeben, so wie der Herrgott auch dir alles vergeben mög? Das wäre christlich! Bedenk auch, dass du drei Menschen umgebracht hast! Beten wir wenigstens für die mitsammen ein Vaterunser!«

»Mag nit! Und fürn Balthauser schon gar nit!«

»Schau her, Turko! Nimm das Kreuz von meinem Rosenkranz in die Hand und sag: ›Mein Jesus, Barmherzigkeit!‹«

Der junge Mann überlegte eine Weile, dann ergriff er hastig das Kreuz, schaute um, ob nicht irgendein Gaffer da wäre, und murmelte die drei Wörter.

Da strich ihm der Kapuziner mit der Hand übers dunkle Haar und machte mit dem Daumen das Kreuzzeichen auf seine Stirn: *»Ego te absolvo!«* – »Ich spreche dich los!«

Darauf verließen sie die Kapelle. Auf der anderen Seite des Reitstalls lag die Burgschenke. Während sich jetzt der Henker von ihnen trennte und zum Brückl hinaufstieg, wo zwei Knechte letzte Hand an den Scheiterhaufen legten, betraten die Gendarmen mit dem Turko die Wirtsstube. Hier stand das Henkersmahl bereit: ein fetter Schweinsbraten und eine Kanne Bier. Den Braten rührte er nicht an, das Bier trank er in langen Zügen. Inzwischen strömten die Scharen der Neugierigen draußen vorüber und zu den drei Hügeln hinauf. Am Ende folgte dann das Todesgeleit.

Unter dem Gemäuer, an dem das Würgeisen hing, wartete bereits der Henker. Als er es herabnehmen wollte, wehrte der Profos ab. Dann lösten die Gendarmen dem Turko die Fesseln. Der Henker packte ihn und bestieg mit ihm und dem Kapuziner den Holzstoß. Hier band er ihn an einen aus dem Holz herausragenden Balken und stieg wieder herab. Mit weithin dröhnender Stimme verlas jetzt der Profos das Todesurteil und stellte sich dann lässig und in wartender Haltung hin, weil der Pater noch ein paar Worte mit dem jungen Gesellen redete. Dann verließ auch der Kapuziner die Höhe des Scheiterhaufens.

Der Henker schaute auf den Profos. Der nickte. Mit drei bereitstehenden Fackeln legten nun die beiden Henkersknechte und ihr Vorgesetzter auf allen Seiten den Brand. Bald hüllte dicker Qualm den Turko ein.

Die Amme Veronika wurde schwermütig, sodass sie ihre Aufgabe beim Säugling, der bei der Richtersfrau in Pflege war, nicht mehr erfüllen konnte. Sie musste nach Hause zurückkehren und einer anderen Platz machen. Diese andere, Walburga, war die hübsche Tochter des Aschauer Drahtzugmeisters vom Hammerbach. Ihre Mutter war noch mit dem Pertl-Resei in die Sonntagsschule gegangen. Die Walburga hatte – vergleichbar den beiden Pertl-Töchtern – nach der Schulzeit beim Vater gelernt, und zwar die Drahtzieherei. Doch ging das nicht lange gut. Sie hatte sich, im Alter von erst 14 Jahren, einen Gesellen angelacht, und der verhalf ihr in seiner Unerfahrenheit zu früher Mutterschaft. Das schwächliche Kindchen war gleich nach der Geburt gestorben, sodass die Walburga ihre erwachten Muttergefühle nunmehr dem kleinen Ludwig von Ocra zugutekommen lassen konnte.

Die Hinrichtung am Brückl, die für viele der herbeigeströmten Schaulustigen nur ein Nervenkitzel gewesen war, hatte in der Seele des einen oder anderen eine tiefe Erschütterung hervorgerufen – auch bei den Unterrheiners im Hatzenbergerhaus am Bach. Der Nagelschmied hatte mit seiner Frau aus der Ferne wahrgenommen, wie der junge Mann inmitten der aufzüngelnden Flammen zusammengebrochen war: Ein blühendes Leben – vorbei! Frau Maria dachte bei sich: Auch er hat eine Mutter gehabt! Gelobt sei Gott, dass ihr dieser Anblick erspart geblieben ist! – Und dann erinnerte sie sich wieder einmal, dass sie und ihre Töchter eine Wallfahrt zum Heiligen Blut nach Umratshausen versprochen, das Versprechen aber immer noch nicht eingelöst hatten. Weil sie's aber vom Marei in Pfaffenhofen nicht gut verlangen konnte, dass sie mitkäme, schrieb sie ein Brieferl ans Resei nach Prien: »Kind, wie wär's, wenn wir zwei an Fronleichnam die damals gelobte Wallfahrt machen taaten, so wie sich's gehört?«

Ging man in jener Zeit auf Wallfahrt, so ging man barfuß, zumindest während der schönen Jahreszeit. Allerdings machte der neue Zeitgeist sich bereits über diesen alten Brauch lustig. Doch Mutter und Tochter, die aus dem frommen Haus der Pertl'schen stammten, kümmerte das wenig. So zogen die Nagelschmiedin von Aschau und das Resei von Prien aus in aller Herrgottsfrühe, den Rosenkranz in der Hand, still betend auf Umratshausen zu.

Dem Resei schauten manche Priener mit Wohlwollen nach. Sie war sehr beliebt im Ort, noch mehr, seit sie ein fremdes Kind in ihre Obhut genommen hatte. Das passte so recht zu ihr! Zu ihrer Bescheidenheit und stets heiteren Gemütsart. Wie hätte sich nicht manch andere aus kleinen Verhältnissen aufgeblasen, hätte sie so eine gute Partie gemacht wie diesen Richter! Doch das hat er sicher gewusst, der Griesbeck, dass sie's mit dem Aufblasen nicht hatte. War er doch selber auch ein Gemütsmensch.

Vor dem fein geschnitzten Christus, der mit der Rechten das aus seiner Seitenwunde fließende Blut in einem Becher auffing, warfen sich die beiden Pertl'schen nieder und dankten dem Herrgott für ihr großes Glück. Sie flehten aber auch inständig fürs Marei. Die hatte, seitdem sie sich zu ihrem Unglück mit dem Georg Pilgrim eingelassen hatte, schon viel gelitten, und wer weiß, wie's ihr jetzt ging! Mutter und Tochter hatten beide das Gefühl, dass sie das Marei unbedingt bald aufsuchen sollten.

Es sollte jedoch bis in den nächsten Winter hinein dauern, ehe sich ihr Wunsch verwirklichen ließ. Dann teilte der Bannrichter Dr. Schindler von Brannenburg dem Herrn Kollegen in Prien mit, er solle so bald wie möglich bei ihm vorbeikommen; die Sache sei zwar nicht eilig, müsse aber dennoch gemeinsam »beschnarcht« werden. Das war sein Ausdruck.

Diese Fahrt nach Brannenburg, die der Griesbeck nicht aufschieben wollte, kam den beiden Frauen sehr gelegen. Sie reisten im bannrichterlichen Viergespann, wohlverpackt im Herrschaftsschlitten, über Riedering mit bis Rosenheim und von dort nach Pfaffenhofen zum hochgräflich Preysing'schen Forsthaus. Weil der Schwager nicht daheim war, hielt es der Richter für angezeigt, sofort nach Brannenburg zu fahren und am anderen Tag wiederzukommen, um seine Frau und die Schwiegermutter abzuholen.

Welch ein liebes Wiedersehen war das nach zwei Jahren! Das Marei weinte bitterlich, und der neunjährige Pankraz, ein sehr feingliedriges Kerlchen, weinte gleich mit, ohne zu wissen warum. Das Marei sah verhärmt aus und trug, wenn man genau hinschaute, Spuren von Misshandlung.

Frau Maria, die Mutter, erkannte das sofort: »Kind, wenn wir jetzt schon im engsten Familienkreis beisammenhocken, sag, was ist los bei euch!«

Unter Tränen bekannte nun die Tochter, dass der Georg sie seit seiner Versetzung nach Pfaffenhofen »wie einen Putzlumpen« behandle, sich um die Kinder überhaupt nicht kümmere und oft viele Tage lang in Rosenheim und auf dem Samerberg unterwegs sei. Gewiss seien die Kontrollritte auf den Samerberg zu den Kohlenbrennern seine Pflicht, dass das aber jede Woche sein müsse, verstehe sie nicht. Komme er aber dann wieder heim, sei er explosiv wie ein Pulverfass und schlage bei der geringsten Gelegenheit auf sie und die Kinder ein wie ein Wilder. Sie habe bereits dem Herrn Bannrichter Dr. Schindler ihr Leid geklagt, aber der scheine wenig Verständnis dafür aufzubringen.

Dem war aber nicht so! Denn gerade deswegen hatte Schindler den Kollegen aus Prien zu sich geladen. Während sich die Frauen in Pfaffenhofen über diese schmerzlichen Angelegenheiten unterhielten, saßen die beiden Richter in der Schlosstafern zu Brannenburg in einem Nebenzimmer und erörterten die gleiche Misere.

»Herr Kolleg«, sagte Schindler, »es tut mir leid, dass ich's Euch sagen muss, aber Euer Schwager, den wir mit Hängen und Würgen vor der Verurteilung als Brandstifter bewahrt haben, macht uns schon wieder Kummer.«

»Herr Schindler, um meinetwillen braucht Ihr ihn nicht zu schonen! Er ist alt genug, um zu wissen, was er tun darf und was er lassen muss.«

»Alt genug! Das sagt Ihr zu Recht. Leider schützt aber das Alter – wie ein altes und sehr wahres Sprichwort es will – vor Torheit nicht!«

»Was hat er denn schon wieder ausgefressen?«

»Schon wieder und fortdauernd! Er hat sein Verhältnis zur Tiroler Kuhdirn erneut aufgenommen, und zwar so ungeniert, dass mir der Niederndorfer Gemeindevorsteher bereits eine freundliche Meldung zugehen ließ: Ich möge wegen des in der dortigen Dorfgemeinschaft erregten Unwillens um baldige Abstellung bemüht sein. Lieber Herr Kolleg, Ihr werdet verstehen, dass ich das kaum noch länger mitansehen darf!«

Dr. Griesbeck saß unschlüssig und etwas betreten da. Was sollte er dazu sagen? Er hatte mit seinem Schwager nie einen Faden gesponnen, weder einen guten noch einen bösen. Doch die Schwägerin tat ihm leid. Denn wenn jetzt der Kollege Schindler den Pilgrim aus dem Herrschaftsdienst entlassen würde – was zu erwarten war –, dann stand er mit der Familie auf der Straße. Keine andere Herrschaft, noch viel weniger das Forstamt, würde ihn so rasch wieder einstellen.

Dr. Schindler erriet, was in seinem Gegenüber vorging, und meinte: »Diesen Winter über will ich noch zusehen, weil mir die Kinder leid täten. Ab dem Frühjahr aber kenne ich keinen Pardon mehr! Sagt's ihm oder sagt's ihm nit! Ich muss jedoch schon um meiner selbst willen endlich durchgreifen.«

Das war eine eindeutige Rede; ihr war von keinem der Männer etwas hinzuzufügen. Ihr Gespräch verlagerte sich dann auf die Politik, vor allem auf die Tatsache, dass der Kurfürst seine Verbindungen zu Österreich gelöst und sich dem allgewaltigen Konsul der Franzosen, Napoleon, angenähert hatte – »Auch so ein Krampf!«, meinte Schindler.

Der Tod im Meiler

Bleiern lag der Morgen überm Inntal, als Dr. Griesbeck Brannenburg verließ und bei Reischenhart an den Inn kam. Seit der Nacht trieb ein harter Fallwind dichtes Schneegestöber ins Tal herein. Die Schlittenlaternen waren bald verloschen, sodass die beiden Kutscher die Zügel schleifen ließen und auf die Witterung der Rösser vertrauten.

Als sie kurz vor Rosenheim in eine Senke hineinfuhren, blieben die Rösser auf einmal stehen, stellten die Ohren auf und begannen ängstlich zu schnauben. Vor ihnen lag – schon fast völlig vom Schnee zugedeckt – ein Keiler, der sich kaum mehr rührte. Die Kutscher wollten ihn befreien, da sahen sie, dass er waidwund geschossen war. Sie stachen ihn und hoben ihn dann hinten auf den Schlitten.

»Wilderer!«, meinte der Richter und befahl weiterzufahren. Nach ein paar Metern peitschten plötzlich aus dem Ufergehölz ein paar Schüsse herüber. Das vordere Sattelross bäumte sich auf und brach zusammen. Die Kutscher griffen nach ihren Gewehren und erwiderten das Feuer, dem Anschein nach aber ohne Erfolg. Während nun der eine die Gegend am Innufer beobachtete, löste der andere das tote Tier aus dem Geschirr. Sie ließen es liegen und fuhren zügig davon.

Bei den Wächtern am Mittertor in Rosenheim meldete der Richter, was geschehen war. Sie rückten sogleich mit Spürhunden aus. Nach zwei Stunden ergriffen sie im Steinbruch bei Altenbeuern einen Gesellen aus Erl und brachten ihn nach Brannenburg, wo er »in Ansehung gutnachbarlicher Beziehungen« bloß mit fünfundzwanzig Stockhieben aufs Gesäß bedacht wurde. Die fielen freilich so aus, dass er während der folgenden drei Wochen nachts nur auf dem Bauch liegen konnte.

Noch vor Mittag traf der Richter am Forsthaus zu Pfaffenhofen ein und fand die drei Frauen niedergeschlagen, war doch der Schwager Georg noch immer nicht heimgekehrt.

Wo er sich aufhielt?

Er hatte die Nacht in Niederndorf mit der Martl verbracht und stakte jetzt in der Rinne des Fluderbaches dahin. Er wollte, wie es seine Pflicht war, in Kohlgrub am Samerberg die drei Holzmeiler besuchen, die dort im Brennen waren, und den Fortgang der Arbeiten prüfen, denn der Hüttenmeister in Hohenaschau hatte bereits mehrere Male um Holzkohle gebeten. Gegen Mittag stand der Pilgrim vor einem dieser Meiler, der eben ausgebrannt war; aus dem Quandel, dem Feuerschacht oben in der Mitte des Meilers, stieg kein Rauch mehr, sodass der Köhler, der Sepp, nach Hause gegangen war, um das Auskühlen abzuwarten.

Nun wollte aber der Pilgrim wissen, wie lange dieses Auskühlen noch dauern konnte. Er stieg darum auf der seitlich angelegten Leiter über die Rasen- und Erddecke des Meilers hinauf, um im Quandel den Stand der Dinge zu erkunden.

Wäre der Köhler-Sepp dabei gewesen, hätte er ihn warnen müssen, dass es wahnwitzig sei, jetzt den Meiler zu betreten. So aber geschah es, dass der Pilgrim in dem Augenblick, als er von der Leiter auf die Kuppe des

Meilers trat, urplötzlich in ein Loch stürzte. Es hatte zur Luftzufuhr des Brandes gedient und sich erweitert, aber unter der Decke war es nicht zu sehen gewesen. Drei Meter tief fiel der Pilgrim hinab. Er wollte schreien, doch die Holzgase schnürten ihm die Luftröhre zu. Er verlor das Bewusstsein. Nach wenigen Minuten war er erstickt, ungesehen und ungehört.

Am frühen Nachmittag, als der Richter Dr. Griesbeck mit Frau und Schwiegermutter wieder heimwärts fuhr, brach eine fürchterliche Kälte ein, wie man sie im Chiemgau schon seit zwei Jahrzehnten nicht mehr erlebt hatte. Dem Köhler-Sepp zu Kohlgrub kam sie gelegen, würde sie doch das Auskühlen des Meilers beschleunigen. Dann würde der ständig nörgelnde Hüttenmeister drüben in Aschau endlich zu seinem Sach kommen!

Drei Tage später war's so weit: Das Abdecken konnte beginnen. Er musste sich freilich erst durch den Schnee eine Bahn zur Leiter hin schaufeln und auch diese zunächst mühselig freimachen. Als er zur schneefreien Kuppe hinaufstieg, erblickte er den Einbruch und erkannte den Toten.

Er eilte zurück in den Ort und rief ein paar Knechte zusammen. Mit Stricken und Stangen zogen sie bei der erbarmungslosen Kälte die Leiche heraus und legten sie drunten neben dem Holzweg in den Schnee. Bald war sie im stechenden Eiswind völlig gefroren. Mit zwei Meter langen Hölzern deckten sie sie zu, damit nicht etwa ein streunender Wolf – drüben in Tirol waren einige gesehen worden – sich an dem armen Förster zu schaffen machte. An eine Beerdigung drunten in Nußdorf konnte man vorläufig nicht denken. Immerhin musste einer den Pfarrer verständigen; der hatte ja zu entscheiden, wie man's mit diesem Hohenaschauer halten sollte. Auch war es seine Aufgabe – oder wessen Aufgabe auch immer! –, die Familie in Pfaffenhofen zu verständigen.

Von den Knechten war keiner bereit, zum Pfarrer zu gehen. So blieb diese Aufgabe dem Köhler-Sepp.

»Mag sein, wie's will, Herr Pfarrer, ich hab's Euch gsagt. Was jetzt geschieht, ist mir wurscht!«

»Wurscht hin, wurscht her, Sepp! Selig seid ihr, wenn ihr die Toten begrabt! So steht's im heiligen Evangelio. Wir dürfen ihn nit droben am Wegrand liegen lassen! Wär ich nit so alt, ich nähm einen Schlitten, einen Horner, und brächt ihn in die geweihte Erd!«

»Das ist ein Krampf, Herr Pfarrer! Die geweihte Erd ist metertief zugefroren. Da dürft Ihr erst drei Tag lang einen Holzstoß abbrennen, ehvor der Totengräber Euch eine Grube ausschaufelt!«

»Dann lass ich eben den Holzstoß abbrennen! Aber der Tote muss runter!« Der Pfarrer wurde laut.

»Dann werd ich Euch halt in Gotts Nam den Förster bringen!« Der Sepp sprach's und verließ wütend den Nußdorfer Pfarrhof. Sein Unmut war verständlich, denn wer würde ihm die Mühe und Plage bezahlen? Wer würde ihm den Hörnerschlitten wieder hinaufziehen auf den Samerberg? Etwa die Aschauer Herrschaft? Wenn dort alle so knickerig sind wie der Pilgrim – Gott hab ihn selig! –, dann gut Nacht!

Zum Ausheben der Grube bewilligte der Pfarrer dem Totengräber einen Ster Holz, in der Hoffnung, er werde es vom Forstamt reichlich zurückbekommen. Er schickte auch einen Boten nach Pfaffenhofen zur Pilgrimin mit einem Brief, in dem er schilderte, wie ihr Mann zu Tode gekommen war, und ihr mitteilte, er werde den Toten nach drei weiteren Tagen in geweihter Erde bestatten, weil eine Überführung zu teuer käme.

Das Marei nahm diese traurige Kunde nicht nur gelassen entgegen, sondern empfand sie fast als eine Erlösung. So wie wenn ihr ein Stein vom Herzen gefallen wäre.

Freilich stand sie jetzt mit den zwei Kindern ohne Ernährer da. Aber sie war gesund und kräftig und hoffte, durch Vermittlung ihres Schwagers, des Herrschaftsrichters in Prien, irgendeine Arbeitsmöglichkeit zu erhalten, schlimmstenfalls wieder in der heimischen Nagelschmiede.

Von einem Holzknecht ließ sie sich am Beerdigungstag im kleinen Kastenschlitten nach Nußdorf fahren; ihr Sohn Pankraz wollte auf die kleine Ursel aufpassen. Dass der Vater gestorben war, hatte sie ihm nicht gesagt. Wozu auch? Der Bub hatte während der letzten Jahre ständig unter Georgs Wutausbrüchen zu leiden gehabt. Er würde das Ausbleiben des Vaters als Erleichterung empfinden, genauso wie sie selbst; das Töchterlein aber hatte mit ihm so wenig zu tun gehabt, als wäre er ein fremder Mensch.

Mit dem Totengräber, dem Holzknecht und dem Pfarrer stand das Marei am Grab. Sie verlor keine Träne und war froh, dass der geistliche Herr mit den Gebeten für den Verstorbenen sparsam umging und die Zeremonie rasch beendete. Dann bat er sie mit sich in den Pfarrhof, wo er ihr mitteilte, dass er den Unglücksfall bereits an das Herrschaftsgericht nach Brannenburg gemeldet habe.

Dr. Schindler wandte sich unverzüglich an den Forstmeister und bat ihn, bei der Neubesetzung des Pfaffenhofener Forsthauses darauf zu achten, dass der Pilgrim'schen Witwe und ihren Kindern das dortige Beihaus so lange als Wohnung überlassen werde, wie es nötig sei. Auch solle man ihr auf ein paar Monate hinaus das Gehalt ihres Mannes weiterzahlen. Er selber wolle sich inzwischen bei der gräflichen Hofkammer um eine dauernde Unterstützung für diese armen Leute bemühen.

Zeiten des Umbruchs

Inzwischen hatte der französische Konsul Napoleon nach etlichen siegreichen Kämpfen dem Deutschen Reich alle linksrheinischen Gebiete abgenommen und den dadurch geschädigten Ländern, auch dem Land Bayern, gegenüber erklären lassen, sie sollten sich zu einer »Säkularisation« entschließen. Zu Deutsch hieß das, sie sollten den Kirchen, Klöstern und reichsfreien Städten ihre Besitzungen kurzerhand wegnehmen und sich so schadlos halten; denn da sei viel zu holen.

So geschah es auch.

Es zeugt nicht von der feinen Art, wie da manche Landesfürsten gleich Raubvögeln über die geistlichen Besitzungen und Gebiete herfielen. Da wurden Stiftungen und Vermächtnisse, die die Vorfahren aus Dankbarkeit gegen den Herrgott aufgebracht hatten, heißhungrig zusammengerafft; alte Kunstwerke und handschriftliche Weisheitsbücher wurden auf den Mist geworfen oder den Bauern übergeben, damit sie damit sumpfige Feldwege befestigen konnten. Vielhundertjährige Archivbestände wurden von bayerischen Säkularisierungsbeamten aus den Regalen gerissen und bündelweise in die Öfen geschoben, obwohl reichlich Brennholz vor der Haustür gelegen hätte. Das war die neue Freiheit! Eine Freiheit, die in der Nähe der hemmungslosen Willkür angesiedelt war.

Graf Max V. von Preysing, der erfahrene Diplomat, der klarer als manch anderer hinter die Kulissen der

Politik zu blicken verstand, kam von Wildenwart nach Hohenaschau und versammelte dort seine drei Söhne. Er wollte sie nicht im Unklaren lassen über die Schrecken, auf die man sich im neuen Jahrhundert, in dieser Zeit der Umwälzungen, gefasst machen musste. Denn wehe dem Ahnungslosen! Mit ihm spielen die irdischen Mächte Blindekuh!

Weil es ein wunderbarer blau-goldener Herbsttag war – die kreischenden Dohlen spielten Ringelreihen um den mächtigen Bergfried –, kamen die vier Männer im Sommerhaus des Hochgartens zusammen. Der bot, weil von allen vier Seiten ummauert, die Sicherheit, dass kein Unberufener ihr Gespräch belauschen konnte. Das war auch gut so, denn der alte Graf eröffnete den Söhnen eine düstere Zukunft: Napoleon, der von Ehrgeiz zerfressene Aufsteiger von der Fischerinsel Korsika, werde seinen hündischen Spaß daran haben, die europäischen Dynastien unter das Joch seiner zweifellos großartigen strategischen Fähigkeiten zu zwingen. Er werde jeden Widerstand mit brutaler Grausamkeit brechen. Als Angehöriger des alten Adels müsse man das stets in Betracht ziehen und dürfe diesen Emporkömmling und seine Speichellecker nicht reizen, geschweige denn ihnen widersprechen: »Denkt, Söhne, daran, wie es die Schwalben machen! Sie, die kühnsten Segler der Lüfte, bauen die Häuser für die nächste Generation unter Dächer und in dunkle Winkel, dorthin, wo die Geier und Habichte nicht hinkommen! Für die nächsten Jahre habe ich euch die Wege geebnet. Du, Max, mein einstiger Nachfolger in der Grafschaft, begibst dich in unser Haus nach Rosenheim und wartest auf deine Stunde; so kannst du auch die Kraft des dortigen Heilwassers genießen! – Johann Christian, du studierst die heilige Theologie; für einen Bischof oder Erzbischof bist du mir allweil gut! – Und du, Friedrich, wirst Soldat! So brauchst du nicht zu denken; das fällt dir eh schwer. Auf diese Weise sieht uns niemand auf einem Haufen beisammen.«

Der alte Herr erhob sich recht frisch, reichte jedem der Söhne die Hand und meinte im Weggehen: »Ich selber werde mich zwischen hier und Wildenwart herumtreiben, damit die Münchner Kanzleihengste nie wissen, wo sie mich greifen können. In einem alten Buch steht nämlich geschrieben: ›Meide deinen Ferscht, wenn du nicht gerufen werscht!‹«

Dann fuhr er weg.

Betreten schauten die jungen Grafen einander an. Dann meinte Johann Christian, der zur heiligen Theologie Verdonnerte, achselzuckend: *»Roma locuta, causa finita!«* –»Rom hat gesprochen, der Fall ist erledigt!« Und auch sie verließen den Hochgarten, um sich an die Orte ihrer Bestimmung zu begeben: Johann Christian auf den Domberg nach Freising, Friedrich nach München in die Kasernen am Oberwiesenfeld und der stets ein wenig kranke Max VI. ins gräfliche Palais nach Rosenheim. Während seine Brüder Aufgaben zu erfüllen hatten, brauchte er nichts anderes zu tun, als sich zu pflegen und – getreu dem Wort des Vaters – auf seine »Stunde« zu warten.

Max VI., dreißigjähriger Graf von Preysing, war also zu einem Dasein als Tagedieb verurteilt. Nicht etwa weil er nicht arbeiten wollte – er hatte keine Kraft und keinen inneren Auftrieb. Es war ihm nicht einmal gelungen, irgendein Mädchen aus den alten bayerischen Adelshäusern zu heiraten, weil er sich seiner Ohnmacht bewusst war. Das hatte sich in diesen Kreisen auch bald herumgesprochen, weshalb ihm jetzt jedes heimische

Edelfräulein aus dem Wege ging – und vor fremdländischen graute ihm.

Er pflegte gern am Inn dahinzureiten und den Goldwäschern zuzuschauen, ging auch ab und zu mit ein paar städtischen Honoratioren auf die Jagd. Daheim las er viel und studierte die wechselvolle bayerische Geschichte. Besonders widmete er sich jenen literarisch-wissenschaftlichen Werken, die sich mit der Eisengewinnung befassten. Neben den Briefen und Abhandlungen der Preysing'schen Vorgänger auf Hohenaschau, den Herren von Freyberg, fesselte ihn das umfangreiche Werk des Georgius Agricola, *»De re metallica«*. Dieses zwölfbändige lateinische Opus über alles, was mit Erz und Eisen zusammenhing, festigte seinen Entschluss, alle Erzgruben, Hüttenwerke und Waffenschmieden, die früher oder später in seine Hände fallen würden, nach den aktuellen wissenschaftlichen Erkenntnisse auf den neuesten Stand der Technik zu bringen. Denn es hatte sich hinter vorgehaltener Hand bereits herumgesprochen, dass sich sein Herr Vater mehr der Politik als dem heimischen Gewerbe verschrieben hatte – zum Nachteil des Letzteren.

Die Föhnwinde des Frühjahrs strichen von Erl herein und arteten bisweilen zu Stürmen aus; der Inn war angeschwollen und zerstörte da und dort die Uferverbauungen; die Schlüsselblumen auf den saftgrünen Wiesen leuchteten, und die ersten Stare hatten den Weg zurück auf den Samerberg gefunden.

Dieses Jahr 1803 ließ sich gut an, und das Volk an Inn und Prien war voller Freude. Schade nur, dass sich jetzt die Kirchenstürmer der Säkularisation, ausgestattet mit dem offiziellen Auftrag des Staates, überall herumtrieben. Sie kamen auch nach Höhenberg, weil sie's auch auf dieses kleine Gotteshaus nicht weit von Aschau abgesehen hatten. Unbeleckt von Kunstverstand, notierten sie, die Kirche sei überflüssig, die drei Altäre – wertvolle Schnitzarbeiten – solle man verkaufen oder verbrennen, der Bau selbst würde zum Abbruch angeboten.

Als das der alte Graf Preysing erfuhr, besuchte er gleich die fünf Bauernhöfe auf dem Höhenberg und machte die Männer scharf, gegen die behördliche Anordnung Widerstand zu leisten. Er versprach ihnen, für die bauliche Erhaltung ihrer Kirche aufzukommen, und brachte sie so weit, dass sie ihre Mistgabeln und Dreschflegel bereits hinter der Tür stehen hatten, um die säkularisierenden Herren – falls sie noch einmal kämen – würdig zu empfangen. Die Münchner wussten natürlich, dass der alte Dickschädel hinter dieser Aufmüpfigkeit steckte, und zogen es vor, den bäuerlichen Geräten aus dem Wege zu gehen. Das Gotteshaus blieb stehen.

Zur gleichen Zeit zog der Forstmeister alle verfügbaren Leute zusammen, um vor allem am Heuberg die Kahlschläge wieder aufzuforsten. Die Förster und Waldheger sollten vorzugsweise Frauen und Mädchen für diese Arbeit anwerben, weil diese dafür geeigneter seien und von Haus aus mehr Gefühl für das Pflanzen von Setzlingen mitbrächten; auch seien sie nicht so durstig wie die Mannsbilder. Als das verwitwete Marei Pilgrim davon hörte, ging sie sofort ins Forsthaus hinüber und meldete sich an. Sie bat auch um die Erlaubnis, die beiden Kinder mit ins Revier nehmen zu dürfen. Der Sohn Pankraz könne selber schon mitarbeiten, das Töchterchen Ursel aber sei recht still und werde niemandem im Weg stehen.

Der Förster hatte nichts dagegen einzuwenden.

So wurden also die arbeitswilligen Frauen aus Pfaffenhofen jeden Montag auf einem großen Fuhrwerk zum Samerberg hinaufgebracht. Die Nächte über blieben sie in einer roh gezimmerten Waldhütte, und samstags kehrten sie nach Hause zurück.

Eines Tages im Mai kam der junge Graf Max dahergeritten. Niemand wusste recht, warum. Wahrscheinlich aus lauter Langeweile. Er traf die Frauen von der Pflanzaktion am hinteren Heuberg, gerade als sie Brotzeit machten. Er saß sofort ab und ließ sich mitten unter ihnen nieder, trank auch einen Krug Bier, den ihm der Heger anbot. Leutselig unterhielt er sich mit diesen einfachen Frauen, fragte sie nach ihren häuslichen Verhältnissen und weshalb sie gerade diese Arbeit verrichteten. Als er das Marei erblickte, wie sie gerade ihr Töchterlein fütterte, meinte er: »Bist du denn gezwungen, das kleine Kind mit hier heraufzunehmen?«

Ruhig erwiderte das Marei: »Ja, Herr, ich bin gezwungen, beide Kinder mitzunehmen, denn ich bin Witwe, und die Großeltern wohnen in Hohenaschau.«

»Was ist deinem Mann passiert? War's ein Unfall?«

»Ja, Herr, so war's!«, entgegnete sie kurz und schaute zu Boden.

Max erkannte, dass es ihr peinlich war, vor den anderen weiterzureden. Er drang darum nicht weiter in sie, sondern wandte sich den anderen zu.

Als er nach einer guten halben Stunde wieder in den Sattel stieg, reichte er dem Heger zehn Gulden, damit er davon den Frauen eine gute Brotzeit beschaffe, und erkundigte sich nach den näheren Umständen der Witwe. Der Heger berichtete lang und breit, wie der gräfliche Förster von Pfaffenhofen ums Leben gekommen war und dass die Frau mit den Kindern aus Gnad und Barmherzigkeit noch im Beihaus der Försterei wohnen dürfe. Früher oder später werde sie sich allerdings eine andere Bleibe suchen müssen.

»Ist das die Ansicht des Forstmeisters?«, fragte der Graf.

»Wahrscheinlich, gnädiger Herr, denn das Beihaus ist eigentlich als Unterkunft für die gräflichen Jagdgäste gedacht.«

Graf Max ritt davon.

Am darauffolgenden Sonntag morgens stand er, begleitet von einem jungen Hofherrn, vor dem Beihaus. Die neuen Förstersleut hatten ihn kommen sehen und eilten herbei, ihm dienlich zu sein. Er winkte jedoch ab, übergab dem Hofmann sein Ross und trat dann allein zum Marei in die Stube.

Er blieb drei Stunden bei ihr, aß mit ihr und den Kindern Dampfnudeln und trank Minzentee dazu, unterhielt sich auch längere Zeit mit dem Sohn Pankraz. Dabei wurde ihm klar, dass der Bub über außergewöhnliche geistige Fähigkeiten verfügte, sodass es ihm sträflich erschien, wenn man ihm keine höhere Schulbildung ermöglichte.

Als er sich verabschiedete, meinte er dem Buben und der Mutter gegenüber, er wolle sich in der Landeshauptstadt umhören; das Finanzielle werde er selbst übernehmen, falls sich eine Ausbildungsmöglichkeit böte.

Das Marei fuhr in den folgenden Wochen nach wie vor mit auf den hinteren Heuberg. Bald aber ging's nicht mehr. Die Sticheleien und giftigen Bemerkungen der anderen Frauen wurden immer unerträglicher, zumal weil Graf Max es sich zur lieben Gewohnheit gemacht hatte, allwöchentlich bei ihr vorbeizuschauen, um – wie es ganz den Anschein hatte – sein Ross beim Förster füttern zu lassen.

Als der Herbst kam, zog der junge Pankraz Pilgrim in die Domkantorei nach München und besuchte von dort aus die Progymnasmata im einstigen Jesuitenkolleg. Seine Leistungen waren ausgezeichnet, und alle seine Lehrer prophezeiten ihm eine hoffnungsvolle Zukunft.

Im Frühjahr 1804 erreichte den Bannrichter zu Brannenburg ein Schreiben des folgenden Inhalts:

Hochverehrter Herr Collega Dr. Schindler!

Nachdem ich Kenntnis gewonnen habe, dass Se. Hochgräflichen Gnaden Max VI., bei meiner Schwägerin Maria, verwitibten Pilgrim, im Forsthaus Pfaffenhofen aus und ein zu gehen pflegen, ist es mir begreiflicherweise nicht möglich, dem dortamts geäußerten Wunsche gemäß besagte meine Schwägerin im hiesigen Amtshause unterzubringen. Schon die bloße Andeutung eines solchen Vorhabens müsste die allerhöchste hochgräfliche Ungnade unweigerlich nach sich ziehen. Bei allem Verständnis für die Notwendigkeit, das Pfaffenhofener Beihaus den Jagdgästen freizuhalten, besteht hieramts die Befürchtung, den künftigen Herrn auf Hohenaschau gegebenenfalls zu brüskieren.

Sollte jedoch der Hochgräfliche Herr Vater, Max V., wegen des nicht geräumten Beihauses Anstoß nehmen, müsste in aller Untertänigkeit auf den oben erwähnten Sachverhalt hingewiesen werden, was hieramts wie auch dortamts geschehen könnte.

Mit dem Ausdruck der vorzüglichsten Hochachtung und Wertschätzung: Dr. Griesbeck.

Der wackere Richter war davon nicht sehr angetan, hatte er doch gehofft, die Witwe eben wegen ihrer Priener Verwandtschaft im Handumdrehen los zu sein. »Der Scheißkerl!«, schimpfte er vor sich hin. »Hat Angst vor dem Preysing! Als ob der mit seinem halben Lebensnerv noch Bäume ausreißen könnt! Die Witib wird gut daran tun, sich nach einem Holzknecht umzusehen, damit er ordentlich zu Ende bringt, was Seine Hochgräflichen Gnaden mühselig angefangen haben.«

Ähnlich dachten sie im ganzen Preysing'schen Revier, doch niemand wagte darüber zu reden. Wozu auch? Gönnt ihm doch die paar schönen Stunden, wenn sie vielleicht auch nur Stunden des Wollens und nicht des Könnens sind! Gönnt auch der Nagelschmiedin, dem armen Luder, wenigstens die Ahnung davon, was ein wohlwollendes Mannsbild ist, wo der andere sie beschissen hat nach Strich und Faden! Sie wird sich eh hart tun, einen halbwegs brauchbaren Ernährer zu finden.

Das Resei, die Frau des Herrschaftsrichters in Prien, sah die Sache anders. Sie hatte gehofft, die Schwester würde vielleicht ins Elternhaus zurückkehren, in die Nagelschmiede am Bach. Das wäre zwar wieder ein ärmliches Leben gewesen; aber besser eine Armut in Ehren als ein ehrloses Wohlergehen! Indes, wer gab ihr das Recht, über Tun und Lassen der Schwester zu urteilen?

Ihr Gatte hatte dagegen ganz andere Sorgen. Von der Hofkammer war ihm mitgeteilt worden, die Hüttenwerke, die Kohlenbarren und der Drahtzug am Hammerbach seien mit größter Sorgfalt zu bewachen, vor allem in der Nacht, und gegen jeden Fremdling abzuschirmen.

Warum? Weil Napoleon den allmächtigen bayerischen Minister Montgelas die Verpflichtung auferlegt hatte, die Eisenwerke der Grafschaft Hohenaschau hätten ihre gesamte Produktion den Erfordernissen der Armee und der Kriegführung unterzuordnen. Weder Pflugscharen noch Hackebeile noch gar die beliebten gußeisernen Balkonbrüstungen und Ofenplatten dürften hergestellt werden; im Gegenteil, die Schmelzhütte in Bergen habe ausschließlich der Erzeugung von »Feldschlangen« zu dienen, jener kleinen, aber mörderischen Kanönchen, die leicht zu befördern, in ihrer Wirkung jedoch verheerend waren. Der österreichische Feind jenseits der Grenze werde deshalb alles dransetzen, die Werke auszuspionieren, um ihre Zerstörung zu betreiben. Das müsse mit allen Mitteln – auch mit intensivem Einsatz von Bewachungspersonal – verhindert werden!

Nachdem nun schon seit den Tagen des Hohenaschauer Geschlechts der Freyberger die Bauern unterhalb der Burg stets bewaffnet waren, tat jetzt der Herrschaftsrichter ein Übriges und versah auch noch die von Bach, Weidach und vom Einfang mit Sauspießen und guten Gewehren und stellte für alle eine bis ins Einzelne gegliederte Wachordnung auf. Den Torwärtern im Werksgelände machte er die höchste Wachsamkeit zur Pflicht, gab ihnen auch ein paar scharfe Hunde bei.

Inzwischen neigte sich bereits das Jahr 1805 dem Ende zu. Napoleon, inzwischen selbst ernannter »Kaiser« von Frankreich, wurde des ständigen Hin- und Hergeplänkels langsam müde und hatte sich vorgenommen, nunmehr kurzen Prozess zu machen und die beiden großen Gegner Österreich und Russland endgültig aufs Haupt zu schlagen. Das geschah denn auch in den erbitterten Kämpfen bei Austerlitz in Mähren, in der famosen Dreikaiserschlacht, wo er wie kaum je zuvor seine Fähigkeiten als Feldherr bewies. Dabei sollen sich die bayerischen Heeresverbände, die unter seinem Oberbefehl operierten, mit großem Erfolg jener »Feldschlangen« bedient haben, besonders im Einsatz gegen ihr Brudervolk an der Donau.

Der 1. Januar 1806 brachte dann den Bayern das Königtum von Napoleons Gnaden, dem Kurfürsten Max Joseph eine Königskrone aus dem Gold der Würzburger Bischofskreuze und das »heilige Land« Tirol mit Vorarlberg als Kriegsbeute.

Wie kaltschnäuzig die Wiener damals über den Verlust dieser Gebiete hinweggingen, bekundet eine Zeitungsmeldung aus der Hauptstadt an der Donau: »Ein Glück, dass die Scheißländer fort sind, die nichts eintrugen und uns nur in alle äußere Unruhe verwickelten! Jetzt sind wir beisammen und arrondiert, und das ist die Hauptsache. Ein aufrichtiges, festes Anschließen an Se. Majestät den Kaiser Napoleon kann uns größer machen, als wir je gewesen sind!«

Ein Glück, dass die Tiroler Freiheitshelden Hofer, Haspinger, Speckbacher und Teimer damals von dieser Schmähung nichts erfuhren. Sie wären möglicherweise gegen Wien vorgerückt! Aber so erfasste helle Empörung über den Anschluss an Bayern die Herzen des Tiroler Volkes, zumal die bayerischen Besatzer dem religiösen Brauchtum des Landes den Kampf ansagten.

Das Explosivum

Ein besonders entschiedener Verfechter Tiroler Eigenständigkeit war damals der Schützenhauptmann Martin Teimer. Er verfügte über eine beachtliche Intelligenz, die ihn im gleichen Maß antrieb wie seine aufgestaute Wut.

Eines Tages setzte er sich von Schwaz, wo er stationiert war, nach Rattenberg ab. Hier besuchte er etliche Male den Büchsenmacher Ferdinand Maierhofer. Jeder dieser Besuche klang beim Wirt »Zur Lände« in einen beachtlichen »Fetzen« aus, denn der Ferdinand verstand es nicht, den Wein zu trinken – er soff ihn.

Dass Teimer den Büchsenmacher jedes Mal großzügig einlud, hatte einen Hintergrund: Er verlangte von ihm die Herstellung eines »Explosivums« von derartiger Sprengkraft, dass man damit etliche Häuser in Schutt legen könnte. Dieses Ansinnen behagte dem Ferdinand zunächst nicht. Doch schließlich willigte er ein und versprach, das Explosivum im Laufe dieses 1806er-Jahres herzurichten. Gleichzeitig machte er Teimer darauf aufmerksam, dass das »Ding«, um die verlangte Wirkung zu haben, gut seine zwanzig Pfund wiegen werde.

Der Hauptmann war's zufrieden. Er war jetzt viel unterwegs, und zwar an der Grenze zur Hohenaschauer Grafschaft. Hier waren es vor allem die Orte Niederndorf, Wildbichl und das Tiroler Gebiet um den Spitzstein, die er aufsuchte. Er wanderte da herum wie einer, der in die Berge geht, besuchte die Wirtschaften und die Almen und unterhielt sich mit den Jägern und den Sennern, den Hüterbuben und den Melkern. Seine Fragen liefen stets darauf hinaus, die kürzesten Wege zu erkunden, denn er wollte – wie er sagte – so rasch wie möglich an den Chiemsee gelangen.

Da werde er sich aber hart tun! Das war die Meinung der Mehrzahl seiner Gesprächspartner. Denn jetzt, wo man die Bayern zu Innsbruck hocken habe, seien sie kaum scharf darauf, Tiroler in ihrem Bayernland zu haben.

Was interessierten ihn denn die Bayern, gab Teimer jedes Mal zurück. Der Chiemsee interessiere ihn, und sonst gar nichts!

Gut und recht! Aber man habe doch in Österreich auch schöne Seen! Und überhaupt zeuge es von keiner vaterländischen Gesinnung, wenn er den bayerischen Blutsaugern auch noch sein wahrscheinlich sauer verdientes Geld ins Land bringe!

Solche Reden musste er sich anhören. Doch erfuhr er so ganz nebenbei das, was er eigentlich wissen wollte: die Wege und sogar gewisse Schleichwege über die Almen. Und noch eines erfuhr er: dass es nämlich hier herum Leute gebe, die in der Begehung dieser Wege so erfahren seien, dass ihnen weder Jäger noch Förster noch Gendarmen je auf die Spur kämen.

Mit fast wegwerfender Gebärde erwiderte er dann, er habe an solchen Grenzgängern kein gesteigertes Interesse – und doch waren es gerade sie, auf die er es abgesehen hatte!

Es dauerte keine Woche, da hatten sie ihm – immer so nebenbei – ein halbes Dutzend solcher Grenzgänger genannt. Unter diesen befand sich auch eine Frau, die Martl, eine Kuhdirn auf einer Alm. Ebenso nebenbei erfuhr er, dass diese Martl ein recht kurzes Hemdchen anhatte, was schon allerhand Mannsbilder bei ihr droben festgestellt hätten.

Weil nun der Teimer kein Kostverächter war, begab er sich auf die Alm.

Der Wastlbauer zu Mitterleiten war so etwas wie eine Drehscheibe zwischen Tirolern und Bayern. Er war zwar weder den einen noch den anderen sonderlich zugetan, aber er kannte alle Wege, die zwischen hier und dort in weiter Entfernung an den offiziellen Grenzposten vorbeiführten. Wenn jemand seine Dienste in Anspruch nahm, steckte er jeweils einen guten Mautzins ein, der dem Zöllner unten im Tal in nichts nachstand. Als guter Menschenkenner, der er war, hatte er seine Besucher stets bald durchschaut, wusste, wo sie der Schuh drückte, und stufte sie danach in seine ganz eigene Abgabentabelle ein. Er redete nicht viel, sondern ließ hauptsächlich seine Gäste reden, durchleuchtete aber jedes Wort bis auf seinen hintergründigen Gehalt.

Beim Teimer, der sich nun schon die zweite Nacht bei ihm aufhielt, tat er sich jedoch schwer. Der hatte etwas Großes vor, das spürte man. Er ließ sich aber partout nicht in die Karten schauen. Das machte ihn für den Wastlbauern interessant. Das ist ein Hartgsottner!, dachte er sich. Bei dem muss eines Zeit haben!

Und er hatte Zeit! Viel Zeit! Denn jetzt im Herbst pflegten sich Bauern wie er sachte auf die staden Monate einzurichten. Er kassierte beim Teimer Tag für Tag die Unterkunft und Verpflegung – geschmalzene Preise – und versäumte nicht, ab und zu eine Bemerkung fallen zu lassen, dass man als Bergbauer einem Einsiedler gleiche, dem vieles anvertraut werde, der aber schweigen müsse wie ein Beichtvater, weil er ja in seiner Einsamkeit niemanden habe, mit dem er ratschen könne. Und er erhärtete diese Behauptung durch etliche undurchsichtige Beispiele, die zumeist dem fruchtbaren Nährboden seiner Fantasie entsprungen waren.

Weil er nun erkannt hatte, dass der Gast der Hohenaschauer Herrschaft nicht sonderlich viel Sympathie entgegenbrachte, tat er ein Übriges, schlug in dieselbe Kerbe und meinte, der alte Herr Graf sei ein außerordentlich geschickter Sachwalter seiner Finanzen, indem dass er es verstehe, seine Untertanen selbst noch das Schwarze unter ihren Fingernägeln versteuern zu lassen.

Nach einer weiteren Woche wusste der Wastl genau, wo beim Teimer die Glocken hingen, bestärkte ihn auch in der Absicht, den Transport des Explosivums – natürlich getarnt! – durch die Martl ausführen zu lassen. Danach war beiden Männern wohl. Der Hauptmann Martin Teimer begab sich zurück nach Rattenberg und traf – wie konnte es auch anders sein! – beim Ländwirt den Büchsenmacher Maierhofer.

»Das Ding ist fertig, wiegt zwanzig Pfund und kost' dreihundert Gulden!«

»Dreihundert?« Dem Teimer verschlug es die Stimme. »Für das Geld krieg ich eine Kanone!«

Der Maierhofer grinste: »Hauptmann, mit einer Kanone kannst du allenfalls ein oder zwei Wände niederlegen; mit dem Explosivum aber wirst du etliche Häuser aus ihren Grundmauern reißen und in die Luft jagen, als wären's Berchtesgadener Pupperl!«

Martin Teimer musste sich den teuren Preis gefallen lassen, bezahlte ihn aus der Regimentskasse der Schützen und brachte das schwere »Ding« in einer Hutschachtel zum Wastlbauern nach Mitterleiten. Der ließ es, wie es war, in einen kleinen Käselaib eingießen und knöpfte dem Hauptmann nochmals hundert Gulden ab.

Zu diesem Zeitpunkt führte nun die Martl dem Teimer einen ihrer Liebhaber zu, den Hüttenknecht Nepomuk Veichtinger vom Hammerbach. Der, von Haus aus jeglicher Arbeit abhold, galt am Hohenaschauer Werk als Mädchen für alles. Er säuberte die Wege von Rossmist, kehrte die Hallen der Schmelzöfen und reinigte den Bach von Geröll.

Martin Teimer heckte jetzt mit der Martl und dem Nepomuk in der Stube des Wastlbauern einen genauen Plan aus, wie und wo das Explosivum deponiert werden müsste, damit es die größtmögliche Wirkung erziele. Denn es müssten die Hochöfen und der Drahtzug am Hammerbach in einem gesprengt werden. So wurde dafür der vier Zentner schwere Waffenhammer neben der Kammer mit dem Wasserrad vorgesehen. Auf seinen Amboss sollte der Nepomuk nach Feierabend den »trächtigen« Käselaib legen und am Morgen vor Schichtbeginn mittels eines langen Drahtes das Wasserwehr öffnen und dadurch das gestaute Wasser auf das Rad leiten. Sekunden später würde der Hammer einen Schlag tun – seinen allerletzten. Den Käselaib mit dem eingeschmolzenen Explosivum sollte die Martl bis zur Hofalm bringen. Von da konnte der Nepomuk ihn gefahrlos an Ort und Stelle schaffen, hatte er doch schon oft von der Alm Käse und Butter für die Kantine geholt.

»Und was schaut da für uns raus?«, fragte der Veichtinger.

»Fünfhundert für jeds!«, erwiderte der Teimer.

»Wann zahlst du?«, fragte der andere wieder.

»Wenn's geknallt hat!«

»Wo treffen wir dich?«

»Mich trefft ihr überhaupt nit mehr, denn ich muss weg. Aber der Wastlbauer, der muss bleiben; der wird euch auszahlen.«

Der Wastlbauer, der daneben stand, nickte mit verständnisvoller Miene.

»'s kann sein, dass er zahlt; 's kann aber auch nit sein! Was dann?«, meinte der Nepomuk, und die Martl fügte hinzu: »Dann schauen wir saudumm drein!«

»Ja, bin ich denn so einer?«, erwiderte der Wastlbauer geschwollen, wandte sich beleidigt ab und verließ die Stube.

Der Nepomuk hatte Feuer gefangen und sah nur noch das viele Geld. Fünfhundert Gulden! Wenn sie die zusammentäten und einander heirateten – tausend Gulden! Sie könnten sich ein Häusl bauen, könnten darin Kinder haben …

»Und wer ernährt die Kinder in dem Häusl?«, fragte die Martl den Freund, als sie vom Wastl weggingen. »Das Hüttenwerk gibt's ja dann nit mehr! Und du hast nix gelernt!«

»Dann gibt's was anderes!«, sagte er mit wegwerfender Handbewegung und fasste das Mädchen um die Schultern.

Der Almabtrieb kam, und die Martl hätte über den Winter wieder zurückkehren sollen zu ihren Leuten nach Niederndorf. Weil aber der Nepomuk mit dem Heiraten Ernst machen wollte, zog sie jetzt zu seinen Eltern nach Attich.

Droben auf Mitterleiten aber saß der Wastlbauer neben dem Explosivum im Käselaib wie auf glühenden Kohlen. Im Herbst hatten sie zu lange hergewartet, die Martl und der Nepomuk; und jetzt waren alle Schleichwege verschneit. Freilich, die tausend Gulden des Schützenhauptmanns, die er unterm Strohsack versteckt hatte, beruhigten ihn. Denn wenn's irgendwie dumm hergehen sollte, konnte er sich ja auf eine krumme Tour des Explosivums entledigen und das Geld selbst einschieben. Der Teimer würde kaum wagen können, ihn vor Gericht zu zitieren – allerdings war er sonst ein ganz wilder Hund und hatte ein loses Messer. Nun, man würde sehen!

Der Heilige Abend kam und der Jahresschlussgottesdienst. Die Gläubigen strömten in die Aschauer Kirche, auch die Martl und der Nepomuk.

Bayern hatte in diesem 1806er-Jahr dem Herrgott viel zu verdanken. Deshalb mussten alle Pfarrer des neuen Königreichs im Auftrag der Regierung Montgelas von den Kanzeln herab den Zuwachs verkünden, den das Vaterland durch die Großherzigkeit des Kaisers der Franzosen gewonnen hatte. Pater Onufrius vollzog diese Verkündigung sehr trocken, denn er war der Meinung, dass dergleichen Verlautbarungen in die Amtsblätter, nicht aber in die Gotteshäuser gehörten:

»Die Zahl der Einwohner von Tirol, Brixen, Trient und Vorarlberg, die unser Bayernland gewonnen hat, wird auf 689.000 Seelen geschätzt. Diese Länder bringen jährlich folgende Güter hervor: an Salz 28 Millionen Pfund, Eisen 159.000 Pfund, Kupfer 263.000 Pfund, Silber 2000 Mark, Hanf 65.000 Pfund, Flachs 452.000 Pfund, Seide 492.000 Pfund, Seidenwaren 313.000 Pfund, Tabak 16 Millionen Pfund, Wein 32.000 Eimer Ausfuhr, edle Obstausfuhr 498.000 Pfund, und schließlich und endlich Ausfuhr an Kanarienvögeln für 37.000 Gulden.«

Bei der Erwähnung der Kanarienvögel hatten einige Mannsbilder gegrinst. Da fuhr der Pater fort: »Kann's schon verstehn, dass euch jungen Männern ein Lachen auskommt. Ihr werdet aber noch weinen und eure Leut daheim werden mitweinen, wenn euch der Herr Kaiser

Napolium gnädigst einberufen wird unter die Schar der 30.000 Bayern, die unser König ständig für ihn bereitzustellen hat, und nit bloß bereitzustellen, sondern auch immer wieder aufzufüllen hat! Gott gnade euch! Denn wenn euch dann die Kugeln um die Ohren pfeifen, frommt auch der Gesang der Kanarienvögel nit mehr, eher verhilft das Rauschen der seidenen Kleider euren Witwen und Bräuten zu einem Ersatzmann für euch! Und überhaupt! Was hilft unserem Bayernland der ganze dazugewonnene Reichtum? Jeglicher Reichtum und jeglicher Gewinn, daran Blut und Tränen kleben, wird früher oder später zum Fluch ausarten und die Gewinner mit sich ins Verderben reißen. Das lasst euch von einem alten Mann gesagt sein!«

Unter die Zuhörer des greisen Priesters hatten sich auch zwei Beobachter der Regierung geschlichen. Als die ein paar Tage später in München von der Predigt des Paters berichteten, wurde Onufrius seines Amtes enthoben und in ein Strafkloster geschickt, das die Mönche des Kapuzinerordens im fernen böhmischen Erzgebirge unterhielten. Dort soll er bald gestorben sein.

Auf die Martl, die in der Aschauer Kirche bei den Jungfern stand, fiel der Satz des Onufri vom »Reichtum, an dem Blut und Tränen kleben« nieder wie ein Hammerschlag. Was sollte sie tun? Der Nepomuk hatte schon neben dem Anwesen seiner Eltern den Grund fürs neue Häusl ausgesteckt. Wenn sie ihm jetzt mit der Warnung des alten Pfarrers daherkäme, würde er einen Tobsuchtsanfall kriegen, und außerdem war sie, wenn sie sich nicht täuschte, schwanger. War sie da nicht geradezu gezwungen, das verfluchte Explosivum auf die Hofalm zu bringen – trotz des Blutes der Hammergesellen und der Tränen ihrer Frauen?

Sie musste also schweigen. Schweigen und der Schneeschmelze entgegenharren, denn der Nepomuk brauchte das Geld. Und der Wastlbauer war ihm auch schon zweimal begegnet und hatte ihn bedrängt.

Der Februar des Jahres 1807 kam. Über die Hänge an der Sonnenseite des Prientales schossen die Schmelzwasser rauschend in die Tiefe. Der Fluss schwoll an, und alles, was gesunde Hände hatte – Förster, Heger, Meister und Gesell – musste helfen, das wilde Element in seinen Ufern zu halten. Da hatte niemand Zeit, die Schleichpfade durchs Gebirge zu beobachten. Für die Martl war's die beste Gelegenheit, das entsetzliche Ding gefahrlos an seinen Bestimmungsort zu bringen. Der Nepomuk setzte ihr schwer zu. Sie selbst indes fragte sich, ob das Tragen der schweren Last bei ihr nicht zu einer Fehlgeburt führen könnte. Doch das schreckte sie nicht – eher im Gegenteil, denn vorläufig wollte sie noch kein Kind.

Sie begab sich also zum Wastlbauern nach Mitterleiten. Er half ihr beim Schultern der Kraxe mit dem Käselaib und begleitete sie bis zur Jagdhütte unterm Heuraffelkopf.

Als er sie verlassen hatte, blieb sie noch eine Weile sitzen. Sie war müde. Und weil nicht zu befürchten stand, dass jetzt irgendein Jäger vorbeikäme, machte sie sich's bequem, legte sich in der Hütte auf eine Pritsche hin und schlief ein.

Inmitten der Nacht nun – war es ein Traum oder ein Gebilde ihrer Fantasie? – stand der Bannrichter von Prien vor ihr, der feine Mann, der sie damals vor Jahren zusammen mit dem Pilgrim ans Herrschaftsgericht nach Brannenburg gebracht hatte. Er schaute sie mit großen Augen an und meinte freundlich, fast einladend:

»Geh doch an Aschau einfach vorbei und bring das Ding zu mir!«

Dann war er weg, und sie fuhr zitternd vor Schreck in die Höhe. Bald aber bemächtigte sich ihrer eine große Ruhe bei dem Gedanken, das Explosivum kurzerhand nach Prien zu tragen. Freilich waren damit alle Brücken zum Wastlbauern, zum Teimer und zum Nepomuk abgebrochen, und auch das schöne Geld war dahin. Sie selbst würde dann – möglicherweise – mit einem unehelichen Bankert dastehen! – Und dennoch! An ihren Händen klebten dann nicht Blut und nicht Tränen! Das allein zählte!

Sie schaute zum Hüttenfenster hinaus. Drüben hinter der Kampenwand graute sachte der Morgen. Von drunten aus dem Tal her bimmelte eine zarte Glocke, vielleicht von der Burg oder von der Rastkapelle.

Wenn sie sich jetzt auf den Weg machte und von ihrem Rastplatz über Pölching auf den Bärnsee zuginge, könnte sie um die Mittagszeit bei Urschalling sein. Dann wäre es nicht mehr weit bis Prien. – Herrgott, hilf, dass ich durchhalt!, dachte sie bei sich.

Erschöpft erreichte die Martl Prien. Wenn sie auch sonst eine feste Dirn war – der lange Weg, die schwere Kraxe und das werdende Kind unterm Herzen hatten an ihrer Kraft gezehrt. Im Vestibül des Richterhauses setzte sie ihre Last auf einer Wartebank ab – dann fiel sie wie ein Mehlsack zusammen. Das Resei, die Gattin des Richters, eilte sofort herbei und nahm sich ihrer an, denn sie hatte sofort gesehen, wie es um die Dirn stand.

Gegen Abend hatte sich die Martl so weit erholt, dass sich Doktor Griesbeck mit ihr befassen konnte.

»Voreinst, gnädiger Herr, hab ich's mit dem Pilgrim ghabt – Gott hab ihn selig! Da habt Ihr mich zu dem wilden Herrn Richter nach Brannenburg ’bracht. Heut bring ich Euch das Explosivum, da drin in dem Käselaib.«

Der Richter wurde aus diesem Bekenntnis zunächst nicht recht klug und stellte darum einige gezielte Fragen. Nun erkannte er zu seinem Entsetzen, was für ein gefährliches Ding er da in seinem Wartezimmer stehen hatte, erkannte auch, dass er rasch handeln musste, um den Hintermännern des Anschlags auf die Lebensader der Hohenaschauer Grafschaft auf die Spur zu kommen und sie dingfest zu machen.

Er schickte einen Nachrichtenreiter auf den Kressenberg und bat den dortigen Obersteiger, ihm ohne Verzug den Sprengmeister zu entsenden. Zwei Gendarmen ordnete er ab in die Schmelzhütte am Hammerbach, um den Nepomuk Veichtinger zu ergreifen. Zwei andere mussten im gestreckten Galopp nach Sachrang reiten. Ihre Rösser sollten sie in der Post einstellen und sich dann mit eintretender Dunkelheit nach Mitterleiten hinaufschleichen. Falls der Wastlbauer daheim wäre, sollten sie ihn so lange hart ins Gebet nehmen, bis er ihnen die zweimal fünfhundert Gulden herausrückte. Darauf sei er noch in der Nacht nach Prien zu bringen. Auch sollten sie nicht versäumen, auf seinem Hof nach den Spuren eines Tiroler Schützenhauptmanns Teimer zu suchen.

Zuerst kehrten die beiden Gendarmen vom Hammerbach zurück – unverrichteter Dinge. Der Nepomuk Veichtinger hatte sich, wie ihnen glaubwürdig bezeugt worden war, nach dem langen Ausbleiben der Martl über Sachrang ins Tirol abgesetzt.

Für einige Aufregung im Richterhaus sorgte inzwischen der Kressenberger Sprengmeister. Der nahm sich trotz beschwörender Worte des Richters das Explosivum gleich im Wartezimmer vor, löste es mit gefühlvollem Griff gelassen aus dem Käsebett heraus und stellte nach kurzer Prüfung fest, dass es die Handschrift Tiroler Büchsenmacher trage; in seiner Zusammensetzung besitze es wahrhaftig die Sprengkraft, einen kleinen Berg aus seinen Fundamenten zu heben.

Allen im Richterhause fiel ein Stein vom Herzen, als der brave Bergmann das ungeheuerliche Paket mit harmloser Gebärde in seinen Rucksack schob und, eine gute Nacht wünschend, den Heimweg antrat.

Erst weit nach Mitternacht kamen die zwei Gendarmen mit dem Wastlbauern daher. Es habe, wie sie versicherten, etlicher handfester Zugriffe bedurft, ehe die tausend Gulden unter seinem Strohsack hervorgekrochen seien. Anfangs habe er den Beleidigten gespielt, jetzt aber sei er ganz klein. Letzteres war nicht zu bezweifeln, wenn man die Hände – vielmehr: die Pratzen! – der beiden rüden Gesellen ansah.

Dr. Griesbeck hatte sich mit dem Wastlbauern nicht weiters zu befassen, denn dieser Fall stand im Strafgesetzbuch unter dem Titel »Vaterlandsverrat« und wurde in der Landeshauptstadt vor einem Kriegsgericht verhandelt. Er schickte also den Bauern samt einem ausführlichen Bericht nach München. Dann ritt er hinüber nach Wildenwart und hielt beim Herrn Grafen seinen mündlichen Vortrag.

Als sich die Martl nach einigen Tagen immer noch nicht ganz erholt hatte, schickte der Richter sie ins Spital. Hier äußerte ein herbeizitierter Physikus die Befürchtung, es sei mit einer Fehlgeburt zu rechnen. Auf alle Fälle bedürfe die Frau der Ruhe.

»Man müsst der Dirn den Hintern vergolden!«, sagte der alte Graf Preysing, als er vom Richter erfuhr, dass die Martl nach einer Fehlgeburt das Bett wieder verlassen habe.

Lächelnd erwiderte der Griesbeck: »Mit einem vergoldeten Hintern, gnädiger Herr, wird sie nicht viel anfangen können. Besser wär's, man gäbe ihr die fünfhundert Gulden, die sie sich – freilich auf andere Art – für den Transport des Explosivums verdient hätte.«

»Und gib ihr auch noch die anderen fünfhundert, die der Schlawiner hätt kriegen sollen! Denn was sind schon lumpige tausend Gulden im Verhältnis zu den Millionen, die uns die Sprengung verursacht hätt? Wenn ich da drüber nachdenk, wird mir schlecht!«

Damit war die Martl auf einmal begehrenswert geworden. Und weil sie auch nicht übel aussah, versuchte der eine und andere Priener Bürgersohn mit ihr anzubandeln. Aber alle griffen ins Leere. Das Geld und das Bewusstsein, eine gute Tat getan zu haben, machten das Dirndl stolz und abweisend. Sie verehrte in Prien nur einen Menschen, das war die Frau Resei. Die hatte sie aufgerichtet, als sie in ihrer bittersten Not zusammengebrochen war. Die hatte sich nicht geekelt vor der armseligen Dirn, vor der Hur, die ihren Schwager, den Pilgrim, zugrunde gerichtet hatte – was ihr jedenfalls damals alle vorgeworfen hatten. Was für eine Frau!

Wie nun die Zufälle im Leben so spielen – eines Tages fand die Walburga, die Tochter des Drahtzugmeisters und ehemalige Amme des kleinen Grafen Ludwig von Ocra, einen Mann zum Heiraten und musste ihren Dienst beim Bannrichter aufgeben. Da wandte sich das Resei an die Martl, die im Spital als Wäscherin tätig war, und bot ihr den Posten bei den beiden Kindern an, bei der zwölfjährigen Benigna und dem siebenjährigen Ludwig. Bei einer Richterstochter also und einem Grafensohn!

Der Martl war's, als hätte ihr der Erzengel Gabriel die himmlische Botschaft gebracht. Sie war zwar nun eine wohlhabende Frau und hätte es nicht nötig gehabt, anderen die Dienstmagd zu spielen; dennoch zog sie ins Bannrichterhaus ein wie in einen Dom, hatte sie doch in ihrem 26-jährigen Dasein noch keinen gepflegten Haushalt gesehen. Ihre Hauptaufgabe sollte sie – so erklärte ihr die Frau des Hauses – in der Betreuung der Kinder sehen. Nur zu gewissen Zeiten, vor den Festtagen und bei hohem Besuch, war die Unterstützung der Köchin und der Kammerfrau erwünscht.

Bereits nach einigen Wochen zeigte sich, dass das hellwache Fräulein Benigna an der Martl großen Gefallen fand, während der kleine Graf die einstige Amme schmerzlich vermisste. Frau Resei verstand ihn sehr wohl und tröstete ihn mit dem Hinweis, dass seine Tage in Prien sowieso gezählt seien. Über kurz oder lang werde er, gemäß seiner Herkunft, die Kadettenschule in Salzburg beziehen. Dann werde das bürgerliche Leben, in das er durch gewisse Umstände – er würde sie bald erfahren – hineingezwungen worden sei, ein Ende haben; dann komme die große Offizierslaufbahn auf ihn zu.

Als der Sommer kam, erfuhr Benigna – die Mädchen in diesem Alter haben weitreichende Fühler! –, dass die höheren Töchter bei den Nonnen auf Frauenwörth in einem versteckten Winkel der Krautinsel am Seeufer baden durften.

»Ich will auch im See baden!«, sagte sie bei Tisch zu ihren Eltern in herrischem Tonfall.

Frau Griesbeck schwieg und schaute, bestürzt über die vorwitzige Tochter, ihren Mann an. Der überlegte eine Weile und meinte dann lakonisch: »*Quod licet Iovi, non licet bovi!* Müsstest eigentlich schon so weit in Latein sein, dass du das übersetzen kannst!«

»Kann ich auch, will aber nicht!«, gab das Mädchen bockbeinig zur Antwort.

Er darauf: »Du willst nicht! Gut! Ich will auch nicht! Dann wären wir ja gleichen Sinnes.«

Da heulte sie, erhob sich von der Tafel und verließ den Essraum. Draußen im Flur begegnete sie der Martl und fiel ihr um den Hals.

Dann stand auch Frau Resei auf und ging ihr nach. Der Richter und Ludwig blieben allein am Tisch.

Da sagte der Knabe: »Ich will weg von euch!«

»Kann dir's nicht verargen!«, erwiderte Dr. Griesbeck. »Nur sollst du wissen, dass dir unsere Haustür jederzeit offensteht, falls dir's draußen einmal nicht behagen sollte. Gleichwohl darfst du Benignas Trotz nicht auf die Goldwaage legen. In ihr sind jetzt ein paar Teufel los; die wirst du an dir auch erleben. Da schlägt der junge Mensch wie ein Esel nach allen Seiten aus, trifft aber am End – merkwürdigerweise! – immer nur sich selber.«

Dann hatten auch sie gegessen und zogen sich in ihre Zimmer zurück.

Als sich nach ein paar Tagen die so plötzlich aufgebrachten Gemüter wieder besänftigt und die Richtersleut beraten hatten, beschloss man, die Tochter mit der Martl in die Abgeschiedenheit des Bärnsees ausreiten und dort die Freuden des Freibadens genießen zu lassen. Ein Hausknecht musste die Mädchen begleiten und in respektvoller Entfernung die Rösser hüten.

Bei dieser Gelegenheit fragte Benigna einmal: »Martl, du hast doch Erfahrung; wie ist das mit einem Burschen?«

Die Martl zögerte, meinte aber dann: »Am Anfang ist die Neugierde größer als das Vergnügen.«

»Und später?«

»Später mag's verschieden sein; doch das werdet Ihr selber sehen, wenn's so weit ist. Jedenfalls macht man mehr drum herum, als in Wirklichkeit dahintersteckt. Ein Dauervergnügen ist's gewiss nit, und besser wär's, Ihr fangt gar nit erst an. Denn 's Aufhören fällt dann schwerer.«

»Hast du jetzt aufgehört?«

»Ich will aufhören, es sei denn, ich tät noch einen zum Heiraten kriegen. Denn dass einer bloß seinen Spaß mit mir hat, dazu bin ich mir jetzt zu schad.«

Dann ritten sie heim, und lange berührten ihre Gespräche dieses Problem nicht mehr, sooft sie sich auch am Ufer des Bärnsees tummelten. Doch einmal – das war ein gutes Jahr darauf – streiften sie es wieder. Da hatte der Lehrer in der Lateinschule die Sage von der Entstehung des Bärnsees erzählt. Und Benigna berichtete der lauschenden Martl: »Stell dir vor, da, wo jetzt dieser See die Wellen kräuselt, ist vor urgrauen Zeiten ein liebliches Nonnenkloster gestanden mit einer kleinen Kapelle, rings von Büschen und duftenden Blumen gesäumt. Über diesen Saum sollten die Nonnen nicht hinaustreten, denn sie waren jung und schön. Aber gerade deswegen wollten sie sich gern vor den Männern sehen lassen. Sie begaben sich also zum Beten nicht mehr in ihre eigene Kapelle, sondern zogen, fein aufgeputzt und angetan mit Schleifchen und Rüschlein und zarten Spitzenhäubchen, hinüber in die Kirche nach Aschau. Und sie hatten Erfolg und wurden bald von den Männern in der Stille ihres Klosters besucht. Nur eine Nonne tat nicht mit. Als die anderen wieder einmal nach Aschau ausgezogen waren, nahm diese das wundersame Klosterkreuz und eilte hinauf ins Gotteshaus nach Höhenberg. Sie tat es auf den Altar und betete für ihre Mitschwestern. Dann erhob sie sich und trat hinaus ins Freie. Und was sah sie? Anstelle des Klosters lag drunten der dunkle, tiefe Bärnsee.«

Benigna schwieg. Da machte die Martl große Augen und fragte: »Und die anderen Nonnen? Wo waren die?«

Spitzbübisch erwiderte Benigna: »Die waren zu den Bauernburschen geschlüpft, weil sie noch jung gewesen sind. Ich bin auch noch jung ...«

Die Martl fasste das Mädchen um die Schultern: »Fräulein, hebt Euch auf für den, der nit mehr lange aus sein wird! Hab was reden hören über Euren Vettermann. Der soll ins Forsthaus nach Hohenaschau und kommt bald nach Prien auf Besuch.«

Die Tiroler kommen!

Eilkurier an den Freiherrn von Montgelas:

Am 12. April 1809, morgens gegen 10 Uhr, haben die Tiroler Bauern unsere hiesige bayerische Garnison vor der Spitalkirche zu Innsbruck vernichtet. Oberst Ditfurth, der Kommandant, hat – mehrfach verwundet – das Gefecht bis zu seinem Tode von einer Trage aus geleitet. Der Rest unseres Kontingents unter General Kinkel musste sich den Tirolern beim Kloster Wilten ergeben.

Gezeichnet: Der Königlich Bayerische Landeskommissär von Tirol.

Während der berittene Kurier mit dieser Hiobsbotschaft mitten unter den fliehenden bayerischen Soldaten durchs Inntal auf Kufstein zujagte, schaltete sich hinter ihnen der Schützenhauptmann Martin Teimer in die Verfolgung der Geschlagenen ein: »Wir scheuchen sie bis Rosenheim, wenn's sein muss, bis vor die Tore Münchens!« Als er aber sah, dass eine nicht unbedeutende Schar Bayern bei Niederndorf über den Berg hinauf gegen Sachrang zu entweichen suchte, stürmte er hinter ihnen drein, erschoss auf den Hängen viele wie geschreckte Hasen und sammelte dann seine Leute bei Wildbichl an der Grenze. Er musterte sie einzeln und sah da auch den Nepomuk Veichtinger, der ihm damals zugelaufen war. Ein Bayerischer!

Man liebt den Verrat, aber man hasst den Verräter! Teimer rief ihn zu sich: »Mann, du hast eine Sonderaufgabe! Entfern dich von der Kompanie und such das Explosivum! Findst du's, sprengen wir die Hochöfen; findst du's nit, erschieß ich dich!«

Das war eine schlimme Drohung, und jedermann wusste, dass der Teimer seine Worte ernst meinte.

Als die Sachranger den Tiroler Haufen auf ihrer Passstraße daherwalzen sahen, verzogen sich die Männer beidseits des engen Tales auf die Berge, die Frauen überließen sie dem Schicksal und den feindlichen Schützen. Die wären nun liebend gern im Aschacher Grund oder am Dorfrand in die Häuser eingestiegen und hätten da ein kleines Abenteuer gesucht, doch der Teimer trieb sie voran und duldete keine Verzögerung. Für ihn zählten nur zwei Dinge: Entweder das Explosivum lässt sich finden, oder, wenn nicht, wird die Burg gestürmt, und der Preysing muss zahlen, dass ihm Hören und Sehen vergeht.

Sie zogen über Grattenbach und Stein, kamen an der Überhängenden Wand vorbei und bogen hinunter nach Bach. Da trat ihnen der Nepomuk entgegen, der inzwischen die Nagelschmiede ausgehorcht hatte: »Hauptmann, die Martl hat das Explosivum nach Prien gebracht, zum Bannrichter!«

Der Teimer visierte die zehn Nächststehenden an: »Ihr geht mit dem Veichtinger nach Prien! Wir anderen nehmen die Burg! Passt auf, die Burgbauern haben Gewehre!«

Der Nepomuk setzte sich mit seinen Leuten über dem Brückl ab; der Teimer führte die Seinen über den Kettenweg, weil ihm die Burg von dieser Seite her leichter anzugreifen schien. Als er auf dem höchsten Punkte des

Weges, vor der Kette an der Mautsperre, ankam, sah er sich zehn Hammergesellen mit ebenso vielen Fanghunden gegenüber.

»Erschießt die Hundsviecher!«, schrie er.

»Später!«, antwortete einer der Gesellen, und alle ließen die Hunde von der Leine. Die stürzten sich auf die Tiroler, keifend und beißend, und sprangen in der Enge des Weges bald dem einen, bald dem anderen an die Gurgel. Die Männer stachen mit Messern und schlugen mit den Kolben zu, einige wurden an den Wegrand gedrängt, verloren die Übersicht und fielen kopfüber zwanzig Meter tief in die Schlucht der Prien hinab. Von den Hammergesellen waren einige verwundet, die anderen rannten zurück; die heil gebliebenen Hunde folgten ihnen. Es folgte aber auch der Hauptmann Teimer mit seiner Schar. Ohne der paar Schüsse zu achten, die von den Burgbauern abgefeuert wurden, rasten sie die steile Schlossauffahrt hinauf und trommelten ans eisenbeschlagene Tor. Den Torwächter, der ihnen öffnete, rannten sie nieder.

Da trat ihnen mit erhobenem Kruzifix der alte Burgkaplan im priesterlichen Gewand entgegen. Der Teimer packte ihn mit rohem Griff vor der Brust: »Wo ist der Preysing?«

»Herr Soldat, Seine gräflichen Gnaden wohnen schon jahrelang nicht mehr hier!«

»Und das Geld?«

»Verwaltet die Hofkammer in München, Herr!«

»Führ uns in den Keller und in deine Kapelle!«

Während der Großteil johlend den angewiesenen Weg zum Keller einschlug, folgte der Teimer mit etlichen seiner Leute dem Kaplan in die noble Burgkapelle. Sie waren gewiss einst fromme Kommunionkinder und brave Firmlinge gewesen, jetzt aber brachen sie den

Tabernakel auf, rafften in der Sakristei Monstranz und Kelche zusammen, hängten sich die geistlichen Paramente um. Andere ergriffen die Ministrantenglocken und das silberne Rauchfass und folgten prozessionsartig den Kameraden in den Keller.

Diese hatten inzwischen kleine Fässer edelsten Weins aufgespürt und soffen nun direkt am Spundloch, sodass ihnen das meiste zu beiden Seiten herunterlief oder in den Bärten versickerte.

Und einer grölte dazu nach der Weise eines Gassenhauers:

O weh, o weh, o weh!
Hier liegt die boarische Armee.
Die Bauern habn sie totgeschlagen,
mit Gaudi in das Grab getragen.
O weh, o weh, o weh,
die boarische Armee!

Währenddessen hatten sich Nepomuk Veichtingers Leute aus dem gräflichen Marstall Rösser geholt und ritten – er voraus – auf Prien zu. Wo immer er jungen Frauen oder Mädchen begegnete, fragte er sie nach der Martl, der Kuhdirn von der Sennerei. Bis ihm eine sagte: »Meinst vielleicht die, wo allweil daherreit' mit der Kloan vom Richter?«

Als er das Wort »Richter« hörte, machte er sich seinen Reim darauf und beriet sich mit den Kameraden. Eine Begegnung mit bewaffneten Bayern hatten sie nicht zu befürchten, denn die vor ihnen geflohenen Soldaten hatten durch ihr Geschrei »Die Tiroler kommen!« alles Mannsvolk eingeschüchtert. Und Leute wie der Richter, die nur mit dem Gänsekiel zu streiten pflegten, würden kaum Widerstand leisten – ausgenommen vielleicht ein paar Gendarmen, sofern sie nicht auch sämtliche geflohen waren.

Also rückten sie in Prien ein und pflanzten sich vor dem Banngerichtsgebäude auf. Der Nepomuk pochte ans Tor. Es war offen. Er stürzte hinein, zwei andere hinter ihm. Da standen in dem weiten Vestibül, um Dr. Griesbeck geschart, die Familie und das Dienstpersonal.

Der Veichtinger sah die Martl, drehte seinen Stutzen um und schlug sie nieder, indem er brüllte: »Du elendes Luder!« Und an den Richter gewandt: »Wo ist das Explosivum?«

Der erwiderte gelassen: »Bei unserem Sprengmeister am Kressenberg; er wird's längst verschossen haben.«

Hilflos wiederholte der andere: »Längst verschossen!« Frau Griesbeck, Benigna und die beiden Mägde neigten sich über die tote Martl und weinten. Und immer noch stand der Nepomuk da und schaute sich um, als erwartete er von irgendwoher eine Eingebung. Weil aber die nicht kam, schmetterte er etliche wüste Flüche durch den Raum und zertrümmerte dann mit dem Gewehrkolben, von dem noch das Blut der Martl rann, den großen Wandspiegel. Dann war er draußen.

Abermals versammelte er die Kameraden um sich: »Wir kehren jetzt in die Wirtschaft ein und füttern die Rösser!«

»Und 's Explosivum?«, fragte einer.

»Längst verschossen!«, erwiderte er und fügte nach einer Weile hinzu: »Du Trottel!« Damit war jegliche weitere Unterhaltung über das leidige Ding im Keim erstickt.

Die Einkehr in der Wirtschaft »Zum Löwen« artete in eine Zerstörung der gesamten Inneneinrichtung aus. Was sich im Keller der Burg Hohenaschau getan hatte, wurde hier – freilich mit Weinen jüngerer Jahrgänge – getreulich nachvollzogen, weil sich ja gelernte Säufer in ihrem Zeremoniell voneinander kaum unterscheiden. Da wie dort lagen die betrunkenen Tiroler gegen Mitternacht in erschreckender Ekligkeit unter den Tischen, zwischen den Bänken und auf Treppen.

Am späten Morgen besannen sich der Teimer wie auch der Veichtinger ihrer Befehlsgewalt und versuchten, ihre Untergebenen mit Aufgüssen kalten Wassers auszunüchtern. Zu Mittag trafen sich dann die beiden Anführer vor dem Hohenaschauer Burgtor.

»Und?«, fragte der Teimer.

»Längst verschossen!«, antwortete der Nepomuk.

»So!«, sagte der Teimer. »Dann könnten wir wieder heimgehen. Packt das Silberzeug zusammen, führt alle Rösser heraus und schlagt die Fensterscheiben ein, wo's geht! Seine Gräflichen Gnaden brauchen frische Luft im Hause. Wer von uns ist draufgegangen?«

Erwiderte einer: »Zwei liegen in der Schlucht; dem Barthl hat ein Hundsviech den Hals zerrissen – wird wohl auch noch draufgehn!«

»Gut! Dann auf nach Rattenberg!«

Da stimmte einer das Spott-Lied an:

O weh, o weh, o weh!
Hier liegt die boarische Armee ...!

Die bayerische Armee

Dr. Griesbeck verständigte das Pfarramt in Prien vom gewaltsamen Tod der Martl. Weil sich jedoch der Pfarrer für nicht zuständig erklärte, wandte er sich an den neuen Aschauer Pfarrherrn, Ambros Eisenschmid. Der kam, segnete den Leichnam und geleitete ihn bis ans Grab. Dort hielt er an die Familie des Richters – andere Trauernde waren nicht erschienen – eine kleine Ansprache.

Er pries die Tote als ein Opfer ihrer eigensüchtigen Umwelt. Aufgewachsen als Waisenkind unter Bauern, sei sie von früher Jugend an ausgebeutet worden, und jeder habe sich an ihr die »dreckatn Pfoten abgewischt«. Nur wenige in der Grafschaft seien sich dessen bewusst gewesen, dass sie durch ihren schlichten und einsamen Entschluss, anders zu handeln, als ihr aufgetragen worden war, das gesamte Priental vor Arbeitslosigkeit, Not und Elend bewahrt habe. »Allen möglichen Großkopferten errichten wir Denkmäler und Mausoleen, aber diese Märtyrerin für die Rettung eines ganzen Landstrichs scharren wir formlos ein wie einen Hund. Meine lieben Richtersleut, an ihrem Schicksal bestätigt sich's von Neuem, dass wir in einer unheilen Welt leben. Die liebe, armselige Martl warnt uns davor, auf dieser Erde sesshaft zu werden. Sie zeigt uns auch den Weg, wie wir trockenen Fußes durch das Rote Meer dieser Zeit hindurchkommen: nämlich mit dem Blick auf die Rauchsäule guter Taten und auf die Feuersäule eines lauteren Gewissens. Und weil wir nicht wissen, wie's drüben aussieht am anderen Ufer, und weil wir trotzdem hinübermüssen, brauchen wir den Glauben. Ohne den geht nix! Amen. Rein gar nix! Und noch einmal Amen!«

Sie betteten das Mädchen in die Griesbeck'sche Grabstätte neben die Mutter des Richters, die im vergangenen Jahr das Zeitliche gesegnet hatte.

Als die Zeremonie beendet war und alle den Friedhof verließen, gesellte sich der 18-jährige Pankraz Pilgrim, Forsteleve in Hohenaschau, zu ihnen. Er hatte zu München in der aufgeklärten Luft des neuen Regimes vom religiösen Glauben Abstand genommen und mied die Begegnung mit Geistlichen.

Onkel Florian und Tante Resei waren anfänglich von dem flotten Auftreten des gescheiten Neffen recht angetan gewesen und hatten ihn gern in ihrem Haus gesehen. Die Vorstellung, er könnte eines nicht allzu fernen Tages ihr Schwiegersohn werden, erschien ihnen nicht unangenehm. Doch als er bald schon mit der größten Selbstverständlichkeit im Richterhaus aus und ein und mit der erst 15-jährigen Benigna umging, konnten die Griesbeck'schen das nicht verkraften, und das zunächst herzliche Verhältnis wich einer leichten Reserviertheit.

Pankraz grüßte jetzt galant, und Benigna eilte sofort auf ihn zu.

»Du riechst nach Weihrauch«, sagte er laut zu ihr, »das wird die sieben Teufel in mir gleich verjagen!«

»Für geschmacklose Späße sind wir nach der Beerdigung eines wertvollen Menschen nicht aufgelegt!«, gab ihm der Richter zur Antwort und ging mit seiner Frau an ihm vorbei. »Pardon!«, murmelte er und meinte dann zu Benigna: »Kannst ruhig auch gehen!«

Sie aber henkelte sich bei Pankraz ein.

Dem weiteren Fortgang der kriegerischen Auseinandersetzungen zwischen Bayern und Tirol drückte Napoleon sein Siegel auf. Er warf 20.000 Mann, Bayern und Sachsen, in den Kampf, während die Begeisterung der Tiroler nach ihren anfänglichen Erfolgen abbröckelte. Zieht man dazu noch in Betracht, dass es unter den Führern dieser Bergbauern auch solche wie den Martin Teimer gab – er zog sich im Juli 1809 in die Steiermark zurück und ergaunerte vom österreichischen Kaiser ein Gnadengeld von 100.000 Gulden –, zieht man solche Vorgänge in Betracht, dann empfindet man Mitleid für diesen freiheitsliebenden Volksstamm.

Im November dieses 1809er-Jahres, nach dem vierten Gefecht am Berg Isel, bei dem auch ein bayerischer Überläufer namens Nepomuk Veichtinger ums Leben kam, stand der Misserfolg des Tiroler Aufstands fest. Napoleon schritt zu größeren Taten: zur Aufstellung einer Millionenarmee gegen Russland. Bayern durfte ihm dazu vertragsgemäß seine 30.000 Mann liefern.

Vive la France! – Dieser Jubelruf ist damals manchem in der Kehle stecken geblieben, wohl auch dem in Prien ausgemusterten Forsteleven Pankraz Pilgrim. Man wollte ihn los sein, denn ihm wurde Widersetzlichkeit bescheinigt und ein schöner russischer Krieg angewünscht.

Im Frühjahr 1812 musste er in die Münchner Garnison einrücken und wurde in das Erste der beiden Chevaulegerregimenter eingegliedert. Sie standen unter dem Kommando des Grafen Friedrich von Preysing, und hier dienten die meisten Soldaten aus dem Priental. Alle mussten auf dem Oberwiesenfeld fleißig exerzieren. Der junge Graf inspizierte sie häufig.

Als sie befehlsgemäß wieder einmal unter seinen Augen eine Attacke ritten, fiel ihm Pankraz auf. Nach dem Einrücken ließ er ihn zu sich kommen: »Du reitest mit Verstand. Gehst du beruflich mit Pferden um?«

»Herr Kommandeur, ich bin in der Forstmeisterei zu Hohenaschau tätig.«

»Bei unserem Herrn Vater? Warum erfahre ich das erst jetzt?«

Was hätte Pankraz darauf antworten sollen?

Der Graf weiter: »Wie alt?«

»Zwanzig, Herr Kommandeur!«

»Frau und Kind?«

»Nein, Herr Kommandeur!«

»Lass den ›Kommandeur‹! Die Schwadron soll dich mir als Meldereiter zuteilen!«

Als solcher zog Pankraz Pilgrim unter 33.200 Bayern mit der *Grande Armée* nach Russland. Wegen Seuchen, schlechter Ernährung und Überanstrengung war die Hälfte von ihnen bereits tot, noch ehe sie den Feind zu sehen bekamen. Dann wurden die beiden Chevaulegerregimenter gegen die russische Infanterie nach Borodino vorgeschickt und bis auf etwa zweihundert Reiter aufgerieben. Auch Graf Friedrich von Preysing blieb in der Schlacht. Für Pilgrim war's ein Glück, dass er absaß, als sein schwer verwundeter Kommandeur aus dem Sattel fiel und er sich seiner annahm; so waren die mörderischen Geschosse über ihn hinweggefetzt.

Im Frühjahr 1813 kehrte er mit nur noch wenigen seiner bayerischen Kameraden heim. Der erste Weg führte ihn zur Mutter nach Pfaffenhofen, wo er auch dem Herrn Grafen Max VI. begegnete, seinem großen Gönner.

Sehr bald lud ihn dann der alte Herr Graf nach Wildenwart ein, wo sich die Familie versammelt hatte. Pankraz musste alle Phasen des russischen Feldzugs erzählen, vor allem alle Einzelheiten der Tragik von Borodino.

Die Tatsache, dass er sich als Letzter um den sterbenden Herrn Friedrich bemüht hatte, verlieh ihm in den Augen der Preysings eine Art Weihe; sie sahen ihn fast wie ein Vermächtnis des toten Sohnes an. Als er darum wieder nach Hohenaschau ins Forsthaus zurückkehrte, empfing man ihn dort als Oberförster und bot ihm die forstmeisterliche Wohnung an – für alle Fälle. Der alte Anselm Meggendorfer war schon Jahre zuvor verstorben – vielleicht war es besser so, denn wahrscheinlich hätte er es nicht ertragen, den Sprössling des mutmaßlichen Brandstifters um sich zu haben.

Pankraz Pilgrims Verhältnis zum Herrschaftsrichter war freundlicher geworden, denn der Krieg hatte manches von seiner lausbübischen Arroganz abgeschliffen, und zudem hatte er beste Aussichten auf Übernahme in einen der obersten Ränge des hochgräflichen Beamtenstandes.

Man betrieb also die Heirat mit Benigna sehr ernstlich, dies umso mehr, als sich Herr Max VI. in kirchlichen Kreisen zu München um eine Dispens wegen des nahen Verwandtschaftsgrades bemühen wollte.

Indes, mit der Heiratswilligkeit des Pilgrim war es am Ende doch nicht so weit her. Er zögerte mehr und mehr. Hatte er das anfangs mit seinen Kriegserlebnissen begründet, so machte er jetzt geltend, dass er sich noch zu jung fühle, um eine dauernde Bindung einzugehen. Die Freiheit sei ein so kostbares Gut, dass man es reiflich überlegen müsse, ehe man sie aufgebe.

Das war nun allerdings eine Denkungsart und Redeweise, die dem Dr. Griesbeck gar nicht behagte. Noch weniger verstand er seine Tochter, die sich in geradezu erniedrigender Art dem jungen Mann anbiederte. Weil aber das Resei immer wieder zum Frieden mahnte und darauf hoffte, dass die Zeit beide reifer machen werde, schickte er sich drein und schwieg. Er schwieg auch, als Benigna oft tagelang nicht nach Hause kam und im Forsthaus übernachtete. Bis eines Tages der Pfarrer Ambros Eisenschmid bei ihm erschien.

»Welch rarer Besuch, Herr Pfarrer!«

»Rar gewiss, Herr Doktor, aber auch unangenehm für uns beide. Ich muss Euch nämlich bitten, das Zusammenleben Eurer Tochter mit dem Herrn Forstmeister Pilgrim zu unterbinden, und zwar wegen des Ärgernisses. Denn seht, meine Christenlehre an die jungen Leut wird unglaubwürdig, wenn ich mich gegen den vorehelichen Intimverkehr stelle und gleichzeitig das Luderleben der sogenannten besseren Gesellschaft übersehe oder mit dem Mantel des Schweigens verhülle. Wir Geistlichen sind halt nun einmal die Hofhunde unseres Herrgotts und müssen bellen wie verrückt, wenn's um seine Gebote geht.«

Beschämt erwiderte der Richter: »Ihr braucht Euch nicht zu rechtfertigen, wenn Ihr Eure Pflicht erfüllt, Herr Pfarrer! Ich bitte ja den Missetäter auch nicht um Vergebung, wenn ich ihn verurteile! Ich versichere aber, das skandalöse Treiben zu unterbinden, soweit es die Tochter betrifft; – der Neffe ist volljährig.«

Dr. Griesbeck führte mit seiner Tochter eine harte Auseinandersetzung und untersagte ihr jeglichen Besuch im Forsthaus. Mit diesem Verbot erreichte er jedoch beinahe das Gegenteil von dem, was er beabsichtigt hatte. Denn nun traf sie sich mit ihrem Vetter tagsüber in Holzfällerhütten, Almen und sogar in Heustadeln, was auch niemandem verborgen blieb und die erneute Missbilligung des Pfarrers hervorrief. Die ärgsten Folgen aber ergaben sich für den Richter und den Pfarrer dadurch, dass der Pilgrim anlässlich eines Besuchs bei seiner Mutter in Pfaffenhofen den Grafen Max VI. traf und ihm davon erzählte. Wahrscheinlich fühlte sich der hohe Herr durch das Vorgehen der beiden Moralisten in seiner eigenen Handlungsweise getroffen. Auch wurde ihm klar, dass seine Bemühungen bei der Münchner geistlichen Behörde umsonst waren, nachdem sein Schützling gar nicht im Sinn hatte zu heiraten. All das schlug sich derart auf sein gestörtes Gemütsleben, dass er ernstlich erkrankte.

Als der Vater, der alte Graf in Wildenwart, davon erfuhr, fürchtete er um das Leben seines Nachfolgers und eilte ans Krankenbett nach Rosenheim. Der Sohn beklagte sich über Richter und Pfarrer, sie mischten sich in sein Privatleben ein, und bat, sie abzulösen. Von einer Ablösung wollte Graf Max V. zwar nichts wissen, versprach aber, die beiden Männer »energisch ins Gebet zu nehmen«. Er beorderte sie nach Wildenwart.

»Es steht euch nicht an, den künftigen Herrn auf Hohenaschau zu maßregeln – auch nicht indirekt!«

Beide schwiegen, denn sie begriffen nicht sogleich den hintergründigen Sinn des Vorwurfs.

Dann sagte der Richter: »Gnädiger Herr, wenn sich der junge Graf Max dadurch betreten fühlt, dass ich von meinen Vaterpflichten Gebrauch mache, so muss ich das bedauern, kann es aber nicht ändern!«

Und gleichsam im selben Atemzug fuhr der Pfarrer Eisenschmid fort: »›Gelegen oder ungelegen!‹, heißt es bei Paulus, Herr Graf! Ihr selber habt das Kind beim Namen genannt, nicht ich und nicht der Richter. Nachdem es nun aber genannt ist, darf ich nicht hinterm Berge halten, sondern muss frei heraussagen: Pfaffenhofen ist ein Skandal!«

Dem alten Herrn zitterte vor Zorn der Unterkiefer: »Glatzkopf, du nimmst dir viel Kraut heraus!«

»Herr, ich wiederhole das Bibelwort: Gelegen oder ungelegen! Ich kann Eure Interessen vor den Untertanen nicht vertreten, wenn die mir ins Gesicht sagen: ›Scher dich doch zum Kuckuck mit deiner christlichen Lehr, wenn sie nur für den armen Schlucker bestimmt ist und dem Grafen und seinen Leuten alle Luderei erlaubt!‹ So reden sie nämlich!«

»Reden sie tatsächlich so?«, fragte Graf Max fast schüchtern.

»Gnädiger Herr«, nahm jetzt der Richter das Wort, »in meiner Kanzlei reden die Leut vielleicht noch ungebundener und ungehemmter als beim Pfarrer. Und noch eins: Seitdem der Kaiser Joseph die Leibeigenschaft aufgehoben hat, geistert das Verlangen danach bis in die Stube des kleinsten Häuslers.«

»Kann ich's ändern?«, fragte der Graf hart.

»Und noch ein Zweites!«, fuhr der Richter unbeirrt fort. »So sehr das Volk den Heldentod Eures Sohnes Friedrich preist, so verächtlich äußerst es sich über den Herrn Grafen Max, und dies gerade jetzt, wo Seine Majestät der König abermals ein Heer von 30.000 Mann aufstellen lässt. Da heißt es in aller Öffentlichkeit: ›Wir sollen unsere Schädel hinhalten, und der hurt in Pfaffenhofen rum!‹ – Verzeiht, Graf, meine Direktheit, doch Ihr sollt um die Stimmung in Eurer Herrschaft wissen!«

Da ließ der alte Herr plötzlich alle höfische Steifheit fallen und rief: »Sakradi, sakradi, wenn's euch zwei nit gäb, ma' müaßet euch glatt erfinden! Gehts jetzat, und in der nächsten Woch will i euch bei der Sauhatz sehn!«

Auf der Jagd und bei den Eisenleuten

Der plötzliche Stimmungsumschwung im Gemüt des alten Grafen von Preysing, der sich vor dem Pfarrer und dem Richter auf Wildenwart abgespielt hatte, war kennzeichnend für ihn. Bei all seiner scheinbaren Grobschlächtigkeit besaß er jenes feine Empfinden, das in die Zukunft hineinzuspüren vermag. Und so ahnte er schon seit geraumer Zeit, dass dem bayerischen König nichts anderes übrig bleiben würde, als früher oder später ebenfalls die Leibeigenschaft aufzuheben – zum Leidwesen aller Grundherren, zu denen auch er selbst sich zählte. Es mussten darum jetzt schon Schritte unternommen werden, damit die Leute keine Schwierigkeiten machten, wenn sie einmal frei wären. Darum sollten zum Beispiel alle Wildsäue, die man jetzt an der Grenze erjagen würde, den Ärmsten in der Grafschaft zugutekommen. Auch musste so jemand wie der Pfarrer oder der Richter zur Jagd eingeladen werden, damit alle Welt sehen könnte, was für ein leutseliger Herr man war. Was aber den Max und seine Pfaffenhofnerin betraf, so würde man ihn einmal kräftig zusammenräumen müssen!

Während sich nun draußen im Land weltgeschichtliche Ereignisse um die Völkerschlacht von Leipzig vollzogen, an der auch der jüngste Preysing, Graf Johann Christian, mit teilnahm, ließ der alte Herr zur Sauhatz rüsten. Dieser Johann Christian, einst zum Studium der heiligen Theologie vergattert, hatte das Fach schon längst an den Nagel gehängt und war Soldat geworden.

Die ärmsten Bauern und Holzknechte zwischen Sachrang und Mauerkirchen waren zum Treiben aufgeboten worden, und schon hörte man sie schimpfend und schreiend das Schwarzwild unterm Geigelstein und unterm Mühlhörndel aufs Wiedholzmoor zujagen.

Inzwischen trafen auf Hohenaschau die Gäste ein. Kutschen und Chaisen fuhren daher, von berittenen Lakaien begleitet; die Rösser keuchten den steilen Burgberg hinauf. Droben bliesen ein paar geübte Münchner Stadtpfeifer auf blitzenden Waldhörnern stimmungsvolle Weisen. Graf Max VI. kam mit unter den Ersten an. In seinem Wagen saß auch die Pilgrim-Witib mit der 15-jährigen Tochter Ursel. Als sie zu dritt ganz droben im Burghof erschienen, wo der alte Herr seine Gäste begrüßte, erlebten sie die bitterböse Überraschung: Er wandte sich ab und verschwand in den weitläufigen Gebäuden. Den dreien blieb nichts anderes übrig, als auf dem Fuße umzukehren und unverzüglich die Heimfahrt anzutreten. Das alles war so schnell gegangen, dass viele der Umstehenden es kaum wahrgenommen hatten.

Es kamen andere Gäste, meist noble Leute, die Graf Max wieder herzlich willkommen hieß, unter ihnen auch zwei adlige Damen aus dem Benediktinerinnenkloster Frauenwörth. Das Kloster war zwar aufgelöst worden, doch die Nonnen durften noch beisammenbleiben, weil manche von ihnen nicht gewusst hätten, wohin. Die beiden Frauen – eine Gräfin Weinertsgrün und eine Freiin von Wieselstein – standen in der Blüte ihrer Jahre und freuten sich, dem alltäglichen Einerlei für ein paar Stunden entfliehen zu können. Auch wollten sie dem Preysing ein Vergelt's Gott sagen, weil er sie, als sie jetzt wirklich arm geworden waren, großherzig unterstützte. Gefragt, ob sie bei der Jagd auch mit einzugreifen gedächten, sagte die von Weinertsgrün hinter der vorgehaltenen Hand: »Wir haben unsere Gewehre dabei! Nur wollen wir sie erst im Revier aus dem Wagen holen!«

Um drei Uhr am Nachmittag, als niemand mehr zu erwarten war, fuhr die Jagdgesellschaft ins Sachranger Tal. Am Dorfeingang wurden sie von den Jägern und dem Ortsvorsteher Kratzer begrüßt. Neben dem Kratzer, der es mit dem Reden nicht so hatte, stand der Müllner-Peter aus dem Aschacher Grund. Von seiner Münchner Studienzeit her an weltmännisches Gebaren gewöhnt, bat er die Herrschaften, auszusteigen und ihm zu folgen, denn das Wiedholzmoor grenzte unmittelbar an seine Gründe. Er nahm sich auch gleich der Klosterfrauen an und rügte sie freundlich, hatten sie doch Schühlein an, die vielleicht fürs Tanzhaus geeignet wären, nicht aber für die feuchten Moorwiesen. Die Damen taten sehr charmant mit ihm, sodass sich Graf Max, der sie lieber an seiner Seite gesehen hätte, in der gewohnten polternden Art an sie wandte: »Verführt mir ja den Müllner nit! Der ist grad drauf und dran zu heiraten.« – Und zum Peter sagte er: »Hättst sie mitbringen sollen, das Ertl-Marei! Kann doch schießen wie der Teufel!«

Der Müllner verneigte sich: »Ich dank schön, Herr Graf! Werd's ihr ausrichten!«

Von da ab widmeten sich die beiden Nonnen – unauffällig – mehr dem alten Herrn.

Gegen Abend konnten drei Aschauer Fleischhacker, jeder mit seinem Fuhrwerk, die gesamte Jagdausbeute abholen. Außer den Säuen befanden sich auch etliche Luchse darunter und sogar ein Wolf, der wahrscheinlich von Tirol herübergewechselt war.

Die Herrschaften begaben sich zurück an die Wagen und fuhren mit dem Grafen auf die Burg. Hier begann sogleich das große Kochen und Braten. Der Pfarrer und der Richter – beide hatten im Wiedholz nur zugeschaut – bedankten sich und kehrten heim. Die Fleischhacker arbeiteten die ganze Nacht hindurch, sodass jedem der am Morgen von Sachrang kommenden Treiber die versprochenen fünf Pfund Fleisch mitgegeben werden konnten. Den Rest erhielt die Kantine am Hammerbach.

Dr. Griesbeck hatte den Pfarrer Eisenschmid in seinem Wagen mitgenommen und setzte ihn jetzt beim Pfarrhof in Niederaschau ab. Weil beide das Bedürfnis hatten, noch ein paar Worte zu wechseln, kehrte der Richter beim Geistlichen ein.

Sagte der Pfarrer: »Sicher war's eine noble Geste unseres Grafen, die Wildschweine dem armen Mann zu schenken; ob er aber damit die Gärung unter den Bauern eindämmen wird?«

Erwiderte der Richter: »Hochwürdiger Herr, gären wird's immer dort, wo keine Gleichheit und keine Brüderlichkeit herrscht. Diese beiden Tugenden der französischen Revolution aber …«

Der Pfarrer unterbrach ihn: »… herrschen nur in den Klöstern!«

»Genau das wollte ich sagen!«, kam's vom Richter.

Pfarrer Eisenschmid war in seiner Pfarrei in den sechs Jahren, die er bereits hier verbracht hatte, immer noch nicht recht heimisch geworden. Er verstand es nicht, mit den Leuten aus der Eisenverarbeitung umzugehen. Deshalb meinte er jetzt, wo er den Freund von der anderen Fakultät bei sich hatte: »Lieber Doktor, was mach ich falsch, dass die Bauern mich mögen, die anderen nicht?«

»Das hab ich schon seit einiger Zeit gemerkt!«, antwortete der Richter. »Was tätet Ihr sagen, wenn wir miteinander unsere gesamte Prientaler Eisengewinnung durchkämmen würden?«

»Da wär ich Euch sehr dankbar«, meinte der Pfarrer, »denn ich hab mich nie unter diese Leut gewagt.«

»Warum nicht?«

»Wie soll ich's Euch sagen, Richter? Sie sind mir stets so finster und abweisend vorgekommen, und in die Kirch und zu den Sakramenten gehen sie auch nicht.«

Mit einem leisen Lächeln erwiderte der Richter: »Lieber Herr Pfarrer! Der Prientaler ist ein zurückhaltender Mensch, mitunter ist er sogar bockbeinig. Und der Mann am Eisen ist hart wie der Werkstoff, den er bearbeitet. Zarte Flötentöne kann er nicht leiden; da gefällt ihm schon eher das Bombardon. Aber er verbirgt unter der rauen Schale einen gesunden Kern. Solange es Euch nicht gelingt, diese Schale zu knacken, braucht Ihr mit den Eisenleuten nicht zu rechnen.«

Der Pfarrer saß mit niedergeschlagener Miene da: »Die Schale knacken! Wie knacken?«

»Das kann ich Euch so aus dem Ärmel heraus nicht sagen. Ich muss erst nachdenken. Vorab müssen wir jedoch unseren gemeinsamen Weg zu ihnen antreten. Sie müssen Euch sehen, müssen spüren, dass Ihr Achtung habt vor ihnen, dass Ihr ein Herz habt für sie. Gerade bei Euch müssen sie das Herz spüren! Seid darum nicht verwundert, dass ich den Leuten weniger Mitgefühl zeige und weniger Herz bekunde. Mein Amt lässt das nicht zu. Doch Euer Amt – das glaube wenigstens ich – zwingt Euch dazu!«

Der erste Schnee fiel und taute wieder weg. Dann fing's an, zu regnen und dazwischen wieder zu schneien. Da gab's keinen, der das Sauwetter nicht verwünscht hätte – ausgenommen die Bauern.

Der Richter kam im Viergespann von Prien in den Aschauer Pfarrhof: »Herr Pfarrer, heut packen wir's! Zieht Euch feste Stiefel an!«

»Gehen wir zu Fuß?«, fragte Eisenschmid entsetzt.

»Ja, meint Ihr denn, die Leut kriegen Respekt vor uns, wenn wir daherkommen wie die Lackaffen? Die wollen erst den Dreck sehen, in den wir hineingelatscht sind, bevor sie uns überhaupt zur Kenntnis nehmen!«

Der Pfarrer atmete tief, ging hinaus in den Stall und schlüpfte in die schweren Ackerstiefel des Knechts. Weil sie ihm aber zu groß waren, nahm er dazu noch ein paar Fußlappen. Eine Pelerine, die er nur bei nächtlichen Versehgängen im tiefen Winter umzuhängen pflegte, warf er sich über und setzte einen alten, speckigen Hirtenhut auf.

»So ist's recht!«, sagte der Richter, der ähnlich wild gekleidet war. Dann zogen sie los, über Weidachwies und die Wasserbrücke hinauf nach Hammerbach. Und abermals erteilte der Richter seinem Begleiter gute Ratschläge: »Wenn Ihr einen Mann zum Reden gebracht habt, dann lasst Euch erzählen! Denn wenn sie einmal das Maul aufgemacht und ihre eigene Stimme gehört haben, dann freuen sie sich über den aufgebrachten Mut und können sogar gesprächig werden. Fragt auch viel auf bescheidene Art und horcht ihnen aufmerksam zu. So erkennen sie, dass Ihr sie ernst nehmt – und man muss sie ernst nehmen, diese eisenharten Männer!«

Als sie bei der Kantine angelangt waren, keuchten beide, denn der Weg war von den schweren Erzfuhrwerken zerfurcht, und große Klumpen feuchter Erde hafteten an ihren Stiefeln. Vom Himmel herunter regnete es in Strömen.

Nach zweihundert Metern standen sie vor dem dröhnenden Hüttenwerk. Ein Meister hatte sie kommen sehen und tat ein paar Schritte auf sie zu: »Bleibt stehen, sonst fallen euch die Hunde an!«

Sie blieben stehen, er kam näher: »Was wollt ihr? Das ist Werksgelände.«

Dr. Griesbeck nahm den Hut ab, der Pfarrer auch.

»Ah so! Ihr seids der Herr Richter, und der andere ist wohl der Herr Pfarrer? Hab euch nit erkannt!«

»Dürften wir den Hochofen sehen?«, fragte Herr Eisenschmid.

Der Werkmeister überlegt: »Wenn ihr euch nit zu nah hinwagt! Und nur auf eure eigene Verantwortung!«

Er wandte sich um, sie folgten ihm auf den weiten, ebenen Platz vor der stark angerauchten Eisenhütte. Der Lärm, der ihnen entgegenschlug, war so groß, dass der Meister auf sie einbrüllen musste: »Da seht Ihr die fünf Frischfeuer! Hier wird das Erz geseigert, dann von den zwei Großhämmern – Ihr hört sie ja! – in Stücke geteilt, noch einmal angeheizt und sodann zu Knütteleisen und zu Prügeleisen verschmiedet.«

Nun nahm der Meister die beiden Herren am Arm und führte sie seitlich in eine kleine, gemauerte Stube: »Da draußen versteht man ja das eigne Wort nit!«

Fragte der Pfarrer: »Meister, Ihr habt da von zweierlei Eisen gesprochen; wie verhält sich das?«

Der Meister lächelte: »Wollt Ihr etwa zum Eisen kommen, Herr Pfarrer? Aber hört her! Das Knütteleisen ist weicher und besser und wird dort drüben in der Streckschmiede zu Stabeisen verarbeitet. Das Prügeleisen dagegen nehmen uns die Nagelschmiede ab, natürlich gegen Bezahlung.«

»Und wer kauft euch das Stabeisen ab?«, fragte der Pfarrer weiter.

»Das wird erst noch einmal eingerennt und dann an den Drahtzug gegeben. Ihr wissts, der ist da droben!«

Sagte der Richter: »Den Drahtzug wollen wir uns in den nächsten Tagen ansehen. Jetzt müssen wir erst einmal die heutigen Eindrücke verarbeiten.«

»Erlaubt mir noch eine Frage, Meister!«, meinte der Pfarrer. »Was erzeugt dieses Hüttenwerk beiläufig in einem Jahr? – Vorausgesetzt, dass Ihr das sagen dürft!«

Der Meister erwiderte: »Wenn der Richter dabeisteht und nix dagegen hat, wird's wohl erlaubt sein! Viertausend Zentner Eisen verlassen unsere Hütte pro Jahr, und zwar in die verschiedensten Richtungen: als fertiges Kaufmannsgut in den Handel, in unsere 27 Nagelschmieden und schließlich in die alten Waffenschmieden, wo sie heutzutage Sensen, Sicheln, Hacken, Äxte, Spaten und Pflugscharen herstellen.«

Der Pfarrer war von der freundlichen Art des Meisters so angetan, dass er ihm auf der Stelle zwei Gulden schenkte, worauf der Richter launig sagte: »Da sieht man's wieder einmal, wer 's große Geld hat!«

Der Hüttenmeister führte sie noch über den Holzbarren hinter die fünf Frischfeuer, wo die beiden Großhämmer, von der Sturzflut des Baches getrieben, unter ohrenbetäubendem Gedröhn die aus dem Erz geseigerten mächtigen Eisenkuchen zertrümmerten.

Dr. Griesbeck dachte bei ihrem Anblick sechs Jahre zurück: An dieser Stelle hätte damals die Katastrophe für die Herrschaft und das gesamte Priental beginnen sollen, beginnen können, wenn die Martl nicht so heldenhaft gehandelt hätte. Tausend Gulden hatte sie dafür bekommen – und dann den Tod! Wenn einst in späteren Zeiten die Leut zu Aschau von dieser Tat erführen, müssten sie ihr eine Statue aufstellen, an deren Sockel die Worte prangen: »Sie starb für unser Leben!«

Der Besuch des Drahtzuges in der wildromantischen Felsenschlucht am oberen Hammerbach etliche Tage später rief bei den beiden würdigen Männern große Bewunderung hervor. Sie erlebten, wie hier 65 erfahrene Fachleute Draht von der gröbsten bis zur feinsten Sorte erzeugten, und dies in präzis ausgewogener Zusammenarbeit, ohne Hast, ohne Leerlauf. Sie ließen sich vom Drahtzugmeister, Franz Oberholzner, sagen, dass das Werk jährlich bis zu achthundert Zentner hochwertige Ware in den Handel und an die Nagelschmiede bringe. Eine ähnlich hervorragende Fabrikation wie die ihre werde man zurzeit in ganz Bayern nicht finden.

Auf die Frage des Richters, wie es seiner Tochter Walburga gehe, berichtete der Meister, sie sei mit ihrem Mann in die Landeshauptstadt gezogen, wo dieser als Kulissenschieber in städtische Dienste getreten sei. Das Münchner Leben und Treiben behage ihr jedoch nicht; sie sehne sich wieder zurück in die Grafschaft, an den Hammerbach.

»Hat sie Kinder?«, fragte der Richter.

Mit verhaltener Wehmut erwiderte der Meister: »Seitdem sie damals, ehe sie zu Euch nach Prien kam, das Pech mit dem Gesellen hatte, ist für sie das alles vorbei; Gott sei's geklagt!«

»Und wenn sie ein Kind annähm?«

»Ihr meint, wie damals Eure Frau?«

»Vielleicht wär's eine Lösung!«

»Sicherlich wär's eine! Ihr wisst ja, wie kinderlieb sie ist. Aber ihr Mann ist ein sturer Bock und fürchtet, er muss ihre Aufmerksamkeit dann mit dem Kind teilen.«

Der Richter zuckte mit den Achseln: »'s ist halt ein Jammer, wenn der Ehemann glaubt, von seiner Frau genauso Besitz ergreifen zu können, wie er von ihrer Mitgift Besitz ergriffen hat.«

Der Oberholzner nickte: »Ihr drückt das noch sehr mild aus, Herr Richter! Ich tät eher sagen: Eigensinn ist die Kraft der Deppen!«

Pfarrer Eisenschmid hatte ein wenig mitgehört und wandte sich jetzt den beiden zu: »In solchen Fällen, so glaub ich, können die Eheleut nur gemeinsam eine Lösung finden. Dabei sollten sie aber möglichst einen dritten mit zurate ziehen, einen Unparteiischen, Wohlwollenden, der nicht donnert und wettert, sondern klärt und tröstet.«

»Wärt da nicht Ihr der rechte Mann?«, fragte der Meister beherzt.

Der Pfarrer darauf: »Wir könnten's versuchen, vorausgesetzt, dass die beiden zu mir Vertrauen haben. Andererseits gibt's auch zu München vertrauenswürdige Leut.«

»Ich werd mit ihnen reden, wenn sie auf Weihnachten zu uns kommen. Jedenfalls dank ich Euch, Herr Pfarrer, für die Bereitschaft!«

Mit herzhaftem Händedruck gingen die drei Männer auseinander.

Während der staden Adventszeit besuchten Richter und Pfarrer reihum die 27 herrschaftlichen Nagelschmieden an den Bächen zwischen Frasdorf und Sachrang. Bei diesen biederen Handwerkern – so schien es dem Doktor – war keine Spur von Unzufriedenheit oder gar Aufmüpfigkeit zu erkennen – anders als bei den Bauern, bei denen man das freilich zum Teil verstehen konnte.

Die Passion

Mitte Dezember 1813 war's, da kam Franz Oberholzner vom Drahtzug in den Pfarrhof zum Pfarrer Eisenschmid. Unter dem Arm trug er – in festes Papier eingewickelt – ein dickes Bündel Geschriebenes. Nach gegenseitiger freundlicher Begrüßung eröffnete der Franz dem Geistlichen, dass die Tochter und der Schwiegersohn ab dem Heiligen Abend etliche Tage am Hammerbach seien und gerne zum Herrn Pfarrer kommen täten. Sie hätten nämlich eingesehen, dass ihr gemeinsames Leben so nicht weitergehen könne.

»Da wollen wir Gott danken, Meister, und hoffen, dass sie wieder zueinanderfinden. Ihr müsst mir beten helfen, denn ohne unsern Herrgott tut sich da gar nix!«

Der Oberholzner strahlte vor Freude, legte dann das Bündel auf den Tisch und sagte: »Herr Pfarrer, ich will Euch da ein Geschenk machen, ein rares Geschenk. Zuvor aber muss ich's erklären. Als ich nämlich unter Eurem Vorgänger, dem Pater Onufri, noch ein junger Streckengänger war, da hab ich ihm einmal geholfen, den Dachboden aufzuräumen. Dabei ist mir eine große Schachtel mit alten, eng beschriebenen Papieren in die Händ' gefallen. Ich hab den Pater gefragt, was damit geschehen solle. – ›Schmeiß es in die Odelgrubn!‹, hat er gesagt. – ›Aber ich tät's erst gern lesen!‹, hab ich ihm erwidert. – ›Meinswegn!‹, war seine Antwort. – Darauf hab ich die Schachtel mit heimgenommen. Und was denkt Ihr, Herr Pfarrer, was das war? Das waren fünf alte Theaterspiele aus unserm Chiemgau: Das erste ein Paradeisspiel vom Adam und von der Eva; das andere ein Spiel von Kain und Abel; das dritte von dem ägyptischen Joseph und seinen niederträchtigen Brüdern; das vierte handelt von dem guten Hirten, der das verlorene Schäflein sucht; das fünfte endlich ist ein Passionsspiel, das wiederum in fünf verschiedene Handlungen zerfällt. Und weil ich so viel Spaß g'habt hab an den Stücken, bin ich hergegangen und hab sie im Laufe von ungefähr zwanzig Jahren am Abend und an Sonntagen sauber abgeschrieben. Da sind sie, und ich schenk sie Euch!«

Der Oberholzner packte alles aus, und der Pfarrer Eisenschmid stand ehrfürchtig daneben wie ein Kind vor dem heiligen Nikolaus: »Das willst du mir alles schenken? Die Arbeit von zwanzig Jahren?«

»Mich hat's gefreut, und Euch wird's auch freuen, und vielleicht noch manchen anderen. Ihr könntet's ja in der Aschauer Pfarre so machen wie die Tiroler drüben in Erl: Führt die Spiele auf!«

In seinem ganzen Leben war der Pfarrer noch nie so lange über einem Schriftstück gesessen wie über dieser Gabe des Drahtzugmeisters. Fünf Tage und vier halbe Nächte las er unentwegt und war beinahe ungehalten, wenn ihn seine Pfarrersköchin zum Essen rief. Diese Spiele waren – weiß der Himmel! – dem Volk aufs Maul geschrieben! Wer sie erdichtet hatte, musste ein gestandnes Mannsbild gewesen sein, ohne Furcht und Tadel, aber voll großer Gläubigkeit an die religiösen Wahrheiten. Er ließ die Spieler in der Sprache des Evangeliums reden, gestattete ihnen jedoch trotzdem bisweilen eine Randbemerkung über den Geist der Zeit, und das war der Geist der barocken Lebensfreude. Für Ambros Eisenschmid stand es sofort fest: Er würde dem Vorschlag des Drahtzugmeisters folgen. Die Spiele mussten aufgeführt werden, und zwar im sakralen Raum, in der Kirche! Die vorösterlichen Wochen boten sich dafür an. Der nächste Schritt wäre, die dafür geeigneten Schauspieler zu finden.

Das Weihnachtsfest 1813 kam. Da ruhte die ganze Preysing'sche Grafschaft Hohenaschau, die Bauern, die Kohlenbrenner, die Fuhrleut, die Nagelschmiede und die Hammerwerker. Von den Letzteren waren zwei Knechte ausgelost worden, die dafür zu sorgen hatten, dass die Hochöfen nicht auskühlten; es hätte sonst zu vieler Holzkohle bedurft, sie wieder auf den erforderlichen Hitzestand zu bringen. Alle anderen blieben daheim und aßen und schliefen sich aus; gerade noch, dass man die Gottesdienste besuchte. Die musste man freilich besuchen, vor allem wegen der lieben Angehörigen, die am Kirchenchor ihre Stimmen erschallen ließen oder auf der Geige oder Bratsche herumkratzten. Das spielte jedoch keine Rolle; wenn es nur laut war und dröhnte, dass die lieben Heiligen an den Wänden erzitterten. So ein Kirchenchor musste nach einem weihnachtlichen Festgottesdienst erschöpft sein. So gehörte sich's. Den männlichen Sängern musste der Schweiß der Pflichterfüllung unaufhörlich von den Schläfen rinnen und im steifen Hemdkragen versickern. Die Sängerinnen mussten übers ganze Gesicht gerötet sein, ebenso am Hals und noch ein Stück weiter hinunter. Das war dann Kirchengesang!

Als nun der Herr Pfarrer Eisenschmid nach dem Gottesdienst den gesamten Chor in die Sakristei bat, um ebenfalls seinen Weihrauch der Anerkennung darzubringen, erblickte er ganz zuhinterst den Franz Oberholzner mit der Tochter Walburga und dem Schwiegersohn. Die Walburga kannte er beiläufig noch, ihren Mann, den Barthl Angermeier, hatte er noch nie gesehen. Er war ein sauberer Bursch.

Noch während der geistliche Herr den Sängern und Musikanten die Hand reichte und dabei kleine Lobeshymnen anstimmte, kam ihm eine Idee, was den Münchner städtischen Kulissenschieber und seine Frau betraf. Als er sich bis zu ihnen in den Hintergrund durchgelobt hatte, flüsterte er dem Oberholzner zu, er erwarte sie alle drei gleich anschließend im Pfarrhof.

Dort erschienen sie dann auch ohne Verzögerung. Er bat sie, sich zu setzen. Und sofort widmete er sich dem Angermeier. Er ließ ihn ausführlich über seine Tätigkeit in der Landeshauptstadt erzählen und erfuhr dabei, dass der Barthl nicht bloß mit den Kulissen zu hantieren hatte, sondern wiederholt schon als Komparse eingesetzt worden war. »Hätt mich auch gewundert, wenn's nit so gewesen wär!«, sagte der Pfarrer und setzte dann in freundlich erzählender Weise sein Gespräch fort: »Da ist uns neulich durch Zutun eures Vaters, beziehungsweise Schwiegervaters, ein Schriftstück untergekommen, das wir für bedeutungsvoll erachten. Es handelt sich um eine Sammlung geistlicher Spiele, die man nicht in der Schublade liegen lassen, sondern aufführen sollte. Und wenn ich bedenke, dass du, Barthl, von der Schauspielerei nicht unbeleckt und gleichzeitig ein Aschauer bist, bietet sich's ja direkt an, dass wir da etwas unternehmen.«

Der Angermeier lächelte mit einem Gesichtsausdruck, der Verlegenheit mimte: »Herr Pfarrer, mit mir allein wird sich halt ein Spiel nicht gut aufführen lassen. Außerdem muss ich Euch sagen, dass wir am Königlichen Hof- und Nationaltheater das Stück ›Nathan der Weise‹ erstmals spielen werden, wo ich als ein Begleiter des Derwischs gebraucht werd.«

»Mein lieber Barthl«, erwiderte Herr Eisenschmid, »der weise Nathan und dein Derwisch, die fechten uns nit an. Denn wir müssen unser Spiel schon am Ende der Karwoche zeigen. Und allein brauchst du's auch nit zu machen, denn ich hätt da eine sehr liebe Partnerin für dich, nämlich die Walburga, dein Weib!«

»Die Burgl?«, fragte der Barthl ungläubig. »Und was habt Ihr noch für Leut?«

»Unser Spiel, Barthl, braucht nur zwei Leut. Es trägt den Titel: ›Von Christi und Mariä Urlaubnehmung‹, will sagen, der Herr nimmt da Abschied von seiner Mutter.«

»Und das soll ich allein mit der Burgl machen?«

Der Pfarrer begann zu erklären: »Das ist nämlich so: Ihr beiden seid junge Leut, seid miteinand verheirat' und braucht deshalb gegenseitig keine Scheu nit haben, wenn ihr euch eure inneren Empfindungen offenbart. Im Gegenteil: Euer Spiel wird umso ergreifender sein, je stärker ihr es mit den Gefühlen eurer Herzen anreichert.«

Da meinte die Burgl: »Wenn dann aber die anderen grinsen und gar kichern?«

Darauf der Pfarrer: »Burgl, mein liebes Kind, die Zuschauer werden weder grinsen noch kichern, sondern sie werden weinen, wenn euer Wort nicht ein auswendig gelerntes Geplapper, sondern eine ehrliche Red ist. Und wer kann denn schon ehrlicher miteinander reden als Mann und Weib – oder wie es im Spiel heißt: Mutter und Sohn? Noch dazu wenn die Mutter voll der Gnade und der Sohn die gebenedeite Frucht ihres Leibes ist? Wenn ihr das bedenkt, Burgl, dann muss euer Spiel wirkungsvoller werden als zehn meiner Predigten!«

Sagte der Barthl Angermeier zu seiner Frau: »Burgl, jetzt sind wir fast sieben Jahr' von Aschau weg. Viele gibt's nit mehr, die uns kennen, – und wenn wir geschminkt sind, erkennt uns gar keiner.«

Pfarrer Eisenschmid dankte im Herzen dem Barthl für dieses erlösende Wort. Er lud alle drei zum weihnachtlichen Gänsebraten ein, der schon seit geraumer Zeit köstlich durch alle Gänge des Widums geduftet hatte. Die Pfarrersköchin war von dieser Einladung nicht sehr erbaut, hatte sie doch gehofft, mit dem immer wieder Aufgewärmten bis Neujahr durchzukommen.

Während sie dann noch ein paar Gläser Wein tranken, übergab der Pfarrer den Spieltext dem Angermeier und bat ihn mit der Frau für den Aschermittwoch zu einer Probe in die Kirche.

Gründonnerstag 1814. Das prächtige Gotteshaus von Aschau war ganz finster, die Altäre verhüllt, die Wände mit schwarzen Tüchern ganz und gar ausgeschlagen, die Glocken verstummt. In der Rundung des Altarraumes bauten die Mesner mit den ortsansässigen Schreinern schon seit Tagen das Heilige Grab auf. Und was für ein Heiliges Grab! Zu Beginn des 17. Jahrhunderts hatten sie es errichtet und von Jahr zu Jahr verschönert, erhöht und erweitert. Bei seiner jetzigen Gestalt konnte sich das heilige Geschehen auf drei in die Tiefe gestaffelten Bühnen vollziehen, die bis in eine Höhe von 14 Metern hinaufreichten. Oben kam jeweils das Allerheiligste zu stehen, und dies vor einem Strahlenkranz von 325 Kristallsteinen, ausgeleuchtet von etwa zweihundert dunkelblauen und goldgelben Wasserkugeln, hinter denen Talglichter brannten.

Herr Eisenschmid hatte in der ganzen Grafschaft verkünden lassen, dass die Feier dieses heurigen Gründonnerstages mit einem Mysterienspiel eingeleitet würde. Kein Wunder, dass die Gläubigen auch aus den Orten der Umgebung hierher pilgerten: von Prien und Bernau, von Rottau und Sachrang, ja sogar vom Samerberg. Da hatte sich die Kirche bereits zwei Stunden vor Beginn bis auf den letzten Platz gefüllt. Die Musikanten, die – wie meistens – erst in letzter Minute kamen, mussten ihre Instrumente hoch über die Köpfe halten und sich so durch die Menschenmenge wühlen. An die dreihundert Männer, die bis zuletzt gewartet hatten, waren gezwungen, draußen am Kirchhof stehen zu bleiben und sich die Hälse zu verrenken, ob sie nicht durchs offene Tor etwas erspähten.

Als dann die Sonne hinterm Zellerhorn sank und der Abend sich über das Priental senkte, verstummte das viele Volk in der Kirche, und aus der Sakristei traten zwölf Ministranten mit halbseits abgeschirmten Fackeln heraus. Sie stellten sich vor die gewaltige Altarbühne – und verharrten ganz still.

Da schritten sie langsam von der Seite herein: Jesus und Maria. Als sie im Vordergrund angelangt waren, erklärte er ihr, dass für ihn nunmehr die Stunde angebrochen sei, den Tod für die Erlösung der sündigen Menschheit zu erleiden. Darauf entgegnete Maria zart, es hätte doch für den allmächtigen Gottvater sicherlich auch andere Möglichkeiten gegeben als ausgerechnet den Tod des Sohnes.

Jesus widersprach nicht, bestand aber darauf, dass gerade aus der Größe dieses Opfers die Liebe Gottes zu den Menschen sichtbar werde.

Dann setzten sie sich nieder und ließen im Gespräch noch einmal alle Phasen ihres gemeinsamen Lebens vorüberziehen, angefangen von der Geburt draußen im Stall von Bethlehem über die Jahre der Kindheit in Nazareth bis zu jener österlichen Wallfahrt nach Jerusalem in den Tempel. Da bat Jesus seine Mutter um

Verzeihung, dass er ihr damals Sorge und Schmerz bereitet hatte, als er mit einem Mal verschwunden war.

Sie redeten vom verstorbenen Nährvater Joseph, von der Hochzeit zu Kana, von den Jüngern und frommen Frauen, zuletzt von den Schriftgelehrten und Pharisäern, die soeben im Hohen Rat seinen Tod beschlossen hatten.

»Und darum«, fuhr Jesus fort, »müssen wir jetzt Abschied nehmen. Ich danke dir für all deine Liebe während meiner 33 Jahre! Für deinen Glauben an mich und an meine Aufgabe, die mit rein menschlichen Begriffen nicht fassbar ist! Maria, du hast viel an mir gelitten!«

Da erhob sie sich. Sie legte ihren Arm um seinen Hals. Dann sprach sie: »Die Leiden, die du mir bereitet hast, fallen nicht ins Gewicht vor dem Glück, deine Mutter zu sein!«

Darauf traten sie, eng aneinander geschmiegt, langsam von der Bühne ab, und auch die zwölf Fackelträger verschwanden im Hintergrund. Dort stand hinter den Säulen der Verräter Judas und flüsterte dem Hohepriester hörbar ins Ohr: »Der, den ich küssen werde, der ist es! Ihn ergreift!«

Jetzt erklang vom Kirchenchor das ergreifende Lied: »In stiller Nacht, zur ersten Wacht, ein Stimm begann zu klagen«, worauf Pfarrer Eisenschmid an den Altar trat, begleitet von den zwölf Ministranten. Er verlas das Evangelium vom Letzten Abendmahl und würdigte dann das Wunder des Altarsakraments, das von uns Menschen nur im Glauben zu erfassen sei.

Am Ende sagte er: »Wie hieß es doch vorhin in unserem Spiel? ›Ich danke dir für all deine Liebe während meiner 33 Jahre!‹ Ein jeder von uns müsste sich dieses Wort immer wieder vorsprechen und dabei die Zahl seiner Lebensjahre einsetzen. Ich danke dir für all deine

Liebe, du mein Vater, du meine Mutter, du meine Frau, ihr Brüder und Schwestern und ihr Mitmenschen alle miteinand: Ich dank euch für eure Liebe!«

Die Gründonnerstagsliturgie endete damit, dass der Geistliche das Allerheiligste die 14 Meter hinauftrug und in den Strahlenkranz der Kristallsteine hineinstellte. Die Flämmchen auf den Talglichtern flackerten im zarten Windhauch, der durch das Gewölbe strich. Mit ihnen bewegte sich die dunkelblaue und goldgelbe Farbenpracht in den Wasserkugeln – ein schier überirdischer Schein.

Auf dem nächtlichen Heimweg hinauf nach Hammerbach wiederholte der Barthl Angermeier sein eigenes Wort aus dem Mysterienspiel: »Ich dank dir für all deine Liebe!« und schloss die Burgl in die Arme …

Familienzwist

Europa war in Aufruhr. Kaiser Napoleon, der diesen Erdteil zu einem guten Teil unter seine Knute gezwungen hatte, war bei Leipzig von den Österreichern, Preußen und Russen geschlagen worden – eine Niederlage, zu der auch Bayern mit beigetragen hatte. Denn König Max Joseph war – freilich ungern – von den Franzosen abgefallen und hatte sich den Wienern angeschlossen. In Paris setzten sie den einst viel umjubelten Kaiser ab und schickten ihn in die Verbannung auf die Insel Elba. In Wien aber versammelten sich die Diplomaten der europäischen Staaten, um wieder Ordnung zu schaffen.

Im Zuge dieser neuen Ordnung musste der König von Bayern seine Erwerbungen Tirol, Vorarlberg und Salzburg wieder abtreten und erhielt dafür die Rheinpfalz. In der Grafschaft Hohenaschau war man darüber nicht unglücklich, brauchte man doch jetzt den Pass von Sachrang nicht mehr gegen mögliche feindliche Einfälle zu befestigen, denn seit die Tiroler wieder ihr eigenes Süpplein kochen durften, waren sie friedlich.

Der 78-jährige Graf Max V. von Preysing versammelte die ihm verbliebenen beiden Söhne zu einem *Jour fixe* nach Wildenwart; Hohenaschau war ihm zu frostig. Die neue europäische Lage, vor allem aber der rückläufige Wohlstand der Grafschaft machten eine Beratung nötig, wie Abhilfe zu schaffen wäre. Die beiden jungen Grafen waren von Rosenheim angereist, wo sie wohnten.

Der hochgräfliche Vater fasste zunächst – wie war es auch anders denkbar! – das Privatleben seiner Herren Söhne ins Auge: »Dass man's mit 40 und 42 Jahren noch zu keiner anständigen Ehefrau gebracht hat, dafür aber mit einer Jagerswitib oder einer Bartputzerin herumstreunt, beweist, dass unser Adel morsch ist. Die Franzosen haben das bei dem ihrigen erkannt und deshalb das Fallbeil erfunden – kein Wunder! Unsere Leut hier im Chiemgau sind nur zu dumm und zu fromm dazu! Sonst hätten sie's denen schon längst nachgemacht!«

Der Jüngere, Graf Johann Christian, – er war eben erst aus dem Krieg von Paris heimgekehrt – wollte etwas erwidern. Doch der alte Herr fuhr ihn an: »Mit dem Respekt vor der Autorität, den man in der Kinderstube gelernt hatte, liegt's auch im Argen!«

Dann setzte er ihnen lang und breit den sich anbahnenden Niedergang der heimischen Eisenindustrie auseinander: »Wir besaßen lange Zeit, besonders in der zweiten Hälfte des vorigen Jahrhunderts, in Bayern eine Machtstellung. Dass wir sie nicht mehr haben, liegt nur zum Teil an unserer eigenen Misswirtschaft. In ganz Europa hat sich die Mechanik fortentwickelt; wir sind nicht mehr konkurrenzfähig. Aber wir müssen sowieso langsam vom Eisen abrücken. In den elf Flözen am Kressenberg führen höchstens noch vier einen brauchbaren zwanzigprozentigen Eisenstein. Es ist also abzusehen, wann wir unsere Hochöfen ausblasen dürfen.«

Ein betretenes Schweigen entstand. Graf Max VI., der vorgesehene Nachfolger, hatte sich schon vor Jahren mit der Eisengewinnung befasst, erkannte aber jetzt aus der Bemerkung des Vaters die Sinnlosigkeit seines Bemühens; denn ohne Erz gibt's halt nun einmal kein Eisen!

»Demnach werden wir uns«, sagte er schließlich, »verstärkt auf die Forstwirtschaft verlegen müssen!«

»Dein klügstes Wort im Laufe der letzten zwanzig Jahre!«, entgegnete ihm der Vater und fuhr fort: »Du wirst in deiner Zeit den nahtlosen Übergang vom Eisen zum Holz ausklügeln müssen, ohne dabei das Wohl der Untertanen aus dem Auge zu verlieren! Denn sie haben unser Geschlecht groß gemacht. Vor allem aber: Bring dein gschlampertes Verhältnis in Ordnung!«

Nach dieser diktatorischen Aussage wandte er sich sogleich dem anderen Sohn zu: »Und für dich gilt dasselbe!«

Der erwiderte mit leichter Verbeugung: »Herr Vater, nachdem es meinetwegen keine Sorgen wegen der Erbfolge gibt, werde ich die Tochter des Rosenheimer Obermeisters der Friseure, Franziska Ruprecht, heiraten. Sie geht bereits gesegnet.«

»Hat's dir so pressiert?«, meinte der alte Herr und lächelte. »Trotzdem: besser als ein taubes Korn!«

Das Wort des Vaters vom »tauben Korn« war dem jungen Grafen Max in die Glieder gefahren. Schon auf der Heimreise dachte er über sein Verhältnis zum Marei nach, wie zutiefst unsinnig es war. Er – ein kranker Mann; sie – etwas älter als er, doch kerngesund. Er – künftiger Chef des Hauses Preysing-Hohenaschau, Sohn eines in halb Europa bekannten Diplomaten; würde er wohl mit einer solchen Frau die Interessen seines Hauses in der hohen bayerischen Gesellschaft wahrnehmen können? Gewiss, das Marei war liebenswürdig und umsorgte ihn unaufhörlich, aber sie war ungebildet und – was noch schwerer wog – sogar ohne Herzensbildung. Dass sie dazu noch ziemlich gottlos war, hätte ihn weiters nicht gestört, wenn diese Gottlosigkeit nicht auch noch mit einer gewissen Überheblichkeit gepaart gewesen wäre. Eine Frau, die sich über frommes

Brauchtum – und sei es auch noch so primitiv – lustig machen konnte, verdiente in seinen Augen selbst keinerlei Respekt. Das war ihm am vergangenen Gründonnerstag erschreckend zu Bewusstsein gekommen, als sie miteinander das Aschauer Mysterienspiel besucht hatten. Da hatte doch das Marei auf der Heimfahrt schier unentwegt diese Burgl und diesen Barthl geschmäht, und er, Max Preysing, hatte es deutlich gespürt, dass die Schmähreden nicht so sehr auf diese beiden jungen Leute, sondern vielmehr auf die von ihnen dargestellte religiöse Aussage gemünzt waren – eine hässliche Art! Er war nicht bigott, gewiss nicht, aber es gab Gesetze des Anstandes! Das hätte vor allem eine Frau spüren müssen!

Von da ab kühlte sich die Verbindung zwischen dem Grafen und dem Marei langsam, aber merklich ab. Er erschien in Pfaffenhofen nur mehr selten, und wenn, dann hatten diese Besuche mehr und mehr den Charakter einer alten Kameradschaft, die aber langsam immer mehr an Bedeutung verlor. Seine finanziellen Zuwendungen schmälerte er nicht; er erfüllte auch der 16-jährigen Ursel, die sich hübsch herausgemausert hatte, jeden erdenklichen Wunsch – aber alles mit betonter Zurückhaltung.

Das Marei fühlte natürlich, dass er von ihr abwanderte. Eines Tages begab sie sich nach Hohenaschau ins Forsthaus und erzählte ihrem Pankraz von dem eingetretenen Wandel. Der junge Forstmann, durch Benigna über manche Reden und Meinungen aus ihrem Elternhaus zu Prien unterrichtet, erklärte der Mutter, dass hinter dem ganzen Geschehen der Bannrichter und der Pfarrer stünden, die sich des besonderen Vertrauens des alten Grafen erfreuten, sich öfter bei ihm in Wildenwart aufhielten und darum solche Bosheiten auskochen könnten.

»Und das Resei, die Schwester? Ist denn die auch gegen mich?«, schrie das Marei entrüstet heraus.

Mit überlegener Kaltschnäuzigkeit erwiderte Pankraz: »Tröst dich, Mutter, ich versprech dir, Benigna wird mir alles flüstern!«

Er hatte nicht zu viel versprochen. Benigna lebte mit ihren Eltern sowieso in dauerndem Zerwürfnis und empfand es als Genugtuung, dem Vater brühwarm ins Gesicht zu sagen, er intrigiere beim alten Herrn Grafen gegen Tante Marei.

Mit gequälter Miene entgegnete ihr der Richter: »Wenn ihr das intrigieren nennt, dass ich dem jungen Grafen Max als unserem künftigen Herrn die Gunst seiner hiesigen Untertanen zu erhalten bemüht bin, dann in Gottes Namen! Leider wisst ihr alle miteinander nicht, dass das revolutionäre Frankreich auch auf uns seine Auswirkungen hat. Auch unsere Leut sind langsam nicht mehr gewillt, dass sie die Marotten und Ausschweifungen ihrer Obrigkeit ergeben hinnehmen. Im Gegenteil, sie spüren ihren Herren mit Luchsaugen nach, wie sie ihnen vielleicht am Zeug flicken könnten. Und ihr seid so hirnverbrannt und bezeichnet es als Intrige, wenn ich versuche, die Gründe aus dem Weg zu räumen, an denen sich die Leut mit Genuss reiben! Du darfst deinem blitzgescheiten Vetter Pankraz und seiner Mutter ruhig hinterbringen, dass ich kraft meines Amtes jede Ungereimtheit unnachsichtig ahnde und auch weiterhin ahnden werde – ohne Ansehen der Person!«

Mit diesen harten Worten hatte Dr. Florian Griesbeck die letzte Brücke, den letzten kümmerlichen Steg, der noch zum Herzen seiner Tochter geführt hatte, abgebrochen. Benigna flüchtete zu ihren Großeltern in die

Nagelschmiede am Bach und bat sie inständig um eine kleine Kammer. Das bereitete dem Peter Unterrheiner und seiner sanften Maria nicht geringen Verdruss.

Am tiefsten aber empfand das Resei, die Gattin des Richters, diesen Riss durch die Familie. Sie konnte die Verhaltensweise ihres Mannes ganz und gar verstehen und machte darum sich selbst bittere Vorwürfe. Hatte sie nicht bei der Erziehung ihrer Tochter versagt? Am Anfang hatte wohl die Großmutter das Kind mit ihrer überschwänglichen Zärtlichkeit zu sehr verwöhnt. Dann war aber der kleine Graf Ocra gekommen und hatte das Mädchen in den Hintergrund gedrängt. Und am Ende dann der Einfluss dieser Martl. War es da richtig, das Kind jetzt als Sündenbock in die Wüste zu schicken?

Tagelang quälte sich das Resei mit diesen Gedanken herum. Immer wieder nahm sie einen Anlauf, mit ihrem Florian darüber zu reden, doch immer wieder musste sie sich selbst eingestehen, dass er nicht anders handeln konnte, nicht anders handeln durfte. So wurde ihr Herz hin- und hergerissen zwischen dem Ehemann und der Tochter, bis ihr einmal sogar der Gedanke kam, sie habe sich schon von allem Anfang an versündigt, als sie den Richter geheiratet hatte. Es sei von ihr in hohem Maß überheblich gewesen, so warf sie sich in dieser Stunde vor, als Nagelschmiedsgesellin geistige und seelische Unterschiede, die die Natur vorgegeben hatte, einfach wegzuwischen. Einen Eisenarbeiter hätte sie heiraten sollen, einen Holzarbeiter oder einen Kohlenbrenner! Die hätten ihr vielleicht manchmal einen Prügel übers Kreuz geschlagen, wären aber dann wieder zu Kreuze gekrochen, wie das bei den einfachen Leuten so üblich ist. Der Flori jedoch, ein Mann von feiner Lebensart und hoher Bildung, war ihr stets mit Rücksicht begegnet, hatte sie verwöhnt, hatte ihr jeden Wunsch von den Augen abgelesen – war das vielleicht gar nicht gut gewesen? Auf einen groben Klotz gehört ein grober Keil, so lautete ja eine alte Väterweisheit!

Dr. Griesbeck merkte bald, dass seine Frau in einer merkwürdigen Weise dahindämmerte und dabei sich selbst verzehrte. Er war auch klug genug, zu erkennen, dass dieser Zustand mit der Flucht der Tochter aus dem Elternhaus zusammenhing. Und er fragte sich, ob er mit dieser erzwungenen Flucht dem Mädchen wirklich einen Dienst erwiesen hatte. Oder war nicht gar das Gegenteil der Fall?

Es war! Benigna, die von den Großeltern in der Nagelschmiede am Bach schweren Herzens aufgenommen worden war, wohnte jetzt nur ein paar Minuten vom Forsthaus Hohenaschau entfernt und hatte zu Pankraz Pilgrim jederzeit Zutritt. Alle, die es interessierte, sahen sie auf dem Mautweg »über die Ketten« kommen und gehen, sodass vor allem bei den Hüttenarbeitern am Hammerbach bald die Rede ging: »Schaut hin, die junge Richterin holt sich beim Forstmeister wieder ihre Tröstung ab!« – Das Ärgernis, das sich bisher in Grenzen gehalten hatte, war also öffentlich geworden – und bald drang die Kunde davon auch ins Bannrichterhaus zu Prien.

Eines Tages – es ging bereits in den Hochsommer hinein – schickte der Richter den herrschaftlichen Oberreiter zur Kontrolle in die Kohlstatt nach Sachrang und ließ durch ihn im Hohenaschauer Burgkeller ausrichten, sie sollten für zwei Leut ein schönes Mittagessen richten. Am späten Vormittag überraschte er dann seine Frau mit der Bitte, sie möchte sich bereit machen, denn sie müssten miteinander nach Hohenaschau reiten. Das

Resei pflegte seit längerer Zeit nicht mehr nach Grund und Ursache zu fragen, wenn er einen Wunsch äußerte, und richtete sich das Reitkleid, das sie schon etliche Jahre nicht mehr getragen hatte. Es passte ihr schlecht; sie hatte abgenommen. Dennoch zog sie's an: Sobald sie im Sattel säße, würde es niemand sehen!

So ritten sie dahin. Schwüle Hitze brütete über dem Priental. Die Kühe ringsum auf der Weide lagen im Gras; sie waren zu faul zum Fressen. Die Hofhunde hatten sich – ihr Wächteramt vergessend – zum Schlaf in die Hütten verkrochen und knurrten höchstens, wenn sie ein herzhafter Floh biss.

Sagte das Resei: »Heut gibt's noch ein Gewitter: Die Schwalben fliegen tief.«

»Das braucht uns nicht zu bekümmern, Resei. Wenn uns ein Gewitter überraschen sollte, so ist doch auf der Burg ein Gastzimmer immer noch für uns frei. Und daheim wird uns niemand vermissen; wir haben keine Kinder mehr.«

Kaum hatte er den letzten Satz ausgesprochen, bereute er ihn.

»Ja, leider«, erwiderte das Resei, »wir haben keine Kinder mehr!« Und ein feuchter Glanz überzog ihre Augen.

Sie waren auf der Höhe vor dem Bärnsee angelangt. Da hielt der Richter an. Vor ihnen lag in hellstem Sonnenglanz die Krone des Prientales: Hohenaschau. »Gleicht das Schicksal der Burg nicht dem der schönen polnischen Königstochter Jadwiga, die – am Anfang hochgeschätzt und allseits bewundert – später ein Witwendasein führte, obwohl ihr Herr noch lebte? Unser berühmter Pankraz von Freyberg, der erste Montanherr im Schatten der Kampenwand, hatte die Burg umgebaut und wehrhaft gemacht. In ihren Zimmern,

Sälen und Hallen haben sich die Postreiter des Kurfürsten von Sachsen, des Herzogs von Württemberg, des Pfalzgrafen von Neuburg ein Stelldichein gegeben, ebenso wie die Bischöfe von Augsburg, von Salzburg und Herrenchiemsee. – Und heute? Zweieinhalb Jahrhunderte später?« Der Richter schaute seine Frau fragend an.

Sie entgegnete: »Mir scheint, die heutigen Adligen haben das Sparen verlernt und sind nur auf Luxus aus. Den kann man aber in unserem Tal nicht gut entfalten. Darum entfernen sie sich von ihrem Stammsitz, ziehen sich nach München und nach Rosenheim zurück.«

Dr. Griesbeck wandte sich ihr zu: »Nach Rosenheim! Wie recht du hast, Resei! Da hocken unsere zwei jungen Grafen in ihrem Stadthaus, fordern unserem Hüttenschreiber droben am Hammerbach ständig das Geld ab, ohne dass der alte Herr es erfahren darf, und führen ein Luderleben.«

Seufzend sprach das Resei: »Gott sei's geklagt! Und meine Schwester ludert mit!«

Er legte seine Hand auf ihren Arm: »Schatz, du machst dich kaputt aus Kummer um die anderen, um deine Schwester und um deine Tochter. Das Marei geht auf die fünfzig, die Tochter ist volljährig. Benigna hat bei uns ein untadeliges Familienleben gesehen. Wir dürfen sie nicht mehr gängeln. Vielleicht sind wir in dieser Hinsicht sowieso zu weit gegangen. Immerhin, wir haben stets ihr Bestes gewollt. Wir werden sie auch jetzt nicht fallen lassen!«

Resei darauf: »Wir wollen bei ihr sein wie ein Schutzengel: nicht halten, aber aufrichten!«

Vielleicht hätten sie ihr von Sorge und Vertrauen geprägtes Gespräch noch fortgesetzt, wenn die Rösser wegen der lästigen Fliegen nicht unruhig geworden wären.

»Auch dieses Geschmeiß kündigt ein Gewitter an!«, sagte der Richter, und in gestrecktem Galopp jagten sie auf Aschau zu. Florian Griesbeck betrachtete seine Frau stolz von der Seite: Sie saß im Sattel wie eine Höfische.

Dann kehrten sie beim Burgwirt ein. Er hatte im kleinen Erkerzimmer für sie decken und einen roten Veltliner auftragen lassen. Der Knecht nahm ihnen die Rösser ab und führte sie zunächst über die Gasse hinüber in den Marstall. Die Wirtin geleitete die Gäste in eine Kammer, wo zwei zinnerne Waschschüsseln bereitstanden, und erklärte dabei stolz, sie habe dem Brunnenwasser einen französischen Duft beigemischt.

»Wir müssen geduldig sein«

Das Brunnenwasser mit dem französischen Duft erfrischte das Richterpaar bei dieser ermüdenden Mittagshitze. Sie gingen zu Tisch und aßen einen mit Wein abgeschmeckten Wildentenbraten, dazu böhmische Knödel. Hatte sich doch die kluge Wirtin bei der Unterrheiner-Maria hinten am Bach nach der Leibspeise des Herrn Bannrichters erkundigt.

Plötzlich lächelte der Doktor still in sich hinein. Das Resei sah's und fragte nach der Ursache.

»23 Jahr' ist's her, da bin ich mit meinem Amtsdiener hier an genau demselben Tisch gesessen, nur hat uns da noch der alte Wirt bedient und sein ›Rossbif mit Kree‹ serviert.«

»War's gut?«, fragte das Resei.

»Das feinste ›Rossbif‹, das ich je im Leben gegessen habe – nicht so sehr wegen seines Geschmacks, sondern wegen der Zutat.«

»Und was war das für eine?«

Er schaute sie lieb an und sagte: »Es war das Bild einer Nagelschmiedgesellin, die ich eine Stunde zuvor am Nagelstock werkend gesehen hatte – für mich ein zauberhaftes Bild!«

Das Resei errötete.

Darauf sagte er: »Und dass du heut noch darüber rot werden kannst, find ich noch zauberhafter!«

»Sind wir hier herausgeritten, damit du mir eine Liebeserklärung machen kannst?«

»Vor allem deswegen! Allerdings nicht nur! Ich möcht nachher zu deinen Eltern gehen, einmal um ihnen zu danken, und fürs andere wegen unserer Tochter. Denn wenn wir uns auch nicht einmischen dürfen in ihre Belange, so wollen wir doch, wie du so schön gesagt hast, unsere Schutzengelpflicht bei ihr wahrnehmen.«

Der Wirtsknecht führte aus dem Marstall die Rösser wieder herbei, der Richter und seine Frau stiegen – von den Wirtsleuten mehrmals bedankt – in den Sattel. Sie ritten beim Brucker und beim Forsthaus vorbei hinauf nach Hammerbach und über die Ketten hinter zu den Nagelschmieden. Hier stellten sie die Rösser in der Wirtschaft ein und begaben sich dann zum Unterrheiner ins Hatzenbergerhaus.

Der Maria kamen bei der Begrüßung gleich die Tränen. Der Vater, der brave Peter, war kränklich geworden und zitterte mit dem Kopf und mit den Händen.

Dann erzählten sie. Sie seien bereits mit einem gewissen Märtl von Frasdorf fast handelseins; der wolle ihnen die ganze Nagelschmiede abkaufen.

»Muss das sein?«, fragte der Richter. »Wenn ihr so arm seid, warum sagt ihr nichts? Wir sind doch die Letzten, die euch nicht helfen würden!«

Erwiderte der Peter: »An dem ist's nit, Flori! Aber ihr seht's ja! Ich kann doch keinen Hammer mehr halten, und was taugt eine Schmiede, wenn der Schmied nix taugt?«

»Das ist verständlich, Vater! Doch bitt ich Euch, verkauft die Schmiede nit! Und wenn Ihr sie dennoch los sein wollt, dann räumt uns das Vorkaufsrecht ein! Denn selbst wenn wir sie ungenutzt stehen lassen müssten, wir würden sie als das Denkmal unserer Begegnung betrachten. Denkmäler brauchen keinen Nutzungswert haben, sie haben Symbolcharakter.«

»Wenn du meinst – an uns soll's nit liegen!«, entgegnete der Unterrheiner.

Sosehr sich die beiden alten Leute über den unverhofften Besuch freuten – bald beklagten sie sich über die Enkelin Benigna.

Ja, wo sei sie denn?

Wo werde sie denn schon sein! Drunten im Forsthaus! Sie komme nächtelang überhaupt nicht heim; und wenn sie dann doch einmal komme, dann schlafe sie den ganzen Tag.

Diese Worte trommelten auf die Herzen der Eltern wie Hammerschläge. Die gute Mutter Maria sah dem Resei den Schmerz an und suchte zu trösten: »Wir müssen geduldig sein mit dem Dirndl! Der liebe Gott hat sie euch gegeben; er hat gewollt, dass sie ist. Er hat wohl auch gewollt, dass sie so ist, wie sie eben ist. Und eines Tags wird er wollen, dass sie wieder froh und glücklich ist! Das dürft ihr nicht vergessen!«

Diese entwaffnende Rede der leidgeprüften Frau verschlug sogar dem Richter die Sprache. Denn da gab es nichts zu erwidern! Da musste man sich einfach in die Hand Gottes geben und warten, bis er, der sie so gewollt hatte, wieder anders wollen würde. »Wir müssen geduldig sein!« – Und er dachte sich, das könnte sogar die Denkungsart der Heiligen im Himmel sein.

Das Resei aber saß an der Seite des Vaters und trocknete ihm mit ihrem Riechtüchlein die Wangen ab, denn auch er weinte still vor sich hin.

Über diesem traurigen Gespräch in der düsteren Stube des Nagelschmiedhauses nahmen sie alle miteinander nicht wahr, wie sich draußen der Himmel verfinsterte. Schwere Gewitterwolken drückten sich über das Zellerhorn herein. Es war zu befürchten, dass sie sich im Priental bis zur Entladung festhängen würden.

Deshalb ging der Richter in die Wirtschaft hinüber und holte die Rösser. An die Schwiegerleut gewandt, meinte er: »Wenn wir heut Nacht auf der Burg bleiben müssen, kommen wir morgen noch auf einen Sprung bei euch vorbei – falls es kein Landregen wird.«

Dann ritten sie fort und mitten ins Wetter hinein. Solange sie sich auf dem Kettenweg befanden, ging es noch. Als sie jedoch vor Hammerbach aus dem Wald herauskamen, nahm ihnen der losbrechende Sturm beinahe den Atem, und der Regen peitschte ihnen ins Gesicht. Sie wären gewiss im Forsthaus untergekrochen, wenn sie dort nicht ihre Tochter vermutet hätten. Und eine Begegnung unter diesen Umständen hätte mehr zerstört als genutzt.

So ritten sie auf den Brucker zu und dann den Burgberg hinan. Nass bis auf die Haut, wurden sie droben vom Vogt empfangen. Er wies ihnen auch sogleich ein Gästezimmer an und erteilte der Beschließerin den Auftrag, sich um Wechselkleidung für das Richterehepaar zu kümmern.

Die Frau besorgte alles, bereitete ihnen auch ein Bad. Als sie darauf das ihnen zugedachte Zimmer betraten und über dem Kamin den in feinem Stuck gearbeiteten Kopf des Apollo von Belvedere sahen, merkten sie, dass sie vor mehr als zwanzig Jahren in ebendiesem Raume ihre ersten Stunden der Zweisamkeit erlebt hatten. Es waren Stunden unsagbaren Glücks und sich ins Uferlose verschwendender Zärtlichkeit gewesen, ohne einen Gedanken daran, welches Schicksal sie künftig erwartete. Vielleicht gehören solche Stunden mit zu jenen kleinen Überresten, die unsere Ureltern noch aus dem Paradies retten konnten …

Der andere Tag ließ sich so unwirtlich an, dass sie – die Kleider waren über Nacht ziemlich abgetrocknet – ohne Verzug nach Hause reiten wollten. Als ihnen jetzt der Vogt die Rösser vorführen ließ, kam auf einmal der Pfarrer Eisenschmid daher. Er habe von der Anwesenheit des Richters gehört; und weil er sich gerne den Weg nach Prien erspart hätte, bitte er um eine kurze Unterredung hier auf der Burg.

Sie zogen sich miteinander ins Mesnerhaus zurück. Da erklärte nun der Pfarrer, er müsse ganz offiziell Klage führen wegen des »unsittlichen Treibens«, das sich im Forsthaus abspiele, belegt durch die zahlreichen Beschwerden der Hammerknechte. Er ersuche um Abstellung, denn er habe die Verantwortung für das Seelenheil seiner Gemeinde. Geschehe nichts, müsse er sich an seinen kirchlichen Vorgesetzten wenden. Denn wenn man schon gemäß »Handwerksartikel für die Hohenaschauer Schmiede de anno 1777« von jedem simplen Gesellen die Einhaltung von Zucht und Ordnung verlange, um wie viel mehr müsse man diese Forderung an die höheren Beamten stellen!

»Es färbt ab von Forsthaus zu Forsthaus!«, sagte der Richter. »Ich werde tun, was in meiner Macht steht!«

Viel stand nicht in seiner Macht, besser gesagt, gar nichts. Das erwies sich einen Monat später, als der junge Forstmeister Pankraz Pilgrim in der Amtsstube seines Onkels, des Bannrichters, aufkreuzte:

»Ihr macht mir Vorhaltungen, Herr Onkel! Was wollt Ihr denn? Kann ich etwas dafür, wenn mir Eure Tochter schier das Haus einrennt? Soll ich sie hinauswerfen? Meine Cousine? Ihr werdet mich doch nicht für so ungalant halten!«

»Dann werde ich veranlassen, dass du nach Pfaffenhofen versetzt wirst – im Austauschverfahren!«

»Das wäre eine strafweise Versetzung; ich bin mir aber keiner Schuld bewusst!«

Der Richter schüttelte den Kopf: »Pankraz, überleg einmal! Was ist Schuld? Schuld ist Wille, ist Absicht, ist vorsätzlicher Zugriff auf das Gewissen eines anderen; sogar Liebe kann Schuld sein. Und erst in zweiter Linie ist Schuld eine Tat gegen die Moral. Du hast, seitdem du mit Benigna umgehst, darauf abgezielt, sie dir hörig zu machen, sie auszubeuten und dann wegzuwerfen wie eine Scherbe. Ist's nicht so?«

Giftig erwiderte der Forstmann: »Hätt ich sie nur weggeworfen, als es noch leicht möglich war! Jetzt hängt sie an mir wie eine hässliche Klette, denn sie ist schwanger!«

Da verlor der Richter die Beherrschung. Er erhob sich langsam hinter seinem Schreibtisch, näherte sich dem jungen Mann und streckte ihn mit einem harten Faustschlag an die Schläfe nieder. Als er ihn jedoch langsam wieder zu sich kommen sah, reute es ihn, und er sagte kleinlaut: »Pankraz, ich bitt dich um Vergebung!«

Der sagte kein Wort, sondern verließ – noch ein wenig benommen – den Amtsraum und ritt nach Pfaffenhofen zu seiner Mutter.

Das Marei war nicht wenig erstaunt, als Pankraz sie mehr energisch denn inständig bat, Benigna bis auf Weiteres aufzunehmen, zumindest so lange, bis sie das Kind ausgetragen hätte. Zu Hohenaschau sei sie nämlich den Schikanen des Pfarrers und des Richters ausgesetzt, sodass sich das Gespött des ganzen Prientales über sie ergieße – in ihrem gegenwärtigen Zustand sei das für sie eine Zumutung.

Die Witwe wusste zunächst nichts zu erwidern. Denn nun würde sich Graf Max VI. bei ihr noch seltener sehen lassen, als es ohnehin schon der Fall war. Er, der die Ruhe und das stille, ungestörte Beisammensein liebte! Kleinkindergeschrei und das ganze Getue um einen Säugling mit Windelwaschen und Stadsein und Stillen und Süppleinkochen musste ihn verschrecken. Hatte ihn doch schon die Gegenwart der Ursel bisweilen gestört.

Pankraz sah die Unschlüssigkeit der Mutter und glaubte auch die Ursache zu erkennen: »Wegen des Herrn Max brauchst du keine Bedenken zu haben, denn ich werde selber mit ihm reden und ihm das Hohenaschauer Kesseltreiben schildern. Er hat sowieso eine Stinkwut auf die da drüben.«

»Und warum heiratet ihr nicht?«, fragte das Marei. »In eurem Forsthaus wär doch Platz für zehn Kinder!«

»Du bist naiv, Mutter!«, entgegnete er. »Man heiratet doch nicht wegen eines Bankerts! Ich bin noch jung, hab vom Leben noch nichts gehabt – und da willst du, dass ich mich binde? Du hättest ja auch nach Vaters Tod wieder heiraten können und hast's nicht getan! Auch du hast die Beweglichkeit und das freie Leben vorgezogen mit allen seinen Ergötzlichkeiten.«

»Du Narr!«, erwiderte sie. »Meinst du denn, die Männer wären verrückt gewesen nach einer Frau ohne Haus und Hof, aber mit zwei kleinen Kindern?«

Weil er sah, dass das Gespräch mit der Mutter in einen Streit auszuarten drohte, gab er sich alsbald gezähmter und meinte, er werde selbstverständlich für Benigna aufkommen. Nur wisse er mit dem besten Willen nicht, wohin er sie bringen solle, denn zwischen ihrem Vater, dem Richter, und ihr seien alle Brücken abgebrochen. Ins Findelhaus nach Rosenheim aber wolle sie partout nicht gehen.

Da gab das Marei schweren Herzens klein bei.

Als die herbstlichen Nebel wieder einmal zwischen Sachrang und Frasdorf hin und her waberten und das ganze Priental in Öde und Unwirtlichkeit versank – als alle adligen Burggäste auf Hohenaschau ihre Kisten und Reisekoffer packten, um in die Landeshauptstadt zurückzukehren oder an anderen, freundlicheren Stätten ihre Annehmlichkeiten zu suchen – da ließ der Forstmeister Pankraz Pilgrim die verhärmte Benigna Griesbeck in einem Dienstwagen nach Pfaffenhofen bringen. Er selber wollte sich nicht das Kreuz auftun und sie begleiten.

»Bitte, besuch mich oft!«, raunte sie ihm beim Einsteigen zu und warf sich noch einmal an seine Brust.

Er wehrte sie widerwillig ab und entgegnete: »Wie sich's halt machen lässt! Du musst verstehen, dass ich nicht immer so kann, wie ich gerne möcht. Du wirst's bei der Mutter gut haben, und die Ursel ist auch ein liebes Dirndl! Sollte dir irgendwas zu fehlen kommen, dann schreib mir! Halt den Kopf hoch und die Ohren steif! Ich lass mich auch nicht unterkriegen. Hinter uns steht ja schließlich der Graf; er wird dem Pfarrer und dem Richter schon Zügel anlegen, wenn sie's brauchen.«

Dann stieg sie weinend in den Wagen, der sich sogleich in Bewegung setzte.

Einige Monate später – es war Ende Februar 1815 –, als Kaiser Napoleon von der Insel Elba, auf der sie ihn gefangen gesetzt hatten, ausbrach und nach Paris zurückkehrte, schenkte Benigna in Pfaffenhofen einem Söhnchen das Leben, das sie Erasmus tauften.

Ein halbes Jahr danach – niemand konnte es begreifen – verließ Ursel Pilgrim das Forsthaus und fuhr mit einer Chaise nach Prien bis vor das Tor des Bannrichtergebäudes. Als das etwas robust gebaute Mädchen vor

Onkel und Tante stand, schaute sie in fragende Gesichter: Niemand kannte sie.

»Ich bin die Ursel aus Pfaffenhofen, eure Nichte!«

Unvermittelt fragte das Resei: »Ist etwas passiert bei euch? Bringst du uns schlimme Nachricht?«

Ruhig entgegnete die Ursel: »Ich bringe euch überhaupt keine Nachricht, denn ich bin von daheim davongelaufen. Ausgerissen in der Nacht wie ein Dieb. Ich hab doch all die Jahre her nix anderes getan, als hinter den anderen den Dreck aufgeputzt – und ihren Lebenswandel mitangeschaut. Aber einmal hat man das satt!«

Diese Sätze klangen wie einstudiert, sie flossen ihr allzu geläufig von den Lippen. Die Richterleute erkannten daraus die innere Zerrissenheit des Mädchens.

»Willst du jetzt bei uns bleiben, Ursel? Ein Töchtertausch wär ja angesichts der Umstände gar nit so abwegig.« Resei sprach's und drückte das Mädchen an sich.

»Nein, liebe Tante«, erwiderte die Ursel, »ich werd nit bei euch bleiben. Ich hab mich drüben auf Frauenwörth angemeldet. Ich will eine Nonne werden. Und sollte ich dort auch die niedrigsten Magddienste verrichten müssen, so hätt ich doch die klösterliche Stille um mich und die Blicke gottergebener Frauen auf mir ruhen – ohne das lüsterne und gierige Geschau der anderen.«

»Willst du nicht wenigstens ein paar Tage bei uns verweilen? Wir kennen dich ja noch gar nicht.« Der Richter sprach's mit einladender Geste.

Doch sie lehnte ab: »Versteht mich bitte, Herr Onkel! Und bliebe ich auch nur einen Tag bei euch, so würde ich zwangsläufig dieses und jenes erzählen, was ich in der Vergangenheit hab durchstehen müssen. Dabei müsst ich andere schlechtmachen – und das will ich nit. Was hinter mir liegt, soll endgültig vorbei sein. Ich geh einem neuen Tag entgegen. Nur um das eine bitt ich,

Herr Onkel, bringt mich hinüber auf die Insel und führt mich dort ein! Denn ich hab weder Mitgift noch Vater noch einen besorgten Bruder. Wenn aber ein Bannrichter als Begleiter seiner armseligen Nichte mitkommt, so fallen doch zumindest ein paar freundliche Strahlen auf sie.«

Still und duftig schwebten die glitzernden Wolken des Altweibersommers am Ufer des Chiemsees dahin, als das bannrichterliche Boot abstieß, um nach geraumer Zeit am Ufer der Fraueninsel anzuländen, die seit der Säkularisation einen trübseligen Anblick bot. Keine Nonne war zu sehen, denn die paar übrig Gebliebenen hatten sich nach der Auflösung ihres Klosters in einen Scheunentrakt über den Stallungen zurückziehen dürfen, bis dass der Tod sie abberiefe. Nur ganz im Geheimen war es ihnen möglich, das eine oder andere anklopfende Mädchen in ihre dahinschwindenden Reihen aufzunehmen.

Als Dr. Griesbeck mit der Ursel vor dem Scheunentor ankam, klang von Prien her die Vesperglocke über den See; die auf dem Klosterturm durfte ja nicht mehr geläutet werden.

Das Hungerjahr

Bei den Benediktinerinnen auf Frauenwörth hatte der Tod schon reiche Ernte gehalten, und die noch Lebenden drückte schwer die Last des Alters. Von den jüngeren Nonnen waren die meisten nach der offiziellen Aufhebung des Klosters ins Weltleben zurückgekehrt. »Zum Aussterben verurteilt«, das war die Devise gewesen, unter der man die Frauen noch im Schatten ihrer Klostermauern belassen hatte. Die Regierungsbehörde in Burghausen drückte wohlwollend ein Auge zu, wenn sie erfuhr, dass sich die »alten Weiber« auf der Fraueninsel wieder einmal »ein junges, dummes Ding« ergattert hatten. So auch bei der Ursel Pilgrim. Lasst sie doch! So was wie die hätt eh kein gstandenes bayerisches Mannsbild geheiratet! Und schließlich muss es doch die eine oder andere junge Nonne geben, damit die alten ordentlich zu Tode gepflegt werden! Andernfalls hätt man bloß Scherereien, wenn's heißen tät, sie seien verhungert oder verdreckt!

Ursel wurde – sicherlich bloß im Hinblick auf den Onkel – aufgenommen und behalten. Behalten vor allem deshalb, weil sie kräftig und in den niedrigsten häuslichen Diensten erfahren war.

Im Frühjahr 1816 nahm man sie ins Noviziat auf. Das war gerade zu der Zeit, als sich ein ungewöhnlich regenreiches Wetter über Bayern und die umliegenden Länder ausdehnte, sodass kaum eine Frühjahrsaussaat möglich war. Als es dann vom 3. Mai an bis in den August hinein unaufhörlich weiterregnete, heftige Gewitter, Hagelschläge und Wolkenbrüche niedergingen, dazu eine unerbittliche Kälte einsetzte, verfaulten Getreide, Heu, Kartoffeln und Hülsenfrüchte. Die herbstliche Ernte, die keine war, verspätete sich um gute zwei Monate und erbrachte kaum das Drittel eines Normaljahres. Im Priental wurde dieses Wenige noch dazu vom zu früh eingefallenen Schnee bedeckt. Schnecken, Mäuse und sonstiges Ungeziefer verdarben das Übrige.

Dann kam der Hunger.

Eines Abends im Dezember versammelte die Oberin auf Frauenwörth ihre Getreuen um sich und erklärte ihnen unter Tränen, es sei nicht einmal mehr so viel Mehl da, dass man Brot backen könne. Es müssten deshalb die jungen Mitschwestern den Bettelsack schnüren und draußen im Land von Haus zu Haus pilgern. Sonst sei man dem Hungertod preisgegeben. Ursel und zwei andere Novizinnen fuhren also ans Seeufer hinüber und traten in miserablem Schuhzeug bei Kälte und Schnee ihre Bettelreise an.

»Draußen im Land«, hatte die Oberin gesagt. Das war einsichtig, denn im Priental gab's wenig Bauern, an die sie sich um eine milde Gabe hätten wenden können, dafür umso mehr Eisenleut, die selber hungerten. Die drei Nönnlein wandten sich also nach der anderen Seite auf den Simssee zu. Sie durchstreiften die Höfe von Hirnsberg, Mauerkirchen und Endorf. Es war nicht sonderlich reichlich, was man ihnen gab, höchstens ein, zwei Pfund Getreide. Immerhin hatten sie nach einer Woche zwei Sack beisammen und mussten den Pfarrherrn von Antwort bitten, diesen teuren Bettel durch seinen Knecht zum Herrn Bannrichter nach Prien fahren zu lassen. Ursel gab dem Knecht auch ein Schreiben mit, in dem stand, der Herr Onkel wolle die Überfuhr nach Frauenwörth veranlassen.

Die drei jungen Klosterfrauen kehrten am Silvesterabend über Frasdorf nach Hause zurück. Die Witterungsunbilden hatten ihnen weniger geschadet, als zu befürchten gewesen war. Das dankten sie nicht zuletzt der freundlichen Aufnahme und gesunden Verpflegung bei den Bauern. Eine unter ihnen, die nette kleine Schwester Lauretana, bedauerte sogar, dass die Pilgerreise schon zu Ende war, und bat die Mutter Oberin inständig, das nächste Mal wieder dabei sein zu dürfen. Dieses Ersuchen kam jedoch der würdigen Frau nicht recht geheuer vor, und sie erkundigte sich insgeheim bei den zwei anderen. Die aber wussten nichts Ungehöriges zu berichten.

Indes, Sankt Joseph brachte es an den Tag. Nach dem Gottesdienst begab sich nämlich Schwester Lauretana zur ehrwürdigen Mutter und gestand ihr, dass sie schwanger sei. Die alte Dame – sie stammte aus noblem Hause – stimmte keinen moralischen Fluchpsalm an, sondern meinte gütig, einem Kind das Leben zu schenken, sei sicherlich ebenso verdienstvoll wie ein Leben in klösterlicher Abgeschiedenheit. Darauf entließ sie das Mädchen in die Heimat nach Rohrdorf zu den Eltern.

Die allgemeine Hungersnot des Frühjahrs 1817 rief die Wucherer und Spekulanten auf den Plan. Ebenso vermehrte sich in den herrschaftlichen Wäldern die Wilderei in erschreckender Weise. Die Arbeitsleistung in der Eisenhütte und im Drahtzug am Hammerbach ließ nach, vor allem wegen allgemeiner Entkräftung der dort beschäftigten Leute. Wenn es doch wenigstens Kartoffeln gegeben hätte! Doch manche Bauern waren gewissenlos genug, sie lieber heimlich in die Schnapsbrennereien zu schaffen, als sie den hungernden Taglöhnerfamilien zu überlassen. Und verkauften sie dennoch ein paar Pfund, so verlangten sie irrsinnige Preise.

Pfarrer Eisenschmid prangerte die Verruchtheit dieser Handlungsweise fast in jeder Predigt lauthals an, doch musste er erfahren, dass die Bauern sich über ihn lustig machten und spöttisch meinten, der hochwürdige Herr habe offensichtlich selber einen leeren Magen, sonst würde er sich nicht derart ereifern. Bringt ihm halt eine Handvoll Topfen und stopft ihm damit das Maul!

Dergleichen entehrende Reden waren jedoch nicht der einzige Kummer des Pfarrherrn. Viel schwerer wog der Aberglaube, gepaart mit religiöser Schwärmerei, der zunehmend die Gemüter der kleinen Leut erfasste. Sie, die während des Winters unter unmenschlichen Bedingungen hatten leben müssen und sich gegenwärtig miserabler dahinfretten mussten als bei den Bauern das liebe Vieh, sie sahen nun die Endzeit und die apokalyptischen Reiter kommen. Ein paar geistig unkontrollierbare Weiber schürten durch Weissagungen und nächtliche Gebetsstunden Wahnvorstellungen in den Hirnen der entkräfteten armen Leute. Hysterie und Teufelsglaube waren die Folgen.

Bis sich eines Tages die von Mund zu Ohr geblasene Geheimbotschaft wie ein Lauffeuer durchs Priental verbreitete, in der Vierschlachten hinterm Fellerer, geschützt von dichtem Niederholz und etlichen mächtigen Gesteinsbrocken, zelebriere ein Wanderprediger schwarze Messen. Weil nämlich der Herrgott kein Einsehen habe, die Not zu wenden, müsse man sich an den Teufel halten.

Hunger, Neugier und beginnender Irrsinn taten sich zusammen und trieben die Leute bei Nacht in die

Vierschlachten. Da war ein verwitterter, moosbewachsener, mannshoher Felsen, obenauf leicht eingebuchtet wie eine Backschüssel. Darauf stand einer, spindeldürr, das Gesicht im Mondlicht blass wie eine Kalkwand. Er stand regungslos mit weit geöffneten Augen, nur seine Lippen bewegten sich leise, als betete er. Waren es hundert, zwei- oder dreihundert, die sich rings um ihn scharten? Manche hatten keinen Weg gescheut, nicht vom Simssee und nicht von Sachrang, nicht von Mauerkirchen und nicht von Bernau her. Der Hunger und die nächtliche Märzenkälte fieberten in aller Augen. Keiner redete, keiner sah den Nachbarn. Sie harrten mit heißen Herzen der satanischen Zeremonie. Ein Käuzchen schrie, ein bellender Fuchs schlich abseits vorbei.

Mit einem Mal kam Bewegung in die Gestalt des Teufelspriesters. Er fuhr mit den Händen nach allen vier Himmelsrichtungen hin, als zeichnete er etwas in die Luft, und murmelte dabei Worte aus einer fremden Sprache. Plötzlich erhob sich mühsam aus der Felsenmulde vor ihm eine in ein Totenhemd gehüllte junge Frau. Er reichte ihr einen glitzernden Kelch, aus dem sie gierig trank. Nach kurzer Zeit wankte sie. Er fing sie in seinen Armen auf und legte sie – allen ringsherum sichtbar – auf den obersten Rand des Felsens hin. Und er rief: »Satanische Trinität, erbarm dich der Elenden!«

Wie ein Echo hallte es von verschiedenen Seiten aus der Tiefe des Waldes: »Amin! Amin! Amin!«

Hatte da der Priester seine Ministranten verborgen? Niemand fragte danach, denn er wiederholte seine Bitte und wiederholte sie noch ein drittes Mal – und abermals der gleiche Widerhall. Darauf kniete er sich zu Häupten des Mädchens nieder, zog aus seinem Pilgerkittel ein spitzes Messer und stach ihm damit in die Brust. Ein starker Blutstrom quoll hervor. Und wieder rief er:

»Satanische Dreifaltigkeit, nimm das Opfer der Elenden an!«

Erneut drang das Echo aus dem Holz: »Amin! Amin! Amin!«

Kein Laut war zu hören, kein Ästchen knackte, nur das Blut rieselte still aus der Brust des Mädchens. Da wagte auch niemand zu gehen; ein Bann lag über allen, der sie festhielt, sie nicht zur Besinnung kommen ließ.

So verrann Stunde um Stunde. Über Gschwendt kündete sich der Morgen an. Die Abendmahlskapelle, die ein paar Tage zuvor weiß gekalkt worden war, leuchtete vor dem finsteren Hintergrund der alten Fichten. Jetzt erst erhob sich der und jener vom feuchten Waldboden und begab sich auf unbequemen Wegen heimwärts. Ein paar unter ihnen, die sich aus ihren Kindertagen noch einen Rest Gewissen bewahrt hatten, kamen sich wie Mittäter bei dieser Mordtat vor und empfanden Ekel. Die meisten jedoch schienen derart in den höllischen Kult verstrickt zu sein, dass sie von der grausigen Missetat ernstlich die Erlösung von Hunger, Elend und Not erwarteten.

Als alle sich vom Muldenstein verzogen hatten, kamen die Helfershelfer des Dämonenbeschwörers herbei und verscharrten den Leichnam des Mädchens unter einigen zusammengekratzten Ameisenhaufen, denn es war ihnen ganz recht, wenn diese winzigen Räuber des Waldes der »Auferstehung des Fleisches« Abbruch taten.

Auf dem Kalender stand das Fest des heiligen Herzogssohnes Ignatius von Loyola, der 31. Juli 1817.

Vier Monate waren seit dem Ritualmord in der Vierschlachten verstrichen. Da fuhr der Bauer Lenz Windhöfer, dem das felsige Waldgrundstück da draußen zwar nicht gehörte, dessen Familie es aber schon seit den Zeiten seines Urgroßvaters verwaltete, beim Bannrichter in Prien vor und lud eine schwere Kiste ab. Als die Magd das Tor geöffnet hatte, trug er auf seinem krummen Rücken die Kiste auch noch in die Durchfahrt hinein, wo ihm das Resei verwundert entgegenkam.

»Grüaß Gott, Richterin!«, sagte er. »Weil ich grad noch a paar Zentner Korn übrig hätt, hab ich denkt, du könntest's brauchen. Kosten tun s' nix. Pfüat di!«

Dann drehte er sich um, ging eilends auf die Straße hinaus und fuhr weg, noch ehe das Resei und die Magd recht wussten, wie ihnen geschah. Drauf schauten sie einander an und überlegten sich, was es mit der Kiste wohl für ein hintergründiges Bewenden haben könnte. Denn so ein bescheidener Kleinbauer, wie es der Windhöfer war, konnte doch nicht so mir nichts, dir nichts ein paar Zentner Korn herschenken, noch dazu in dieser fürchterlichen Hungerzeit, in der die armen Leut auf den Wiesen das Gras, den Sauerampfer und die Moosblumen abrupften und aßen.

Schließlich beschlossen die beiden Frauen, die Kiste stehen zu lassen und auf den Richter zu warten.

Der war nach Hötzing hinausgeritten, um nach dem dortigen Schauerkreuz zu sehen und nach den Betbänken davor.

In jüngster Zeit hatten sich nämlich Frevler am Kreuz zu schaffen gemacht und dem gusseisernen Heiland, der von der Bergener Gießhütte in der Mitte des vergangenen Jahrhunderts hierher gestiftet worden war, mit roher Gewalt die Arme und Beine zerschlagen. An diesem Schauerkreuz pflegten sich zwischen Christi Himmelfahrt und Sankt Bartholomä alle Samstage die Menschen zu versammeln, um in der gefährlichen Gewitterzeit den

Rosenkranz zu beten und zu bitten: Vor Blitz und Ungewitter verschone uns, o Herr!

Dr. Griesbeck und sein Amtsdiener schauten sich das hohe, jetzt verwüstete Kruzifix an. Meinte der Amtsdiener: »Es hat den Anschein, als hätt die Aufklärung die Gottlosigkeit im Gefolge.«

»Das darf uns nicht wundern«, erwiderte der Richter, »denn die missverstandene Freiheit zielt in erster Linie darauf ab, alle Schranken zu zerbrechen, durch die sie bisher eingedämmt war. Als ob die menschliche Gesellschaft ohne Barrieren existieren könnte! Und die empfindlichsten Barrieren sind halt nun einmal die göttlichen.«

»Vielleicht«, setzte der andere das Gespräch fort, »spielt auch die gegenwärtige Hungersnot mit. Da ist es wenig erstaunlich, dass mancher verzweifelt. Und verzweifeln heißt nichts anderes als an unserem Herrgott irre werden.«

»Ihr habt recht! Und wie recht Ihr habt! Ihr und ich, wir wissen ja gar nicht, wie furchtbar die Qualen des Hungers sein müssen. Wir stehen immer noch gesättigt vom Tisch auf. Müssten wir aber, wie die vielen anderen, über die Wiesen streichen und Brennnesseln verzehren und daheim die Rinden von Bäumen verkochen, um uns den Magen zu betäuben – wer weiß, wie wir uns da verhielten!«

»Sicherlich genauso!«

Dann schwiegen sie. Griesbeck wandte sich vom Kreuz weg und schaute über den Chiemsee hinaus. Da lugte hinter der Herreninsel noch ein Stückchen von Frauenwörth hervor. Wie mochte es den Nonnen gehen, nachdem sie die Bettelreisen eingestellt hatten? Die Krautinsel, auf der sie ebenfalls noch etwas Grünzeug gefunden hätten, gehörte dem Kloster ja auch nicht mehr. Und die paar Häusler auf der Insel? Ob die die alten Damen noch mitkommen ließen? – Er musste die Ursel besuchen!

Als die beiden Männer im Schein der Spätnachmittagssonne nach Prien zurückkehrten, wurden sie von Frau Resei und der Magd mit der Nachricht von der Kiste überfallen. Nach kurzem Überlegen ordnete der Richter an, die Kiste zu öffnen. Und richtig! Sie war voller Korn. Darauf meinte er: »Was immer den Lenz-Bauern bewogen haben mag, uns zu beschenken, wir sind bisher gottlob immer noch satt geworden und werden deshalb die bäuerliche Gabe zu den Nonnen nach Frauenwörth bringen, und zwar gleich morgen.«

Er schickte auch sofort einen Gerichtsknecht hinab ans Ufer zum Fischer-Paul mit der Weisung, er solle für den kommenden Vormittag das Amtsboot herrichten. Der Mann kehrte jedoch mit der Nachricht zurück, der Paul könne morgen unmöglich hinausfahren, denn da schreibe man den 1. August, und an diesem Tag habe sich Judas, der Verräter unseres Herrn, erhängt – ein Unglückstag.

Dr. Griesbeck respektierte diese Weigerung, obwohl es schwer einzusehen war, was dieser 1. August dafürkonnte, dass ein gewisser Judas Iskariot vor fast 1900 Jahren Selbstmord begangen hatte.

Am übernächsten Tag brachten sie dann die Kiste ins Boot, und der Richter setzte sich dazu.

Als sie abgelegt hatten, stellte der Paul das kleine Segel vor den Wind und setzte sich ebenfalls. Drauf meinte er, indem er die Kiste musterte: »Möcht bloß wissen, wie der Windhöfer-Lenz zu dem vielen Korn kommt!«

»Woher weißt du, dass da Korn drin ist und dass die Kiste zu mir ’kommen ist?«

Der alte Mann verzog sein bärtiges Gesicht zu einem gequälten Lächeln, sodass man seine beiden zahnlosen Kiefer sah: »Richter, bist a recht a braver Mo, und dein Weib, des ist noch braver. Aber wissen tuts ihr nix! Und von den Gendarmen ist der eine so deppert wie der ander!«

»Was soll das heißen, Paul?«

Der stopfte sich gedörrten Spitzwegerich in die Pfeife, zündete den erbärmlich stinkenden Nasenwärmer an und sagte, indem er über die Bordwand spuckte: »'s ist dein Glück, Richter, dass du die Kistn zu den Nonnen bringst!«

Weil der Griesbeck noch immer nichts verstand, berichtete nun der Fischer-Paul in seiner eintönigen Redensart die ganze schauerliche Mär von der Vierschlachten.

Da seien etliche junge Taugenichtse aus dem Oberen Österreich ins Bayerische eingefallen wie die Heuschrecken. Einer habe das Zweite Gesicht gehabt.

Das habe ihn bis an den Chiemsee getrieben, wo er am End beim Fischer-Schorsch zugekehrt sei. Der Schorsch, dem die Hexen Jahre vorher die Tochter mit Irrsinn und einem krummen Buckel geschlagen hatten, habe dem Gesellen das Kind für zwanzig Gulden verkauft, und in der drauffolgenden Nacht sei es von den Helfershelfern des Hellsehers abgeholt und in Windhöfers Feldstadel bei der Vierschlachten gebracht worden. Darauf seien er – nämlich der Windhöfer – und die anrainenden Bauern gegen Bezahlung von Haus zu Haus gegangen und hätten besonders die armen Leut zu einem Sühne- und Bittopfer zur Abwendung der Hungersnot eingeladen. Bei diesem Opfer sei – was sie freilich vorher nicht gewusst hätten – das armselige Dirndl von dem Österreicher wie ein Stück Vieh erstochen worden. »Weil sie's aber jetzt mit der Angst zu tun kriegen, dass du dahinterkommst, haben s' dich mit der Kistn da einfangen wollen, die Hallodri!«

Der Richter war zunächst sprachlos. Dann fragte er den Paul, woher er das alles wisse.

Der erwiderte, indem er die Blicke über den See gleiten ließ, dass es bei den Fischern so ähnlich sei wie bei den Hirten: In ihrer Stille hätten sie viel Zeit, über das Tun und Lassen der anderen nachzudenken. Dabei seien oft die kleinsten unter den unbedachten Handlungen der Menschen am aufschlussreichsten, weil sie der Wahrheit am nächsten kämen und das innere Gesicht eines Menschen bloßlegten. Auch habe der Schorsch in der Tafern sein Maul sperrangelweit aufgerissen und allen kundgegeben, woher und wofür er das viele Geld bekommen habe.

Griesbeck wusste, dass die ihm unterstellten Chiemgauer zwar ein gutmütiges, doch hartes Volk waren; dass sie sich aber so weit verlieren konnten, glaubte er der allgemeinen Notlage zuschreiben zu müssen. Hunger tut eben nicht bloß weh, sondern lähmt auch das Empfinden für Sitte und Anstand bis zur vollkommenen Abgestumpftheit.

Nach reiflicher Überlegung nahm er sich also vor, die Schuldigen zwar zu strafen, jedoch kein Strafgericht zu inszenieren, das seine Wellen bis über die Grafschaft hinausschlüge.

Sie kamen mit der Kiste auf der Fraueninsel an. Ein paar Ruderknechte, die am Ufer immer zu finden waren, halfen ihnen beim Ausladen. Auf einem Schubkarren brachten sie die Kiste zum Scheunentrakt des ehemaligen Klosters. Der Richter war vorausgegangen und hatte der Mutter Oberin die nötige Erklärung gegeben, hatte sich auch kurz nach seiner Nichte Ursel erkundigt.

Drauf war er zurückgeeilt zum Boot und fuhr mit dem Fischer wieder heim.

Ohne seine Frau näher zu unterrichten, ritt er zum Pfarrer nach Aschau und klärte ihn über den Mord auf der Vierschlachten auf.

Herr Eisenschmid bekreuzigte sich zwar, meinte aber dann: »Unser lieber Herrgott kann auch auf krummen Linien gerade schreiben! Und wen sollt es wundern, dass manches krumm ist in dieser trostlosen Zeit?«

Der Doktor erläuterte ihm darauf, was er zu tun beabsichtigte, um das arg verbogene Rechtsbewusstsein seiner Leute wieder geradezubiegen, und verließ den Pfarrhof.

In der Nähe des Bärnsees holte ihn der Windhöfer-Lenz ein: »Was sagst, Richter, zu der Kistn? Jetzt brauchst nimmer hungern mit deine Leut!«

Dr. Griesbeck schaute ihn mit einem harten Blick an, gab ihm aber keine Antwort.

Dann kam endlich der Herbst, die Zeit der Ernte.

Wie hatten sie diesem Herbst entgegengefiebert! Wie hatten sie gebangt und gebetet, der Himmel möchte doch ein Einsehen haben und sie diese Ernte heil in die Scheunen und auf die Tennen bringen lassen! Die Bauern hatten alle Hände voll zu tun, denn alles war wohlgeraten.

»Das verdanken wir der Nacht auf der Vierschlachten!«, sagte mancher zu sich selbst und streifte im Geist noch einmal das grauenhafte Geschehen.

Als sie dann mit den prallen Getreidesäcken zu den Mühlen fuhren und sich sachte bereit machten für den alljährlichen Winterschlaf hinterm Kachelofen, schickte der Bannrichter seine Gendarmen aus: zum Windhöfer zuerst und dann zu den drei benachbarten Bauern.

»Jetzt sind s' hinter der Vierschlachten her! Gott gnade allen, die das Teufelszeug begünstigt haben!« – So tuschelte man.

Echte arme Sünder, so standen die vier Bauern in der Amtsstube des Bannrichters zu Prien.

»Ihr habt euch bezahlen lassen, als euch der Satanspriester aufgefordert hat, für die Vierschlachten einzusagen!« Dr. Griesbeck sprach's und wartete.

Er wartete lange und fuhr dann fort, indem er sich an die umstehenden Gendarmen wandte: »Ihr habt gehört, wie schön sie schweigen können. Sie sind etwas maulfaul! Löst ihnen das Zungenbändchen!«

Schon die Drohung wirkte; die Delinquenten warfen einen misstrauischen Blick auf die derben Gesellen und waren plötzlich zugänglicher.

»Ihr habt euch also fürs Einsagen bezahlen lassen?«, wiederholte der Richter.

Fast wie aus einem Munde riefen sie: »Ja, Herr Richter!«

»Und was hat euch der Teufelsbraten gegeben?«

Da schauten die drei anderen auf den Windhöfer, und einer meinte: »Red schon! Du hast uns bezahlt!«

Der druckste herum, schaute unstet bald auf den Richter, bald auf die Gendarmen. Endlich meinte er: »Das war nämlich so: Weil ich die ganze Gschicht übernommen hab, weil's auf meiner Vierschlachten hat geschehen sollen, da hab ich von den fünfzig Gulden zwanzig für mich behalten.«

Da spuckte einer von den drei anderen dem Windhöfer ins Gesicht und sagte: »Du Schwein! Uns hast gesagt, zu gleichen Teilen!«

Dr. Griesbeck darauf: »Gut so, sag ich! Über die Verteilung könnt ihr euch ja noch einig werden. Jedenfalls wirst du, Windhöfer, dem Pfarrer die fünfzig Gulden abliefern für die Armen. Woher du sie nimmst, ist deine Sach! Und noch eins: Ich dank euch für die Kornkiste, die ihr mir geschenkt habt. Wenn ihr jedoch geglaubt habt, ihr macht mich damit mundtot, so war das ein Irrtum. Ich hab die Kiste, wie euch der Fischer-Paul bestätigen wird, zu den Nonnen nach Frauenwörth gebracht. So haben wenigstens sie aus eurer Bosheit einen Gewinn.«

Pfarrer Eisenschmid hat die fünfzig Gulden erhalten. Erhalten hat aber auch der Bauer Windhöfer etwas: eine beachtliche Tracht Prügel von seinen drei Freunden.

Pankraz Pilgrim

Seit der Hungersnot im Jahre 1772 ist in Aschau kein Erntedankfest mehr so feierlich und so ehrlich begangen worden wie in diesem Jahr 1817. Während der ganzen Zeit dürfte auch kaum je so gottergeben gebetet worden sein. Denn jetzt war es wieder einmal offenbar geworden, wie unser Herrgott mit einer kleinen Handbewegung über die Kontinente hin den Winden und Wettern in der Luft, den Krumen und Keimen im Erdreich gebieten konnte.

Die Hamsterer und Wucherer hatten das freilich nicht begriffen. Mit diesem Erntedankfest indes war ihre Zeit abgelaufen, und mancher von ihnen blieb auf den zusammengeramschten Getreidehaufen in seinem Dachboden hocken und musste zusehen, wie Mäuse und Ratten ihm das mühselig Ergaunerte auffraßen.

Zu diesen gehörte auch Pankraz Pilgrim, der Forstmeister von Hohenaschau. Intelligent und gewissenlos, wie er war, hatte er bald gemerkt, dass der Hunger auch die wertvollsten Traditionsgüter drangab, und hatte deshalb gegen Kartoffeln, Getreide und Schnaps kostbaren Edelmetallschmuck und rare Gemälde eingehandelt, in der Hoffnung, damit in der Landeshauptstadt das große Geld zu machen. Das Dankfest, das er in seinem Forsthaus kaum mitbekam, machte ihm nun einen dicken Strich durch die Rechnung.

Und was noch schlimmer war: Diesen dicken Strich verstärkte der Richter in Brannenburg, Dr. Zoller, der dem verstorbenen Dr. Schindler gefolgt war. Er ließ nämlich eines Tages den Pilgrim per Kurier wissen, dass er bereits seit zwei Jahren einen unehelichen Sohn Erasmus mitsamt dessen Mutter Benigna Griesbeck in Pfaffenhofen sitzen habe; jedoch habe er sich mit keiner Gedankenfaser um die Ernährung und Wohlfahrt der beiden gekümmert. Sollte er sich nicht »ehetunlichst« um Abwendung besagten Übelstandes bemühen, werde man die Angelegenheit dem Banngericht in Aschau übergeben, das letztendlich zuständig sei.

Dem Pankraz begannen beim Lesen dieses Briefes die Knie zu schlottern. Denn wehe wenn er jetzt dem Griesbeck in die Hände fiele! Da würde auch sein Gönner, Graf Max VI. von Preysing in Rosenheim, nichts mehr ausrichten können, weil hinter dem Griesbeck der alte Graf Max V. stand, und der führte noch immer das Regiment in der Grafschaft.

Pankraz Pilgrim ritt also nach Pfaffenhofen.

Als er vor der Tür des Beihauses aus dem Sattel stieg, erblickte er zum ersten Mal seinen zweijährigen Sohn, ein feines, liebes Kerlchen, dahinter zwei blasse, vergrämte Frauen. Mit brutaler Hand schob er das Kind und die Frauen beiseite, trat ein und verlangte eine Brotzeit.

Die beiden Frauen beeilten sich, seiner Forderung nachzukommen, während das Kind mitten in der Stube stehen blieb und mit großen Augen den fremden, wilden Mann betrachtete. Dann beschimpfte er die Mutter und die Cousine, weil sie ihn in Brannenburg hingehängt hätten. Das werde ihnen jedoch kein Glück bringen, denn bei ihm, wo kein Besitztum vorhanden sei, habe selbst der Kaiser das Recht verloren.

Darauf meinte Benigna, sie habe von den vielen Wertgegenständen erfahren, die er gesammelt habe.

Da erhob er sich brüllend und schlug sie ins Gesicht.

Dies ahnend, hatte sich das Marei am Rande des Kuchlherds ein Tranchiermesser zurechtgelegt. Jetzt packte sie's und zog es dem Sohn von hinten her über den Kopf. Es war kein harter Hieb, auch kein tiefer Schnitt, doch rann viel Blut aus der Wunde.

Darüber erschrak Pankraz. Er setzte sich still hin, und das Blut sickerte ihm über das rechte Ohr in den Kragen hinein. Die beiden Frauen, entsetzt über die Wirkung der Tat, holten Wasser und Tücher und blutstillende Kräuter her und machten sich an ihm zu schaffen.

Dabei lud das Marei in immer neuen Vorwürfen den Groll ihres Herzens ab: »Umbringen könnt ich dich! Deinetwegen hab ich den Grafen verloren, die Ursel verloren, die Eltern verloren und die Schwester verloren! Dafür hast du mir den Bankert und seine Mutter ins Haus gesetzt und hast nit gefragt, wie ich sie ernähren soll! Du hast aus dem Hunger der anderen Profit gezogen und hast ihnen mit ein paar Pfund Körnern die Werte ihrer Altvordern abgeluchst! Glaub ja nit, dass das alles ohne Folgen bleibt! Die erste Folge hast du grad gespürt, von deiner Mutter gespürt, aber 's wird nit die letzte sein! Ich steh wie ein Racheengel hinter dir! Merk dir das!«

Der kleine Erasmus aber stand immer noch da, mit einem Finger in der Nase, und schaute. Es reichte ihm nicht einmal zum Weinen, was er da miterlebt hatte.

Mit dem Hieb des Küchenmessers war das letzte Band, das Mutter und Sohn vielleicht noch verknüpft hatte, zerhauen worden. Pankraz Pilgrim knallte zwanzig Gulden auf den Tisch hin: »Das ist für den Monat! Mehr kann ich nicht!«

Mit eingebundenem Kopf verließ er das Pfaffenhofener Forsthaus.

Auf dem Heimweg ritt er beim Richter in Brannenburg vorbei und teilte ihm mit, dass er die Angelegenheit von Pfaffenhofen in Ordnung gebracht habe und künftig jeden Monat zwanzig Gulden zahlen werde.

»Und heiraten?«, frage Dr. Zoller.

»Nein!«, erwiderte er.

Am 26. Mai 1818 trat in Bayern eine neue Verfassung in Kraft, der zufolge es keine Leibeigenschaft mehr gab, sondern jeder Bauer in die Lage versetzt werden musste, den Hof, den er bisher verwaltet hatte, nunmehr in Eigenbesitz zu übernehmen. Damit sollte sich der neue Besitzer natürlich auch eigenverantwortlich um seine Finanzen kümmern.

Für die meisten Bauern begann da ein völlig neuer Denkprozess. Sie mussten jetzt vorausschauen, mussten überlegen, welche Maßnahmen in Stall, Feld und Wald zu treffen waren, um den größtmöglichen Ertrag zu erzielen, und wie dann dieser Ertrag auf dem Markt am günstigsten abgesetzt werden könnte. Das alles war bisher Sache der Herrschaft und des Kastenamtes gewesen.

Diese neue Aufgabe überstieg das geistige Vermögen vieler, sodass mancher bereits zwei Jahre später gezwungen war, seinen Hof ganz oder teilweise um ein Spottgeld zu verkaufen.

Da schlug den Spekulanten abermals die große Stunde. Sie kauften die Höfe auf, zertrümmerten sie und setzten die Parzellen zu weit überzogenen Preisen an kleine Handwerker, wie etwa Nagelschmiede, oder an nachgeborene Bauernsöhne ab. Manche Bauern hatten sogar so miserabel gewirtschaftet, dass der Hof nach Abzug der auf ihm lastenden Schulden sang- und klanglos in die Hände dieser gerissenen Makler fiel, nicht zu reden von jenen Kleingütern, die von ihren Besitzern schlichtweg versoffen oder verspielt wurden.

Zu diesem Zeitpunkt trat auch Pankraz Pilgrim wieder auf den Plan. Durch seine Tätigkeit im Forst kannte er manchen Fuhrmann und Holzfäller, der gern ein kleiner Nebenerwerbsbauer geworden wäre. Er versprach ihnen, sich für sie zu verwenden.

Darauf begab er sich in die Tafernwirtschaften, zahlte den großmäuligen Neubauern eine Batterie Schnaps oder zwei und knöpfte ihnen soundso viel Tagwerk Grund ab – zu spottbilligem Preis –, die er postwendend seinen Bekannten aus dem Forst andrehte. Das war ein einträgliches Geschäft. So einträglich, dass er um 1822 herum, als sein Söhnchen Erasmus mit der Mutter Benigna und der Großmutter Marei nach Prien übersiedelte, zu den wohlhabendsten Bürgern von Aschau zählte.

Die Übersiedlung hatte Dr. Griesbeck, vor allem aber seine Frau veranlasst, hauptsächlich wegen des Kindes, doch auch wegen der Ursel. Die hatte inzwischen ihre ersten Gelübde abgelegt und war als »Schwester Isidora« in die Reihe der Benediktinerinnen eingegliedert worden. Die drei Pfaffenhofener durften bald nach ihrer Ankunft in Prien auf die Fraueninsel hinüberziehen und sich in jenem Scheunentrakt niederlassen, den die Nonnen bis vor Kurzem noch selbst bewohnt hatten. Die armen, greisen Beterinnen waren nach dem Sturz des allmächtigen bayerischen Ministers Montgelas wieder in den Besitz eines Teiles ihres säkularisierten Klosters gelangt.

Das Marei, abgehärmt und im innersten Herzen todunglücklich, war froh, sorglos als Küchenmagd dienen zu dürfen. Benigna, ein Naturtalent in Musik, konnte nach wenigen Monaten das klösterliche Orgelspiel bestreiten und stand darum bei den Klosterfrauen bald in hohem Ansehen. Diese geistliche Gunst kam dem kleinen Erasmus zugute, weil sich alsbald zwei Schwestern, gebildete Frauen, seiner sprachlichen Ausbildung mit außerordentlichem Geschick annahmen. Er lernte zunächst Latein, das Jahr darauf begann er mit dem Griechischen.

Als eines Tages die richterlichen Großeltern zu Besuch kamen, rühmten die beiden Lehrerinnen seinen wachen Geist und die Wendigkeit seines Gedächtnisses. Da machte sich Dr. Griesbeck einen schönen Reim darauf und sagte zu seiner Gattin: »Resei, bald können wir den Enkel nach München schicken. Es müsst doch mit dem Teufel zugehen, wenn er nicht Gefallen fänd an der Juristerei!«

Sanft lächelnd entgegnete die Frau: »Du hast's ihm mitgegeben; da darf er doch nicht aus der Reihe tanzen!«

Darauf er: »Ich werde ihn nicht drängen. Doch ich freue mich, dass das Kind, obwohl in ungeordneten Verhältnissen geboren, einen geordneten Geist mitbekommen hat, der zu Großem befähigt.«

Das Resei nickte beglückt, so beglückt, dass sich sogar die Falten ihres Halses zu glätten schienen. Ja, es war nicht zu verkennen: Die liebe Frau begann zu altern. Die Sorge um die Tochter hatte sich in den vergangenen Jahren unverkennbar in ihr Gesicht eingegraben. Ihm dagegen, dem Richter, hatte sie weniger zugesetzt. Denn was nicht in Paragrafen zu fassen war, erregte ihn kaum.

Im gleichen Maße jedoch, in dem er jetzt Freude erlebte an seiner Tochter und ihrem Söhnchen, empfand er Abscheu vor dem Neffen Pankraz. Und mehr noch: Er witterte Verbrechen. Diese Witterung verdichtete sich eines Tages – es war im Oktober des Jahres 1823 – zur Gewissheit und forderte seinen amtlichen Zugriff heraus.

Das war so gekommen: Wieder einmal ritt er gemäß Dienstvorschrift mit dem Amtsdiener nach Sachrang und kehrte dort wie gewöhnlich um die Mittagszeit beim Postwirt ein.

Die Gaststube war voll besetzt, denn um diese Jahreszeit beginnt gewissermaßen der Winterschlaf der Bauern – und der muss richtig eingegossen werden. Doch über den Gästen des Sachranger Wirts lag nicht die feuchtfröhliche Stimmung, die man erwartet hätte. Im Gegenteil. Die Leut hockten da und starrten auf ihre Bierkanne oder auf den ebenso einsilbigen Nachbarn.

Der Richter und sein Begleiter gingen zwischen den langen Ahorntischen hindurch zum Herrentisch vor, der beim Straßenfenster stand. Als der Wirt zu ihnen trat, bestellten sie einen Wildschweinbraten, denn ein anderes Gericht gab es nicht, und eine Kanne Hohenaschauer Schlossbräu.

»Hast die Wirtin nit im Haus?«, fragte der Griesbeck, weil er sich sonst mit ihr gern über die Politik unterhielt; sie war nämlich eine kluge Frau.

»Wohl, wohl!«, erwiderte der lange Gust. »Aber sie ist nit gut beieinand wegen dem Krawall die ganze Nacht!«

»Haben schwer auf'dreht, die Bauern!«, sagte der Amtsdiener.

»Wie's halt so ist, Herr!«, meinte der Wirt. »Wenn sie ein Tagwerk verkauft haben, müssen s' die Hälfte gleich versaufen. Ihr seht ja, wie sie herumlümmeln.«

»Warum schmeißt du die Saubären nit 'naus?«

»Ja mei, Herr Bannrichter, unsere Sachranger sind's halt so gewohnt. Da muss unsereins schon ein Aug zudrücken!«, entgegnete der Wirt und ging zum Schanktisch.

Der Richter entgegnete: »Ein Aug zudrücken! Eines ist da zu wenig. Man müsst einer ganzen Ortschaft die Augen zudrücken, damit man diese Büffel verkraftet!«

Der Amtsdiener wandte vorsichtig ein: »Ihr habt sicher recht, doch wenn man die armen Hunde so sieht, zahnlos und abgerackert, dann erbarmen sie einen, und man sagt sich: ›Lasst sie saufen! 's ist eh die einzige Seligkeit für sie auf dieser Welt!‹«

Die beiden Amtmänner aßen mit Behagen und konnten nicht verstehen, wer da gekocht und gebraten haben sollte, wenn die Wirtin unpässlich war. Denn er, der Wirt, hatte vom Herd keine Ahnung, und eine Köchin konnte sich die Tafern nicht leisten.

Gerne hätten sie sich über den Tisch hinweg mit dem oder jenem unterhalten, doch es sah aus, als hätte alle die afrikanische Schlaffliege gestochen.

So zahlte denn der Richter, und sie verließen die »Post«. Als sie draußen in den Sattel gestiegen waren und am Salettl vorbeiritten, war es ihnen, als hätten sie durch die hölzernen Gitterwände die Wirtin erkannt. Sie mochten sich aber getäuscht haben, denn die Frau wäre sicherlich in die Gaststube gekommen, weil sie's ja mit dem Richter gut konnte.

Hinter Grattenbach wechselte der Weg bei Stein auf einer Holzbrücke über die Prien, die wegen der jüngsten Regenfälle Hochwasser führte und an manchen Stellen bereits über die Ufer getreten war. Schuld daran trug das dichte Weidengestrüpp entlang des Bachlaufes, in dem sich Äste und Wurzeln verfingen und das angeschwollene Wasser stauten.

Wie sie so auf der Brücke hielten und dem wilden Element zuschauten, fiel plötzlich ein Schuss, und am

Weg stob der Kies auf. Die Rösser erschraken, bäumten sich auf und jagten dann davon, ohne dass es den Reitern gelungen wäre, sie zu bändigen. Erst unterhalb der Überhängenden Wand sprachen sie auf Getätschel und gutes Zureden an und beruhigten sich.

»Das galt einem von uns!«, sagte der Amtsdiener.

»Sagt lieber, das galt dem Griesbeck!«, entgegnete der Richter.

»Ihr habt doch keinen Feind, Doktor!«

»Offenbar schon!«

»Und was gedenkt Ihr zu tun?«

»Die Gendarmen loszuschicken, hätte keinen Sinn. Sie kämen ja bald in die Nacht hinein. Am besten, man wartet. Oft verrät sich ein Übeltäter selber, weil er's nit erwarten kann.«

So gefasst, wie es den Anschein hatte, war der Richter allerdings nicht, er konnte und durfte es nicht sein. Denn selbst wenn er davon absah, dass der Mordanschlag wahrscheinlich seiner Person gegolten hatte, so musste ihn doch die Tatsache erschüttern, dass dergleichen in der Hohenaschauer Grafschaft überhaupt möglich war. Ein Mörder im Priental! Ein Wegelagerer an der uralten Passstraße ins Tirol! Solche Straßen galten bei den Griechen vor zweitausend Jahren als heilig, standen unter besonderem Schutz der Götter, und wer sie verunehrte, war ein Gotteslästerer.

Mit solchen Gedanken saß Dr. Griesbeck am anderen Morgen in seiner Amtsstube, als ihm der Gerichtsdiener den Ortsvorsteher der Gemeinde Sachrang meldete.

»Komme Er nur herein, Huber! Hab mit Ihm sowieso ein Hühnchen, besser gesagt, eine beachtliche Suppenhenne zu rupfen!«

Der stattliche Müllner-Peter, den sie im Grenzdorf zu ihrem Oberhaupt gemacht hatten, betrat den allgemein gefürchteten Raum: »Hohes Banngericht, eine traurige Botschaft: Bei uns hat sich in der vorvergangenen Nacht der Bauer Lenz Windhöfer von Aschau erhängt.«

»Bei euch in Sachrang? Hätt's denn in Aschau keinen Baum dafür gegeben?«

Der Richter bat den Vorsteher, sich zu setzen; dieser fuhr fort: »Hohes Banngericht, lasst Euch den Hergang kurz erzählen! Freilich nur so weit, als ich's eben erfahren konnte. Da soll der Herr Forstmeister Pilgrim mit etlichen Aschauer und Frasdorfer Bauern in die Post nach Sachrang gekommen sein. 's sind lauter Bauern gewesen, die mit ihrem Sach am Hinunterschwimmen sind. Der Herr Pilgrim hat ihnen das eine oder andere Tagwerk Grund abgekauft und hat's gleich bezahlt – so auch dem Windhöfer-Lenz. Der muss jedoch beim Forst schon so viele Schulden gehabt haben, dass er nur noch ganz wenig herausgekriegt hat. Das muss ihn so gegiftet haben, dass er dieses Wenige dem Wirt auf den Schanktisch hingeworfen und geflucht hat: ›Die paar Kreuzer soll der Teufel holen! Versauft sie!‹ Dann ist er hinaus ins Salettl und hat sich aufgehängt. So hat man mir's gestern Nacht in der Tafern vermeldt.«

Dr. Griesbeck nickte: »Jetzt ist mir auch klar, wieso die Postwirtin nit gut beisammen war. Und überhaupt wird da noch manch anderes klar.«

Der Schneesturm

Der Sachranger Pfarrer ließ den Windhöfer als einen Selbstmörder vom Totengräber außerhalb der Friedhofsmauer ohne Zeremoniell einscharren. In die Sterbematrikel schrieb er: *»Suicida obscuris machinationibus favens«* – »ein Selbstmörder, der geheime Umtriebe begünstigte«. Dann wurde es Winter, und der Schnee deckte auch diesen Grabhügel zu.

Und der Bannrichter ließ etliche Wochen tatenlos vergehen. Tatenlos? – Wenn Gedanken auch Taten sind, so war er in hohem Maße aktiv. Er reimte sich nämlich die Ereignisse jenes Sachranger Tages und die seitdem gewonnenen Erkenntnisse zusammen und kam zur Überzeugung, dass die größte Schuld den Neffen Pankraz Pilgrim traf. Der war ein Spekulant, Wucherer und Erpresser in einem und hatte seit der Reform des Grundbesitzes die Unbeholfenheit und Dummheit mancher Bauern schamlos ausgenutzt. Und weil er, der Richter, ihn in der Sachranger Tafern gleichsam auf frischer Tat ertappt hatte, war dem Pilgrim der aberwitzige, verbrecherische Einfall gekommen, den Onkel einfach aus dem Weg zu räumen.

Anfang Dezember lud Griesbeck die Postwirtin nach Prien und ließ am gleichen Tage den Forstmeister Pilgrim durch die Gendarmen abholen und ins bannrichterliche Gefängnis werfen. Zugleich meldete er diese Maßnahme und ihre Begründung durch einen Nachrichtenreiter untertänigst an die reichsgräflich Preysing'sche

Hofkanzlei nach München und versicherte, den Herrn Grafen über den Gang des Prozesses auf dem Laufenden halten zu wollen.

Der 87-jährige Max V. war über diese Mitteilung so aufgebracht, dass er sofort auf einen Handzettel schrieb: »Prozess wird auf Wildenwart geführt, in meiner Gegenwart!«, und diesen dem Reiter mit zurückgab.

Der weitere Fortgang der Handlung ist aus dem Aktenmaterial nicht recht ersichtlich. Fest steht, dass der Prozessbeginn für den Montag nach Gaudete anberaumt war und die Überstellung des Forstmeisters Pilgrim von Prien aus auch an diesem Tag erfolgte. Er ist aber in Wildenwart nie angekommen.

Der Fuhrknecht und die beiden Gendarmen, die mit im Schlitten saßen, haben ausgesagt, sie seien ungefähr hinter Bachham plötzlich von einem fürchterlichen Schneesturm überrascht worden und derart über eine steile Böschung hinabgestürzt, dass sich der Schlitten mehrmals überschlagen habe. Als sie wieder auf die Beine gekommen seien, hätten sie vom Forstmeister nichts mehr gesehen; er sei mitsamt den Stricken, mit denen er gebunden war, verschwunden gewesen. Und weil das Schneetreiben an Heftigkeit so zugenommen habe, dass man die eigene Hand kaum mehr vor den Augen wahrgenommen habe, sei an eine Verfolgung nicht zu denken gewesen.

Der Richter und der alte Graf trafen sich an jenem Tag in Wildenwart, gingen aber nach einer Stunde wieder auseinander – unschlüssig, was zu tun sei. Darin waren sie sich allerdings einig geworden, dass dem Forstmeister Pilgrim endgültig das Handwerk gelegt werden musste, wollte man noch ärgeren Verdruss verhüten.

Wollte dem Richter das Verschwinden des Forstmannes anfänglich nicht recht plausibel erscheinen, so wurde er auf seiner Heimfahrt nach Prien eines Besseren belehrt, denn auch sein Schlitten kam vom Weg ab und warf um, wobei sogar die Deichsel brach. Er und der Kutscher mussten sich mit den beiden Rössern bis zu einem nahen Hofbauern durchkämpfen und ihn um einen schweren Holzschleifschlitten bitten.

Pankraz Pilgrim war unterhalb der Böschung in einen vereisten Wassergraben gefallen und hier von den nachgerutschten Schneemassen so zugedeckt worden, dass ihn dort niemand vermutet hätte. Und er war schlau genug, sich nicht zu rühren, zumal er sich in dem Graben und unter der Schneedecke wohlfühlte. Nach geraumer Zeit buddelte er sich vorsichtig aus, erkannte, dass ihm kaum Gefahr drohte, und schleppte sich mühsam querfeldein. Irgendwo gelangte er bei Griebling zu einem steinernen Marterl. Er feilte die Stricke, mit denen er an den Händen gebunden war, so lange über die Kanten des Steins, bis sie zerfaserten. An dem Marterl erkannte er auch seinen ungefähren Standort, worauf er sich in Richtung Mühlbach absetzte.

Abends war er am See. In einer Fischerhütte fand er notdürftig Unterkunft, machte sich ein Feuer an und trocknete die starren Kleider. Am anderen Morgen – der Sturm hatte nachgelassen – begab er sich in die nahe Moosmühle: »Müller, verkauf mir ein leichts Ross!«

»Seid Ihr nit der Forstmeister?«

»Red nit viel! Fahr 's Ross her!«

»Ich hab aber keine so guten wie Ihr!«

»Egal!«

Der Müller führte den Pilgrim zu den Rössern. Bald waren sie handelseins. Pankraz bedauerte, kein Geld bei sich zu haben, und versprach hoch und heilig, in den nächsten Tagen zu zahlen. Der Müller glaubte ihm.

»Wenn dich jemand nach mir fragt: Du hast mich nit gesehen!«

»Hab Euch nit gesehen!«

»Gib mir noch einen Sechter Milch!«

»Roh?«

»Von der Kuh weg!«

Er trank hastig, dann ritt er davon. Über Rottau, Grassau und Unterwössen. Hinter Schleching überquerte er die Tiroler Ache und hielt dann auf die Streichen zu. Unterhalb der Kapelle stand eine wackelige Scheune; es lag viel Heu und Stroh herum. Das Ross hatte wohl in seinem ganzen Leben noch nie ein so miserables Futter gefressen wie hier. Er selbst hatte gar nichts. Doch waren sie beide gut untergebracht.

Tags darauf ritt er zur Stadler Alm und dann hinunter zum Taubensee. Hier würde ihn niemand suchen, denn auf dem Fischerhaus am Ufer saß ein Welschtiroler; der scherte sich nicht um politisches Gezänk. Ercole Lenardo war sehr alt und lebte mit seiner ebenfalls schon betagten Tochter mehr schlecht als recht von der Fischerei. Er zeigte sich recht erfreut über den Zugelaufenen, erkannte er doch sofort, dass der ein Galgenvogel war und – wie sie sagten – »Butter am Kopf«, also ein schlechtes Gewissen hatte. Das mitgebrachte Ross wies den Mann gleichermaßen als verdächtig aus, denn wann verlor sich je ein Berittener an den Taubensee!

»Dein Pferd werden wir gemeinsam aufessen!«, sagte Ercole am Abend, als Pankraz mit am Tisch saß. »Oder glaubst du vielleicht, wir nehmen unseren Ziegen das Futter weg? Genug, dass wir dich mitfüttern!«

»Verkauf's lieber; es ist ein junges Tier!«, entgegnete der Pilgrim.

»Willst du, dass wir drei Tage später die Gendarmen auf dem Hals haben? ›Woher kann denn der Ercole am

Taubensee plötzlich ein Pferd haben? Ein schönes junges Tier? Und dazu noch mitten im Winter? Der Sache müssen wir nachgehen! Vielleicht finden wir noch ein paar heilige Leonharde und noch etliche Pferde dazu!‹ – So werden sie sagen und mir dann das ganze Häusl durchfieseln. Nein, mein Lieber, das Pferd kommt unters Messer, und zwar gleich morgen, damit wir's verwursten und selchen können!«

Pankraz Pilgrim musste gute Miene zum bösen Spiel machen und sich ins Unabänderliche schicken, wollte er seine vorläufige Sicherheit nicht gefährden.

Die hochgräflich Preysing'sche Hofkammer zu München an den Bannrichter Dr. Florian Griesbeck in Prien.

Angesichts der vakanten Stelle eines Forstmeisters zu Hohenaschau tragen wir Euch auf, nach Rücksprache mit dem höheren Forstpersonal uns einen für dieses Amt geeigneten Mann zu benennen: verheiratet, von integerem Charakter und nicht über vierzig Jahre alt.

Griesbeck versammelte alle Waldheger, Adjunkten, Förster und Oberförster der Herrschaft in der Forstmeisterei und las ihnen das Schreiben vor.

Dann fuhr er fort: »Es geht hier nicht darum, irgendeinem unserer Freunde den Steigbügel zu halten, sondern es geht um unser aller Wohl und Wehe, weil wir alle von einer gut geführten Herrschaft leben. Unsere Herrschaft Hohenaschau ruht auf zwei Säulen: auf dem Eisen und auf dem Holz – von Jahr zu Jahr mehr auf dem Holz. Wir brauchen also einen Mann, der sich dieser Verantwortung bewusst ist und auch die erforderliche Kraft hat, sich durchzusetzen ohne Ansehen der Person. Und den wollen wir jetzt in geheimer Wahl ermitteln! Natürlich weiß jeder, dass die Herrschaft nicht an unsere Wahl gebunden ist; aber sie wird kaum über unser Urteil hinwegsehen.«

Darauf wählten die 47 Forstmänner mit 31 Stimmen den 29-jährigen Oberförster Jakob Teissenhofer, einen ruhigen, festen Mann. Er zeigte sich von der Wahl nicht überrascht, bat aber, man möge ihm erst eine Rücksprache mit der Familie gestatten, ehe er sich für oder gegen die Annahme entscheide; denn schließlich hätten Frau und Sohn auf ihn das erste Recht.

»Das ehrt dich!«, sagte der Richter. »Beratet euch und lasst es mich in drei Tagen wissen!«

Der Teissenhofer erklärte sich schon am nächsten Tag bereit. Dr. Griesbeck verständigte die Hofkanzlei, fand deren Billigung und führte den neuen Forstmeister alsbald in das neue Amt ein.

Er konnte ihm die Schlüssel nicht übergeben; sie waren nicht auffindbar. Auch in der Tageskasse gähnte Leere. »Teissenhofer, mit dir beginnt in der Preysing'schen Forstwirtschaft eine neue Zeit und – wenn nicht alle Zeichen trügen – eine schwere Zeit!« Der Richter sprach's und reichte dem anderen die Hand. »Der junge Herr sitzt kränkelnd in Rosenheim. Hier in Hohenaschau wird er sich selten blicken lassen. Das erschwert dir die Amtsführung. Nimm von mir einen guten Rat entgegen! – Handle stets so, dass du vor dir selber bestehen kannst. Dann wirst du auch vor der Herrschaft bestehen – selbst wenn du bei ihr anecken solltest. Dergleichen geht vorüber, und die bessere Einsicht setzt sich durch – nur dauert es manchmal eine Weile, ehe die Nebel steigen.«

Der Richter hatte eine gute Witterung gehabt, als er dem frisch gebackenen Forstmeister gegenüber nur vom jungen Herrn Grafen Max gesprochen hatte. Denn mitten im Fasching des Jahres 1824 fühlte sich der 88-jährige alte Herr so elend, dass er dem Nachfolger alles übergab und sich nach Wildenwart zurückzog. Er war müde. Drei Kurfürsten und ein König hatten sich seiner diplomatischen Fähigkeiten bedient – und großen Nutzen daraus gezogen. Nicht zu reden von den vielen unauffälligen Handreichungen, mit denen er manchem Einzelnen zum Retter und Befreier aus misslicher Lage geworden war. Jetzt wollte er sich ans Fenster setzen, über Täler, Höhen und Dörfer hinein in die Berge schauen und sich freuen über die Tatkraft, mit der die Preysings diesen Landstrich, dieses Tal an der Prien, zu einer der bedeutendsten bayerischen Grafschaften gemacht hatten.

Er zitierte jetzt die beiden Richter Griesbeck und Zoller, den Forstmeister, den Hüttenmeister, den Drahtzugmeister und den Bergmeister vom Kressenberg nach Wildenwart und ließ sie Treue zu Recht und Pflicht dem jungen Herrn Grafen Max VI., der danebenstand, in die Hand schwören. Er dankte ihnen, dass sie allzeit so wacker zu ihm gestanden waren, »und wenn Wir euch manchmal zu barsch gekommen sind oder saudumm dahergeredet haben, dann nehmt Uns das nit übel, denn Wir sind auch bloß ein Mensch!«

Der junge Herr wandte sich darauf mit Leichenbittermiene an die Vertreter seiner Untertanen und versicherte ihnen, sich nicht von der ererbten Väterart entfernen zu wollen, bat sie auch um ihre Unterstützung und um ihren fachkundigen Rat.

Anschließend kehrten sie alle an ihre jeweilige Wirkungsstätte zurück. Nur Graf Max VI. folgte dem

Bannrichter nach Prien. Er hatte ihn zuvor um eine längere Unterredung gebeten.

In dieser Besprechung unter vier Augen wurde aller Misshelligkeiten gedacht, die sich während der vergangenen Jahre zwischen ihnen aufgetürmt hatten. Der Richter nahm kein Blatt vor den Mund, sondern nannte alle Dinge beim Namen, namentlich die, die seine Schwägerin, das Marei, und ihren Sohn Pankraz betrafen. Der Graf musste manchen harten Brocken hinunterwürgen. Niemand weiß, ob er das getan hat, weil er von den Worten des Doktors überzeugt worden war, oder nur, weil es ihm an der Kraft fehlte, sich ernsthaft dagegen aufzubäumen.

Griesbeck seinerseits erkannte jedenfalls, dass der neue Herr keine Bäume ausreißen würde. Sollte die Herrschaft weiter so in der Blüte stehen wie bisher, dann lag das ausschließlich in den Händen und auf den Schultern der Untertanen und in ihrer angestammten Treue.

Zum Schluss bat Griesbeck noch, der Herr Graf möchte sich langsam um einen jüngeren Richter für Prien umsehen, weil er selbst auf die 65 zugehe und die ihm noch verbleibenden Jahre in beschaulicher Stille verbringen wolle.

Graf Max bat ihn, doch wenigstens noch ein, zwei Jahre im Amt zu bleiben, bis er selbst imstande wäre, seinen eigenen Aufgabenkreis einigermaßen zu überschauen.

Beide trennten sich in der Überzeugung, im anderen einen wohlwollenden Freund gefunden zu haben.

Beim ersten Frühjahrsrundgang des neuen Forstmeisters Teissenhofer und des Bannrichters Dr. Griesbeck durch das gesamte Revier – er dauerte rund vierzehn

Tage – kamen sie auch auf ihre Nachkommen zu reden. Der Teissenhofer hatte einen Sohn namens Heinrich. Den wollte er in die königliche Forstschule nach München schicken. Der Bub war zehn Jahre alt.

»Das trifft sich, als hätten wir's verabredet. Unser Enkelsohn, neunjährig, soll ebenfalls da hin. Wir wollten ihn freilich erst im nächsten Jahr schicken. Doch scheint mir, dass es beiden Buben recht sein könnt, wenn sie zu zweit in die Fremde gehen; so werden sie mit dem Heimweh leichter fertig.«

»Tät mich für den meinen arg freuen, Herr Richter, wenn Ihr's möglich machen könntet!«

So bezogen also die beiden Knaben das Internat der königlich bayerischen Forstschule im Englischen Garten zu München, mit allen Segenswünschen von ihren Müttern, dem Vater und dem Großvater begleitet. Der junge Graf Max hatte sich bereit erklärt, für Schulgeld, Kost und Unterkunft, darüber hinaus auch für ein stattliches Taschengeld aufzukommen.

Diese Forstschule verdankte ihre Gründung dem ökonomischen Denken des Königs. Max Joseph hatte erkannt, dass sein waldreiches Bayernland nur dann fortbestehen konnte, wenn es gelang, entsprechend geschulte Männer an die einflussreichen und verantwortlichen Posten zu setzen. Darum hatte er auch die entsprechenden Lehrer angestellt: lauter Fachleute für Klima, Lage, Bodenart, Bestandsverjüngung, Gründigkeit, Nutzungspläne, Wüchsigkeit und Schutzwaldungen an Steilhängen.

Eine Sonderabteilung der Schule bildete das Forstrecht, das alle Zweige der Forsthoheit in sich vereinte und vom Waldfrevel bis zu den Rauchschäden reichte. Während Heinrich Teissenhofer sich mehr dem praktischen Zweig der Schule widmen wollte, sollte sich Erasmus Griesbeck auf den juristischen verlegen. Beide Buben waren somit für den hochgräflich Preysing'schen Dienst vorprogrammiert. Es lag nur noch an ihnen, sich schulisch zu bewähren.

Totentanz

Wieder einmal kehrte der trübe Herbst ins Priental ein, und im Herbst sterben die alten Leut. Die einen wegen Krankheit, die anderen wegen Kummer – wie etwa die in der Pertl'schen Nagelschmiede am Bach. Am Abend vor Allerheiligen verlosch Peter Unterrheiner wie eine Lampe, der das Öl ausgeht. Als sie ihn an Allerseelen auf den Friedhof trugen, brach seine Frau, die Maria, am Grab tot zusammen. Der Totengräber bettete sie zwei Tage später zu ihrem Mann und ersparte sich so das Ausheben einer weiteren Grube.

Kurz vor Weihnachten beurkundete das gräflich Preysing'sche Kastenamt dem Herrschaftsrichter Dr. Florian Griesbeck den Erbbesitz der Nagelschmiede mit der Auflage, an die Witwe Maria Pilgrim 6.000 Gulden als Erbteil auszuzahlen. Aufgrund seiner Vermögenslage konnte der Richter diese Auszahlung sofort vollziehen und befreite damit das Marei aus ihrem Magdverhältnis bei den Nonnen auf Frauenwörth. Sie verließ die Insel und nahm sich eine kleine Wohnung in einem Bauernhaus bei Rosenheim, immer noch in der unausgesprochenen Hoffnung, Graf Max möchte zu ihr zurückfinden. Sie konnte ja nicht wissen, dass ihm der Leibarzt soeben erst jegliche Gemütserregung untersagt hatte, wenn er bei der Labilität seiner Herztätigkeit und der allgemeinen Müdigkeit nicht einen plötzlichen Zusammenbruch riskieren wolle. So wartete sie vergeblich und sah die ererbten Gulden zwar langsam, aber stetig verrinnen. Weil sie jedoch zeitlebens ihr Dasein immer nur am Rande des Glückes und von der Hand in den Mund gefristet hatte, nahm sie's nicht tragisch. Sie war gesund, scheute keine Arbeit, und wenn's schlimm käme, stand ihr die Zufluchtskammer bei den Nonnen auf Frauenwörth immer offen – solange die Ursel lebte; die aber war noch jung!

Und der Sohn Pankraz ? – Gebe Gott, dass er verschollen und fortblieb, wo der Pfeffer wächst!

Inzwischen waren zu München die zweimonatigen Ferien angebrochen, und die beiden Forstschüler sehnten sich nach Hause. Forstmeister Teissenhofer hatte ihnen mitgeteilt, er werde am ersten Adventsonntag einen Schlitten schicken, den sie im Gruft-Gässl vor dem Haus der Englischen Fräulein um die Mittagszeit erwarten sollten.

Da standen sie nun und warteten, bliesen sich in die Hände und froren gottsjämmerlich.

Heinrich Teissenhofer sagte: »Wenn der blöde Schlitten nit bald kommt, geh ich glatt zu den Nonnen hinein und frag sie, ob ich mich aufwärmen kann.«

»Meinst, dass man das machen kann? Wo die doch lauter Dirndln drin haben!«, gab Erasmus Griesbeck kopfschüttelnd zu bedenken.

»Was gehn uns denn ihre Dirndln an! Außerdem werden die nit grad im Torhaus herumstehn!«

»Die haben aber auch Ferien und warten vielleicht auf ihre Angehörigen, die sie abholen. Was meinst du, wie die wiehern, wenn wir daherkommen! Und erst die Nonnen! Die jagen uns doch rückaus wieder 'naus!«

»Magst recht haben! Also frieren wir weiter!«

Auf einmal fuhr mit feinem Schellengeläut ein schwarz lackierter Schlitten daher und hielt vor ihnen. Der

Kutscher stieg ab und warf den Rössern die Pferdedecken über. Wie staunten da die beiden Buben, als sie darauf das gestickte Wappen der Reichsgrafen von Preysing sahen!

»Kommst du von Hohenaschau?«, fragte Heinrich den Mann, der in einen langen Schafspelz gehüllt war.

Der erwiderte: »Von Rosenheim! Warum?«

»Weil auch wir einen herrschaftlichen Schlitten erwarten, aber eben von Hohenaschau.«

»Seid ihr von der Grafschaft?«, fragte der Kutscher.

»Ich bin der Bub vom Forstmeister, und der ist vom Bannrichter!«, entgegnete der Heinrich.

Der Kutscher überlegte eine Weile: »Vielleicht darf ich euch bis Rosenheim mitnehmen, wenn euer Schlitten ausbleibt. Ihr müsstet halt 's Fräulein fragen!«

»Was für ein Fräulein?«, polterte der Teissenhofer.

»Ja mei, halt die kleine Ruprechtin, die wo den Herrn Grafen Johann Christian zum Vater hat!«

Diese Antwort des Kutschers war sehr direkt, und die beiden Buben schauten verschämt zur Seite. In diesem Augenblick ging das Haustor auf. Ein dunkelhaariges Mädchen, gehüllt in einen Umhang aus weißem Bärenpelz, kam heraus, von einer Nonne und einer Schar anderer kleiner Damen freudig begleitet. Sie eilte auf den Kutscher zu.

Der deutete auf die Buben und sagte: »Die täten gern mitfahren; sind vom Bannrichter und vom Forstmeister aus Aschau.«

Da ergänzte Erasmus: »Wir erwarten ebenfalls einen Herrschaftsschlitten; aber der ist noch nicht da.«

»Ich heiße Christina; und wie heißt ihr?«

»Erasmus Griesbeck! Bin der Enkel vom Richter!«

»Heinrich Teissenhofer! Der Sohn vom Forstmeister!«

Während dieser Unterhaltung stand die Nonne daneben wie der Erzengel; nur dass sie kein Flammenschwert in der Hand hatte. Christina schaute fragend auf sie. Doch die Klosterfrau brauchte ihr keine weitere Antwort zu geben, denn der Hohenaschauer Schlitten fuhr jetzt ebenfalls vor. Sogleich stürzten die Buben auf ihn zu und warfen ihre Bündel hinein.

Da rief Christina: »Ihr habt doch mit mir kommen wollen! Steigt bei mir ein! Euer Schlitten soll bis Rosenheim hinterdrein fahren! Los! Bevor ich hier anfrier!«

Im Nu waren die drei Kinder im Preysing'schen Gefährt verschwunden; nur die Köpfe schauten heraus. Christina winkte noch der Nonne mit einem Kusshändchen freundlich zu. Der Kutscher reichte ihnen die Decken hinein und sagte: »In Holzkirchen machen wir Brotzeit!« Dann ging's dahin – hinter ihnen der Hohenaschauer Forstamtsschlitten.

Weil sich Christina ganz ungeniert gab, wurde es für alle drei eine äußerst vergnügliche Fahrt. Sie erzählten sich gegenseitig von Lernfächern, machten sich über ihre Lehrer und Lehrerinnen lustig und gaben sich die Zusicherung, gemeinsam wieder nach München zurückzufahren, und überhaupt, sich im Englischen Garten oder bei den Englischen Fräulein zu treffen; natürlich erst im Frühjahr, so um Ostern herum.

Doch schon aus der gemeinsamen Rückfahrt wurde nichts, weil sich sowohl Dr. Griesbeck wie auch der Teissenhofer widersetzten: Es gehöre sich nicht, sich auf dem Weg über die Tochter dem Herrn Grafen Johann Christian gewissermaßen anzubiedern. Wenn er die Gesellschaft der Buben für sein Töchterlein wünsche, werde er auf sie zukommen; andernfalls könne es geschehen, dass er den Vätern einen Nasenstüber erteile – und das dürfe weder der Richter noch der Forstmann riskieren.

Damit fielen natürlich auch die geplanten Begegnungen zu München ins Wasser, worüber vor allem Christina recht unglücklich war. Sie hatte sich nämlich gleich von der ersten Minute an zu Heinrich Teissenhofer hingezogen gefühlt, denn er strahlte bereits etwas von jenem jugendlichen Charme aus, dem nicht nur Mädchen und junge Frauen, sondern auch ältere Damen gerne erliegen.

Erasmus Griesbeck dagegen war noch ganz Kind, ein braver Knabe, nur darauf bedacht, in der Schule zu glänzen und den Lehrern zu gefallen. Er verstand deshalb auch gar nicht, was Heinrich damit meinte, als er einmal über Christina die Bemerkung machte, sie gleiche »einer rassigen Hündin, schon etwas läufig«.

So verging das erste Schuljahr, und wieder wurde es Winter.

Da erschütterte eine böse Kunde das ganze Bayernland. König Max Joseph, der sich während des Vierteljahrhunderts seiner Regierung eine große Zuneigung seiner Untertanen erworben hatte, starb plötzlich und hinterließ seinem Sohn Ludwig ein wohlgeordnetes, in ganz Europa und darüber hinaus geachtetes Königreich. In den Kreisen des höheren Adels und der allwissenden Beamtenschaft gab es da manchen, der sich vom neuen Herrscher, einem Liebhaber schöner Frauen, nicht das Beste versprach – ganz zu schweigen von seiner lockeren Hand, wenn es darum ging, die Künste und Künstler finanziell zu unterstützen.

Der alte Graf Max V. von Preysing machte kein Hehl aus solchen Gedanken und Bedenken und rief wieder einmal seine beiden Söhne nach Wildenwart.

Er ermahnte sie angesichts der »unverkennbaren Verschwendungssucht«, die im Land um sich greife, zu äußerster Sparsamkeit: »Lasst euch von oben her nicht anstecken, auch nicht von den dort wuchernden leichten Sitten! In unserer Linie ist sowieso der Wurm drin; nährt ihn nicht auch noch, wenn ihr schon nicht imstande seid, ihn zu zertreten! Du, Max, versuch wenigstens die Grafschaft zu retten, denn das Geschlecht rettest du nicht mehr! Und dir, Johann Christian, rat ich, die Rosenheimer Bartputzerin nicht zu heiraten. Sehr bald findet sich gewiss doch noch eine von Stand, die dir einen Preysing-Stammhalter schenkt. Denn bei dir ist das ja möglich; das sieht man an der kleinen Salatwachtel, die von den Englischen Fräulein über den grünen Klee gelobt wird. Hab sie mir neulich im Gruft-Gässl zeigen lassen. Darfst sie mir gelegentlich hierher bringen!«

Die Worte des alten Edelmannes klangen testamentarisch. Und weiß der Himmel! Sie waren's auch! Denn bald nach dieser Unterredung erlitt er einen Schlaganfall und war ab jenem Tag nicht mehr ansprechbar.

Apathisch dämmerte er dahin, bis ihn am 8. Juli 1827 der Tod erlöste. Er war der bedeutendste Preysing des Hohenaschauer Zweiges gewesen, Reichsrat der Krone Bayerns, höchst kritisch gegenüber dem Kurfürsten Karl Theodor und ein entschiedener Gegner des Kaisers Napoleon, ebenso der Säkularisation – in allem aber ein Diplomat von hohen Graden und unbeirrbarer Ehrlichkeit.

Als sie ihn in der neuen Familiengrabstätte an der Priener Kirche zur letzten Ruhe gebettet hatten, taten sie, was schwache Söhne nach dem Tod eines starken Vaters immer tun: das Gegenteil seines Willens. Johann Christian heiratete die schöne »Bartputzerin« Franziska Ruprecht und bat den Bruder Max VI., sich aus dem herrschaftlichen Rosenheimer Stadthaus ins Schloss nach Brannenburg abzusetzen, wenn ihm schon Hohenaschau zuwider sei. Max war's zufrieden. Weil aber auf Brannenburg der Richter Dr. Zoller saß, versetzte er den nach Wildenwart. Diese Maßnahme wirkt äußerst unvernünftig, durfte man doch bei der gewaltigen Ausdehnung der Grafschaft die beiden bestehenden Gerichtssitze nicht auf sieben Kilometer nebeneinander postieren. Möglicherweise hatte jedoch Graf Max dabei auch mit in Erwägung gezogen, dass Dr. Griesbeck bereits in vorgerücktem Alter war.

Und in der Tat, der Priener Bannrichter begann über Kräfteverfall zu klagen. Nicht dass man's ihm angemerkt hätte, doch versagte ihm das einst so zuverlässige Gedächtnis bisweilen den Dienst, nicht zu reden von den immer häufiger auftretenden Müdigkeitsphasen, die er früher kaum gekannt hatte.

Dem Resei blieb das alles nicht verborgen, aber sie hütete sich, es ihm gegenüber zu erwähnen. Nur mit Benigna, ihrer Tochter auf Frauenwörth, sprach sie darüber bei einem ihrer Besuche.

Es war bereits im Jahr 1828. Da fuhren sie miteinander in einem Nachen auf die Krautinsel hinüber, wo sie ganz allein waren.

»Ich habe Angst um den Vater!«, begann das Resei.

»Das brauchst du nicht!«, entgegnete Benigna. »Erstens sind 68 Jahre kein Alter, und zweitens muss er sich noch für unseren Erasmus aufbewahren!«

»Das hieße: zumindest noch zehn Jahre!«

»Und warum nicht?«, meinte die Tochter. »Andere werden 88 und stehen da wie die Fichten im Hochwald, kerngesund und schlank!«

»Er hat viel Kummer erfahren; das gräbt sich ins Gemüt ein!« Resei versuchte einen vorwurfsvollen Unterton zu vermeiden, sie hatte nicht die Absicht, die Tochter zu verletzen.

»Ich weiß, Maman, wie arg ich mich an euch versündigt habe. Aber eine späte Reue ist auch noch Reue, und ich wünschte nur, dass ich euch noch lange zur Seite stehen kann!«

»Mein liebes Kind, darüber jetzt zu reden, ist müßig! Wir können das Rad der Zeit weder aufhalten noch gar zurückzudrehen. Wir wollen aber unseren Herrgott bitten, dass er uns beim Vorwärtsdrehen allweil das rechte Maß und Ziel setzt. – Was jedoch den Erasmus betrifft, für den ist vorgesorgt. Vorausgesetzt, dass er weiterhin so brav und fleißig ist wie gegenwärtig.«

»Ja, vorausgesetzt ...!«, erwiderte Benigna.

»Hast du Grund, daran zu zweifeln?«

»Maman, ich weiß nicht recht, doch seine Freundschaft mit dem Teissenhofer will mir nicht gefallen. Jetzt gehen sie bald das vierte Jahr gemeinsam nach München, und schaut sie Euch an! Der Heinrich ist ein Trumm Mannsbild geworden und steht da wie ein Scheunentor, während der Unsere das Bübel geblieben ist wie eh und je.«

Darauf das Resei: »Das spielt doch keine Rolle! Der wird schon noch!«

»Nein, liebe Maman, das spielt schon eine Rolle! Dem Heinrich sprosst bereits ein schwarzes Bärtchen auf der Lippe. Der ist schon in dem Lebensabschnitt, in dem sich seine Interessen zwangsläufig auf das andere Geschlecht richten. Davon ist aber Erasmus noch meilenweit entfernt. Da tut eine Freundschaft nicht gut, weil unser Bub mit Dingen vertraut gemacht wird, die nicht zu seiner Entwicklung passen.«

Das Resei nickte: »Wenn du das so siehst, magst du schon recht haben. Es ist halt heutzutage ein Kreuz mit den Jungen! Sie haben keinen Glauben mehr, und wo der fehlt, fehlt auch die Ehrfurcht vor dem lieben Mitmenschen.«

Benigna wollte der Mutter, die wie ein Pfarrer redete, nicht widersprechen und fuhr fort: »Wenn ich nur wüsst, was man von der Komtesse Christina halten soll! Die lernt ja auch in München, und zwar bei den Englischen Fräulein. Mit der spinnen der Heinrich und der Erasmus zusammen. Eine Zeit lang hatten sie's aufgegeben; mir kommt aber vor, als wären sie in den letzten Monaten von der Komtesse wieder aufgemischt worden.«

»Ich werde mit dem Vater drüber reden!«, sagte das Resei und schloss damit das Problem vorläufig ab.

Ob sie's dem Gatten hat unterbreiten können, ist nicht bekannt. Es liegt aber so ziemlich auf der Hand, dass es nicht geschah, und wenn dennoch, dann hat der Richter keine Möglichkeit mehr gehabt, ihre Worte zu beherzigen. Er starb nämlich im Spätherbst des Jahres 1828 und wurde in Aschau im Pertl'schen Grab beerdigt. Zwischen Frasdorf und Sachrang dürfte es kaum ein Haus gegeben haben, aus dem nicht wenigstens ein Mensch seinem Sarg gefolgt wäre. Sogar drei Herren vom Domstift zu München und die beiden Grafen Max und Johann Christian von Preysing erwiesen dem Toten die letzte Ehre.

Der Pfarrer Benno Hengeller legte seiner Gedächtnisansprache das Sprichwort zugrunde: »Eine Stunde Gerechtigkeit geübt, gilt mehr als siebzig Jahre Gebet!« So betrachtet, habe es wohl im ganzen Tal keinen frömmeren Mann gegeben als den Bannrichter von Prien.

Noch am Grab versicherte der Graf Max der Witwe, er werde, solange er die Herrschaft führe, sich den

Ausbildungs- und Lebensweg des Enkelsohnes Erasmus angelegen sein lassen.

Komtesse Christina, die mit ihren Eltern danebenstand, wandte während der Trauerfeierlichkeit kein Auge von dem ganz in sich gekehrten, feinen Studiosus – was den Heinrich Teissenhofer, der sich mit seinem Vater Jakob unter die höhere Beamtenschaft eingereiht hatte, nicht wenig giftete.

Komtesse Christina

Das Resei durfte weiterhin im Banngerichtsgebäude wohnen blieben, dies vor allem deshalb, weil der Richter Dr. Zoller im nahen Wildenwart saß und man vorläufig nicht beabsichtigte, für Dr. Griesbeck einen Nachfolger zu bestimmen.

Im vorhergegangenen Jahr 1827 hatten sich in Bamberg die studentischen Verbindungen der Hochschulen Halle, Jena, Heidelberg und anderer zu einem sogenannten Burschentag zusammengefunden, um ihre Grundsätze und Ziele zu bekräftigen: politische, wirtschaftliche und kirchliche Einheit, einheitliches deutsches Recht, Rede- und Pressefreiheit, öffentliche Gerichtsverfahren, Geschworenengerichte und vieles mehr. In München horchte man auf. Denn diese Parolen hoben auf Umwälzung und Umsturz der bestehenden Verhältnisse in allen Bereichen ab.

Der neue König Ludwig I. versammelte deshalb die Vertreter des Adels, der Kirche und der gehobenen Bürgerschaft um sich. Gemeinsam beschlossen sie, den Samen der französischen Revolution, der hier Wurzeln zu fassen und aufzugehen drohte, bereits im Keim, das hieß in den Gymnasien, Realschulen und anderen höheren Bildungsstätten, zu ersticken. Verdächtiges Gelichter sei unbarmherzig auszustoßen. Wo immer noch der unselige Liberalismus des Grafen Montgelas wuchere, müsse man, gegebenenfalls mit äußerster Härte, »schneiden und brennen«. Besonderer Beobachtung seien die Zusammenkünfte der Hochschüler zu unterziehen. Hier werde nämlich das Gift der Aufklärung von den Älteren auf die Jüngeren übertragen – vor allem unter dem »verzierten Deckmantel« der Vaterlandsliebe.

Auch in der Forstschule am Englischen Garten in München warnte man die Eleven vor dem akademischen Zeitgeist. Indes, dieser Geist schien stärker zu sein als die Warnungen der alten Herren. Das war verständlich, denn die Forstschüler würden ja über kurz oder lang in die Reihen der Hochschüler eingegliedert werden – und da hieße es dann entweder mit den Wölfen heulen oder auf der Strecke bleiben. Wer konnte das schon wollen?

Heinrich Teissenhofer, Erasmus Griesbeck und andere folgten also den Einladungen einer Münchner Burschenschaft und begaben sich, wenn sie donnerstags frei hatten, in deren Konvent. Da wurden sie mit dem Brauchtum vertraut gemacht, besonders mit den in diesen Kreisen gepflogenen »Bestimmungsmensuren«. Diese Mensuren waren Zweikämpfe mit blanker Waffe. Jeder Burschenschaftler wurde von seinem Fechtwart verpflichtet, eine gewisse Anzahl von Mensuren durchzustehen, um dadurch Mut, Reaktionsfähigkeit und Unerschrockenheit angesichts eines blanken Degens zu bekunden.

Auf die Schüler machten diese Waffenübungen einen ungeheueren Eindruck, der durch die aufmunternden Reden der Fechter oder »Paukanten« weiter gesteigert wurde. Doch stärker noch als diese Reden wirkten auf sie die Schmisse, die mancher Doktor oder Magister im Gesicht trug und die bezeugten, wie wacker er sich geschlagen hatte. Ein Schmiss auf der Backe, auf der Stirn oder quer über die Nase konnte mit einer soldatischen Tapferkeitsmedaille verglichen werden.

War es da verwunderlich, dass die jungen Kerle in helle Begeisterung gerieten und mit fliegenden Fahnen zu den Vorbereitungskursen fürs Mensurfechten eilten? Der Rektor der Forstschule war freilich nicht sehr angetan, sah aber keine Möglichkeit, ein Verbot zu erlassen, weil etliche Väter den Burschenschaften nahestanden und bereits zur Gruppe der alten Herren zählten.

Die beiden Aschauer übten jeden Donnerstag fleißig mit. Dabei erwies sich, dass der zartgliedrige Erasmus dem wuchtigen Heinrich in Bezug auf Eleganz, Wendigkeit und Intelligenz der Bewegungen weit überlegen war. Das schmerzte den und machte ihn so störrisch, dass sich seine Hiebe nur noch stärker verkrampften, sodass der Fechtwart für gut fand, ihn einige Monate zurückzustellen.

»Der kann mich begötzen!«, sagte Heinrich zu Erasmus, als sie abends heimgingen.

»Du musst mit mehr Überlegung zuschlagen, Heinrich, und darfst's nicht erzwingen wollen! Bleib in der Abwehr, solange es geht; so bist du im Vorteil und ermüdest den Gegner.«

»Das sagst du so! Ich kann doch nicht warten, bis er auf mir herumdrischt wie auf einem nassen Sack!«

»Das freilich nicht, aber rascher parieren!«

»Ach steig mir doch auf'n Buckel mit deinem ›rascheren Parieren‹! Ich bin nun einmal kein so dürrer, glatter Aal wie du – und damit hat sich's!«

Wenn der Teissenhofer auch tat, als berührte ihn die Zurückstellung nicht, so ärgerte er sich doch grün und blau, besonders wegen der Komtesse Christina von Preysing. Jedes Mal wenn sich die beiden Aschauer mit ihr trafen, wollte sie Neuigkeiten über den Fechtunterricht wissen. Als er ihr nun sein Missgeschick mit dem Fechtwart erzählte, verzog sie spöttisch den Mund und meinte: »Ein fetter Gaul schafft den Graben nicht!« Und sie war unklug genug, seine weiteren Gespräche fast zu überhören und sich nur noch mit Erasmus zu befassen.

Das schmerzte den Teissenhofer, und dieser Schmerz artete in Wut dem Griesbeck gegenüber aus. Erasmus machte ihm deswegen Vorhaltungen, worauf er grimmig erwiderte: »Du willst sie mir entfremden mit deinem scheinheiligen Getue!«

Der andere darauf: »Überleg dir, was du sagst! Und mach dich nicht lächerlich!«

Da trat Heinrich ganz nahe an Erasmus heran, sodass sich ihre Nasenspitzen fast berührten: »Wenn ich jetzt – trotz der Zurückstellung – darauf aus bin, einmal Mensuren zu schlagen, dann bloß deinetwegen. Dich will ich noch fertigmachen!«

»Du armer Irrer!«, entgegnete Erasmus. »Bis dahin fließt noch viel Wasser die Isar hinunter. Glaub doch nicht, die Komtesse habe echtes Interesse an einem von uns! Wenn sie jetzt mit uns schöntut – heut mit mir, morgen mit dir –, dann bloß, weil sie sich langweilt und kein sonstiges männliches Wesen greifbar hat. Vielleicht auch weil sie die Tochter ihrer Mutter ist. Sie muss erst noch lernen, standesgemäß zu denken und zu empfinden. Sobald sie das kann, zieht sie jedem von uns eine lange Nase. Das solltest du doch einsehen!«

Indes, das jahrelange freundschaftliche Verhältnis der zwei Aschauer Forstschüler war getrübt – und trübte sich noch mehr.

Wieder einmal hatten die Ferien begonnen, und in den letzten Jahren waren sie zu diesem Anlass stets mit der Komtesse Christina bis Rosenheim gefahren. Diesmal bestellte sich Heinrich Teissenhofer ein forstamtliches

Gefährt und kehrte allein nach Hause zurück. »Will euch nicht stören!«, hatte er zum Griesbeck gesagt, bevor er in seinen Wagen gestiegen war.

Die beiden ließen sich auch nicht stören. Im Gegenteil, sie verabredeten auf dieser Heimfahrt, sich im Laufe der zwei freien Monate auf Hohenaschau zu treffen, um miteinander zu lernen. Sie brauchte dringend Nachhilfe in den einzelnen Sparten der Mathematik; er wollte von ihrer französischen Konversationskunst profitieren. Voraussetzung war natürlich die Bewilligung ihres Herrn Onkels Max, der zwar in Brannenburg hauste, doch auf der Burg das Sagen hatte. Sie zweifelte jedoch nicht daran, denn der Onkel war ihr sehr zugetan.

Erasmus bedurfte ebenfalls der Erlaubnis seiner Mutter und auch der seiner Großmutter. Denn Benigna und das Resei spannen seit dem Tod des Richters einen guten Faden. Die eine tat nichts ohne Wissen der anderen, und beide hüteten den Studiosus wie ein kostbares Erbstück. Sie hatten in diesem Fall auch einige Bedenken – doch sie konnten ihre Zustimmung nicht verweigern, denn das wäre einem Ausdruck von Misstrauen gegenüber dem Lebenswandel des Edelfräuleins gleichgekommen.

So bezog denn Erasmus eine der unteren Turmstuben, während Christina im Herrschaftstrakt drei nobel ausgestattete Räume bewohnte. Das Kammermädchen Anna und die 35-jährige Witwe Catharina von Hallern als Gesellschaftsdame waren immer um sie herum. Erasmus durfte mit Christina und der Witwe im Foyer ihres Traktes die Mahlzeiten einnehmen und dann die Komtesse in die Bibliothek zu gemeinsamen Studien begleiten. Rendezvous in ihren Räumen waren untersagt. Dagegen durften sie jederzeit miteinander ausreiten, wohin immer sie wollten, mussten sich freilich stets von zwei Jägern aus respektvoller Entfernung begleiten lassen – der Sicherheit halber.

Diese beiden Männer, die seinerzeit bei Leipzig mitgeholfen hatten, dem Kaiser »Napolium« aufs Haupt zu schlagen, hielten es für geschmacklos, einem jungen Pärchen wie Spürhunde hinterdreinzuschnüffeln. Als daher Christina eines Tages zu ihnen sagte, sie möchte mit ihrem Begleiter über die Almen reiten, wussten sie sofort, wo der Schuh sie drückte, und einer meinte: »Dann werden wir Euch, hochgräfliches Fräulein, auf der Hofalm erwarten!«

Ein paar Gulden, die bei diesem Wort in seine Hand flossen, bekräftigten das Übereinkommen.

Dieser Ritt über die Almen brachte die zwei jungen Menschen im ersten Aufflammen ihrer Liebe einander sehr nahe, so nahe, dass sich ihr Gewissen rührte.

Als sie abends heimgekehrt waren und gespeist hatten, schlichen sie – getrennt – in der Dunkelheit hinüber in die Schlosssakristei und besprachen das Erlebnis des Tages mit dem Pater Ildefonsus, einem weisen Mann …

Dem Heinrich Teissenhofer war nicht verborgen geblieben, dass Comtesse Christina von Preysing die Burg bezogen hatte – und mit ihr Erasmus Griesbeck. Da flammte auch sein Herz auf – in Eifersucht und Hass.

Als die beiden an einem sonnigen Oktobertag über die »Kette« ritten, verfolgte er sie vom Hammerbach her und legte sich am Steilhang in den Hinterhalt. Der Wahnsinn hatte ihm eingegeben, aus dem Gewehrkasten seines Vaters eine Schrotflinte zu nehmen. Den beiden Begleitjägern war nicht entgangen, dass jemand durch den Niederwald schlich, daher trabte einer von ihnen vor und setzte sich an die Spitze. Kurz vor dem Abstieg des Weges in Richtung Bach erblickte er den jungen Mann mit angelegter Flinte hinter einem Findling. Er tat einen mächtigen Schrei, sprang vom Ross und jagte auf dem Hang dahin. Heinrich Teissenhofer war erschrocken, die Waffe war ihm entfallen, er rutschte den Berg hinab. Der Jäger hinter ihm drein. Unten vor der Brücke stellte er ihn. Er kannte ihn aber nicht. Darum hielt er ihn fest und wartete auf die anderen.

Die waren stehen geblieben und hatten die Hetzjagd mitverfolgt. Jetzt gelangten auch sie zur Brücke.

Sagte die Komtesse zum Jäger: »Was soll das? Er ist unser Freund!«

»Immerhin«, antwortete der Mann, »hatte er vor lauter Freundschaft die Flinte auf Euch angelegt! Oder habe ich das falsch gesehen?«

»Er hatte!«, meinte hart der andere Jäger und fuhr fort: »Du bist doch der vom Forstmeister?«

Mit entsetztem Gesicht fragte Christina: »Stimmt das, Heinrich? Das mit dem angelegten Gewehr?«

Da traten dem wuchtigen Burschen doch tatsächlich Tränen in die Augen, sodass er wegschaute.

Die Komtesse wendete ihren Rappen, Erasmus zog an ihre Seite, und auf dem gleichen Weg, auf dem sie gekommen waren, kehrten sie mit den Jägern auf die Burg zurück.

Am Abend bat der Forstmeister Jakob Teissenhofer das Edelfräulein um ein Gespräch. Er habe sich, so sagte er, mit seinem Sohn auseinandergesetzt; der sei jetzt für eine Weile bettlägerig und werde dann die Forstschule in München nicht mehr besuchen. Nur möge die hochgnädige Komtesse das schreckliche Ereignis, wenn möglich, nicht vor den Herrn Grafen Max bringen; der könnte mit Recht versucht sein, den Vater und die

Mutter für den Sohn zu bestrafen und alle aus der Grafschaft hinauszuwerfen.

Christina empfand Mitleid mit dem aufrechten Mann und fragte: »Wie wollen wir's dann aber mit dem Richter Zoller halten? Denn wenn er es schon nicht über Erasmus Griesbeck erfährt, über die Jäger erfährt er's sicher! Denn die dreschen es bereits jetzt in der Burgschenke breit.«

»Hochgnädige Komtesse, wenn Ihr bereit seid, mit unserem Sohn Nachsicht zu üben, reit ich heut Nacht noch nach Wildenwart und such den Richter auf.«

»An mir soll's nicht liegen!«, entgegnete sie und begleitete den Forstmeister zur Tür.

Dr. Zoller war über den Besuch zu vorgerückter Stunde zwar nicht ungehalten, doch sehr verwundert – und über die ganze Geschichte noch viel mehr. Dann meinte er jedoch, man dürfe diesen verspäteten Pubertätsaffekt des Burschen nicht zu hoch bewerten. Freilich wären die Folgen des gottlob missglückten Anschlags fatal gewesen, deshalb wolle er sich mit der Komtesse wegen etwaiger gewünschter Strafmaßnahmen besprechen.

Diese Besprechung erfolgte gleich am anderen Tag: Der alte Teissenhofer und der Richter trafen sich bei Christina. Auch sie hatte sich während der Nacht das Ereignis durch den Kopf gehen lassen.

»Meine Herren«, sagte sie jetzt, »ich war dem Heinrich einige Jahre zugetan, muss aber nunmehr darauf bestehen, dass er das Königreich Bayern verlässt. Ich fände sonst meine Ruhe nicht mehr!«

»Dafür verbürge ich mich, hochedle Komtesse!«, entgegnete der Forstmeister. »Werdet Ihr in diesem Fall von einer Anzeige beim Herrn Grafen Max absehen können?«

Darauf Christina: »Darüber müssen wir die Meinung des Richters hören. Die Angelegenheit betrifft seinen Bereich.«

Dr. Zoller, der nicht mehr der Jüngste war und einst als Student Christinas Mutter, die schöne Franziska Ruprecht, verehrt hatte, meinte treuherzig: »Mein liebes Mäderl, es ist das Vorrecht dieser Altersstufe, jung, dumm und gefräßig zu sein. Und so wenig man mit Feldschlangen auf Spatzen schießt, so wenig sollte man die Teissenhofer'sche Familie wegen eines Bubenstreichs verkriminalisieren. Wenn auf dieser Welt alles in vollkommener Ordnung abliefe, wär's fad und langweilig. Solange es jedoch noch liebe Mitmenschen gibt, die auf uns einwirken wie ein Dorn im Schuh, so lange rührt sich was in der Gemeinschaft und lässt uns nicht in einen bärenhaften Winterschlaf versinken. Liebe Komtesse, wirbeln wir keinen unnützen Staub auf! Der feurige Liebhaber verschwindet, und wir wollen's vergessen!«

Diese richterlichen Worte wirkten beruhigend. Dr. Zoller kannte das Mädchen und wusste, dass sie ein leichtes Tuch war – wie man so sagte. Es wäre ihm daher unverantwortlich erschienen, ihretwegen die Familie des Forstmeisters in den Ruin zu treiben.

Und wenn nicht alle Anzeichen trogen, war ja Christina bereits dabei, die Angel nach einem neuen Hecht für ihren Karpfenteich auszuwerfen …

Man trennte sich also mit der nochmaligen Zusicherung des alten Teissenhofers, den Sohn zu Verwandten ins Württembergische abzuschieben und zu versuchen, ihn dort im königlichen Forstwesen unterzubringen.

Die Komtesse und Erasmus Griesbeck setzten ihr gemeinsames Studium auf Hohenaschau in aller Ruhe unter der hütenden Hand der Witwe Catharina von

Hallern fort. Freilich musste die Edeldame oft durch alle zehn Finger schauen, um gewisse Ungereimtheiten nicht wahrzunehmen. Sie verfügte jedoch über jenen reichen Erfahrungsschatz, der meist nur von Witwen gehoben wird und durch keine auch noch so glückliche eheliche Verbindung erworben werden kann. Dadurch war ihr Herz groß und ihr Geist verstehend geworden – erfreuliche Eigenschaften eines menschlichen, eines fraulichen Charakters!

Überraschungen

Graf Max VI., Herr auf Hohenaschau, mit dem Sitz auf Brannenburg, kämpfte gegen seine Krankheit und gegen seine Jahre – hier wie dort aussichtslos. Denn sind einmal Krankheit und Alter verschwägert, bilden sie eine verschworene Gemeinschaft und fördern sich gegenseitig bis an ein selig Ende.

Dieses Ende war nun in den vornehmen Gemächern von Brannenburg langsam abzusehen. Aber auch im Stadthaus zu Rosenheim sah man es kommen, und Graf Johann Christian, der Bruder des Majoratsherrn, der nicht mehr das Glück gehabt hatte, dass ihm seine schöne Franziska einen Sohn gebar, machte sich seine Gedanken. Gedanken über die Herrschaft, Gedanken über die Tochter Christina.

Doch es gab da noch etliche andere aus dem Geschlecht derer von Preysing, nämlich die Vettern auf Kronwinkl bei Landshut. Auch diese machten sich ihre Gedanken und verfolgten mit Argusaugen das arg flackernde Lebenslicht der Hohenaschauer Linie. Sie hätten ihm liebend gern einen kräftigen Windstoß gegönnt.

Um darauf vorbereitet zu sein, hatte der gräfliche Großvater alle Söhne und Enkel auf das Schloss Kronwinkl geladen – nicht wie sonst bei festlichen Anlässen mit den Gemahlinnen, nein, ganz unauffällig und sogar bei Nacht. Niemand sollte von dieser Zusammenkunft wissen, und erführe einer dennoch davon, sollte wenigstens ihr Zweck im Dunkeln bleiben.

Als sich die Herren im kleinen Rittersaal um den Kamin versammelt hatten – 14 Mann, junge und ältere – schickte der Großvater die Kellerknechte, die den Wein in herrlichen Krügen herbeigebracht hatten, weg und begann: »Weil wir auf alles gefasst sein müssen, sind bereits im Voraus alle rechtsverbindlichen Möglichkeiten für den Todfall unserer lieben Hohenaschauer Vettern Max und Johann Christian zu klären und anzuvisieren, sofern wir nicht zulassen wollen, dass die dortige Grafschaft in die Hände der Friseuse und ihres Bastards gerät. Ich will mich darüber nicht weiters verbreiten, doch muss mit allen Mitteln verhindert werden, dass einer ein für unsere Linie nachteiliges Testament erstellt.«

Fragte einer der Enkel: »Großvater, Sie sagen ›mit allen Mitteln‹; welche Mittel könnten das sein?«

Der alte Graf nickte bedeutungsvoll: »Lasst besonders eure Beziehungen zur bayerischen Justiz spielen! Selbst auf die Gefahr hin, dass ihr euch – wie der ungetreue Knecht im Evangelium – Freunde schaffen müsstet mit dem schnöden Mammon!«

Diese Antwort des greisen Herrn schien einem jungen Heißsporn unter den Enkeln einen zu kostspieligen Einsatz zu erfordern, weshalb er ungestüm die Bemerkung hinwarf: »Und wenn die junge Dirn einen Jagdunfall erleidet oder auf irgendeinem Wege sich verliert?«

Da ging ein missmutiges Raunen um den runden Tisch. Der Großvater aber entgegnete: »Das unbedachte, dumme Wort hat keiner von uns gehört!«

Nun meinte einer der älteren Grafen: »Wir sollten vielleicht – im Gegensatz zur Gewalttätigkeit unseres jungen Freundes – mit den beiden Hohenaschauern ein Gespräch suchen. Niemand wird leugnen, dass die zwei ihre betrübliche Situation genauso kennen wie wir und nur darauf warten, dass wir ihnen entgegenkommen. Der Max ist ein gezeichneter Mann und reißt keinen Baum mehr aus; und der Johann Christian geht auf die sechzig und hängt, wie man hört, seinem einstigen Theologiestudium nach. Er überlässt die Dinge der Tochter, die übrigens ein sauberes Ding sein soll. Glaubt ihr nicht, dass sich mit den Vettern und der Tochter reden ließe?«

Darauf ein anderer: »Mit Reden erreichen wir nichts! Höchstens dass alle miteinander Argwohn schöpfen! Und was den Johann Christian betrifft, so hockt der jetzt in Rosenheim mit einem Jesuiten beisammen – angeblich wegen der heiligen Wissenschaft. Aber man weiß doch, dass die Jesuiten sich auch in anderen Disziplinen auskennen, warum nicht etwa in der Juristerei? Auf alle Fälle werden wir einen harten Stand haben, und wenn überhaupt, dann nur gerichtsmaßig etwas gewinnen.«

»Das ist unbestritten!«, bekräftigte der gräfliche Großvater. »Ebenso unbestritten ist auch Christians Abneigung gegen uns Kronwinkler!«

»Wieso?«, fragte einer der Enkel.

»Weil wir ihn zwei Jahrzehnte lang wegen der Friseuse durch den Dreck gezogen haben. Darum bleib ich dabei: Wir müssen, wenn der Erbfall eintritt, ein Testament zugunsten seiner beiden Weiber gerichtlich anfechten! Bemüht euch deshalb um die entsprechenden Anwälte und Richter!«

Während nun jeder der noblen Herren seinen Gedanken nachhing und seine Beziehungen zur »Mühle der Gerechtigkeit« vor seinem geistigen Auge Revue passieren ließ, platzte der gescheite Graf Leopold – er war erst kurz vorher von der Universität Heidelberg zurückgekehrt – mit der Feststellung heraus: »Wir haben uns nur um einen zu bemühen, um einen Einzigen, nämlich um den Freiherrn Zentner, den Justizminister! Der ist so faul, so schludrig und derart unbeholfen, dass er eine Meinung, die man ihm zur guten Stunde einflüstert, entgegen jeder Beweisführung hartnäckig bis ans Ende verficht, als wär sie ein Gebot Gottes. Haben wir den gewonnen, haben wir die Grafschaft an der Prien gewonnen!«

»Also beflüstere ihn!«, rief der Großvater und benickte beifällig sein eigenes Wort.

»Werd's versuchen, Herr! Aber …«

»Was: Aber?«

»Der Herr Minister sind sehr musikalisch und hören gern die goldgelben Kanarienvögelchen singen!« Dabei machte er mit den Fingern die Geste des Münzenzählens.

Die Zusammenkunft auf Kronwinkl dauerte bis zum frühen Morgen. Da waren die alten Herren in ihren ledernen Spannstühlen selig eingeschlafen, die jungen lagen über oder unter den Tischen und träumten vom Hohenaschauer Erbe, vom törichten Herrn Justizminister und von dem schönen Bastard Christina.

Sie zu heiraten, kam ihnen gar nicht so abwegig vor. Denn die Berg- und Hüttenwerke sowie die riesigen Waldungen hätten das bisschen Bartputzerei reichlich wettgemacht, und der Bettstatt wäre auch das letzte Quäntchen »Trauung zur linken Hand« auf- und davongeflogen!

Der alte Großvater war mit seiner Einberufung der Kronwinkl'schen Herren sehr zeitig gewesen. Es dauerte noch bis zum Frühjahr 1841, bis der hochedle Reichsgraf Max VI. von Preysing-Hohenaschau das

Zeitliche segnete und das gewaltige und reiche Erbe seinem Bruder Johann Christian überließ.

Das hatten sie allesamt im Stillen befürchtet, die Herren Vettern. Denn nun hieß es kämpfen und intrigieren, verleumden und prozessieren. Es hieß aber auch zugleich, die Fähigkeiten, Begabungen und Neigungen jener Enkelin eines Rosenheimer Baders auskundschaften. Und immer auf dem Sprung sein, das süße Mädchen zu verunglimpfen oder um ihre Hand anzuhalten – je nachdem.

Und – weiß der Himmel! – die nunmehr 26-jährige Komtesse Christina war, wie der Dichter gesagt hatte, »des Schweißes der Edlen wert«!

Und auf dem Satteldach des Bergfrieds von Hohenaschau knatterte die Preysing'sche Fahne: Kommt nur, ihr Freier, wir erwarten euch! Bringt aber auch gleich das Zehrgeld für eure Heimreise mit! Wir können nämlich rechnen; diese Kunst hat uns der Rosenheimer Großvater vererbt, der in seiner Jugend den Pfennig hatte zweimal umdrehen müssen, ehe er sich entschließen konnte, ihn einmal auszugeben. Wenn ihr also nicht bietet, was wir erwarten, dann wird euch unter dem Tor der mächtigen Vorburg unser allergnädigster Laufpass erwarten, geschmückt mit einem Tannenzweiglein im Winter oder mit einem Röslein im Sommer. Beides kann man sich auf den Hut stecken …!

Dr. Erasmus Griesbeck, fertiger Jurist und ausgestattet mit den glänzendsten Zeugnissen der Hohen Schule von München, hatte soeben im kleinen Spiegelsaal des Hohenaschauer Schlosses seine Ernennungsurkunde als Richter in Prien aus der Hand des Herrn Grafen Johann Christian – in Beisein der Tochter – ergebenst entgegengenommen und ritt jetzt über die Zugbrücke und dann den Burgberg hinab. Fortan wird er im Viererzug ausfahren, so wie es ihm traditionsgemäß zusteht.

Sein erstes Ziel wird in Wildenwart Dr. Zoller sein. Der wird ihm die Akten der jüngsten Jahre, die herrschaftlichen Protokollbücher und die Verrechnungskladden des Berg-, Hütten- und Waldwesens übergeben. Er wird ihm auch das Glück seines Großvaters Florian wünschen – im Amt sowohl wie in der Ehe. Und dann wird er gleich fragen, wie ihn schon manche gefragt hatten, ob denn das mit der Komtesse Christina stimme und so ... »Verehrter Herr Collega«, wird Erasmus ihm antworten, »ich will kein Fuchs sein, dem die Trauben zu hoch hängen, und verzichte darum von vornherein auf die Frucht des Weinstocks!«

Mit solcherlei Gedanken kam der junge Richter ins Banngerichtshaus nach Prien.

Im Vestibül waren sie zu einer Gratulationscour angetreten: die Großmama, die Mama Benigna und sogar die Tante Ursel oder Schwester Isidora von der Frauenwörther Nonnenschaft mit ihrer Frau Oberin. Das Resei und Benigna weinten vor Glück; die beiden Klosterfrauen lächelten das süße Lächeln der Demut und Gottergebenheit. Dann feierten sie zu fünft ein wenig und gedachten wieder und wieder des Großvaters Florian, der die Nagelschmiedgesellin gleichsam von der Esse weg geheiratet hatte. Dabei leuchteten die Augen des alten Resei wie damals am Morgen nach dem Thomastag, als ihr die Schwester das frische Brunnenwasser ins Gesicht gespritzt hatte und sie ihr flüstern konnte, sie habe wahrhaftig vom Richter geträumt.

»Und wie wird's bei dir sein, Erasmus?«, fragte die ehrwürdige geistliche Dame, die einst dem angehenden Gymnasiasten die Grundbegriffe des Lateinischen beigebracht hatte.

»Verehrte Frau Oberin, ehe ich mich mit dem Pflichtenkreis der Ehe vertraut machen kann, wird mich der meines Amtes auf Jahre hinaus in seinen Bann schlagen. Ist doch unsere Grafschaft von außen her vielseitig bedroht; und wer weiß, was von innen noch auf uns zukommt! Ich denke da vor allem an meinen Vater ...« Da schwiegen die Frauen und schauten verlegen vor sich hin. Es war, als wäre der erste herbstliche Reif aufs Rosenbeet gefallen – schön, aber kalt.

Erasmus fuhr fort: »Eine meiner ersten Kanzleiarbeiten wird sein, die Akte Pilgrim zu studieren. Denn ich muss genau wissen, wo Schwäche oder Bosheit wirksam war. Das bin ich meinem Amt und meiner Herrschaft, vielleicht auch meinem Vater schuldig.«

Seinem Vater!

Wo war er denn, sein Vater? War er überhaupt noch irgendwo? Er hatte ihn kaum gekannt, besaß nur eine einzige, blasse Erinnerung an ihn: als er nämlich mit blutüberströmtem Gesicht in der Kuchl gesessen war, als ihm die Großmutter Marei das Fleischmesser über den Kopf geschlagen hatte. Das war eine böse Zeit gewesen, damals im Forsthäusl zu Pfaffenhofen! – Gute zwanzig Jahre sind seitdem vergangen! – Später soll er dem Banngericht entflohen sein, sagten die Leut hinter der vorgehaltenen Hand.

Nun, jetzt würde ihm, dem Erasmus, die Wahrheit offenbar werden! Dort am Schreibtisch lagen die Akten. Der Sohn würde sich gleich einem Spürhund auf die Fährte seines verbrecherischen Vaters setzen! Ungeheuerlich vielleicht – doch es musste sein!

Und er studierte während des ganzen Winters Blatt um Blatt aus diesem Aktenbündel.

Strafvollzugsanstalt von Tirol. Innsbruck, den 18. März 1842. – An die Königlich Bayerische Polizeidirektion in München.

Vor 15 Jahren musste der bayerische Staatsangehörige Pankraz Pilgrim aus der Grafschaft Hohenaschau wegen Totschlags hierorts einsitzen. Er hat seine Strafe verbüßt, und wird hiermit einer dortigen Polizeidirektion zu wissen getan, dass wir besagten Pankraz Pilgrim am 30. März dieses Jahres beim Grenzkontrollposten zu Sachrang aus dem Lande Tirol in das Königreich Bayern abschieben werden. Wir ersuchen, den dortigen Posten zur Übernahme des Mannes zu ermächtigen.
PS. Pankraz Pilgrim ist leidend, und wir machen darauf aufmerksam, dass eine längere Gehfähigkeit infrage gestellt werden muss.

Dieses Schreiben ging am 23. März in München ein und wurde tags darauf an das Herrschaftsgericht Hohenaschau weitergereicht, wo es am 27. März 1842, mittags 12 Uhr und 30 Minuten, vom polizeilichen Überreiter abgegeben wurde. Dr. Griesbeck sagte seiner Verwandtschaft nichts, sondern ritt mit dem Schreiben zum Pfarrer Joseph Waxenberger nach Aschau. Der las es, dachte eine geraume Zeit nach und meinte dann: »Herr Richter, den siechen Mann nehme ich gern in unser Krankenhaus auf. Was seine Vorgeschichte und alles andere Leidige betrifft, so tragen Sie die Verantwortung!«

Darauf der Griesbeck: »Und wenn ich ihn gleich bei mir daheim unterbringe?«

»Davon rate ich ab. Denn Ihr Haus in Prien ist Gerichtshaus. Auf einen, der 15 Jahre lang nur mit Richtern und Schergen zu tun hatte, jetzt aber frei ist, müsste die Zurückführung ins Banngerichtsgebäude seines Heimatortes schockierend wirken – ganz abgesehen davon, dass man zuvor Ihre Mutter und Ihre Großmutter davon unterrichten müsste. Diese beiden darf man aber nicht überrumpeln und vor vollendete Tatsachen stellen. Also bräuchte man Zeit, die man jetzt nicht mehr hat!«

»Ich danke Ihnen für den guten Rat, Herr Pfarrer!«

Der fuhr fort: »Wir weisen ihm in unserem Krankenhaus eine stille Kammer zu, betreuen ihn ganz unauffällig und bedrängen ihn in keiner Weise. Hat er sich einmal in den neuen Lebensbereich eingewöhnt, werden wir weitersehen. Fest steht, dass wir ihm nach 15 Gefängnisjahren zugestehen müssen, dass er sich gewandelt haben könnte.«

Drei Tage vergingen. Da schickte Dr. Erasmus Griesbeck seinen Amtsdiener Simon Anrainer mit einer geschlossenen Herrschaftskutsche zum Grenzamt nach Sachrang. Anrainer übernahm den armseligen Pankraz Pilgrim, erledigte die Formalitäten und brachte ihn ins Gemeindekrankenhaus. Niemand in Aschau hätte den einstigen Forstmeister wiedererkannt. Aus den tief liegenden Augenhöhlen warf er ab und zu ein paar schüchterne Blicke auf die Menschen, die sich um ihn kümmerten. Ein langer, schimmliger Bart hing strähnig von den eingefallenen Wangen herab. Die Brust wogte keuchend auf und nieder.

Als ihn einige Tage später Pfarrer Waxenberger besuchte – die beiden Männer hatten einander noch nie gesehen –, war Pankrazens erste Frage: »Werde ich dem Richter übergeben?«

»Vorläufig bist du ein kranker Mann, Pankraz Pilgrim, und wir wollen, dass du gesund wirst! Du musst uns dabei helfen! Du solltest jetzt still und gelassen in den Tag hineinleben, unbekümmert um das, was war, und um das, was sein wird! Denn das Gewesene können wir nicht mehr ändern, und das Künftige ist uns verborgen.«

Pankraz nickte. Nach einer Weile fragte er weiter: »Ob wohl meine Mutter noch lebt?«

»Sie soll sich schon vor längerer Zeit in die Rosenheimer Gegend zurückgezogen haben; möchtest du, dass ich sie verständige?«

»Bitte nicht, Herr Pfarrer!«

»Nach deinem Sohn fragst du nicht?«

»Gibt es den noch?«

»Es gibt ihn, und er ist dir näher, als du ahnst!«

»Wie soll ich das verstehen, Herr?«

»Seit vorigem Herbst wirkt er als Richter in Prien.«

Einen Augenblick lang war der Pilgrim wie gelähmt. Dann knickte er förmlich in sich zusammen und tastete mit zitteriger Hand nach der Kerze, die vor ihm auf dem Tisch stand, gerade als wollte er sich an ihr festhalten.

Der Pfarrer Waxenberger erkannte den seelischen Zusammenbruch. Er legte dem Pankraz die Hand auf den Arm und sagte sanft: »Freund, über allem, was geschah, was geschieht und was geschehen wird, steht in unverrückbarer Güte unser Herrgott. Wir haben nichts anderes zu tun, als uns in diese Güte hineinzuversenken.«

War es diese Nachricht oder war es überhaupt die Umstellung seines Lebens nach dem 15-jährigen Einerlei der Gefängnishaft – Pankraz Pilgrin wurde mit jedem Tag schmäler und schwächer. Der Pfarrer, der täglich auf einen Sprung bei ihm vorbeikam, merkte den langsamen Verfall und berichtete ihn nach Prien.

Jetzt wollte Dr. Erasmus Griesbeck die Mutter und die Großmutter nicht mehr im Unklaren lassen, zumal ein wahrscheinlich baldiger Tod des Vaters sowieso nicht verborgen bleiben würde. Die Ursel mochte er in ihrem klösterlichen Frieden auf Frauenwörth nicht stören, wusste er doch, dass eine echte Geschwisterliebe zwischen ihr und dem Bruder nie bestanden hatte. Und das Marei, seine Mutter, die ihn mit dem Kuchlmesser verletzt hatte? ... Trotzdem wäre es herzlos gewesen, sie nicht zu unterrichten. Er schrieb ihr also einen Brief und überließ es ihr, die Anwesenheit und das herannahende Ende des Sohnes zur Kenntnis zu nehmen oder auch nicht.

Wie sich dann bei der Beerdigung des Pankraz Pilgrim am letzten Apriltag 1842 zeigte, hatte die Mutter keinerlei innere Verbindung mehr zu ihrem Sohn gehabt. Am Grab auf dem Friedhof zu Aschau standen der Richter und die beiden Frauen seines Hauswesens sowie der Forstmeister Teissenhofer mit ein paar Waldhegern, die einen Tannenkranz auf den Sarg legten. Pfarrer Waxenberger erinnerte in ein paar kurzen Worten daran, dass wir Menschen zum großen Teil das Ergebnis unserer Herkunft und Erziehung seien. Es stehe daher niemandem zu, über das Tun und Lassen eines Einzelnen den Stab zu brechen. Dieses Geschäft habe unser Herrgott sich ausschließlich selbst vorbehalten; er lasse sich dabei von keinem anderen ungestraft dazwischenpfuschen. Uns armen Sündern stehe es aber gut an, die Barmherzigkeit des Himmels auf den heimgegangenen Bruder herabzurufen.

Tage später schloss Dr. Griesbeck die umfangreiche Akte Pankraz Pilgrim mit dem Satz ab: »Wer seine Handlungen beurteilen will, muss stets zwischen der *causa disponens* und der *causa efficiens* unterscheiden!« – Das war ein sehr gescheiter Satz, nicht für die Öffentlichkeit bestimmt. Nachdem aber – wenn überhaupt – doch nur die Rechtskundigen den Akt in die Hände nehmen würden, glaubte er, dass der Satz am Platze wäre.

Nach der Beerdigung begaben sich die beiden Frauen an das Pertl'sche Grab. »Werd bald kommen!«, meinte das Resei, als sie sich mühsam niederbückte und mit dem Daumen ein Kreuzzeichen in die Hügelerde hineinzeichnete.

Die Waldheger strebten eilig der Wirtschaft zu, wo sie auf Herrschaftskosten freigehalten wurden. Dr. Griesbeck wurde vom alten Teissenhofer ins Forstamt eingeladen. Denn auch hier mussten die Bücher abgeschlossen und vom Richter gegengezeichnet werden.

Bei dieser Gelegenheit kam das Gespräch der beiden erstmals auf Heinrich. Er mache sich im königlich württembergischen Forstwesen recht ordentlich, habe die Tochter eines begüterten Tuchhändlers geheiratet und gedenke, nicht mehr in die Grafschaft zurückzukehren, obwohl ihn die Sehnsucht nach den heimatlichen Bergen und dem Chiemsee von Zeit zu Zeit immer wieder ankomme. »Mit den bubenhaften Flausen dürfte es vorbei sein, Gott sei Dank!« Damit schloss der Forstmeister seinen Bericht über den Sohn, wobei sich ein feiner Glanz von Zufriedenheit über sein Gesicht verbreitete.

Komtesse Christina von Preysing war über das Stadium der eben erwähnten Flausen noch nicht hinaus. Das Bewusstsein, ein riesiges Vermögen zu besitzen und ein hübsches Gesicht zu haben, machte sie den vielen Freiern gegenüber eitel und hart. Das sprach sich mit der

Zeit in den Kreisen des Adels herum, sodass im süddeutschen Raum kaum noch einer Lust auf eine Brautschau in Hohenaschau verspürte, wie sehr auch das Eisen und Holz dazu einluden. Außerdem hieß es, das edle Fräulein habe sich eine Art Register angelegt, in welchem sie die Namen, das Aussehen und die Verhaltensweisen des Abgeblitzten fein säuberlich aufschreibe. Welch eine unwürdige Niedertracht! Aber darf's einen wundern? Im Gegenteil! Damit liefert sie den Beweis ihrer Herkunft aus der Gosse!

Allmählich versickerte der Fluss der Freier – und Christina kam in die Jahre.

Wieder einmal war der erste Sonntag im September strahlend blau über dem Chiemsee aufgegangen: Jahrmarkt in Aschau! Schon seit 1555, als noch der edle Pankraz von Freyberg hoch auf der Burg saß, begingen sie ihn: die Kramer, die Kurzwaren-, Wollwaren- und Holzwarenhändler, die Hutmacher, die Lederer und Bortenmacher, Weißgerber und Uhrmacher, zwei Kunsthändler, der eine aus dem Welschland, der andere aus München, die Seiler, Messerschmiede, Weber und Drechsler, die Kammmacher, ein paar Stricker, ein Bürstenbinder, etliche Siebmacher – und sogar ein Buchhändler. Alle wollten ihr Geschäft machen.

Im Winkel bei der Kreuzkapelle stand ein Lederzelt, das ganz geschlossen war. Hier hockte hinter einigen Spiegeln und Gläsern die Sugambre, eine Frau, die allerhand Fähigkeiten besaß, natürliche und übernatürliche. Die Sugambre verstand sich auf die Heilkunde und auf die Wahrsagerei; sie konnte sogar aus der Hand und aus dem Urin lesen. Da gab es landauf, landab nichts, was man ihr nicht hätte unterbreiten können. Es herrschte viel Betrieb um das Zelt der Sugambre herum. Allerdings taten alle so, als befänden sie sich nur rein zufällig in diesem Winkel. Niemand wollte zu erkennen geben, dass er sich nach einem verstohlenen Blick in die Zukunft sehnte – für zwölf Kreuzer. Insbesondere waren es die heiratsfähigen Bauerntöchter von den Höfen ringsum, die sich inbrünstig nach einem herzhaften Burschen sehnten. Leider hatten sie jetzt nicht viel Zeit zum Warten, weil daheim die Arbeit rief; darum wachte jede scharf darüber, dass ihr nicht eine andere zuvorkäme. Da gab's bisweilen handgreifliche Auseinandersetzungen, und die herrschaftlichen Banngerichtsschergen mussten energisch einschreiten. Deshalb war die Gegenwart des Richters oder seines Amtsdieners erforderlich.

Es war schon am späten Nachmittag, als die hochgräflich Preysing'sche Sänfte von vier Burgknechten langsam die Zellerhorngasse heraufgetragen wurde. Die Sänfte wurde vor der Kirchentür abgesetzt, und die Komtesse Christina stieg aus. Sie sah eine Gruppe der Bauernmädchen im Winkel stehen und begab sich, von einer Kammerfrau begleitet, sofort zu ihnen, um ein wenig mit ihnen zu plaudern und zu scherzen.

In diesem Augenblick kam der junge Richter von Prien dahergeritten. Er erblickte die abgestellte Sänfte mit dem Preysing'schen Wappen und saß sofort ab. Bald hatte er Christina erspäht. Er eilte auf sie zu: »Komtesse, hätte ich geahnt, dass Sie hier sind …«

»Was dann?«, entgegnete sie und streckte ihm die reich beringte Hand hin.

»Ich hätt dafür Sorge getragen, dass Sie nicht behelligt worden wären!«

»Behelligt? Mich hat niemand behelligt! Im Gegenteil, die Dirndln haben mich bestens unterhalten!« Alle lachten hell auf, und Dr. Griesbeck machte ein ratloses Gesicht.

Darauf verabschiedete sie sich von den Mädchen und ging mit ihm mitten hinein ins Jahrmarktgetriebe. Sie gab sich überall in der Grafschaft als eine schlichte, leutselige Frau. So wurde sie von vielen verehrt, doch von vielen auch bedauert, weil sie bei ihren dreißig Jahren noch immer nicht an einen Mann gekommen war. Die Leute wussten ja nicht, dass sie selbst viele beachtliche Partien ausgeschlagen hatte.

Warum ausgeschlagen? Ihre Mutter wusste es; ihr hatte sie es in einer schwachen Stunde gestanden: Sie verglich jeden Freier mit dem Erasmus Griesbeck. Den Vater hatte sie sogar schon gefragt, ob man dem Richter nicht wenigstens ein kleines Adelsprädikat zuschanzen könnte. Doch Graf Johann Christian sah dies als unbedacht an und gab ihr darauf keine Antwort.

Und jetzt schritt sie nach langer, langer Zeit wieder einmal neben ihm.

»Komtesse, Sie sollten vorsichtiger sein …«

»Sag, spinnst du? Du willst mich siezen angesichts dessen, was gewesen ist?«

»Das muss doch ein für alle Mal vorbei sein!«

»Nix ist vorbei! Im privaten Bereich bleiben wir die Alten!«

»Das ist zwar freundlich, will mir jedoch nicht recht gefallen!«

»Aber mir! Zumindest so lange, bis ich einen Mann hab! Lass mir so lange die ungetrübte Erinnerung und nenn mich wie früher!«

Er machte eine Geste der Hilflosigkeit: »Du bist die künftige Herrin und wirst den Zeitpunkt meiner Unterordnung bestimmen! Bis dahin also wollen wir Freunde sein!«

Sie drückte ihn am Arm, auf den sie sich leicht gestützt hatte.

An einem Sonntag im Oktober 1845 nach dem Gottesdienst versammelte Graf Johann Christian von Preysing alle höheren Herrschaftsdiener auf der Burg um sich. Es galt Bilanz zu ziehen und die Rentabilität der Eisenwerke und Forstbetriebe zu prüfen. Von München war der gräfliche Hofkammerpräsident angereist, von Prien der Richter, von Siegsdorf der Kressenberger Werksdirektor mit dem Markscheider und der Oberförster vom Samerberg. Forstmeister Teissenhofer sowie die Hütten- und Drahtzugmeister von Hammerbach, weiters der Satzmeister der Nagelschmiede, wohnten am Ort und hatten sich nur den steilen Burgberg heraufbemühen müssen, ebenso der Pfarrer Waxenberger.

Der Graf begrüßte sie kurz und ließ ihnen dann einen guten Etschländer Wein reichen. Er versäumte aber nicht, sie auf dessen Gefährlichkeit hinzuweisen, und bat, wenigstens für den Anfang maßvoll davon zu trinken.

Dann rollte der Münchner Beamte die nicht gerade rosige Wirtschaftslage der Grafschaft auf – vor allem im Hinblick auf die Eisengewinnung. Darauf erklärten der vom Kressenberg und der Hüttenmeister übereinstimmend, die ausländische Konkurrenz steige bedrohlich an, auch kämen die eigenen Erztransporte zu teuer. Mit äußerster Deutlichkeit fügte der Hüttenmeister noch hinzu, man dürfe gottfroh sein, wenn man das Eisen für die hundert herrschaftlichen Nagelschmiede und Gesellen noch herbringe, damit wenigstens sie und die sechzig Leute am Drahtzug zu leben hätten; den Handel mit Roheisen könne man getrost abschreiben, er falle kaum noch ins Gewicht.

Dagegen drückte der Forstmeister unverhohlen seine Genugtuung über den Rückgang der Eisengewinnung aus, »sonst hätten wir nämlich am End weder Eisen noch Holz. So aber bleibt uns wenigstens der Wald.«

Sagte der Pfarrer: »Die Meinung des Herrn Forstmeisters in Ehren, sie ist jedoch ein schwacher Trost. Mir scheint, die Wurzel des Übels liegt tiefer, liegt nicht bloß im Wirtschaftlichen, sondern mehr noch im Moralischen, in der mangelnden Arbeitsmoral. Unsere Leut sehen in der Arbeit nur noch die Last, nicht aber, dass sie auch zur Erfüllung des Lebens gehört. Und weil die Franzosen von der Gleichheit aller Menschen geschwärmt haben, glauben jetzt auch die Unseren, es sei unter ihrer Würde, im Dienst einer Herrschaft zu arbeiten. Alle wollen Herren sein! Weil das aber nicht geht, verrichten sie den Dienst für die Herrschaft so miserabel wie möglich, in der Meinung, dadurch sich selbst zu bestätigen.«

In diesem Augenblick trat Komtesse Christina in den Saal. Alle erhoben sich.

Meinte der Graf: »Liebe Freunde, nachdem meine Jahre gezählt sind und die Komtesse mir früher oder später nachfolgen wird, möchte ich, dass sie die Spitzen der Grafschaft kennenlernt. Sie wird dem weiteren Verlauf unserer Beratungen beiwohnen.«

Die Versammelten verneigten und setzten sich wieder. Nun legte der Teissenhofer lang und breit die wirtschaftliche Gesundheit der Forstbestände dar und versäumte nicht, hie und da den Eisenwerken einen Seitenhieb zu verpassen. Als er sie jedoch sogar für den allgemeinen Niedergang verantwortlich machen wollte, rief ihn der Hofkammerpräsident zur Ordnung und entzog ihm das Wort. Darüber war der Forstmeister derart erbost, dass er aufstand und den Saal verließ. Dies wiederum durfte der Graf nicht dulden. Er forderte, ohne lange zu überlegen, den Richter auf, den

Mann ab sofort und bis auf Weiteres seines Amtes zu entheben.

Damit war eine böse Stimmung im Saal aufgekommen, und der Graf beeilte sich, mit ein paar bedauernden Worten alle wegzuschicken. Nur den Richter bat er mit sich.

Sie begaben sich in sein Arbeitszimmer – zusammen mit der Komtesse – und besprachen den peinlichen Zwischenfall. Der Teissenhofer hatte sich unstreitig danebenbenommen; ebenso unbestritten war aber auch, dass die herrschaftlichen Waldungen in den vielen Jahren seines Wirkens außerordentlich hohe Erträge abgeworfen hatten, sodass sein Aufbegehren zu verstehen, wenn nicht gar zu rechtfertigen war. Eine Amtsenthebung war also letztlich ein Schnitt ins eigene Fleisch. Ob die Grafschaft sich das leisten konnte?

Solche Fragen stellte Dr. Griesbeck den beiden Gräflichen.

Die Komtesse pflichtete ihm sofort bei; auch der Graf erkannte bald, dass man den Forstmeister nicht gut entbehren konnte, und bat den Richter, die Angelegenheit wieder ins Reine zu bringen. Zum Schluss war man sich trotz der geplatzten Versammlung darin einig, dass alle Kräfte in Bewegung gesetzt werden mussten, wenn man die Herrschaft Hohenaschau einigermaßen heil in das sich anbahnende neue Zeitalter der Industrie hinüberretten wollte.

»Kavalier schleichender Künste«

Im Dezember 1845 zog Trauer ein ins Richterhaus zu Prien: Das Resei starb. Sie starb gottergeben, so wie sie gelebt und gearbeitet hatte, und in ihren letzten Stunden glaubte man auf ihren Zügen bereits den Schimmer jenseitigen Glücks zu sehen. Sie hatte zeitlebens viel gebetet; vielleicht war es also ihr Verdienst, wenn Benigna am Weihnachtstag ihren Entschluss bekannt gab, Nonne im Kloster Frauenwörth zu werden, auch wenn sie damit den Sohn Erasmus im Richterhaus allein zurückließ.

Wie kann sich ein Dreißigjähriger, der nach Jahrzehnten liebevollen Umsorgtseins plötzlich die Erfahrung des Alleinseins machen muss, im Alltag zurechtfinden, ohne die Fröhlichkeit des Herzens zu verlieren?

Erasmus Griesbeck folgte den häufigen Einladungen der Komtesse Christina nach Hohenaschau, obwohl beide sich eingestehen mussten, dass es eine gemeinsame Zukunft für sie nicht geben konnte. Erasmus spürte dabei von Mal zu Mal mehr, wie diese Besuche nur seine Einsamkeit vermehrten, ja, sie bis ins Unerträgliche steigerten.

Der Komtesse erging es nicht anders. Hatte er ihre noblen Zimmer in vorgerückter Nacht verlassen, empfand sie die Leere ihrer Stunden desto grausamer und wünschte ihn, den sie soeben noch inbrünstig umarmt hatte, ebenso inbrünstig zum Teufel – um ihn freilich schon am nächsten Abend wieder genauso inbrünstig herbeizusehnen.

Indes, der Himmel hatte Erbarmen mit ihnen. An einem heißen Sommertag 1846 kam ein junger Mann dahergeritten, ein Baron Albin von Leutner aus dem Steirerland, schmuck, zierlich, blauäugig, das knabenhafte Gesicht von einem gepflegten Backenbärtchen umrahmt – eine Porzellanfigur. Wie der Prinz im Märchenbuch ließ er sich vor die Komtesse führen und begann mit ihr ein in Schmalz gebackenes Gespräch, das, je dümmer es wurde, das Herz der Edeldame desto heftiger zu bewegen schien. Besonders als er von den Annehmlichkeiten erzählte, die er während einer Reise durch Frankreich auf den Schlössern an der Loire in den Salons schöner Damen erlebt haben wollte. In diesen Kreisen sei er erst so recht der Verzückungen innegeworden, in die ein zur Liebe geborenes Frauenzimmer den sehnsüchtigen Mann zu versetzen vermöge. Geschickt flocht er ein paar Abenteuer Casanovas in seine Erlebnisse mit ein und gab sich so den Anschein eines in den Künsten der Liebe erfahrenen Kavaliers.

Was Wunder, dass Christina nach der Alltäglichkeit ihrer Begegnungen mit dem biederen Erasmus für den Steirerbuam in Leidenschaft entbrannte und ihm sogleich ein Gastzimmer auf dem Schloss anweisen ließ. Die Besuche des Herrschaftsrichters von Prien waren fortan nicht mehr gefragt.

Der hatte gemäß dem Auftrag des Herrn Grafen Johann Christian in der Zwischenzeit die Aussöhnung mit dem Forstmeister Teissenhofer betrieben und zum guten Ende gebracht. Dies war leichter möglich gewesen, als der Graf seinen Wohnsitz gleich nach jener geplatzten Versammlung in Wildenwart genommen hatte.

»Was halten Sie von dem Neuen auf der Burg?«, fragte Jakob Teissenhofer eines Tages den Richter, als sie miteinander den Geigelstein hinanstiegen.

»Dasselbe wollte ich Sie fragen!«, erwiderte der. »Seitdem dieser Neue die Gunst der Komtesse gewonnen hat, habe ich Hohenaschau nicht mehr betreten.«

»Neulich bin ich den beiden bei der Hofalm begegnet. Das Bürscherl hängt im Sattel wie eine Unterhose auf der Wäscheleine!«

Erasmus erwiderte: »Hab ihn noch nicht gesehen. Wenn's so ist, wie Sie sagen, wird er ihr kaum genügen.«

Darauf entgegnete mürrisch der Teissenhofer: »Ist mir wurscht, ob er ihr genügt oder nit! Nur möcht ich die Grafschaft nit gerne verdorren sehen unter dem Zugriff eines Allerweltswindbeutels! Und ein solcher Windbeutel ist er, da fress ich einen Besen!«

»Soll ein Steiermärker sein!«, setzte der Richter hinzu.

»Das obendrein!«, polterte der Forstmann. »Wenn er seine Goschn aufmacht, baatzt's ihm die Red raus wie Brei. Könntst ihm gleich eine 'neinhaun!«

»Dass der bei sich da unten kein Weib gekriegt hat?«

»Die den nimmt, hat den grauen Star; das sag ich Ihnen!«

»Vorsicht, Teissenhofer! Wie bald wird er noch unser Herr!«

»Der meine nit! Lieber geh ich Steine klopfen!«

»Ob er vom Berg- und Forstwesen eine Ahnung hat?«, fragte der Richter.

»Vom Bergwesen vielleicht, denn in der Steiermark soll's ja so was geben. Was aber den Forst betrifft, so werd ich ihm, bald wir uns wieder begegnen, ein paar saudumme Fragen stellen; bin neugierig, wie er reagieren wird.«

So redend, gelangten die beiden Männer zur Jagdhütte unterm Geigelstein. Sie setzten sich auf die Bank an der Sonnenseite und machten Brotzeit. Ringsumher dufteten die Arnikapflänzchen, und die Bergspinnen schienen sich anzustrengen, ihnen einen besonders schönen Altweibersommer zu bereiten. Und wenn die Herrschaft Hohenaschau auch nur diesen einen gesegneten Landstrich aufzuweisen gehabt hätte, es wäre schon um dieses Plätzchens an der Geigelsteinhütte willen unverantwortlich gewesen, die Grafschaft zu verlassen. Das spürten die beiden Männer gleichermaßen, bis der Richter schließlich vor sich hin brummelte: »Vielleicht kriegt sie noch das Einsehen, die Christina, und lässt ihn sausen!«

»Zu wünschen wär's!«, entgegnete der alte Forstmeister. »Nur wird man dann beim nächsten Bewerber genauso bangen müssen. Denn was sich jetzt noch als Freier auf der Burg einstellt, das ist nach meiner unmaßgeblichen Meinung letzte Garnitur. Sie wären schon der rechte Mann gewesen!«

»Der rechte Mann vielleicht, aber kein Herr!«, erwiderte Erasmus Griesbeck.

»Und die Balbiererin aus Rosenheim, war etwa die die rechte Frau gwesen?«, polterte der Forstmann.

»Ob's die rechte war, bleibe dahingestellt. Sicherlich hat sie das stockige blaue Blut aufgefrischt.«

»Und der Steirerbua wird's wieder verhunzen!«

Das Heiratsproblem der Komtesse ließ die beiden Männer auch am Heimweg nicht los.

Als Dr. Griesbeck am späten Abend das Gerichtshaus betrat, berichtete die Magd, ein reitender Bote sei da gewesen mit der Meldung, der Herr Bannrichter solle anderentags nach Wildenwart zum Herrn Grafen kommen.

Breit und behäbig gleich einem Satanspilz saß der fast siebzigjährige Edelmann auf der Hochterrasse und sonnte sich inmitten einiger aus der ganzen Grafschaft zugelaufener Hunde, dem Aussehen nach einer dümmer als der andere. Aber er liebte sie und pflegte zu sagen: »Von denen hat mich noch keiner enttäuscht – im Gegensatz zu den Menschen!«

Als der Kammerdiener den Richter gemeldet hatte und dieser die Terrasse betrat, kläffte die ganze Meute wie wild, was den Grafen offensichtlich freute, denn er fuhr dem einen und anderen Pinscher mit der Hand zärtlich über den Buckel.

»Setz dich, Richter! Wir wollen eine Kanne Wein trinken!«

Der Diener schenkte ein, sie prosteten einander zu, und Graf Johann Christian fuhr fort: »Hand aufs Herz, Griesbeck! Du bist unserer Tochter einmal sehr nahe gestanden?«

»Ich kann es nicht leugnen, gnädiger Herr!«

»Sollst du auch nicht! Im Gegenteil! Wärst du ein Herr, kein Schwiegersohn wäre mir lieber!«

»Danke, Herr Graf!«

»Damit wären wir beim Thema! Du weißt, dass unsere Christina mit so einem rotzigen Gesellen herumzieht, schon seit etlichen Monaten. Hab durchaus nichts gegen den Mann, kann auch nichts gegen ihn haben, weil ich ihn gar nicht kenn. Ich muss ihn aber kennenlernen, falls er mein Nachfolger werden sollte. Wie ist das bei dir? Kennst wenigstens du ihn?«

»Gnädiger Herr, hab ihn noch nicht einmal gesehen, geschweige denn gesprochen!«

»Aber vielleicht kannst du ihn ja noch kennenlernen! Und deshalb hab ich mir gedacht, Richter, du solltest dich auf seine Spur setzen, drunten im Steirerland! Fahr hinunter und erkund mir unauffällig, was das für Leut sind, die Freiherren von Leutner! Was die Richterei angeht, da werd ich in der Zwischenzeit mit deinem Amtsdiener zusammen das Kind schon schaukeln!«

Das Frühjahr 1847 setzte in ganz unnatürlicher Weise bereits Anfang Januar ein, und von den Bergen donnerten mächtige Wasserfälle ins Priental. Da fuhr der Richter mit dem Kutscher Georg und einem Paar Wechselpferden im neutralen Herrschaftsschlitten auf Salzburg zu und weiter über das Ennstal und den Schoberpass.

Ende Januar kamen sie in Graz an. Er nahm sich im »Erzherzog Johann« ein kleines Appartement. Er durfte ja nicht auffallen, ohne seine heikle Aufgabe zu gefährden. Dann begab er sich auf das Landesamt für Geschlechterforschung und brachte sein Anliegen vor: Er benötige die Genealogie derer von Leutner.

Der staubige Beamte hinter einem riesigen Schreibtisch hätte gerne gefragt, wozu. Das wäre jedoch indiskret gewesen. Darum gab er sich recht leutselig und suchte durch hinterlistige Reden dem jungen Mann die eine oder andere aufschlussreiche Bemerkung zu entlocken. Bald wusste er, dass der aus Bayern kam – und machte sich einen Reim darauf; denn er war mit den Freiherren von Leutner verschwägert. Er gab also dem Dr. Griesbeck den Rat, sich auf die Riegersburg zu begeben und dort weiterzuforschen, weil sich die Archivbestände auf jener Burg befänden. In Wirklichkeit wusste er genau, dass in den Akten der Riegersburg keine Zeile über die Herren von Leutner geschrieben stand, weil sie alle erst vor etlichen Jahren verbrannt waren.

So fuhr der Richter über das alte Römerbad Gleichenberg dorthin. Ein uralter Burgvogt, Zdenko von Tschirntschitsch, der noch die Tage Maria Theresias gesehen hatte, nahm ihn freundlich auf, begrüßte ihn auch nach Väterart mit Salz und Brot. Er fragte nicht nach seinen Wünschen, sondern freute sich, im Einerlei seiner Wochen und Monate einen jungen Gast zu haben. Erst als sie am Abend vor dem Kamin saßen, kam die Rede auch auf die Barone von Leutner: »Sind in den Türkenkriegen hierzulande nicht ohne Bedeutung gewesen, in der jüngeren Zeit leider arg verludert. Möcht sie als hervorragende Kavaliere schleichender Künste bezeichnen.«

Erasmus Griesbeck verstand diesen Ausdruck nicht recht und bat deshalb um eine Erklärung.

Der Vogt lächelte: »Junger Herr werden begreifen, dass, wer kein Geld hat und zum Arbeiten zu faul ist, Ausschau halten muss nach dem Geld der lieben Mitmenschen. Hat er Leute mit Geld gefunden, fragt er sich, wie er's gewinnen kann. Und wie kann er's gewinnen? Durch Diebstahl, durch Falschspiel, durch Heirat, Betrug, allenfalls sogar durch Totschlag. Immer aber elegant und auf chevalereske Art. So sind die armen Herren von Leutner heutzutage!«

»Kavaliere schleichender Künste!« Erasmus wiederholte den Satz leise für sich.

»Ihr dürft es laut sagen, junger Herr, denn als solche sind sie bekannt in der Steiermark, in Kärnten und Krain und bis hinunter nach Istrien!« Und der alte Edelmann – vor grauer Zeit slawischen Stammes – erzählte aus der Fülle seiner Erinnerungen ein Beispiel nach dem anderen. Dass auch seine eigene Familie von den Baronen geprellt worden war, erzählte er zwar nicht, doch die Wärme, mit der er seine Berichte vortrug, ließ es den Richter ahnen.

Nicht ahnen konnte er, dass der staubige Beamte im Grazer Landesamt bereits einen berittenen Eilboten auf den Weg nach Hohenaschau gebracht hatte, einen Eilboten mit zwei gesiegelten Briefen.

Als der Mann am Burgtor vom Wächter gestellt wurde, zog er aus seiner Satteltasche nur einen der Briefe hervor; den anderen hatte er im Futter seines Wamses verborgen. Der erste Brief war gerichtet an den Freiherrn Albin von Leutner mit der Bitte um rasche Antwort. – Zwei Minuten später brach der Baron, der mit der Komtesse Christina im Kaminzimmer saß, das Siegel auf und las ihr das Schreiben vor:

Wir haben mit Genugtuung vernommen, dass Du am Hofe des Grafen Preysing auf Hohenaschau ehrenvoll empfangen wurdest. Und nicht nur das, sondern dass Du auch die Gunst seiner lieblichen Tochter gewonnen hast. Du scheinst von einer schönen Glückssträhne begleitet zu sein. Wir wollen Dir indes nicht verhehlen, dass Du, ehe Du um die Hand der noblen Komtesse anhältst, Dich selbst prüfen musst, ob dies auch mit reinem Herzen und ohne Eigennutz geschieht. Denn Du musst wissen, dass die Güter dieser Welt vergänglich sind: Reichtum ist in unserer umsturzträchtigen Zeit von französischen Ideen bedroht, und Schönheit der Gestalt ist hinfällig wie die Blume des Feldes. Prüf also Deine Absichten, auf dass Du die edle Dame nicht ins Unglück stürzest! Denn es bekäme der Würde unseres Hauses hundertmal besser, Du führtest ein schlichtes Dorfkind heim, als dass Du eine vom hohen Reichsadel brächtest, die sich unter uns fremd fühlte!

Der Brief war gezeichnet von einem »admodum reverendus dominus Anselmus de Leutner, capellanus in castello Riegersburg«, also dem »hochwürdigsten Herrn Anselm von Leutner, Schlosskaplan auf Riegersburg«.

Christina von Preysing, die mit Gaben des Geistes nicht gerade verschwenderisch ausgestattet war, wohl aber ein liebessüchtiges Herz besaß, das bereits die fernen Anzeichen der Torschlusspanik spürte, zerfloss beim Lesen dieses Briefes in Verzückungen: Welch ein großartiges freiherrliches Haus, das seine Söhne von irdischen Gütern ablenkte und auf das edle Menschentum hinwies! Wie glücklich durfte sie sich preisen, dass ein solcher Mann um sie warb!

Nachdem Baron Albin sich ihren Umarmungen sanft entwunden hatte, suchte er in der Gesindestube den reitenden steierischen Boten auf und empfing von ihm klammheimlich den zweiten Brief. Darin hieß es:

Beeil Dich und bring Deine Sach zu End! Hier schleicht nämlich ein Bayer herum, dem Vernehmen nach ein Richter, und schnüffelt hinter Dir drein!

Da war's dem Edelmann, als schlügen aus allen Giebeln seines Hauses die hellen Flammengarben. Jetzt musste gehandelt werden! Kavaliersmäßig gehandelt! Nicht überstürzt! Aber mit geziemendem Nachdruck!

In diesem Bestreben kam ihm die Komtesse bereitwillig entgegen. Er überzeugte sich zunächst in Prien von der Abwesenheit des Richters und erfuhr hintenherum, dass mit dessen Rückkehr vor Mitte März – wegen der schlechten Witterungsverhältnisse – kaum zu rechnen war. Er hatte also einen Monat Zeit, das Eisen zu schmieden. Weil es jedoch ein weiches und sehr gefügiges Eisen war, konnte er mit Christina schon Ende Februar zum Burgkaplan gehen und die Formalitäten der Eheschließung eröffnen. Der greise Herr wunderte sich zwar, dass Graf Johann Christian, mit dem er erst an Neujahr auf Wildenwart zusammengetroffen war, damals überhaupt nichts erwähnt hatte. Weil aber die Komtesse bereits ins 32. Jahr ging, war die väterliche Einwilligung nicht erforderlich; was die Erbfolge betraf, hatte der Geistliche darüber nicht zu befinden.

Am Tag Sankt Joseph wurde erstmals das Aufgebot des hohen Brautpaars in der Burgkapelle verkündet, ebenso in der Pfarrkirche von Aschau. Unter den Gläubigen wunderte sich niemand, waren doch die beiden »Schlossleut« schon monatelang öffentlich miteinander herumgezogen, was sie, die Untertanen, sich niemals hätten erlauben dürfen.

»So wenig Charakter ist verflucht wenig!«

Tags darauf, am 20. März 1847, kehrte Dr. Erasmus Griesbeck aus dem Steirerland nach Prien zurück, vollgepackt mit allerhand wilden Gerüchten, die dort über die Freiherren von Leutner in Umlauf waren. Er erschrak, als ihm seine Magd brühwarm die Nachricht vom Aufgebot der Komtesse hinterbrachte. Dann ritt er schnurstracks hinüber nach Wildenwart.

»Und was sagst du jetzt, Richter?«, fragte Graf Johann Christian.

»Die Barone sind uns zuvorgekommen; sie haben uns gelackmeiert – doch nur in puncto Heirat, nicht in dem, was den Erbgang betrifft!«, meinte Erasmus.

»Schon dass sie ihn heiraten will, ist schlimm genug!«

»Sie hätten es nicht verhindern können, Herr Graf!«

»Aber doch wenigstens aufschieben, so wie's unser Vater mit mir und meiner Franziska gemacht hat – Gott hab beide selig!«

»Hat 's Aufschieben etwas genützt?«, fragte Erasmus. »Hat's den Gang der Dinge aufgehalten?«

»Recht hast du, Richter! Einen Dreck hat's genützt! Meine Tochter vergilt mir auf Heller und Pfennig den Unmut, den unser alter Herr durch mich erfahren hat. Also sagen wir Amen zum Unabänderlichen!«

»Amen!«, wiederholte Dr. Griesbeck.

Dann berichtete er, was er reihum, besonders jedoch vom Burgvogt Tschirntschitsch, über den Leumund der Barone erfahren hatte: Kavaliere schleichender Künste!

»Hättest du dir von dem Gigolo etwas anderes erwartet? Ich nicht!«, sagte der Graf.

»Viel Charakter nicht, Herr Graf! Aber so wenig, das ist schon verflucht wenig!«, entgegnete Erasmus.

Am 24. Juni 1847, als die Bergfeuer des Johannistages auf den Zinnen der Kampenwand mächtig emporloderten, wurden Komtesse Christina von Preysing-Hohenaschau und Albin Baron von Leutner in der Aschauer Burgkapelle vom Pfarrer getraut – ohne einen einzigen Verwandten. Die Bürgermeister von Aschau und von Prien leisteten Zeugenschaft.

Bei den früheren herrschaftlichen Trauungen waren stets auch die beiden Bannrichter von Brannenburg und Prien im großen Ornat zugegen gewesen. Weil sich aber mittlerweile herumgesprochen hatte, dass alle Herrschaftsgerichte demnächst von Staats wegen aufgelöst werden sollten, hatte der Bräutigam diesen Beschluss der Münchner Regierung vorweggenommen und auf die Einladung der Richter verzichtet. Auch der hohen Braut fiel deshalb ein Stein vom Herzen im Hinblick auf Erasmus, den einstigen Vertrauten.

Enttäuscht waren die Vettern in Kronwinkl, denn sie hatten den Justizbehörden in der Landeshauptstadt Tausende von Gulden gezahlt, um das Majoratsrecht über die Hohenaschauer Grafschaft zu erhalten – umsonst. Jetzt schauten sie durch das viel zitierte bayerische Ofenrohr ins Gebirge.

Vierzehn Tage etwa nach der mehr als schlichten Vermählung erbat sich das Ehepaar die Erlaubnis zu einem Besuch auf Wildenwart. Johann Christian wies sie ab und teilte ihnen gleichzeitig mit, dass er wegen des fortdauernden Rückgangs der Eisenproduktion die Hofhaltung auf Hohenaschau radikal kürzen müsse. Sie sollten sich also einschränken, es sei denn, der Herr Baron versuche sich in einer nutzbringenden Tätigkeit, etwa als Forstwart unter Teissenhofers Anleitung. Arbeit habe noch niemanden geschändet, Faulheit aber sei eine immerwährende Schande.

Diese harten Worte des Grafen trafen das Herz seiner Tochter, das des Barons von Leutner rührten sie nicht. Im Gegenteil!

»Uns pressiert's nicht, lieber Schatz!«, sagte er zu Christina. »Wir können den Heimgang des Herrn Schwiegervaters abwarten, denn es ist nicht anzunehmen, dass er sein einziges Kind enterbt.«

Darauf nickte die Baronin nur und unterwarf sich dem Willen ihres Mannes, der nicht im Entferntesten daran dachte, eine nützliche Beschäftigung aufzunehmen – angesichts des zu erwartenden Erbes der reichen Preysing'schen Grafschaft.

Das Kammermädchen Anna, im gleichen Alter wie Christina, merkte sehr bald, dass die Herrin dabei war, ihre Selbstständigkeit und Selbstsicherheit vollkommen zu verlieren. In ihrer nüchternen bäuerlichen Denkweise – sie stammte aus der Gegend vom Simssee – meinte sie eines Morgens beim Ankleiden: »Frau Baronin, wenn Ihr so weitermacht, werdet Ihr eines Tages eingegangen sein wie eine Primel. Ihr solltet ein Kind haben!«

Christina erwiderte: »Du weißt es doch, dass ich keine Kinder kriege!«

Darauf Anna: »Da müsstet Ihr halt in die Kohlstatt gehn zur alten Domerlin. Die kann Krankheiten abbeten; vielleicht kann sie Euch ein Kind hinbeten. Oder noch besser: Ihr reitet hinaus nach Frasdorf zur Wassertrinkerin. Die ist ja ein lebendigs Wunder; vielleicht kann Euch die helfen.«

Ja, die Wassertrinkerin Maria Furtner vom Waizenreiterhof! Jetzt war sie 26 Jahre alt, und seit ihrem zwölften Lebensjahr ernährte sie sich ausschließlich von Brunnenwasser.

Ein Schwindel, ein Wunder, ein Naturereignis? Die hochgelehrten Ärzte und Professoren der Bayerischen Akademie der Wissenschaften in München kraulten sich das schüttere Haupthaar und verkündeten in Zirkeln und Seancen große, nichtssagende Thesen – wie es halt so die Art der Gschwollschädel ist – und spotteten wohl auch über das »Bauernmädei«. Aber tatsächlich wussten sie nichts, gar nichts!

Baronin Christina von Leutner fuhr also eines Tages, als der Gemahl ins Kressenberger Schürfgebiet geritten war, auf den Frasdorfer Waizenreiterhof. Der Vater musste Maria lange zureden, ehe sie der jungen Frau Einlass in die schlichte Wohnkammer gewährte. Erst als Christina zu weinen begann, ließ sie sich erweichen, sagte aber gleich, als die andere über die Schwelle trat: »Ich bin kein Herr Jesus und keine Heilige Jungfrau und kann keine Wunder tun!«

»Ich will kein Wunder, bloß einen guten Rat!«, antwortete die Baronin und legte der Wassertrinkerin ganz offen die Not ihres Herzens dar, ohne Lug und ohne Beschönigung, so wie eben ihr bisheriges Leben verlaufen war.

»Bist eine arme Frau«, sagte die Furtnerin, »auch wenn du auf Hohenaschau hockst wie 's Weiberl vom Adler! Hast zu viel geludert, ehvor du an deinen Mann geraten bist. Davon ist dir was 'bliebn. Das musst mitschleppen bis an dein selig End. Wirst's schon ertragn! Musst halt wieder beten!«

»Und ein Kind?«, fragte Christina.

»Weiß i nit!«, erwiderte die andere.

Das war die ganze Unterredung. Das Waizenreiter-Mädei wandte sich ab und schlug ein Buch mit geistlichen Betrachtungen auf, das auf dem Tisch lag.

Die Baronin kehrte wieder nach Aschau zurück, getröstet und untröstlich zugleich.

Als sie beim gräflichen Marstall vorbeikam, sah sie, dass die Knechte unter Aufsicht des Herrn Simon Anrainer, des richterlichen Amtsdieners, der im Sattel saß, die Rösser herausführten und sie einer Gruppe heftig gestikulierender Händler übergaben.

»Was soll das?«, fragte Christina.

»Im Auftrag Seiner Reichsgräflichen Hoheit, Eures Herrn Vaters!«, sagte der junge Mann und zog vor der jungen Edelfrau tief den Hut.

»Man will uns wohl sachte das Fell über die Ohren ziehen!«, meinte sie mit Bitterkeit im Tonfall.

Anrainer machte eine Verbeugung der Ergebenheit und erklärte weiter, indem er eine Liste aus seiner Mantelstulpe zog:

»Vom Rind- und Schweinevieh wird ebenfalls die Hälfte veräußert. 570 Obstbäume in den einzelnen Burggärten werden verpachtet; ebenso der Ößlanger, das Huberfeld, die Heckenbergwiese und das Gütl am Schlechtenberg. Die beiden Dreschtennen dort drüben übernimmt die Herrschaft Herrenwörth im See, nur das Hühnerstübchen bleibt.«

Christina war blass geworden: »Und wovon werden wir leben, der Baron und ich? Bitte fragen Sie das den Grafen!«

Mit abermaliger Verneigung erwiderte der Diener: »Die Antwort auf Euere Frage haben Seine Gräfliche Hoheit gleichsam vorweggenommen und erklärt: ›Von der Hände und des Geistes Arbeit!‹ Ich bitte um Vergebung wegen dieses Zitats!«

Die Baronin gab dem Kutscher einen Wink und fuhr den Burgberg hinauf.

Im Revolutionsjahr 1848 war es endlich zur Wirklichkeit geworden: Mit dem Gesetz vom 4. Juni wurde jegliche gutsherrliche Gerichtsbarkeit aufgelöst, Zehent und sonstige persönliche Abgaben der Bauern abgeschafft; nur der Bodenzins blieb erhalten. Den mussten sie laut Anweisung von Wildenwart an die gräfliche Hofkammer nach München entrichten. Er war somit dem Zugriff des Herrn Baron Leutner entzogen.

Graf Johann Christian rief den Bannrichter Dr. Erasmus Griesbeck zu sich, enthob ihn seines bisherigen Amtes, das in Zukunft nicht mehr existieren würde, und setzte ihn im gleichen Atemzug als herrschaftlichen Justiziar ein, der alle besitzrechtlichen Angelegenheiten der Grafschaft wahrnehmen solle: »Und was meinen Schwiegersohn anbetrifft, so brauchst du ihn nicht zu bespitzeln, doch dulde ich von ihm keine Ungereimtheiten. Den geringsten Übergriff auf herrschaftliches Vermögen übergeben wir dem staatlichen Zivilgericht.«

Erasmus bewegte ohnmächtig seine Hände: »Warum seid Ihr denn so hart mit Eurer Tochter?«

»Hat sie etwa gegen ihren alten Herrn nicht brutal gehandelt, als sie diesen Windbeutel in ihr Bett zerrte? Das Bett will ich ihr gern verzeihen, aber nicht den Traualtar! Ich sag dir was, Doktor! Ich hab eine Wut im Bauch, die kannst du gar nicht ermessen. Neulich kam mir sogar der irrsinnige Gedanke, ich lade den Kerl zur Jagd ein und erschieß ihn im Unterholz.«

Der Griesbeck entgegnete lächelnd: »Mir scheint, Graf, ich muss Euch den Pfarrer schicken.«

»Pass auf! Den Pfarrer und den Schlosskaplan, beide werd ich bei günstigem Wind davonjagen. Lassen sich von einem Vagabunden einseifen und balbieren, damit der Herrgott ja recht bald ihre glatte Visage sieht! Dabei hat ihnen das Haus Preysing erst zu einem halbwegs anständigen Gesicht verholfen!«

Es wäre sinnlos gewesen, auf den braven Mann weiter einzureden, denn jedes besänftigende Wort hätte ihn nur noch mehr aufgebracht. Deshalb wich Erasmus vom Thema ab und fragte, was denn nun mit den vielen leeren Räumen im Bannrichterhaus zu Prien geschehen solle. Es sei doch schade, sie ungenutzt zu lassen.

»Menschenskind, warum heiratest du nicht und setzt eine Schar Kinder in die Welt? Dann sind die Räume gleich genutzt!«

Dr. Griesbeck schüttelte verneinend den Kopf: »In mir wirken aus der Kindheit unbewusste Erinnerungen nach, besser sage ich Bilder oder Szenen, die mir eine Familie als Stätte des Grauens erscheinen lassen.«

»Stimmt! Von deinem Vater hab ich so was gehört. Lass ihm seinen Frieden! Der arme Hund hat ein dickes Bündel Erblast mit sich herumgeschleppt; das dürfte gottlob nicht auf dich gekommen sein!«

»Dem Himmel sei Dank! Aber wer weiß, was da drinnen in der Brust noch alles schlummert. Eine Heirat – so fürcht ich fast – könnt es aufwecken …«

Graf Johann Christian reichte ihm die Hand: »Wirst's schon recht machen!«

Die Leute aus der Hohenaschauer Grafschaft sind aus dem Baron Leutner nie recht klug geworden. Er war ein schöner Mann, kleidete sich, modebewusst, stets englisch und ritt gern allein durch Wiesen und Felder, wo er dann mit den Mägden und Bauerndirndln dort und da herumschäkerte. Niemand konnte ihm jedoch nachsagen, dass er etwa einer den Hof gemacht oder sie in seine Jagdhütte eingeladen hätte, wie das früher bei den Preysing gang und gäbe gewesen war.

Baron Leutner war da eisern. Er kannte offenbar seine Grenzen, kannte vor allem die Eifersucht seiner Gemahlin – und was wäre ihm ferner gelegen, als deren Unmut zu reizen, solange er noch nicht unbeschränkter Herr der Grafschaft war! Er spielte nach Väterart das Spiel der schleichenden Künste. So konnte Frau Christina alles in allem mit ihm recht zufrieden sein – in dem, was das eheliche Zusammenleben betraf.

Ganz unzufrieden dagegen war sie mit seiner sonstigen Trägheit. Wenn sie da an die Rührigkeit und Strebsamkeit der alten Preysings dachte – die Hofdame Catharina von Hallern hatte ihr vor Jahren davon erzählt –, wenn sie an diese tatkräftigen Männer dachte, dann wurde ihr in erschreckender Deutlichkeit bewusst, dass ihr Albin Leutner das große Erbteil der Väter wohl nicht würde bewahren können. Und was dann? Warteten denn nicht schon die Kronwinkler Vettern gleich den Geiern auf den Zinnen der Kampenwand, bis sie ihre Krallen ausstrecken könnten nach der Herrschaft im Tal? Wie konnte ein Mann, noch dazu von hoher Herkunft, so lethargisch sein! Sie, Christina, war bloß eine Frau und bloß die Tochter einer Rosenheimer »Bartputzerin«, aber das erkannte sie deutlich, dass, wer so die Zügel schleifen lässt, unweigerlich in den Graben schlittert!

Das Frühjahr kam. Wieder streifte der Baron von Leutner allein durch die Fluren. Da machte sich seine Frau – ebenfalls allein – auf und ging hinunter zum Forstmeister Teissenhofer. Wie lange hatte sie das Forsthaus schon nicht mehr betreten? War sie überhaupt jemals dort gewesen? Kein Wunder, dass der alte Waldmensch mächtig erstaunt war, als sie über seine Schwelle trat.

Er bat sie auf die Eckbank im Herrgottswinkel und bot ihr einen Enzian an, den ein Neubeurer Bauer braute und der imstande gewesen wäre, ein Pferd umzubringen. Sie nippte zart daran und bat dann den Verwalter der Preysing'schen Wälder, ihren Gatten ein wenig einzuführen – diskret, aber packend! – in die Erfordernisse eines solchen Besitzes.

Teissenhofer kippte sein Gläschen in einem Zug hinter die Halsbinde, schenkte sich von Neuem ein und sagte: »Verehrte Frau Baronin, diesen Auftrag hat mir Euer gräflicher Herr Vater auch schon erteilt. Und ich hab mich redlich bemüht, ihn zu erfüllen. 's hat jedoch nix geholfen, weil der Herr Baron durchs Revier immer bloß reiten will, aus Angst, er könnt sich die gelben Juchtenstiefel dreckig machen. Mehr brauch ich Euch nit sagen!«

Mehr brauchte er weiß Gott nicht zu sagen! Und Frau Christina sagte ebenfalls nichts. Sie ging wieder – zu Fuß, wie sie gekommen war –, wandte sich aber nicht dem Burgweg, sondern der Rastkapelle zu.

Die war leer. Darum konnte die hohe Frau jetzt halblaut beten. Und sie sprach: »Lieber Herrgott im Elend! Hilf meinem Mann, dass er uns nicht auch ins Elend bringt!«

Es vergingen Monate. Da brachte es Frau Christina nach langen Überlegungen und schweren Zweifeln endlich über sich, nach Prien zu reiten, zu Erasmus Griesbeck. Auch bei ihm wollte sie die Not ihres geplagten Herzens ausschütten.

»Frau Baronin!« Und er verneigte sich tief.

»Bitte, Erasmus, keinen Spott! Dafür standen wir einander zu nahe! Versuch lieber, der Hilfesuchenden wirklich beizustehen!« Dann berichtete sie ihm unumwunden über die Trägheit – sie gebrauchte das Wort »Faulheit« – ihres Mannes, desgleichen über ihre Angst vor der Zukunft, wenn der Vater einmal nicht mehr leben würde. Am Ende fragte sie ihn fast flehend, ob er nicht den Baron für das Hüttenwesen interessieren könnte, nachdem der Teissenhofer keine Möglichkeit sehe, ihn für den Forst zu begeistern.

Plötzlich unterbrach sie sich, ging auf ihn zu und umarmte ihn: »Warum musste eine Unze schäbiger Standesherrlichkeit unsere zentnerschwere Liebe aufwiegen!«

Er stand da wie ein Holzpflock und schwieg. Nicht schwach werden! Nur jetzt nicht! Sonst war ihre Ehe zerstört und seine Zukunft ebenso. Dann durchzuckte von Neuem ein Gedanke sein Hirn, den er in ähnlichen Augenblicken schon öfter gehabt hatte: Die Töchter Evas spielen meisterlich auf vielen Harfen, aber nur sie allein wissen, welche davon auf den Kammerton ihrer Herzen gestimmt ist.

Christina setzte sich wieder auf das Kanapee und betrachtete ihn in seiner Steifheit: »Sei ohne Sorge! Ich will dir nichts! Ich mag meinen Mann. Von da her musst du meinen Canossagang zu dir verstehen. Ich bemühe mich um sein Glück in unserer Grafschaft.«

Dr. Griesbeck setzte sich zu ihr. Nach einer stummen Weile zuckte er mit den Achseln und sagte: »Christina, so weh es mir tut, es dir sagen zu müssen, aber der Baron hat am Kressenberg wie auch am Hammerbach und bei den Nagelschmieden all sein mögliches Glück verspielt. Durch seine anmaßende Art und die damit verbundene Unkenntnis der Sachlage. Jetzt, wo wir die

Revolution im eigenen Lande haben, sodass sogar unser König in München abgesetzt werden konnte, jetzt verlangen die Untertanen von ihren Herren eine ganz andere Gangart. Sie verlangen bescheidene Zurückhaltung. Gewiss, die Prientaler sind eine harte Rasse, aber sie werden butterweich und lassen sich um den Finger wickeln, wenn man's mit ihnen versteht. Dein Mann versteht's leider nicht! Aber auch gar nicht!«

Die Weinverordnung

Baronin Christina von Leutner verließ – um eine Hoff – nung ärmer und einen Schmerz reicher – den gräflich Preysing'schen Justiziar und ritt kurz entschlossen hinüber nach Wildenwart. Sollte der Vater sie abermals abweisen, dann in Gottes Namen! Sie blieb trotzdem seine Tochter!

Wie aber staunte sie, als sie das Schloss in vollem Aufruhr erblickte!

Knechte und Mägde sausten geschäftig hin und her mit Kisten und Kästen, Teppichen und schweren Möbeln und beluden die vorgefahrenen Samerberger Fuhrwerke. Gerade dass ein junger Gesell stehen blieb, als sie nach der Ursache dieses wilden Durcheinanders fragte.

»Ja mei, wenn halt der Herr Graf umzieht!«, sagte er mürrisch und war weg.

»Wo zieht er denn hin, der Herr Graf?«, rief sie ihm noch nach, doch er hörte oder wollte sie nicht mehr hören.

Dafür kam ihr jetzt ein Kammermädchen entgegengehüpft, machte ihren artigen Knicks und flötete: »Frau Baronin halten zu Gnaden, doch der Herr Graf sind schon in der Frühe abgereist!«

»Und wohin abgereist?«

»Halten zu Gnaden: ins Stadthaus nach Rosenheim!«, erwiderte das Mädchen und hielt dabei ihr Schürzchen züchtig mit zweimal zwei Fingern.

»So, nach Rosenheim! Ich dank dir, Kind!« Christina zog aus ihrem Wams einen halben Gulden: »Kauf dir dafür eine schöne Seife für dei' liabs Goscherl!«

Die Maid huschte errötend weg; auch die Baronin wendete ihr Ross und trabte zum Schlosshof hinaus. Merkwürdig! Jetzt, auf seine alten Tage, wieder in die Stadt! Vielleicht treibt's ihn an die Stätte seiner verliebten Jugend zurück. Vielleicht aber will er bloß uns ausweichen. Möglicherweise war's ihm hier zu einsam, nahe bei der Tochter und doch ohne sie …! Mein Gott, ja! Aber ich musste doch endlich einem die Hand reichen! Wie bald hätte sonst keiner mehr nach dieser Hand verlangt!

Als sie daheim aus dem Sattel stieg, half ihr der Gatte graziös herab. Seinem fragenden Blick begegnete sie gleich mit der Antwort: »Ich war am See; und stell dir vor, beim Vorbeiritt merkte ich, dass der Graf Preysing Wildenwart verlässt. Die Fuhrleut sagten, er zieht nach Rosenheim.«

»Wer kennt schon seine Absichten!«, entgegnete der Baron. »Wahrscheinlich flieht er meine Nähe.«

»Hätte er das nötig?«

Darauf der andere: »Frag ihn!«

Frau Christina wandte sich von ihm ab und ging zum unteren Garten hinüber. Er hatte sich im Tonfall vergriffen; seine Bemerkung stammte eher aus dem Sprachschatz eines Holzknechts als dem eines Edelmannes.

Darum folgte er ihr sofort nach und tat ihr schön.

Dieses Auf und Ab in den gegenseitigen Beziehungen des Leutner'schen Ehepaars, das sich nun schon gute zwei Jahre in steter Regelmäßigkeit abspielte, nahm langsam einen faden Geschmack an: Sie sehnte sich in ihrem Herzen unentwegt nach einem Kind, er ebenso unentwegt nach dem Tod seines Schwiegervaters. So verstrichen die Monate; es verstrichen sogar noch fast vier Jahre …

Da atmete Baron Albin von Leutner befreit auf: Herr Johann Christian, Reichsgraf von Preysing auf Hohenaschau, der letzte Männliche seiner Linie, starb in Rosenheim eines stillen, einsamen Todes, am 2. Februar 1853.

Trotzdem war es fast verwunderlich, dass sich drei Wochen später so viele Nobilitäten und Würdenträger bei der Kondolenzcour im Rittersaal der Burg unter den großen Stuckfiguren der Würdigsten des Geschlechts versammelten.

Das freiherrlich Leutner'sche Ehepaar stand in dunkler Eleganz vor dem Marmorkamin und nahm die mehr geschraubten als ehrlichen Beileidsbekundungen mit geziemendem Augenniederschlag entgegen. Neben den vielen Hofbeamten – darunter die von der Münchner Hofkammer, vom Forstwesen und von den Erz- und Hüttenbetrieben – sah man zahlreiche Geistliche, mit denen der junge Graf seinerzeit die Bänke der theologischen Fakultät in Freising abgewetzt hatte – freilich nur bis zur Epiphanie der schönen Rosenheimerin Franziska; sie hatte den gräflichen Irrweg mit ihrem sibyllinischen Charme ohne viel Aufhebens abgeblockt. An sie dachte jetzt auch der eine oder andere der geistlichen Räte und Prälaten – mancher vielleicht nicht ohne einen Hauch von Neid.

Auch der hochgräflich Preysing'sche Justiziar Dr. Erasmus Griesbeck absolvierte seine Verneigung mit Händedruck. Als er zur Seite trat, reichte ihm der Zeremoniar einen gesiegelten Brief. Damit begab sich Erasmus wieder an seinen Platz im Hintergrund, brach das Leutner'sche Siegel auf und las:

Aus Gründen der Wirtschaftlichkeit und weil wir erkannt haben, dass die Stelle eines Justiziars nach der neuen Rechtsordnung im Königreich Bayern ihrer Daseinsberechtigung beraubt ist, sind wir gehalten, Ihnen für Ihre bisherigen Dienste zu danken und Sie in Gnaden zu entlassen. Wir fordern Sie auf, das ehemalige Bannrichterhaus in Prien unter Zurücklassung sämtlicher Akten und sämtlichen herrschaftlichen Inventars binnen eines Monats zu räumen.
Gezeichnet: von Leberecht, herrschaftlich Leutner'scher Vermögens- und Immobilienverweser.

Ein Eselsfußtritt! – Das war Erasmus' erster Gedanke. Und sein zweiter: Gottlob, dass ich keine Familie habe, um deren wirtschaftlichen Fortbestand ich jetzt bangen müsste!

Kurze Zeit nach dem feierlichen Trauerakt auf Hohenaschau erfuhr man, dass auch der Oberforstmeister Teissenhofer entlassen worden war. Ihn traf es nicht hart, war er doch schon in dem Alter, in dem man daran denkt, sich zur Ruhe zu setzen. Ohne Säumen begab er sich ins Württembergische zu seinem Sohn, der dort in Wohlstand und sicheren Verhältnissen lebte.

Aber auch bei Dr. Griesbeck war bald wieder Wind in den Segeln. Das verdankte er seiner Mutter auf Frauenwörth. Genau genommen hatte er sie – Gott sei's geklagt! – während der vergangenen Jahre recht vernachlässigt. Doch sie hatte es nicht so empfunden, war sie doch nach ihrem Einzug bei den Ordensfrauen in rascher Folge nach oben geklettert und betreute jetzt sogar das klösterliche Finanzwesen: der verantwortungsvollste Posten im traditionsreichsten Konvent Bayerns! Langsam aber schien die Arbeit ihre Kräfte zu überfordern. Was Wunder, dass ihr der aus dem Herrschaftsdienst ausgestoßene Sohn wie ein Engel vom Himmel erschien! Sie wandte sich unverzüglich an die würdige Mater Priorin, und Dr. Erasmus Griesbeck wurde ebenso unverzüglich als weltlicher Aktuar des Klosters und seiner inzwischen angewachsenen Besitzungen bestellt. Die Mutter durfte wieder eintauchen in die stille Sphäre benediktinischer Beschaulichkeit, um deretwillen sie eigentlich den Schleier genommen hatte. Über diese glückliche Fügung freute sich Schwester Isidora, die Tante Ursel, die den ökonomischen Betrieb des Klosters mit viel Geschick und Tatkraft leitete. Sie und der Neffe hatten also die Existenzgrundlagen des heiligen Gemeinwesens in ihren Händen.

Auf der Burg Hohenaschau, die während der letzten Jahrzehnte eine Art Witwendasein geführt hatte, begann jetzt neues, südlicheres Leben zu pulsieren: Die Onkel und Tanten und Vettern und Neffen und Nichten aus dem Steirerland reisten an. Nachdem Baron Albin auch die einstige Hofkammer in München aufgelöst hatte, flossen nunmehr alle Finanzen in der Herrschaftskanzlei auf der Burg zusammen und waren ohne jegliche Umschweife stets greifbar. Und alles, was da kam und ging – besonders die Gehenden! – griff danach und bediente sich freiherrlich.

In diese Zeit fiel auch der Erlass einer Weinverordnung, den der Baron seinen Tafernwirten auferlegte und der viel böses Blut machte und am Ende zu einer unerquicklichen Szene führte.

Einige der Leutner'schen Verwandten besaßen zu jener Zeit ausgedehnte, gute Weinberge an der Bosna und auf dem Amselfeld, fanden jedoch für ihre zweifellos hervorragenden Erzeugnisse keine ausreichenden

Absatzmöglichkeiten – vielleicht deshalb, weil sie zu träge waren, sich darum zu bemühen. Da schien ihnen nun der Herr Vetter Albin, der ja das große Los gezogen hatte, der rechte Mann. Wer einen solch traumhaften Landstrich besitzt, auf dem einige Tausend Menschen wohnen, der muss doch in der Lage sein, anstatt des schrecklich vielen Biers, das nur die Hirne blöd macht, edle Weine anzubieten, die erheitern und beleben! Das bedurfte doch bloß einer handfesten Verordnung!

Verordnung der freiherrlich Leutner'schen Hofkanzlei an alle Tafernwirte und Bier verzapfenden Betriebe unserer Herrschaft Hohenaschau.

Indem dass schon unter unseren Vorgängern, den Freiherren von Freyberg höchst seligen Angedenkens, am Ende des 15. Jahrhunderts nach der Geburt unseres Herrn und Erlösers das Reskript erging, dass »die Tafernen sollen allerwegen Wein haben, damit niemand soll gesäumt sein, ob nun ein Priester wollt Mess lesen oder eine Frau mit einem Kind niederkommen oder sonst etwa einer krank wär, so muss man da allerwegen Wein in den Tafernen finden. Darauf hat der Tafernwirt seine Gerechtigkeit!« Indem dass also hier von einer Biergerechtigkeit keine Red nit ist, seid ihr hiermit gehalten, das oft unmäßige Saufen von Bier zugunsten des Genusses edler Weine, die euch die Herrschaft reichlich anbieten wird, zu unterbinden. – Zuwiderhandlung wird mit Bierentzug bis zur gänzlichen Aberkennung jeglicher Schankgerechtsame geahndet.

Das war eine böse Verordnung. Als die Wirte sie ihren Stammtischbrüdern unter die Nase hielten, zog es wie ein Fluchpsalm die Prien entlang. Und als nach geraumer Zeit die ersten Balkanweine auf den Schanktischen standen, arteten die Wirtshausgespräche in grimmigen Spott und wüste Verhöhnung aus. Bald aber spürten alle, dass der neue Herr mit seiner Entzugsdrohung Ernst machte. Doch was fängt der Knappe in der Erzgrube, der Heizer am Hochofen, der Bauer auf der Ackerflur mit »edlen Weinen« an?

Die Wirte taten sich, weil sie keinen Ausweg sahen, zusammen und begaben sich zum Herrn Dekan Wild in den Pfarrhof. Der ließ sich zwar sonst nur alle heiligen Zeiten bei ihnen sehen, doch ihre Not sah er ein. Und er sprach in der Hofkanzlei vor. Er schilderte die außergewöhnliche Situation der arbeitenden Untertanen und bat um Rücknahme der Verordnung.

Der Beamte grinste ihn an und meinte, es sei kaum zu fassen, dass gerade er, ein Pfarrer, sich gegen die Bestimmung auflehne, wo doch das uralte Freyberg'sche Reskript die Pfarrer an erster Stelle als des Weines bedürftig bezeichne. Außerdem wisse er sicher aus seiner seelsorgerischen Erfahrung, dass die geistigen Krüppel, die man landauf, landab bei den kleinen Leuten in erschreckender Zahl vorfinde, meist auf Zeugung im Bierrausch zurückzuführen seien. An der herrschaftlichen Verordnung werde also unter gar keinen Umständen gerüttelt!

»Dann in Gotts Nam!«, erwiderte der würdige Dekan und begab sich hinunter zum Burgwirt zu Stadln, wo sie alle gespannt auf den Erfolg seines Bittgangs warteten. Groß war die Enttäuschung, noch größer aber die Wut.

Nachdem der Pfarrer und die anderen Tafernwirte gegangen waren, kamen drei verwegene Gesellen, die sich im Hintergrund der Stube aufgehalten hatten, mit ihren Bierkannen vor zum Schanktisch.

»Nachfüllen!«, donnerte der eine, und alle drei wuchteten ihre Kannen aufs Blech.

»Für heut nix mehr! Habts eh ghört, was der Pfarrer droben ausgricht' hat!«

Freilich hatten sie's gehört, aber sie waren schon ziemlich voll. Nun brüllten auch die beiden anderen. Zwischenhinein schrie der Wirt: »Da stehen die Weinflaschn haufenweis; sauft Wein, dann seid ihr früher unterm Tisch!«

Doch die Gesellen trommelten aufs Blech, dass es war, als ginge draußen ein fürchterlicher Hagelschlag nieder. Schließlich gab der Wirt nach: »Also jeder noch eine Kanne; nachher is zu'dreht für zwei Tag'!«

Gegen Mitternacht waren die drei so müde, dass der Wirtsknecht sie leicht hinauswerfen konnte. Er tat das aber mit sehr viel Gefühl und brachte sie über den Weg hinüber in den Marstall. Hier hatte der Baron von Leutner einige Rösser und eine schwere Kutsche stehen, die er benützte, wenn er nach München in die Spielbank fuhr – in der letzten Zeit immer häufiger.

Am nächsten Tag – dem Fest Mariä Geburt – würde er gewiss nicht fahren, weil das ein Feiertag war und die Banken in der Landeshauptstadt geschlossen waren. Deshalb quartierte jetzt der Knecht seine Freunde in der Kutsche ein; die war weich gepolstert, und warme Pferdedecken gab's auch.

Als es vom Bergfried die dritte Morgenstunde schlug, wachte einer, der Pulver-Bartl, auf: Ihn drückte die Blase. Wie er so an der Wand stand, erblickte er im Mondlicht, das durchs Stallfenster schien, einen schweren, schwarzen Reisemantel, den Hut und ein Paar gelbe Stiefel des Herrn.

»Herrgottsakra! Herrgottsakra!«, brummelte er vor sich hin und war auf einmal hellwach. Er packte einen

Hafersack, der da lag, füllte ihn mit Häcksel aus dem Futterkasten und quetschte ihn dann so zurecht, dass er ungefähr die Form eines Kopfes und eines Rumpfes hatte. Dann tat er ihm einen Kälberstrick um den »Hals«. Darauf schlüpfte er zur Stalltür hinaus, hinüber zur Schlossbrauerei auf der anderen Straßenseite. Hier hatte der Herr Baron ans mächtige Einfahrtstor seine »Weinverordnung« auf einem Plakat hinnageln lassen. Der Bartl riss es vorsichtig herunter und kehrte damit eilends in den Marstall zurück. Er drehte das Plakat um, ergriff einen angekohlten Kienspan, der am Fenstersims lag, und schrieb in ungefügen Buchstaben, die er in der Feiertagsschule gelernt hatte:

Er is im Wein drsoffen
und in de Höll eigschloffen.
Wir danken Got dafir
und a firs guate Bier.

Er rollte das Plakat zusammen, nahm Mantel, Hut und Stiefel des Herrn, desgleichen den verquetschten Hafersack, und eilte durch die Zellerhorngasse dem Kirchplatz zu. Die Turmuhr schlug fünfmal. Da ragte der Maibaum auf. Behänd hüllte der Pulverbartl den Sack in die freiherrliche Reisekleidung, schob das Plakat darunter und zog den ganzen Popanz an dem Kälberstrick, den er über die unterste Maibaumsprosse geworfen hatte, sanft in die Höhe. Da prangte er nun, der Herr Albin von Leutner, in seinem lächerlichen Ebenbild, und seine Sterbeurkunde prangte darunter.

Um neun Uhr begann der Festgottesdienst. Der Herr Dekan Wild war durch die Hintertür seines Pfarrhofs über den Friedhof in die Sakristei gelangt. Er fragte sich, warum die Ministrantenbuben, die er doch zur Sittsamkeit im Hause Gottes erzogen hatte, hinter seinem Rücken so saublöd kicherten. Noch mehr aber wunderte er sich, dass die Leut so zäh in die Kirche hereinkamen und dass die Mannsbilder heut noch spärlicher vertreten waren als sonst. Büffel, ausgschaamte! Werd euch gleich die festtägige Wahrheit verkünden!

Das Hochamt begann, die Orgel brauste, der Herr Wild bestieg mit hochrotem Kopf die Kanzel:

»Liebe Christenleut! Heut hat uns der gute Vatergott die Mutter seines Sohnes geboren werden lassen: Mariä Geburt. ›An Mariä Geburt fliegen die Schwalben furt!‹, sagt eine alte Bauernregel. Bei uns zu Aschau sind sie schon lange furtgeflogen, besonders die Schwalberiche, diese alten, verknöcherten, flügellahmen Individuen, die ihre Krachledernen lieber auf den Stühlen der Tafernen als hier auf den Kirchenbänken spiegelglatt wetzen. Furtgeflogen sind sie aus dem Hause Gottes, nein, nein, sie sind erst gar nicht in die Kirch hereingekommen! Betrachtet doch da hint die gähnende Leere! Dort müssten sie stehen und der Predigt ihres Pfarrers lauschen und wie der reumütige Zöllner hinter der Säul an ihre Brust klopfen, diese Zugvögel des Satans! Doch sie stehen nicht dort hinten, sondern draußen am Kirchplatz, und richten ihre lieben Mitmenschen aus, dass sie nachgerade in keinen Sarg mehr hineinpassen. Aber kommt jetzt, meine braven Christenleut, und begleitet mich hinaus zu ihnen! Ich will ihnen mit dem großen Dachshaarwedel einen Spritzer Weihbrunn auf den unbehaarten Handteller ihrer Köpf' verabreichen, dass das heilige Wasser bis in ihre dreckaten Hemdkrägen einirinnt – in alle Ewigkeit. Amen!«

Das war eine Kampfansage. – Der Oberministrant holte das Vortragskreuz, die zwei Großen ergriffen den

Wedel und den Fünfliterkessel mit Weihwasser, und dahin ging's auf dem Mittelgang des Gotteshauses. Die schwere Kirchentür quietschte in den Angeln und tat sich ganz auf. Der Herr Dekan blieb stehen, hinter ihm das gedrängte Weibervolk. Was erblickten sie? Lachend und mit den Händen in der Hosntaschn waren sie um den Maibaum gruppiert, besprachen den Popanz und zitierten einander die Verse auf dem Plakat.

Da war nun beim Herrn Wild der Mut zum pfarrherrlichen Strafgericht erlahmt. Er begriff sofort die Zusammenhänge, tunkte den Dachshaarwedel wieder in den Kessel und rief den ersten der herumstehenden Mannsbilder zu: »Wenn ihr nit wollt, dass wir Schwierigkeiten kriegen, dann holt ihn runter, den Popanz!« –

Selten war die Aschauer Kirche von den Männern so besucht wie an diesem Mariä-Geburts-Fest …

»Hier werden wir nicht alt!«

Wie zu erwarten gewesen war, wurde der Pfarrer schon ein paar Tage danach vor den Freiherrn geladen. Er hat seine liebe Not gehabt, ihn zu beschwichtigen. Am Ende hat er aber nicht hinter dem Berg gehalten, sondern in festem Ton erklärt, dass das mit der Weinverordnung keinen Sinn habe. Man könne nicht Gepflogenheiten, die im Ausgang des 15. Jahrhunderts ihre Berechtigung gehabt haben mochten, so sang- und klanglos ins 19. übertragen! Die Zeit bleibe doch nicht stehen! Damals zum Beispiel hätten die adligen Frauen den Rosenkranz ums Handgelenk getragen; heute trügen sie Perlen und Korallen und edle Steine!

Damit spielte der Dekan auf die Frau Baronin an, was ihm Herr Albin übel vermerkte. Als er dann gar noch auf die Spielbanken zu reden kam, in denen die Herrschaften die Zinsgroschen ihrer Untertanen sündhaft verplemperten, anstatt – wie vor vierhundert Jahren – sie in Heiligtümer und Kirchenbauten umzusetzen, klingelte Leutner nach seinem Kammerdiener und ließ den Geistlichen auf verhaltene Weise hinauswerfen.

Indes, dem Freiherrn war jetzt bewusst geworden, dass seine Untertanen – höhere wie niedere – sich von ihm abgewandt hatten.

Und nicht nur sie.

Auch Frau Christina sah mit Schrecken und Entsetzen, dass das Erbe ihrer Väter unter seinen Fingern zerrann, und distanzierte sich immer deutlicher von ihm.

Sie erklärte, sie werde sich einen Rechtsbeistand nehmen, um zu retten, was noch zu retten wäre.

Da überraschte er sie jedoch mit der fürchterlichen Bemerkung, hier sei sowieso nichts mehr zu retten, weil er die gesamte Herrschaft bereits dem Standesherrn Graf Walbot von Bassenheim zum Kauf angeboten habe, und der habe zugesagt; die Verbriefung sei in vollem Gange. Gegenwärtig befinde sich Bassenheim freilich beim Zaren Nikolaus in Russland.

Christina vermochte darauf nichts zu sagen und zog sich in ihre Gemächer zurück. Dass ihr Heiratsgut früher oder später zum Teufel gehen würde – in Gottes Namen, sie hatte ja keine Erben! Dass er es aber so eilig hatte, wo der Vater erst ein paar Monate tot war? Und dass es ausgerechnet der Bassenheim sein musste, dieser Hasardeur, der soeben das riesige Areal der Reichskartause Buxheim versilbert hatte? Was waren das für Männer?

Nein, das waren keine Männer, sondern Gauner, Betrüger, Gesinnungslumpen! – Aber wie auch immer! Sie hatte sich den ihren eingebildet! Mitgegangen, mitgefangen, mitgehangen! Trotzdem würde sie achtgeben müssen! Wer eine Herrschaft versetzt, kann auch seine Ehefrau versetzen!

Albin Leutner, mein lieber Mann, wag das nicht, denn ich hab Bleisäure! Fünf Wochen genügen, und du bist abserviert. So einfach geht das und verursacht dir bloß nach der Morgenschokolade ein wenig Bauchgrimmen, jeden Morgen ein wenig! – Brave Sugambre, ich dank dir, dass du mich beim letzten Jahrmarkt so gut beraten und mir das Zeug – freilich für sündhaft viel Geld! – in den Rock gesteckt hast! Es beruhigt!

Wenn sie sich früher bisweilen von ihm abgewandt hatte, war er gewiss nach einer Weile gekommen und hatte um gut Wetter angehalten. Seit Vaters Tod kam er nicht mehr. Wozu auch? Was er haben wollte, hatte er – und bald würde er's nicht mehr haben! Was soll's?

Als sie am anderen Morgen ihre Gemächer verließ, stand er vor der Flügeltür, verneigte sich und bot ihr den Arm. Mit biedermännischer Miene erkundigte er sich, ob sie vielleicht einen besonderen Wunsch für diesen Tag habe. Sie verneinte kurz. Da erklärte er ihr umständlich, dass er sich jetzt wohl eine Woche lang in München aufhalten müsse, um sich mit Bassenheims Rechtsberatern in Sachen Übergabe der Herrschaft herumzuschlagen.

Die Baronin zog ihren Arm jäh aus dem seinen, blieb stehen und sagte laut, dass es durch die gesamte Zimmerflucht hallte: »Wenn auch meine Mutter bloß eine solche war – mein Vater hat sie geliebt, und der war ein Preysing! Du aber, was bist du? Ich hab's vor ein paar Jahren im Protokoll des Bannrichters gelesen, eine Aussage deiner steirischen Landsleute: Du bist ein Kavalier der schleichenden Künste, ein Nobeldieb!«

Er lächelte ihr ins Gesicht, schnalzte mit den Fingern und sagte: »Puh!«

Von Stund ab lebten die Leutner'schen zwar noch gemeinsam weiter, doch von Tisch und Bett getrennt.

Kurz nach Weihnachten, oder war's gar schon nach Neujahr 1854, gebar die Riederer-Kreszenz, Mitterdirn auf einem Hof zu Bucha, ein uneheliches Kind. Der Bauer Ignaz jagte sie samt ihrem »Bankert« am dritten Tag darauf aus dem Hause. Weil sie nirgendwo eine Bleibe hatte, watete sie im nassen Schnee über Innerkoy dahin und brach gegen Abend vor dem Pfarrhof zu Aschau jämmerlich zusammen. Die Pfarrersköchin des

Herrn Dekan Wild nahm ihr sogleich das Bündel ab, erkannte aber bald, dass das Kind schon halb erfroren war und höchstens noch ein paar Stunden leben würde. Sie sagte es dem geistlichen Herrn, der die Kreszenz inzwischen auf das Kanapee in der Kuchl hingebettet hatte. Er beeilte sich und taufte das Knäblein auf den Namen Josef; bald darauf hauchte es sein unschuldiges Seelchen aus.

Anderentags stellte er der Magd die Frage nach dem Kindsvater. Doch sie schüttelte nur stumm den Kopf und fing gleich wieder zu weinen an. Darauf ließ er sie ins Krankenhaus bringen. Er selbst begab sich zum Bürgermeister Jakob Hündl und erzählte ihm die verbrecherische Geschichte. Der nun schickte sofort den Gemeindeboten nach Bucha und ließ den Ignaz kommen.

Nach zwei Stunden tappte der wie ein Bär in die Amtsstube herein und wollte gleich maulen. Als er jedoch den Pfarrer erblickte, verschlug's ihm die Rede derart, dass er nur ein paar gurgelnde Urlaute von sich gab.

»Der das Kind gezeugt hat«, begann der Herr Dekan, »ist gewiss verantwortungslos gewesen; der's aber dem Erfrierungstod ausgeliefert hat, ist ein Mörder! Kindsmörderinnen hat man noch vor etlichen Jahrzehnten in unserer Herrschaft wie die jungen Katzen im Wasser ersäuft; – was hätte dem Kindsmörder gebührt?«

Der Bauer schob seine Fellmütze aus einer Hand in die andere.

»Ignaz!« Der Bürgermeister wurde laut. »Hast du nit gehört, was dich der Herr Pfarrer gefragt hat?«

Im Hals des Ignaz arbeitete es, als hätte er einen Frosch verschluckt und brächte ihn nicht hinunter.

»Gut dann!«, fuhr der Hündl fort. »Du richtest für das Kindl 's Begräbnis aus und bezahlst die Seelnonn, ebenso bezahlst du an unser Krankenhaus, wo die Riederer-Kreszenz liegt, pro Tag einen Viertelgulden, und das, solang sie dort bleiben muss! Wenn du was dagegen hast, wend dich an die Gendarmerie nach Prien! Hast du was dagegen?«

Der Frosch steckte dem Ignaz immer noch in der Kehle, und der Bürgermeister wartete und wartete auf die zustimmende Antwort.

Weil die jedoch gar nicht kommen wollte, glaubte er den Bauern reizen zu müssen. Darum meinte er: »Dass du ein gscherter Hammel bist, Ignaz, das ist mir nit neu; dass du aber auch ein feiger Hund bist, das will mir schier befremdlich erscheinen!«

Diese herzhaften Anwürfe befreiten Ignaz' Gurgel, und er polterte: »Wenn die Musch dem Herrn Baron nit allweil schön 'tan hätt, wär er zu ihr nit 'neigschloffn, wann er 's Ross bei mir eingstellt hat! Sie ist schuld!«

»Ah, so ist das!«, lachte der Dekan und schaute nickend auf den Jakob Hündl.

Der nickte auch und wandte sich wieder an den Bauern: »Was die Musch mit'm Herrn Baron gehabt hat, das steht hier nit zu einer Debattn. Du hast sie aus dem Wochenbett verjagt und den Tod des Kindls verschuldt. Zahlst du nun oder zahlst du nit?«

»Was bleibt mir anderes übrig?«, erwiderte er trotzig und ging ohne Gruß.

Noch in Beisein des Herrn Wild setzte der Bürgermeister dieses Schreiben auf:

An den Freiherrn Albin von Leutner, dahier, persönlich und vertraulich.

Weil dem Bürgermeisteramt von Aschau und dem hiesigen Pfarramt verschiedentlich zu Ohren gekommen ist, dass sich der Herr Baron bei der Magd Kreszenz Riederer des Ignaz-Bauern in Bucha wiederholt eingefunden haben und besagte Magd soeben ein Kindlein geboren hat, das leider erfroren ist, bittet der Bürgermeister den Herrn Baron, die der Gemeinde daraus erwachsenen Unkosten von beiläufig hundert Gulden unter Vermeidung jeglichen Aufsehens ehetunlichst zu bereinigen.

Der Bote trug den versiegelten Brief aufs Schloss. Zehn Tage später lief das Geld auf der Gemeinde ein. Davon ließen die beiden Spitzen des Aschauer Gemeinwesens auch einen kleinen Marmorstein auf das Grab des Kindes Josef setzen und vier Zeilen, die der Dekan selber gereimt hatte, in schönen Buchstaben einmeißeln:

Hier liege ich, ein lediges Kind,
die von aller Welt verachtet sind.
Nun nahm mich der liebe Gott ins Himmelreich
und macht mich seinen Engeln gleich.

Etwa um dieselbe Zeit setzte sich an der Prien hartnäckig die Vermutung durch, die Herrschaft Hohenaschau werde demnächst in andere Hände übergehen. Während der vergangenen Wochen waren nämlich Herren verschieden geprägter, nichtbayerischer Mundart auf dem Kressenberg und in den Hammerbachwerken herumgestrichen, alle mit Berechtigungspapieren aus der Schlosskanzlei.

Da setzten sich eines Tages die Bergmeister, der Hütten- und der Drahtzugmeister sowie der Satzmeister der 23 Nagelschmieden – so sehr war ihre Zahl schon zurückgegangen! – im Gemeindeamt zusammen. Dekan Wild erschien auch; er brachte den Lehrer, den Landarzt und sogar den edlen Herrn Johann Baptist von

Miller und von Aichholz mit, der jetzt Schlosskaplan auf der Burg war, einen jüngeren und, wie es schien, handsamen Mann. Auf den waren die Augen aller gerichtet, als der Bürgermeister Hündl sich erhob und im Namen des gesamten Prientals die Frage stellte, was an dem Gerücht wahr sei.

Der junge geistliche Herr – dem Tonfall nach aus dem Tirol – erwiderte in gewandten Worten: »Es wäre müßig, Ihnen jetzt die Realitäten noch verheimlichen zu wollen. Die Herrschaft Hohenaschau ist verkauft, die Herrschaften rüsten zur Abreise. Die Schulden sind bezahlt, was an Barvermögen übrig bleibt, entzieht sich meiner Kenntnis. Ebenso wenig ist mir bekannt, wohin sich die Herrschaften begeben werden; die Richtung deutet nordwärts, nachdem sich die Steiermark geweigert hat, sie aufzunehmen. Ob ich selbst in meiner Position bleiben kann, hängt von den neuen Herrschaften ab, die ich noch nicht kenne. Ich weiß nur so viel oder so wenig, dass sie sich gegenwärtig noch in Russland aufhalten – als Gäste des Zaren. Demnach werden's illustre Herrschaften sein.«

Darauf der Bürgermeister: »Wissen Sie zufällig, ob die neuen Herrschaften eine Ahnung haben vom Eisen und vom Holz?«

Mit spitzen Lippen erwiderte der Kaplan: »Herrschaften, die in der Weltgeschichte herumreisen und das Geld mit vollen Händen hinauswerfen, unbekümmert, woher es kommt, pflegen weder vom Holz noch vom Eisen eine Ahnung zu haben, wohl aber von Banken und von Spielhöllen!«

Abermals der Hündl: »Meine Frage, Herr Schlosskaplan, zielte nämlich darauf ab, ob die Herrschaften imstande sein könnten, unserem Tal neue Absatzmärkte zu erschließen.«

»Lieber Bürgermeister, ihr Aschauer seid verwöhnt! Eure Preysing, das waren noch Herren mit Mark und Rückgrat; die heutigen Herren haben nur noch Bauch und Gedärme!« Herr von Miller und von Aichholz griff nach Hut und Mantel, denn sein Schlittengespann vor den Fenstern wurde unruhig.

Sagte der Hündl, indem er ihm die Hand reichte: »Dann lassen wir uns halt überraschen!«

Diese Überraschung ließ noch eine Weile auf sich warten – bis ins Frühjahr 1854 hinein.

Die Leutner'schen waren geräuschlos abgereist, nur der Nachtwächter auf der Burg hatte ihnen nachgewunken. Dann fing sofort das große Hämmern und Weißeln und Putzen an. Maurer, Tischler und Zimmerleute rissen Altes heraus, taten Neues hinein. Alle waren geschäftig, und alle lobten den neuen Herrn, der noch gar nicht erschienen war.

Nur sein Zahlmeister war da, und der zahlte so großzügige Wochenlöhne, dass die Handwerker außerhalb der Herrschaftsgrenzen Ochsenaugen machten, als sie davon hörten.

Dann war alles fertig.

Und eines Morgens hieß es: Treibt die Hühner von den Gassen, putzt die Fenster und fegt vor euren Häusern allen Unrat weg! Frauen und Kinder, zieht den Sonntagsstaat an und stellt euch mit Seidentüchern unter die Haustür – denn jetzt zieht er in Aschau ein, der Herr Graf Walbot von Bassenheim und Buxheim mit seiner lieblichen Gemahlin, die sogar der alte bayerische Herr Ludwig I. für seine Schönheitengalerie vom Stieler hat malen lassen: Caroline Prinzessin von Öttingen-Öttingen und Wallerstein hat sie ledig geheißen, und ihre Mutter hängt auch schon unter diesen hübschen bayerischen Madln! Das heißt was, wenn der König gleich zwei von derselben Sorte hinhängt!

Endlich! Vom Fellerer her erklang strahlende Fanfarenmusik, unterbrochen von kunstreichem Trommelwirbel. Drei Vorreiter in weiß-blauer Gewandung eröffneten den festlichen Zug. Hinter ihnen zwei Standartenträger mit den Wappen der Herrschaften; dann die Trommelbuben und die Fanfarenbläser, denen sechs Leibjäger folgten. Und nun der Achterzug mit der Prachtkarosse! Welch ein Glanz der silbernen Geschirre! Welche Hoheit der aufsitzenden Reitknechte! Welche Fülle in Schwarz und Gold an Spangen und Speichen des kunstvoll verzierten Wagens! Und dann die liebreizende Herrin in Hermelin und zartgelber Seide! Wie sie winkte, wie sie lächelte und den Charme ihrer rosigen Jugend verströmte!

Ob dieses harte Volk der Holzfäller und Kohlenbrenner, der Bergleut und Erzkocher für diese Verführungskünste Verständnis haben wird? Das fragte sich Graf Walbot und verneinte die eigene Frage sogleich. In diesem Priental sind Mühen und Plagen daheim, und sogar die Not stiert hinter manchem Fenster hervor; da findet unsere gespielte Leutseligkeit keinen Widerhall! »Hier werden wir nicht alt!«, raunte er seiner Gemahlin zu – und winkte, winkte.

Hinter seinem Prunkwagen folgten in gemessenem Abstand die sechs Karossen der Kavaliere samt ihren Damen: gönnerhafte, fade Gesichter, mit Kapaunen gemästet und von edlen Weinen durchblutet. Den Abschluss machte ein einzelner Heiduck, aber was für ein Exemplar! Er thronte auf seinem mächtigen Ackergaul wie ein kleiner Heuwagen und schaute um sich, als wollte er den Nächstbesten vom Platz weg mit Haut und Haar verschlingen. Sein schwarzer, gezwirbelter

Schnurrbart hing beiderseits unter der Nase herab wie zwei ausgewachsene Hahnenschwänze.

Dann war das feierliche Geleit vorbei und strebte der Burg zu, auf deren Wällen unter den knatternden Fahnen aus etlichen Kanönchen ein paar Schüsse gelöst wurden; ihre blauen Wölkchen schwebten schüchtern über die Weidachwies.

In diesem Augenblick sagte ein kleiner, zerlumpter Bub, der am Eck bei der Kirchgasse gestanden war, zu seiner etwas älteren Schwester: »Da hab i denkt, mir kriegn a paar Kreuzer für d' Muatta!«

»Die bezauberndste Schlittenfahrt«

Graf Walbot von Bassenheim, der nunmehrige Herr auf Hohenaschau, nannte sich auch »Graf von Buxheim«. Das stimmte freilich nicht mehr ganz, denn er hatte die einstige Reichskartause Buxheim, die ihm gleichsam in den Schoß gefallen war, ziemlich restlos versilbert – wie er es überhaupt im Versilbern zu unbestrittener Meisterschaft gebracht hatte. Es wäre ein Roman für sich, wollte man seine oft brillanten Machenschaften nachzeichnen. Sie würden den Beweis liefern, wie leicht sich die Gerissenen tun, die lieben Mitmenschen übers Ohr zu hauen. Wären uns die Rechnungsbücher nicht erhalten geblieben, wir würden es kaum begreifen, mit welcher Gründlichkeit und Schnelligkeit er auch die Hohenaschauer Herrschaft in den Ruin getrieben hat.

Mit seinem Einzug auf das Schloss wurde ein Reigen von rauschenden Festen eröffnet, von dem man sich bis hinaus nach München respektvoll erzählte.

Doch die Hüttenarbeiter, die Drahtzieher, Nagelschmiede und alle anderen, die in der Grafschaft mit dem Eisen zu tun hatten, verarmten mehr und mehr. Und was noch schwerer ins Gewicht fiel: Die Geburtenzahl ging erschreckend zurück. Als bei einem Kavaliersausritt der Schlosskaplan darauf zu sprechen kam, erwiderte der Graf lakonisch: »Ich hab's nicht so mit den Bauernmägden wie meine Vorgänger!«

Das stimmte allerdings, denn er hatte es überhaupt nicht mit dem kleinen Mann. Was nicht von Adel war, besaß in seinen Augen keinen Nennwert; man bediente sich seiner, so wie man sich des Fußabstreifers bedient, bevor man das Parkett betritt.

Darum hat er auch selbst mit seinen höheren Angestellten kaum je gesprochen; er verkehrte mit ihnen – wenn überhaupt – nur schriftlich über seine Kanzlei. Vorgelassen wurde niemand, es sei denn, einer aus seiner adligen Umgebung hätte ihn empfohlen.

Zu dieser Umgebung zählte auch der Schlosskaplan. Den hatte er behalten, und zwar deshalb, weil er es verstand, ihm in der richtigen Dosierung die Meinung zu sagen. Insofern spielte der Geistliche bei ihm jene Rolle, die auf den alten Fürstenhöfen dem Hofnarren zugekommen war – einem mutigen und gescheiten Hofnarren!

Dieser Zustand änderte sich jedoch von Grund auf, und zwar im Sommer 1859.

Da reisten eines Tages in zwei schweren, ungeschlachten Karren etliche Ukrainer an. In einem dieser exotischen Fahrzeuge wohnten sie, im anderen war um eine große Kiste der Proviant für Ross und Mann gestapelt. Wo immer sie auf ihrer monatelangen Reise hingekommen waren, hatte man sie angestarrt, als wären sie halbe Weltwunder, noch dazu weil sie über einwandfreie Papiere und sehr viel Geld verfügten. In München waren sie über den diplomatischen Weg gemeldet worden, sollten jedoch unbekannt bleiben.

Nun rumpelten diese wilden, riesigen Karren mit den ebenso wild aussehenden Männern durch Aschau und den Burgberg hinan. Diese Auffahrt vollzog sich unter wüstem Geschrei und fortwährenden Flüchen. Kein Wunder, denn die zehn Pferdchen, die sie mit sich führten und wechselweise eingespannt hatten, hingen fast nur noch in den Geschirren, und in ihren verschwollenen Augen glänzte das Fieber.

Oben vor dem schwarzen Eisentor des Schlosses überreichte einer der Männer dem Torwächter einen schweren Brief, nachdem er zuvor das darauf mächtig prangende Siegel wiederholt geküsst hatte. Dann warfen sich alle vier auf die Knie und sprachen unter vielen Bekreuzigungen ein langes Gebet.

Währenddessen hatte die schöne Frau Gräfin den Brief geöffnet. Der Zar – inzwischen nicht mehr Nikolaus, sondern Alexander – schrieb, er gedenke noch mit unaufhörlichen, süßen Empfindungen der Schlittenfahrten, die ihm im vergangenen Winter mit ihr vergönnt gewesen seien. Damit nun auch sie sich dieser Stunden noch lange erinnern möge, schicke er ihr ein Zweitstück jenes Schlittens.

»Ist das nicht verrückt?«, rief Caroline aus.

Der Bonvivant Walbot schmunzelte: »Ein kaiserlicher Dank für hochreichsgräfliche Dienste.«

Die Männer erholten sich einige Tage und packten dann die famose Kiste aus. Mit großem handwerklichen Geschick verbanden sie die einzelnen vorgefertigten Bestandteile, lackierten, polierten und vergoldeten sie nach genauen Plänen und konnten der hohen Frau nach zwei Wochen das sinnige Geschenk des Herrschers aller Russen samt einer Kette aus taubeneigroßen Amethysten, die gut ihre drei Pfund wiegen mochte, alleruntertänigst überreichen.

Inzwischen hatte der neue Herr auf Hohenaschau seine und die Günstlinge seiner Gemahlin mit hoch dotierten Stellungen ausgestattet. Sogar drei Forsträte waren ernannt worden, die sich zwar auf elegant forstmännische Art zu kleiden verstanden, vom Wald aber nur so viel wussten, dass er aus Bäumen bestand, die man je nach Bedarf schlagen konnte. Da seufzte mancher Förster im Revier: Wohin sind die Zeiten des alten Teissenhofer!

Man schrieb den Monat August. Da war weder im Sachranger Tal, das als Schneeloch galt, noch auf den ringsum aufragenden Bergen auch nur ein Flöckchen Schnee gefallen. Das hinderte jedoch die verwöhnte Gräfin Bassenheim nicht, dem Gatten deswegen Vorhaltungen zu machen, denn es gelüstete sie unbändig, den Schlitten zu erproben.

Herr Walbot dachte in seiner Bedrängnis fieberhaft nach und kam auf einen aberwitzigen Gedanken. Er schickte einen seiner Forsträte auf den Samerberg mit dem Auftrag, hundert schwere Salzsäumerwagen zusammenzubringen und sie nach Berchtesgaden zu entsenden. Dorthin musste ein zweiter Forstrat reisen und bei der königlich bayerischen Salinendirektion hundert Fuhren Salz gegen preislich günstige Leistnägel aus den Prientaler Nagelschmieden einkaufen.

Die beiden hochgräflichen Beamten erledigten ihre Aufträge ohne Verzug, während ein dritter nach Frauenwörth entsandt wurde, um beim Kloster einen größeren Posten Holz am Stamm zu verkaufen; brauchte man doch allerhand Geld, um die Nagelschmiede zu bezahlen.

Dieser Forstrat traf auf der Insel auf den Aktuar des Klosters, Dr. Erasmus Griesbeck. In der Hoffnung, diesen – wie ihm schien – kleinkarierten Vertreter der Nonnenschaft mit gespreiztem Gehabe und schnodderiger Rede einschüchtern und gefügig machen zu können, sah er sich freilich getäuscht.

»Herr Forstrat«, meinte Erasmus, »Sie scheinen in Ihren Wäldern Raubbau zu treiben. Nicht als ginge mich das etwas an, doch wer so wie wir Einheimischen mit der Herrschaft verwachsen gewesen ist, empfindet einen schalen Geschmack bei der Feststellung solch himmelschreiender Misswirtschaft!«

Der Herr erwiderte nichts und verließ den Aktuar ohne Gruß. Erst im Bauhof Rosenheim glückte es ihm, sein Holz an den Mann zu bringen, freilich unter ungünstigeren Bedingungen, als vorgesehen war.

Wochen später – es war um Mitte September – rollten die ersten Samerberger Blachenwagen mit je sechs Salzscheiben – diese wogen zusammen etwa neun Zentner – über den Kettenweg.

Graf Walbot hatte den Hochgarten bei der Burg fein säuberlich abmähen lassen. Nun geschah das Unerhörte: Alle hundert Fuhren wurden über das spärliche Gartengrün gleichmäßig verteilt, neunhundert Zentner weißes Berchtesgadener Salz in einer Schicht von etwa einer halben Spanne! Alle Höflinge standen herum und gafften und bewunderten die grandiose Idee ihres Herrn.

Und dann trugen die Stallknechte den moskowitischen Schlitten daher, das Prunkgeschenk des Zaren. Hinter ihnen der mächtige Heiduck mit drei zartgliedrigen Rappen und schwirrendem Schellengeläut. Er spannte ein und saß auf.

Nach kurzer Wartezeit kam sie: Gräfin Caroline von Bassenheim und von Buxheim, geleitet von ihrem Gemahl. Ein helles, geblümtes Sonnenschirmchen beschattete den kostbaren Hut und das wohltemperierte Dekolleté. So bestieg sie den Schlitten. Als sie zur Seite rückte, um dem Grafen Platz zu machen, flüsterte er ihr zu: »Möchte die unaufhörlichen, süßen Empfindungen an der Seite des Zaren nicht entweihen!«, und gab dem Heiducken ein Zeichen.

Da kurvte sie auf den neunhundert Zentnern Salz herum, mit dem Parasol in der zierlich behandschuhten Hand, und bildete sich ein, hinter der russischen Troika zu sitzen. Und der Gockelschwanzbart des Heiducken wehte im Talwind, der von Sachrang hereinstrich ...

Die Höflinge klatschten Beifall, während die Herrin ihre Runden drehte.

Da meinte der Edle von Miller und von Aichholz in seiner liebenswürdig trockenen Tiroler Art so mehr für sich: »Dort, wo der Mensch die Natur überlisten will, schaufelt er sich ein Grab. Dieser Hochgarten ist für zehn Jahre verhunzt!«

Der Graf hatte dieses Wort gehört. Darauf fiel der Schlosskaplan in Ungnade und wurde zu keiner Festivität mehr zugelassen.

Gräfin Caroline aber schrieb am anderen Morgen ein französisches Brieflein an ihre schöne Frau Maman:

Wir haben gestern zwischen Margariten und Glockenblumen, auf denen sich die Schmetterlinge wiegten, die bezauberndste Schlittenfahrt unseres Lebens gemacht ...

Seit drei Wochen regnete es ununterbrochen; keine Wetterbesserung war in Sicht. Der Satzmeister der herrschaftlichen Nagelschmiede, Sepp Lipp, klopfte an die Tür der Schlosskanzlei. Er klopfte ziemlich heftig, weil er schlecht hörte und das sehr leise »Herein!« des Sekretärs nicht vernommen hatte. Als ihm darauf ein Schreiber die Tür öffnete, trat er mit großen Schritten ein und setzte sich auf die hölzerne Wandbank. Der Sekretär erkannte sofort, dass der Mann wütend war, und wusste auch warum.

Der Lipp wartete eine Frage des bebrillten Beamten erst gar nicht ab, sondern fragte hart: »Wann kriegen die

Nagelschmiede endlich ihren Lohn für die Leistnägel? Heut frag ich das vierte Mal!«

Der andere kroch förmlich in seine Sessellehne hinein, gleich als wollte er sich den gewalttätig dreinschauenden Nagelmeister vom Leibe halten: »Meister Lipp ...«

»Ja keine Fisimatenten, Herr! Ich will eine klare Antwort! Und krieg ich die nit, alsdann gehn wir morgen vors Gericht! Die neunhundert Zentner Salz, die ihr mit unseren Nägeln bezahlt habt, sind schon längst den Berg 'nuntergeronnen. Oder sollen wir vielleicht bis zur nächsten Schlittenfahrt warten?«

»Meister Lipp, ihr kriegt euer Geld!«

»Wann?«

»Möglicherweise ...«

»Nix möglicherweise! Eine klare Antwort, bitte. Also wann?«

»Mann Gottes, ich kann euch doch nicht ein Geld versprechen, das ich nicht in Händen hab! Geduldet euch halt noch eine Weile!«

Der Satzmeister erhob sich: »Morgen in der Früh, Schlag acht, steh ich hier in der Kanzlei und will das Geld haben! Alles Geld, nit bloß wieder eine großmäulige Vertröstung, dazu ein paar lumpige Gulden! Pfüa Good!«

Und draußen war er.

Der Sekretär sah es als ein Glück an, dass die hohen Herrschaften erst vor Kurzem wieder auf der Burg eingetroffen waren. Viele illustre Gäste waren mit ihnen gekommen, die meisten aus München, lauter Geldige, wie es hieß. Bankmenschen, Versicherungsschwindler, Spielhölleninhaber und ein paar biedere Fabrikanten. Alles Leute, denen Graf Bassenheim verpflichtet war. Jetzt wollte er sich bei einer Hochwildjagd erkenntlich zeigen, wollte ihnen vor allem die Größe und Ausdehnung seiner Herrschaft Hohenaschau vorführen und ihnen damit Sand in die Augen streuen, damit sie über die Berge von Schulden, die er bei ihnen hatte, leichter hinwegsähen.

Der Sekretär verschaffte sich kurzen Zutritt bei seinem Herrn und brachte die Klage des Satzmeisters vor.

»Was?«, rief Graf Walbot. »Morgen früh will er wiederkommen? Das werden wir ihm verleiden!«

Der nächste Tag wollte gar nicht recht anbrechen. Das ganze Priental lag voller Nebel, nur der Bergfried auf Hohenaschau ragte darüber hinaus. Da stakte der Lipp den Burgberg hinan. Als er keuchend um die letzte Kehre herumbog, siehe, da standen die gräflichen Jagdknechte mit der ganzen Meute vor ihm. Die Hunde jaulten und bleckten die Zähne, und die Knechte vermochten sie nur mit Mühe an den dicken Lederriemen zu halten.

Der Satzmeister blieb stehen, denn jeder weitere Schritt konnte lebensgefährlich sein. Droben aber vor dem eisenbeschlagenen Burgtor stand der Herr Graf im Kreis seiner Gäste – alle mit Gewehren ausgerüstet –, winkte ihm lachend zu und rief: »Werde dir's sagen lassen, wann ich dich brauchen kann! Für heut adieu!«

Der Lipp ging wieder ins Tal hinunter und suchte den Bürgermeister Hündl auf: »Jakob, 's ist Zeit!«

Dann erzählte er die Begegnung mit der Meute und zitierte das Wort des Grafen.

Darauf der Hündl: »Hast recht, Sepp! Zeit ist's!«

Es begann leise zu schneien, als die beiden Männer das bürgermeisterliche Gäuwagerl bestiegen und nach Prien fuhren. Neben der Fischkuchl am Ufer stellten sie's ab und ließen sich nach Frauenwörth übersetzen. Gerade als die Mittagsglocke vom Münster erklang, traten sie beim Herrn Aktuar Dr. Erasmus Griesbeck ein. Der war nicht wenig erstaunt, hatte er doch mit der Herrschaft Hohenaschau nichts mehr zu tun.

Der Sepp Lipp grüßte linkisch. Dann setzte er sich ohne Aufforderung, faltete die Hände wie zum Beten zusammen und sagte: »Ihr und Euer ehrengeachteter Herr Großvater, Ihr habt doch früher bei uns das Recht gesprochen, habt's auch zu unseren Gunsten gesprochen. Heut sind wir rechtlos!«

Griesbeck wischte sich mit der Hand übers Gesicht: »Kann mir's denken, wo euch der Schuh drückt! Doch euer Schuster kann ich nimmer sein. Das wisst ihr doch!«

»Aber einen guten Rat könnt Ihr uns geben! Und beiläufig den Weg zeigen, den wir einschlagen sollen!«

Wieder dachte der Griesbeck kurz nach und sagte dann: »Gern tu ich das nicht! Denn in meiner Lage kommt man schnell in den Verruf, den einen gegen den anderen aufzuwiegeln. Nichts aber liegt mir ferner!«

Der Satzmeister sagte weiter: »Zeigt uns wenigstens den Weg! Unsere Leut verhungern ja! Jetzt warten wir bereits drei Monate auf unseren Lohn!«

Drei Monate ohne Lohn sind eine lange Zeit für den, der von der Hand in den Mund leben muss! – so dachte der einstige Herrschaftsrichter. Dann sagte er: »Der vorgeschriebene Weg oder Dienstweg – das sei unter uns gesagt! – bringt euch nicht weit. Außerdem ist der Dienstweg bisweilen ein Weg ohne Ende. Gottes Mühlen und die meisten Staatsgerichte mahlen nämlich langsam. Nun aber eine Frage: Habt ihr einen größeren Auftrag auszuführen?«

»Zwei schöne Aufträg' hätten wir: einen für München, den anderen für die Flussverbauungen in Rosenheim!«, erwiderte der Satzmeister – und plötzlich dämmerte es bei ihm. Mit strahlendem Gesicht fuhr er fort: »Seid bedankt, Herr Doktor, und ein herzlichs Vergelt's Gott!«

»Wüsst nit, wofür!«, entgegnete der Griesbeck und reichte den beiden Männern die Hand.

Zwischen Weihnachten und Dreikönig wurde seit eh und je auf den herrschaftlichen Eisenwerken zu Hohenaschau nicht gearbeitet. Die Grafen von Preysing hatten eben ein Einsehen gehabt. Das wollte jedoch dem Bassenheim nicht gefallen. Er ließ darum eine Verordnung ergehen, des Inhalts, die Arbeit dürfe nur an den kirchlichen Festtagen unterbleiben.

Da kamen die vier Verantwortlichen beim Hündl zusammen: der Bergmeister, der Hüttenmeister, der Drahtzugmeister und der Satzmeister. Den Herrn Dekan luden sie ebenfalls ein, doch der wollte nicht kommen, weil ihm in seinem Alter das Gezanke und Gezerre in der Seele zuwider sei; er habe in seinem Leben genug gekämpft und verlange jetzt nichts weiter als seine Ruhe.

Diesem Verlangen des Pfarrers konnten sich die fünf Meister nicht gut verschließen. Sie erklärten darauf angesichts der Misere bei den Nagelschmieden in einem Schreiben, dass sie zum einen an der althergebrachten Ordnung, das Arbeiten in der hochheiligen Weihnachtszeit betreffend, festhalten wollten, und zum anderen, dass sie nach Dreikönig ihre Arbeit erst dann wieder aufzunehmen gedächten, wenn die Nagelschmiede ihren ausstehenden Lohn bis zum letzten Kreuzer erhalten hätten.

Der Gemeindebote brachte das Schreiben auf die Burg.

Unterm Hammer

Der Graf las das Schreiben und begann zu toben. Er rief den Schlosskaplan zu sich und befahl ihm, den »Wisch« des Bürgermeisters im Sinne der Herrschaft zu beantworten.

Der brave Tiroler, dessen Existenz nicht vom Grafen Bassenheim abhing, meinte treuherzig: »Im Sinne der Herrschaft? Diesen Sinn müssen Sie mir schon näher erläutern, Graf! Denn es kann unmöglich im Sinne der Herrschaft sein, die armen Leut für nix und wieder nix schuften und schanzen zu lassen. Ich darf also schon um eine verbindliche Auskunft bitten, wann die Nagelschmiede ihr Geld kriegen!«

Dem Grafen begann vor Wut das Kinn zu zittern. Er wischte einige Akten von seinem Schreibtisch, dass sie dem Geistlichen vor die Füße flogen, und schrie: »Ich frag mich schon die ganze Zeit, wozu ich einen Schlosskaplan füttere, wenn er zu nichts nütze ist!«

Doch der von Aichholz bewahrte die Ruhe: »Sie sollten diese Frage an den Bischof richten; der beruft mich sofort von Hohenaschau ab. Freilich wird er nach den Gründen fragen; auch mich wird er fragen. Dabei könnten ein paar Dinge zur Sprache kommen, die weder in seinen noch in den Ohren der königlich bayerischen Regierung einen guten Klang haben. Das gebe ich zu bedenken.«

»Ich bin von lauter Widersachern umgeben!«, brüllte der Graf und fuhr in die Höhe.

»Da haben Sie nicht ganz unrecht! Nur dass die Widersacher nicht hier im Priental sitzen, sondern in München. Es sind die, die Ihnen ständig das Geld für die Hofhaltung pumpen und einen Schuldschein nach dem anderen einschieben. Aber diese Schuldscheine, Graf Bassenheim, werden Ihnen eines Tages präsentiert. Und dann ist Matthä am Letzten! Auch das sollten Sie bedenken!«

»Meine Münchner Beziehungen gehen den Kaplan einen Dreck an!«

»Richtig! Und die Schulden des Grafen, die er nicht bezahlen will oder nicht bezahlen kann, gehen den Kaplan ebenfalls einen Dreck an! Ich mache nicht Ihren Anwalt gegen die armen Grafschaftler!«

Herr von Aichholz verbeugte sich knapp und ging.

Das waren für Walbot von Bassenheim keine frohen Weihnachten. Zwischen ihm und seiner verwöhnten Gemahlin hatte es sogar harte Auseinandersetzungen gegeben, worauf die Edeldame kurzerhand nach München abreiste und dort gewisse Zirkel aufsuchte, die unter polizeilicher Beobachtung standen. Grund für diesen Zwiespalt waren auch wieder die leidigen Finanzen.

Auch der Graf selbst wechselte in die Residenzstadt und amüsierte sich auf einigen Bällen um Silvester und Neujahr herum so vorzüglich, dass er die Gesellschaft seiner Gattin entbehren konnte.

Freilich ließ die Ernüchterung nicht auf sich warten. Während er in den ersten Tagen des Jahres 1860 in der Spielbank etliche Tausend Gulden verlor, kam ihm erschreckend zu Bewusstsein, dass ja nicht bloß die Spielschulden, sondern auch die Löhne an die Schmiede noch zu bezahlen waren. Er ging also einen ihm bekannten Geldverleiher um die Summe von 10.000 Gulden an. Sie wurde ihm gegen Verpfändung von vierzig Strich Hochwald unterm Zellerhorn bereitwillig ausbezahlt. Damit konnten auch die Nagelschmiede abgegolten werden, und der Arbeitsfriede war im Priental wiederhergestellt.

Auch die Gräfin kehrte nach Hohenaschau zurück, freilich etwas angekratzt. Darüber vermerkte der Schlosskaplan still bei sich den alten Väterspruch: Pack schlägt sich, Pack verträgt sich!

Eines sonnigen Morgens – es ging schon ins Frühjahr hinein – ritt das Grafenpaar mit großem Gefolge nach Grabenstätt; sie wollten sich die Verschiffung der schweren Erzfuhrwerke ansehen. Glatt und mit einem feinen Dunsthauch überzogen lag der Chiemsee vor ihnen; nur ein Schwanenpärchen pflügte von ferne her seine Speerspitzen in den glänzenden Seespiegel. Kein Laut lag in den Lüften, denn die Singvögel waren noch nicht aus dem Süden zurückgekommen.

Mitten in diese Stille hinein, von der die ganze Gesellschaft ergriffen war, sagte Gräfin Caroline plötzlich: »Walbot, einer der Preysinge – ich weiß nicht der wievielte – hatte seiner Frau ein Prunkschiff auf diesen See gesetzt. In der Bibel steht: ›Geh hin und tue desgleichen!‹«

Zunächst herrschte einen Augenblick lang betretenes Schweigen. Dann aber jubelten alle und klatschten in die Hände.

Das war für Bassenheim wie ein Blitz aus heiterstem Himmel. »Ein Prunkschiff!«, wiederholte er.

Sie aber fuhr mit plätschernder Eleganz fort: »In Venedig gibt es sie noch, die Werkmeister, die solche Schiffe bauen. Lass sie kommen! Und wenn sie sich beeilen, könnten wir uns im Herbst ein schönes Seefest bereiten!«

Der Graf grinste, gleich als wollte er anstandshalber ein lästiges Bauchzwicken verkneifen. Weil er aber spürte, dass die ganze Gesellschaft um ihn her nur auf sein spontanes Ja wartete, das er, ohne in Schande zu geraten, nicht verwehren durfte, erwiderte er gönnerhaft: »Nachdem die Bibel schon einmal zitiert wurde, mag sie abermals herhalten: ›Der arme Held Samson opferte seiner Dalila nicht nur die letzte Kraft, sondern ließ sich von ihr auch noch die letzten Haare scheren!‹«

Diese Antwort erheiterte alle.

Heimgekehrt, feierten sie den hochherzigen Entschluss des Grafen und malten sich das angesagte Seefest in leuchtenden Farben aus.

Ende April reisten die venezianischen Schiffbaumeister mit einem Stab von Gesellen an. Zu dieser Zeit wurde aber dem Grafen bereits klar, dass die Herrschaft angesichts der laufend eingehenden Forderungen nicht mehr zu halten war. Er selbst konnte sich dieser Erkenntnis nicht mehr verschließen, durfte sie aber seiner Frau nicht mitteilen. Denn zum einen hatte sie von der Finanzwirtschaft keine Ahnung; zum anderen wäre sie ihm am helllichten Tage auf und davon gelaufen.

Apropos davonlaufen! Dem Grafen kam ein Gedanke, ein wilder Gedanke: Und wenn sie tatsächlich davonliefe, die liebe Gattin? Wohin konnte sie denn laufen? Doch wohl nur zum alten König Ludwig! Der war einmal der Vertraute ihrer lieblichen Frau Maman gewesen! Der hatte sie noch als kleines Mädchen auf dem Schoß gewiegt, hatte ihr Kinderliedchen vorgeträllert, hatte später für sie sogar ein paar triefende Gedichte gemacht …! Ja, zu dem konnte die Gattin laufen! Der saß jetzt in Nizza, unterhielt sich mit Künstlern und schaute süßen Mädchen nach. Und er besaß Geld …!

Er selbst, Walbot, müsste seiner Gemahlin ja geradezu raten, davonzulaufen und den alten, verblühten Liebhaber schöner Frauen aufzusuchen!

Graf Walbot spintisierte weiter: Und wenn sie miteinander davonliefen, die Gattin und er? Etwa nach Luzern in der Schweiz, wo er ein Schlösschen besaß? Von dort aus läge Nizza viel näher. Da könnte man den Bayernkönig einladen! Caroline müsste ihm ein bisschen schöntun – und die Gulden müssten daherrollen! All der Ärger mit den Bankleuten, all die Plackereien mit diesen Eisenkochern, Holzfällern und Kohlenbrennern an der Prien wären ausgestanden! Man wäre wieder frei! Sollten die Münchner mit Hohenaschau machen, was sie wollen! Er, Bassenheim, befand sich nicht das erste Mal in einer solchen Lage – und immer wieder hatte er den standesgemäßen, eleganten Ausweg gefunden … Also?

Strahlend stand die Sonne über der Grafschaft, mürrisch stand der Satzmeister der Nagelschmiede erneut in der Kanzlei und verlangte – nach fast sechs Monaten! – den Lohn für seine Leute. Und er drohte abermals.

Flehentlich bat ihn der Sekretär nur noch um vier Tage Aufschub.

Vier Tage sind an und für sich keine lange Zeit für den, der bereits monatelang gewartet hat.

Vier Tage und drei Nächte sind aber eine kurze, sehr kurze Zeit für den, der von seiner beweglichen Habe möglichst viel zusammenraffen, in Kisten und Kasten verstauen und auf schwere, geländegängige Karren verladen muss, um sie vor dräuenden Gerichtsvollziehern über die Grenze ins Ausland zu bringen.

Alle auf der Burg, auch die Gäste, mussten in jenen drei Nächten mit Hand anlegen, mussten hämmern und nageln, sägen und verkeilen und die beladenen Gefährte mit dicken Blachen überziehen. Den spritzigen russischen Hengsten wurde der Hafer schier vorne und hinten hineingestopft! Denn so, wie man sie jetzt fordern würde, waren sie während ihres ganzen jungen Lebens noch nie gefordert worden.

In der vierten Nacht – der halbe Mond stand über der Kampenwand – setzte sich der Geleitzug des fliehenden Herrn von Hohenaschau in Bewegung: das Tal hinauf nach Sachrang und – nach Hinterlegung eines noblen Geschenks von 100 Gulden – hinein ins heilige Land Tirol, auf Vorarlberg zu.

Als die Hoferbäuerin in aller Herrgottsfrühe auf der Rastkapelle den »Engel des Herrn« zum 5. August anläutete, trat der draußen vorbeigehende Schlosskaplan zu ihr und sagte: »Weib, wann du ein Totenglöckerl läuten tätst, wär's besser!«

Sie verstand ihn aber nicht.

Kurz vor Mittag sprengte der Überreiter von Aschau in den Alten Hof zu München hinein und übergab einem Regierungsbeamten ein Schreiben des Bürgermeisters Hündl. Der Mann leitete es sofort weiter an eine höhere Instanz, die sich unverzüglich mit Kufstein und Innsbruck telegrafisch in Verbindung setzte. Man erfuhr, dass sich der fragliche Herr mit einem großen Geleit in Richtung Schweizer Grenze begebe.

Was dann geschah, klingt zwar wie Unsinn, aber es geschah. Die geprellten Münchner Gläubiger reisten, von städtischer Polizei begleitet, auf den Bodensee zu. Es spricht für die Beweglichkeit dieses Aufgebots und wohl auch für die Größe der Schulden des Grafen Bassenheim, dass die Reiter und Karossen der Verfolger bloß um Minuten zu spät an die schwarz-gelben

Barrieren bei Bregenz gelangten und – wie glaubhaft berichtet wird – »nur noch die silbernen Rückenknöpfe der Kutscherlivreen aus einer sich entfernenden Staubwolke blitzen sahen«.

Der gräfliche Filou war entwischt.

Die armen Aschauer!

Am 16. August kam am Zollposten zwischen Wildbichl und Sachrang jener mächtige Heiduck über die Grenze geritten, den der Herr von Bassenheim stets als Leibwächter um sich gehabt hatte. Er erklärte den Grenzaufsehern, dass er einen Brief für den Bürgermeister von Aschau in seiner Satteltasche trage.

»Sonst nix?«, fragte einer der Beamten.

Der Heiduck schaute ihn mit einem knochenerweichenden Blick an, worauf der andere mit der Hand winkte und den Reiter passieren ließ.

Jakob Hündl öffnete den schweren Brief. Er entnahm ihm tausend Gulden und ein Schreiben, in dem Graf Bassenheim erklärte, das Geld sei für die Nagelschmiede bestimmt. Weitere Forderungen der Gemeinde möge man beim Handelsministerium in München einbringen, sobald die Herrschaft Hohenaschau unter den Hammer käme. Der Rest des Briefes war die Verströmung des gräflichen, bei der bayerischen Regierung nicht an den Mann gebrachten Giftes. Diesen Rest außer Acht lassend, fragte sich der Bürgermeister: Ist er nun ein Falott, der Graf, oder ist er keiner?

»Haben wir heuer nicht ein Jahrhundertwetter?«

Dr. Erasmus Griesbeck sprach's zu der jungen Frau, die vor ihm an einer Staffelei stand und ihre Blicke hinüberrichtete über den See in Richtung Herreninsel. Eine Malerin.

»Ein Jahrhundertwetter!«, bestätigte sie und schaute mit einem feinen Lächeln kurz auf ihn.

»Wann gedenken Sie abzureisen?«, fragte er verhalten. »Wollen Sie mich los sein?«, stellte sie die Gegenfrage.

»Dass Ihnen diese Frage nicht im Halse stecken geblieben ist!«

Sie lächelte abermals: »Ich komme wieder. Im Frühjahr komme ich wieder!«

»Und wenn Sie gleich dablieben?«

»Das kann ich meiner Mutter nicht antun. Sie weiß ja noch von nichts.«

»Wir sollten unsere Verbindung nicht auf die lange Bank schieben! Mit 45 und mit 38 ist's schade um jeden vereinsamt gelebten Tag.«

»Machen Sie mir den Abschied nicht noch schwerer! Oder meinen Sie, ich dächte nicht genauso?« Dann tauchte sie den Pinsel in zartes Blau und schrieb in den weißen Ufersand auf ihrer Leinwand: »September 1860 unvollendet!«

Eine knappe Woche danach ritt sie über Sachrang in ihre Heimat Rattenberg. Er begleitete sie bis an die Grenze.

Wer war sie denn? – Sie war ein Mauerblümchen! Eine Sitzengebliebene! Eine von jenen, die den Glanz ihrer Jugend eifersüchtig hüten, um ihn eines schönen Tages unberührt dem Bräutigam übergeben zu können. Und jetzt schwand er bei ihr dahin, dieser zu eifersüchtig gehütete Glanz, und an den pergamentenen Mundwinkeln ahnte man bereits den Zeichenstift der überreifen Jahre.

Bereut hatte sie's nie, aber es stimmte wehmütig. Mit geschwellten Segeln waren die Freundinnen hineingefahren in den Hafen der Ehe – einige sogar schon wieder heraus! –; sie war am Ufer gestanden und hatte gewunken, war heimgegangen und hatte für andere Bräute goldene Trauringe geschmiedet und Colliers mit Edelsteinen besetzt, Jahr um Jahr.

In der letzten Zeit jedoch schien ihre Sehkraft zu erlahmen, sodass der Arzt zum Malen geraten hatte, und zwar in der Nähe des Wassers. So war Thomasia Aigner nun schon das dritte Jahr im August und September auf Frauenwörth gewesen.

Die ersten zwei Jahre war der »Klosterrichter«, wie sie ihn nannten, grüßend an ihr vorbeigegangen. Heuer hatte er sie angesprochen, hatte sich für ihre Kunst interessiert und war an manchem Abend mit ihr am Uferweg um die Insel gegangen.

Freilich, Abende am See sind schon immer die Spielzeit der Wasserweiblein gewesen, jener wundersamen Fantasiegebilde, die aus der unbewussten Harmonie zwischen Herz und Natur aufsteigen und – Reigen tanzen. Magst du dich vielleicht auch wehren, plötzlich halten sie dich an den Händen, und du schwingst in ihrem Reigen mit. Auch Erasmus und Thomasia hatten sich plötzlich an den Händen gehalten, und ihre Herzen schwangen in wiegendem Reigen.

»Könnte es sein, dass wir kindisch sind?«, hatte er gefragt.

Ihre Antwort war gewesen: »Sei's drum! Wir wollen kindisch sein! Vielleicht sind wir bloß kindlich, weil ja jedem Menschen im Herzen drin ein kindliches Reservat erhalten bleibt!«

Jetzt ritt sie den steilen Passweg hinunter ins Inntal. In Kufstein blieb sie zur Nacht, tags darauf um die Mittagszeit war sie daheim – und noch ehe der Tag zu Ende ging, hatte die Mutter mit weisem Instinkt erspürt, was mit ihrer Tochter vor sich gegangen war. Und sanft meinte sie: »Zögere nicht meinetwegen, wenn du glaubst, dass es der Rechte ist!«

»Mutter, er ist's!«

Als dann der Winter die Täler an Inn und Prien in seine zauberische Pracht hüllte, war man hier wie dort eifrig beschäftigt. Beim Goldschmied Aigner in der Burggasse zu Rattenberg rüstete man zur Hochzeit. Es sollte bloß eine kleine werden, eine Allerweltshochzeit. Gleichwohl hatte man zwei hochehrwürdige Benediktinerinnen zu erwarten: die Mutter und die Tante des Bräutigams, beide schon betagte Frauen. Nicht etwa dass man sich vor denen nicht hätte sehen lassen können, Gott bewahre! Man war ja wer in Rattenberg! Eines der ältesten Patriziergeschlechter! Und vermögend war man auch – so einigermaßen! Aber es ist halt doch nicht das Normale, dass Mutter und Tante eines 45-jährigen ehemaligen Bannrichters Nonnen sind! Und die Leut sind so neugierig! Man muss also alles wohl bedenken!

Während sie also am Inn wohl bedachten, zog an der Prien auf Hohenaschau ein Regierungsbeamter mit sachverständigen Rechnern ein. Und was die alles errechneten! Ihnen zufolge waren die Besitzer der Herrschaft in den vergangenen tausend Jahren samt und sonders Misswirtschaftler und Stümper gewesen. Man musste sich bloß wundern, dass das brave Volk stets so mitgetan hatte. Aber das würde jetzt anders werden! Jetzt käme die Herrschaft erst einmal schön säuberlich zur Versteigerung, unter den Hammer! Dem jedoch, der sie erwerben würde, dem würde man schon beibringen, wo und wie die Axt an die Wurzel zu legen wäre!

Es erwarb sie der Großbauer Schweyer aus Friedberg. Indes schienen's ihm die Münchner Herren vom Handelsministerium doch nicht richtig beigebracht zu haben, denn nach etlichen Monaten warf auch er das Handtuch, und der Holzhammer trat abermals in Tätigkeit.

Zu dieser Zeit saß Dr. Erasmus Griesbeck mit »des Goldschmieds Töchterlein« bereits wieder auf Frauenwörth. Es war rührend zu sehen, wie die Nonnen sich um die Richtersfrau sorgten, allen voran natürlich Erasmusens Mutter. Was ihr während der traurigen Kindheit ihres Sohnes versagt geblieben war, glaubte sie jetzt an der Schwiegertochter nachholen zu können. Thomasia hatte dafür Verständnis, wenn sie auch manchmal den schrulligen Ideen der alten Damen nicht beipflichten konnte.

Erasmus selbst weilte viel in Aschau. Jakob Hündl, der Bürgermeister, brauchte ihn zur Wahrnehmung der Interessen seiner Gemeinde. Denn um die scherten sich die Beamten des Ministeriums weitaus weniger als um den erneut anstehenden Verkauf der Herrschaft. Als einstiger Bannrichter und Justiziar wusste Griesbeck begreiflicherweise viel über die Struktur dieses in Jahrhunderten gewachsenen kleinen Staatswesens Hohenaschau und konnte oft seine Hand zur Abwehr erheben, wenn die Heißsporne aus der Landeshauptstadt sich zu Maßnahmen versteigen wollten, die an der Prien nun einmal nicht praktikabel waren. So gelang es denn, auch die zweite Versteigerung glücklich über die Bühne zu bringen: Die Grafschaft ging über an die Gewerkschaft Hammerau-Achtal, die ihren Sitz in Salzburg hatte. Das war 1862.

An der Prien kehrte endlich wieder ein ruhigeres, wenn auch ärmeres Leben ein, denn das Hämmern und Klopfen in den Nagelschmieden wurde leiser und leiser …

18. August 1874

Das königlich bayerische Handelsministerium war nicht glücklich darüber, dass die Herrschaft Hohenaschau nunmehr von Salzburg aus dirigiert wurde; es mischten da zu viele Österreicher mit, die den Bayern nicht sonderlich gewogen waren. Sie betrachteten das Dominium als eine Art Melkkuh, die viel Milch geben, aber wenig fressen sollte. Würde man die Grafschaft erst richtig ausgenommen haben, sollten sich andere um ihren Fortbestand kümmern! – Das war die geheime Absicht der Gewerkschafter.

Zu diesem Übelstand kam noch, dass in Aschau die Spitzen des öffentlichen Lebens neu besetzt wurden: In den Pfarrhof zog Pfarrer Kreuzmair ein; den Bürgermeisterstuhl besetzte der Holzmeister Johann Baptist Kern. Beide waren Männer mit gesundem Wagemut, freilich wenig vertraut mit den Eigentümlichkeiten der Herrschaft. Sie wandten sich daher wieder an den ehemaligen Bannrichter Griesbeck, der immer noch die Belange von Frauenwörth als Aktuar wahrnahm. Auch ihm war der langsame, aber stete Verfall an der Prien nicht entgangen. Darum erklärte er sich sofort zur Mithilfe bei der Bekämpfung der Schwierigkeiten bereit.

»Wo müssen wir zuerst Hand anlegen?«, fragte der Bürgermeister, als sie in seiner Kanzlei zusammengekommen waren.

»Hand anlegen?« Griesbeck nahm die Frage auf und fuhr fort: »Wir drei haben nur sechs Hände – sechzig müssten wir haben, um sie überall dort anzulegen, wo's nottut! Ich sehe jedoch als vordringlich an, dass wir – alle drei! – beim Ministerium in München vorstellig werden und die Sachverhalte auf den Tisch breiten!«

»Also eine kleine Delegation!«, meinte der Pfarrer lächelnd und nickte beifällig.

»Fallen wir da nit mit der Tür ins Haus?«, fragte der Kern.

»Hans«, erwiderte der Richter, »wenn du damit sagen willst, dass wir eher einen schriftlichen Dienstweg einhalten sollten, dann vergiss nicht, dass schriftliche Dienstwege mitunter in die Irre führen und schließlich in einer Mammuthöhle enden!«

»Das dürfte bei allen Behörden so der Fall sein; unsere geistliche macht da keine besondere Ausnahme!«, sagte der Pfarrer.

Über diese Bemerkung waren die beiden anderen recht froh, und gemeinsam beschlossen sie eine Reise nach München – mit der Eisenbahn – am 10. Juni 1865.

In einem der neuen Regierungsgebäude an der Maximilianstraße, im Vorzimmer des Herrn Ministers von Pfretzschner, meldeten sie sich und baten untertänigst um Audienz. Das überstieg die Fassungskraft des diensttuenden Beamten: Wie können denn bloß ein paar Provinzler daherkommen und sich erdreisten, so im Handumdrehen den Chef sprechen zu wollen!

»Wer sind Sie eigentlich?« Der Mann lehnte sich genüsslich in seinen Ledersessel zurück.

Erwiderte Dr. Griesbeck: »Der Pfarrer von Aschau, der Bürgermeister von Aschau, und ich, der ehemalige Herrschaftsrichter von Hohenaschau!«

Da zog's den Beamten hinter seinem Tische richtiggehend zusammen; er wurde kleiner: »Konnten Sie mir das nicht gleich sagen? – In welcher Angelegenheit darf ich Sie melden?«

»In Existenzfragen, bitte!«, betonte der Richter.

»In Existenzfragen!«, wiederholte der Mann halblaut, während er sich erhob, und verschwand seitlich durch eine hohe Flügeltür. Ein paar Minuten später kehrte er mit dem Minister von Pfretzschner zurück.

Der war gut gelaunt und meinte schmunzelnd: »Wenn Richter, Pfarrer und Bürgermeister in Existenznot sind, dann ist Feuer am Dach! Wo brennt's denn, ihr Herren?«

Er lud sie zum Sitzen an einen runden Tisch. Darauf berichtete Erasmus Griesbeck von der schleichenden Ausbeutung der Herrschaft, vom Aussterben der Nagelschmiede und von der damit verbundenen Verarmung der Leute. Der Pfarrer machte den Rückgang der Geburtenzahlen geltend sowie die gleichzeitig um sich greifende Unmoral. Der Bürgermeister Kern beklagte die äußerst schleppende Zahlung der von Salzburg her jeweils fälligen Abgaben an die Gemeinde. Daraus folge, dass die Straßen und Wege verwahrlosten, dass der Brückensteg über die Prien seit dem letzten Hochwasser vor drei Jahren noch immer nicht hätte erneuert werden können und dass das Krankenhaus kaum noch zu halten sei. So träten zur allgemeinen Not auch noch Lebensgefahr und mögliche Seuchen.

Herr von Pfretzschner hatte ruhig zugehört. Tief Atem holend erwiderte er: »Ihr sagt mir nicht viel Neues, meine Herren! Ihr wisst aber auch, dass uns durchs Besitzrecht die Hände gebunden sind. Wir können freilich durch Auflagen einige Missstände eindämmen, eine Lösung ist jedoch erst von einem neuen Besitzer der Herrschaft zu erwarten.«

»Ist ein solcher in Sicht?«, fragte der Richter.

»Interessenten wären wohl da«, entgegnete der von Pfretzschner, »aber es fehlt ihnen das nötige Vermögen.«

»Und wenn sich die Regierung an einem Rückkauf der Herrschaft beteiligen tät?«, meinte der Kern.

Der Pfarrer platzte dazwischen: »Exzellenz, es gibt doch so viele stinkreiche Leut in Bayern!«

Ihm pflichtete Dr. Griesbeck bei und fügte hinzu: »Aber die kennen unsere Grafschaft nicht! Man müsste ihnen die Schönheit und den Reichtum von Hohenaschau zeigen!«

»Lieber Richter«, erwiderte der Minister, »wir können die vom Herrn Pfarrer erwähnten stinkreichen Leut nicht an einen Strick nehmen und sie durch eure Berge und Wälder schleifen! Doch seid versichert, dass uns Hohenaschau sehr am Herzen liegt!«

Dieser letzte Satz des Ministers schien eine übliche Floskel der Versöhnung zu sein, dazu noch die Einladung für den Abend ins königliche Hof- und Nationaltheater. Wann würden drei Provinzler je wieder die Gelegenheit haben, die Staatsoper in München zu besuchen!

Wie vorauszusehen gewesen war, ereignete sich während der folgenden neun Jahre weiter nichts, nur dass es mit Hohenaschau immer mehr bergab ging. Bis eines Tages im März ein Viererzug durch den Ort fuhr und beim Bürgermeister Halt machte. Zwei Herren betraten die Amtsstube.

»Ist die Burg bewohnbar?«, fragte einer der beiden. »Ich bin von der Regierung in München. Könnt man da droben unterkommen?«

»Könnt schon sein! Tät Euch aber nit dazu raten! 's sind allweil ein paar von Salzburg da, nix Gescheites!«

»Und wo kann man sonst übernachten?«

»Nur zu Prien! Soll ich Euch dort was bestellen?«

»Besorg Er zwei Zimmer, Bürgermeister! Kümmere Er sich auch um drei Reitpferde! Mein lieber Gast hier, der Reichsrat Baron von Cramer-Klett, möcht sich nämlich die Herrschaft anschauen, und Er soll sie uns zeigen!«

»Ganz zu Diensten!«

Am anderen Morgen kamen die Herren wieder dahergefahren. Die Reitpferde standen da, allerdings nicht drei, sondern fünf, denn Kern wollte, dass der Pfarrer und der Richter ebenfalls dabei waren. Der Herr aus München und der Baron hatten nichts dagegen.

Als sie sich gegenseitig bekannt gemacht hatten, sagte der Regierungsmann: »Damit ihr wisst, worum's geht: Der Baron – er hat den Münchner Glaspalast, den Wintergarten in der Residenz und die Großhesseloher Brücke gebaut – wäre an der Herrschaft Hohenaschau interessiert ...«

»... gegebenenfalls!«, fügte Cramer schmunzelnd hinzu.

»Ihr seid also jetzt aufgerufen«, fuhr der andere fort, »euch heut und morgen von eurer besten Seite zu zeigen, damit aus dem Gschäft was wird!«

Die drei Männer strahlten.

Dann ritt man los. Zuerst hinaus über die Vierschlachten auf Frasdorf und dann auf Hirnsberg zu, dann zurück über Bernau und Grabenstätt, schließlich am Fuß der Kampenwand dahin und nach Sachrang. Am anderen Tag streiften sie durch die Wälder des Zeller- und Samerberges, denen der Baron ganz besondere Aufmerksamkeit schenkte.

Als man sich dann Ende dieses zweiten Tages in der Priener Weinstube »Zur Rose« zusammensetzte, ging der Baron, der meistens geschwiegen hatte, aus sich heraus: »Meine Herren, ich bin Ihnen vielleicht eine Erklärung schuldig. Sie fragen sich mit Recht, was der alte Cramer-Klett bei seinen 56 Jahren mit der Begehung dieses Schlossgutes Hohenaschau beabsichtigt hat. Kurz gesagt: Meine junge Frau bekommt ein Kind; und sollte uns der Himmel einen Sohn schenken, dann möcht ich ihm diese Herrschaft in die Wiege legen. Denn gerade wer im öffentlichen Leben steht und Erfolge feiert, muss einen Platz haben, wo er alles äußere Getriebe vergessen kann, wo er bei sich einkehren und mit sich selber und dem Herrgott ganz allein reden kann. Diesen Platz möcht ich meinem Sohn – wenn es einer werden sollte – hier an der Prien schaffen. – Dies zu Ihrer persönlichen Information!«

Lange schwiegen die anderen und schauten achtungsvoll vor sich hin. Bis der Pfarrer ergriffen sagte: »Verehrter Herr Reichsrat, wir danken für Ihre Erklärung! Ich verspreche Ihnen, dass ich täglich im Bittgebet der Kirche Ihrer und Ihres großen Anliegens gedenken werde; denn letzten Endes käme es auch uns zustatten!«

Das war im März.

Als in den Nachmittagsstunden des 18. August 1874 durch Nürnbergs Gassen und Gässchen die Kunde lief, dass ihrem reichsten Bürger, dem Fabrikanten und Reichsrat Theodor Freiherrn von Cramer-Klett, ein Söhnchen geboren worden sei, sauste gleichzeitig die telegrafische Nachricht an die Regierung nach München: »Kaufe Hohenaschau. Cramer-Klett.«

Am drauffolgenden Sonntag las der Pfarrer von Aschau eine Dankesmesse und sprach in seiner Predigt den Satz: »Wir wissen nicht, über welche Wege uns die

Gaben Gottes erreichen, oft sind es Kettenwege – so wie der droben in der Schlucht. Wege, sage ich, die wir mit den Ketten unserer Unzulänglichkeit und Sündhaftigkeit versperren. Darum wollen wir heut Abend bei Unserer Lieben Frauen an der Ketten miteinander eine kleine Andacht halten und den Herrn loben und seiner Mutter danken!«

Als gegen Abend langsam die Nebel aus der Schlucht stiegen, zogen die Aschauer wie in einer Prozession zum Hammerbach hinauf und hinüber zur Ketten, wo die kleine Kapelle stand. Der Pfarrer betete die Lauretanische Litanei. Dann sangen alle das Tedeum. Das hallte durch die Schlucht, auf der einen Seite nach Bach, auf der anderen brach es sich dann am festen Gemäuer der Burg: Großer Gott, wir loben dich, Herr, wir preisen deine Stärke!

Die Leute verliefen sich dann, und es wurde finster. Da ging noch der Dr. Erasmus Griesbeck mit seiner Frau Thomasia sachte über den Kettenweg auf Bach zu. Er war die letzte Zeit immer recht müde, der gute Doktor. Als sie drunten die Lichter in den Fenstern sahen, deutete er auf eines hin und sagte leise: »Das dort ist das Hatzenberger-Haus. Da hat alles begonnen, denn da war es, wo vor 83 Jahren mein Großvater seine liebe Frau kennengelernt hat!«

Glossar

aussigrasen	– einen Seitensprung machen, (dem Partner) untreu sein
baatzen	– drücken
balbieren	– veraltet für »rasieren«
Bankert	– uneheliches Kind
Bannrichter	– Richter, der das Recht zur Blutgerichtsbarkeit hatte, also Todesurteile fällen konnte
Bombardon	– Basstuba
Brunhilde	– in der Heldensage eine Frau mit gewaltigen Kräften
Büffel	– Dialektausdruck für einen ungehobelten, rücksichtslosen oder sturen Menschen
Dalila	– im biblischen Buch der Richter die Frau, die Samson betörte, sodass er das Geheimnis seiner Stärke verriet und von den Philistern überwältigt wurde
Drahtzug	– Eisen verarbeitendes Werk, das sich auf die Herstellung von Draht spezialisiert hat
causa disponens	– die Veranlagung eines Menschen
causa efficiens	– die Handlungsmotivation
Elle	– Längenmaß; die bayerische Elle entsprach etwa 83 cm.

Epiphanie	– Erscheinung; kirchlich: Fest der Erscheinung des Herrn (Dreikönig)
Falkenturm	– Teil der einstigen Stadtbefestigung von München; er diente lange als herzogliches Gefängnis für Angehörige der höheren Stände.
Ferscht	– Fürst
Fetzen	– Rausch
fl.	– Abkürzung für Gulden (abgeleitet vom »Florentiner« oder »Florin«, der ersten Goldmünze dieser Art)
Forsteleve	– Forstwirt in Ausbildung
Gaudete	– der 3. Adventsonntag (nach dem Eingangsgesang: »Gaudete in Domino semper« – »Freut euch allezeit im Herrn«)
Gäuwagerl	– einspänniger leichter Wagen
Georgius Agricola	– eigentlich Georg Pawer (1494 – 1555), Renaissancegelehrter aus Sachsen, der sich vor allem als Mineraloge einen Namen machte. In seinem Hauptwerk »De re metallica« (»Metallkunde«) beschreibt er das zeitgenössische Bergbau- und Hüttenwesen.
giften	– ärgern
Großkopferte	– Angehörige der Oberschicht
Gschwollschädel	– Wichtigmacher
Frauenwörth	– alter Name für die Fraueninsel im Chiemsee
Handwerkslade	– anderer Ausdruck für Zunft
Hausl	– Hausmeister; Hausknecht
hinflacken	– sich hinlegen

hinhängen – verpfeifen, anzeigen

Illuminat – Der 1776 gegründete Geheimbund der Illuminaten hatte sich zum Ziel gesetzt, die Ideale der Aufklärung und weltbürgerliche Gesinnung zu verbreiten. Stand im Gegensatz zur Herrschaft der Fürsten und des Klerus; der bayerische Kurfürst Karl Theodor verbot den Illuminatenorden in seinem Land.

Jadwiga – Jadwiga Jagiellonka wurde 1475 in der berühmten »Landshuter Hochzeit« unter gewaltigem Pomp mit dem Bayernherzog Ludwig dem Reichen vermählt und lebte die längste Zeit ihres Lebens allein auf der Festung Burghausen.

Karl Theodor – Der Wittelsbacher aus der Pfalz regierte Bayern nach dem Aussterben der bayerischen Linie 1777 bis 1799; er liebäugelte mit der Idee, die Pfalz unter Einbeziehung der österreichischen Niederlande (die in etwa das heutige Belgien umfassten) zu einem großen Territorium zu erweitern und im Austausch dafür Altbayern an Österreich abzutreten; darauf und außerdem auf den pfälzischen Regierungssitz Mannheim spielen die Worte von Pater Onufrius an.

Kathreintanz	– Das Fest der heiligen Katharina von Alexandrien (25. November) war zugleich der letzte Tag vor Weihnachten, an dem noch getanzt werden durfte – im Advent war das den Gläubigen verboten –, und das wurde speziell von der Jugend weidlich ausgenutzt.
Kohlstatt	– Platz, an dem Holzkohle hergestellt wird
kommod	– bequem, leicht
Konvent	– Zusammenkunft einer Studentenverbindung
Krowot	– Gauner
Lattirl	– Tölpel, Pantoffelheld
lupfen	– hochheben
Mariä Geburt	– 8. September
Markscheider	– Bergwerksingenieur
Marterl	– Bildstock oder Gedenkzeichen für einen Verunglückten
Müllner-Peter	– eigentlich Peter Huber, Arzt, Apotheker und Musiker aus Sachrang, dessen Leben Carl Oskar Renner in dem Roman »Der Müllner-Peter von Sachrang« beschrieben hat
Neufranken	– Franzosen
Physikus	– veraltetes Wort für »Arzt«
pressieren	– eilig sein
Quod licet Iovi, non licet bovi	– Was dem Göttervater Jupiter erlaubt ist, ist noch lange nicht jedem Ochsen erlaubt!

ratschen	– plaudern
Rossbif mit Kree	– Roastbeef mit Kren, also Rinderbraten mit Meerrettich
Salettl	– Veranda; Pavillon
Salzsäumer	– Säumer waren sozusagen Spediteure und Händler in einem – sie transportierten Waren über oft weite Strecken und handelten gleichzeitig mit ihnen.
Sankt Bartholomä	– Das Fest des heiligen Apostels Bartholomäus wird am 24. August gefeiert.
Sankt Joseph	– Der Gedenktag des heiligen Joseph, der 19. März, war einst in Bayern ein wichtiger Festtag.
Satzmeister	– Zunftmeister der Nagelschmiede
Schopperstatt	– So hieß bei den bayerischen Binnenschiffern die »Werft«.
Sechter	– Eimer
seigern	– ausschmelzen
Spanne	– altes Längenmaß, das nur eine Schätzgröße war; entspricht dem Abstand zwischen der Fingerspitze des Daumens und des Zeigefingers bei gespreizter Hand, ca. 20 cm
stad	– still, ruhig
supra dictas filias	– oben erwähnte Töchter
Tafern, Tafernwirtschaft	– Gaststätte; mit der Konzession zu ihrem Betrieb waren verschiedene Rechte und Pflichten verbunden
Tag der Unschuldigen Kinder	– 28. Dezember

Thomastag	– 21. Dezember
Trauung zur linken Hand	– Eheschließung eines oder einer Adligen mit einem Partner von niedrigerem Stand; die Kinder aus dieser Ehe hatten die Rechte von legitimen Erben des niedriger stehenden Partners
Viertes Gottsgebot	– Ehre Vater und Mutter
Vulcanus	– römischer Gott des Feuers und der Schmiedekunst
Welscher	– alte Bezeichnung für Fremde, Ausländer – insbesondere Italiener und Franzosen
Welschtiroler	– Trentiner
Zuagroaster	– einer, der aus einem anderen Ort oder Land zugezogen ist